샨다의 비밀

샨다의 비밀

Original title: Chanda's Secrets
Originally published in North America by: Annick Press Ltd.
ⓒ 2004, Allan Stratton (text)/Annick Press Ltd.
All rights reserved.
Korean translation copyright ⓒ 2005 by RH Korea Co., Ltd.
This Korean edition published by arrangement with Annick press Ltd. through Young Agency.

샨다의 비밀

주니어 RHK

감사의 말

보츠와나, 짐바브웨, 남아프리카 공화국, 케냐에 살고 있는 수많은 분에게 깊이 감사드립니다. 그들의 우정, 지도·편달과 지원이 없었더라면 이 책은 세상에 나오지 못했을 겁니다. 특히 치렐레초 에이즈 예방 그룹(Tshireletso AIDS Awareness Group)에 계시는 페트리샤 바크위냐와 테보고크 바크비냐, 샨다 세라라메에게 감사를 표합니다. 또한 솔로몬 캄웬도와 그가 이끄는 게토 아티스트 그룹과 COCEPWA(Coping centre for people living with Hiv/Aids)에 계시는 로저 반데와 아네케 비저, 빛과 용기 센터에 계시는 안젤리나 마가가, 보츠와나 대학의 K. 오세이회디에 교수님, PACT(Peer Approach to Counseling by Teens)에서 만난 청소년 여러분, 카기사노 여성 쉼터 프로젝트(The Kagisano Women's Shelter Project)의 바나나 파슨스, 리처드와 존 콕스, 그 외에도 마을과 방목장 할 것 없이 나를 초대해 주신 수많은 아프리카 주민에게 감사드립니다.

에이즈로 세상을 떠났거나 아직 에이즈와 싸우고 있는 사람들에게 이 책을 바칩니다.

작가의 말

아프리카 대륙의 사하라 사막 이남에는 수많은 독립 국가가 있습니다. 그 나라들은 각기 다른 정치, 사회, 문화, 역사적 배경을 가지고 있습니다. 《샨다의 비밀》은 한 소녀와 그 소녀의 가족에 대한 이야기입니다. 이 책에 등장하는 등장인물들은 소설 속에서 만들어진 허구의 나라에 살고 있습니다. 하지만 이 허구의 나라는 현존하는 어느 한 국가가 당면한 복잡다단한 문제를 나타내려고 하거나, 또는 사하라 사막 이남 지역에서 발견되는 매우 다양하고 광범위한 역사적 경험이나 실정을 포함시키려는 의도로 설정된 것이 아님을 분명히 밝히는 바입니다. 마찬가지로 이 책에 나오는 등장인물들도 모두 이 소설 속에만 등장하는 허구의 인물입니다.

앨런 스트래턴

추천의 말

《샨다의 비밀》을 읽고 반가움과 기쁨을 느꼈습니다. 저는 에이즈의 심각성을 알리고 에이즈로 고통받는 이들을 돕는 데 앞장서야 할 NGO의 회장으로서 큰 책임감을 느끼고 있었습니다. 그러던 차에 에이즈를 둘러싼 매우 현실감 있는 이야기와 그것 때문에 아픔을 겪고 있는 이들을 따뜻한 인간애를 가지고 그려 낸 이 책을 발견했습니다.

에이즈는 21세기의 인류를 가장 크게 위협하는 질병 중 하나입니다. 아프리카의 사하라 사막 이남에 사는 3명 중 1명이 감염되어 있고, 동유럽 및 중앙 아시아는 에이즈 감염률이 세계에서 가장 높습니다. 남아시아는 전 세계 감염률의 15퍼센트를 차지하고 있으며 중국은 감염자 수가 이미 100만 명을 넘어서고 있습니다. UN에서는 에이즈의 축이 아프리카에서 아시아로 옮겨 갔다고 발표했습니다.

주인공 샨다의 친구 에스더의 삶을 통해서 에이즈의 심각한 문제 중 하나인 에이즈 고아의 문제를 실감 있게 접할 수 있었습니다. 에이즈로 부모를 잃고 가족 해체, 친척과 지역 사회로부터의 배척, 가난, 동생들과 같이 살기 위해 매춘으로 빠져 드는 과정은 단지 소설 속 이야기가 아니라 지금 이 순간에도 되풀이되는 아픔입니다.

　전 세계 100여 개국에서 긴급구호와 개발사업을 하는 월드비전은 많은 사업장에서 수많은 에스더를 만납니다. 남편이 에이즈로 죽고 자신과 아이 모두 에이즈에 감염된 한 여인은 가장 큰 소망이 자식이 자기보다 먼저 죽는 거라고 했습니다. 세상에 어느 부모가 자식이 먼저 죽길 바라겠습니까? 그러나 아무도 돌봐 줄 이 없는 세상에 자식을 남겨 고통받게 하느니, 차라리 먼저 보내는 게 어머니로서 낫다는 것이지요. 이것이 에이즈의 비참한 현실입니다.

　이 책을 읽는 분은 누구나 에이즈에 대한 마을 사람들의 편견과 싸운 용기, 두려움을 극복하고 에이즈에 걸린 이들을 따뜻하게 보살피는 사랑을 보고 샨다에게 박수를 보낼 것입니다. 여기서 주목 할 것은 샨다의 그러한 용기와 사랑이 어디서 나왔는가 하는 것입니다. 저는 에이즈에 대한 교육을 지목하고자 합니다. 샨다가 학교에서 선생님께 배운 지식과 보건 담당자에게 들었던 지식이 용기를 낼 수 있게 해 준 근거 였다고 생각합니다. 우리 모두가 에이즈에 대해 바로 알리고, 교육시키고, 도움 받을 방법을 알려 주고, 실제로 도와야 한다고 생각합니다.

　끝으로 에이즈에 대한 인식이 척박한 한국 사회에 이렇게 좋은 책을 소개해 주신 (주)알에이치코리아에 감사드리며, 어린 학생부터 성인까지 모두에게 이 책을 권하고 싶습니다.

박종삼(전 한국월드비전 회장)

추천의 말

　얼마 전 세계 에이즈 감염자의 3분의 2가 여성이며 매일 2,000명의 영아가 에이즈에 감염된 채 태어난다는 얘기를 듣고 에이즈에 관한 책과 기사들을 관심있게 접하고 있었다. 그리고 이 책을 읽는 동안 단편적으로 알고 있던 에이즈에 관한 내용들이 퍼즐의 조각처럼 맞추어지는 경험을 했다.

　《샨다의 비밀》은 아프리카 대륙이 직면하여 싸우고 있는 보이지 않는 적, 에이즈 문제를 강력하고 사실적인 메시지로 담아낸 책이다. 또한 이 책은 에이즈가 만연할 수 밖에 없는 아프리카의 사회·문화적인 요인, 즉, 고아 문제, 이웃과 가족들의 차별, 청소년 매춘, 자살 등 에이즈와 연관된 다양한 문제를 다루며 에이즈에 대한 통찰력을 갖게 한다.

　에이즈로 죽어 가는 엄마를 보살피며 어린 동생들을 돌보는 16세 소녀 샨다는 에이즈로 부모를 잃고, 뿔뿔이 흩어진 동생들과 함께 살기 위해 매춘을 하는 친구 에스더의 슬픔을 이해하며 우정을 지켜 나간다. 또한 에이즈에 걸린 뒤에 찾아간 친정에서조차 버림받고, 헛간에서 외롭게 죽어 가는 엄마를 집으로 데려오는 샨다의 결단력, 그리고

'두려움과 편견을 극복하는 방법은 사람에 대한 사랑이며, 삶을 지키려는 용기'라는 샨다의 비밀을 알게 되는 기쁨도 이 책을 통해서 얻게 되는 커다란 선물이다.

　책을 읽는 동안 나는 어느새 샨다가 되어 피투성이가 된 에스더의 상처를 어루만지고, 에이즈로 자살한 아들 때문에 평생 가슴에 돌을 얹고 살아가는 타파 아줌마의 눈물을 닦아 내고 있다. 그리고 나는 수많은 샨다와 에스더를 만나기 위해 아프리카로 떠날 계획을 세우고 있다. 현재 아프리카에는 수만 명의 에이즈 고아가 부모의 사랑을 받지 못한 채 살고 있는데, 이들 대부분은 영양실조, 질병, 아동 학대, 아동 노동, 매춘 등의 위험에 놓여 있다. 또한 에이즈와 연관된 사회적 편견과 차별 때문에 교육, 보건 등의 기회를 잃고 주눅든 모습으로 살아가고 있다. 그들을 만나서 그들의 자랑스러운 친구 샨다의 얘기를 들려줄 것이다. 샨다가 내게 보여 준 반짝이는 우정을 그들과 함께 쌓아 가면서 씩씩해지라고 격려하며 한국의 많은 사람이 그들의 고통을 같이 가슴 아파하며 기도하고 있다고 위로해 주리라.

　에이즈에 관한 통찰력을 갖게 했을 뿐 아니라 순수한 감동과 희망으로 아프리카의 에이즈 문제를 바라보게 만든 이 책이 에이즈에 대한 우리의 무관심과 편견을 깨는 다윗의 물맷돌이 되리라 확신하며, 지구촌의 가난한 이웃의 아픔에 동참하기를 원하는 모든 이에게 강력히 추천한다.

정애리(탤런트, 월드비전 친선대사)

차례

한 살 반짜리의
장례식

시멘트 벽돌 하나가 무덤 하나를 표시했다. 그 시멘트 벽돌 위에는
그 무덤 주인이 사망한 날짜가 검은색 페인트로 휘갈겨 쓰여 있고,
이름을 쓸 공간조차 없다. 그렇게 죽은 자들은 사라져 갔다.
마치 이 세상에 살았던 적도 없었던 것처럼.

1

월요일 이른 아침, 나는 지금 베이트만 씨의 '영원의 빛' 장의사 사무실에 있다. 베이트만 씨는 새 관들을 차에 싣느라 정신이 없다.

"가능하면 빨리 끝내고 너한테 가마."

베이트만 씨가 말했다.

"기다리는 동안 내 사무실에 들어가서 물고기라도 보고 있으렴. 사무실 안쪽 벽에 수족관이 있어. 그래도 지루하면 탁자 위에 잡지들이 있으니까 그걸 보든지. 그건 그렇고, 네 여동생이 그렇게 되어 참 안됐구나."

지금 나는 베이트만 씨의 물고기를 구경할 마음이 조금도 없다. 잡지는 물론이고. 다만 내가 울음을 터트려서 바보 꼴이 되기 전에 이 만남이 어서 끝나기를 바랄 뿐이다.

베이트만 씨의 사무실은 널찍했지만, 어두컴컴했다. 창문 블라인드가 모두 내려져 있고, 형광등 반쪽은 죽어 있다. 책상 위에 놓인 램프를 제외하면 방을 밝히는 빛은 모두 수족관에서 나오고 있었다. '여기 있는 것도 나쁘진 않군.' 하고 생각했다. 어둠이 방 구석에 쌓여 있는 온갖 잡동사니들, 그러니까, 망치며 판자며 페인트 깡통들, 톱밥, 못 상자들, 발판 사닥다리 등을 숨겨 주었다. 베이트만 씨는 6개월 전에 사무실 개조공사를 했지만 아직까지 정돈이 되지 않은 상태였다.

개조공사를 하기 전까지만 해도, 베이트만 씨가 운영하는 '영원의 빛'에서는 장례식 일을 맡아 하지 않았다. 건축 자재를 공급하는 일을 했었다. 그래서 그의 사무실은 목재 저장소와 시멘트 믹서를 빌려 주는 곳 사이에 자리 잡고 있었다. 베이트만 씨는 8년 전, 영국에서 이곳으로 와 자신의 사무실을 열었다. 그의 사무실은 항상 분주했다. 하지만 요 근래에는 건축 붐이 일어나고 있음에도 불구하고, 건설 사업보다 장의사 일이 돈벌이가 더 잘 되는 모양이었다.

그 회사가 새단장을 한 후 다시 문을 열던 날, 베이트만 씨는 2년 이내에 '영원의 빛'을 전국적인 체인 사업으로 키울 계획이라고 공표했다. 신문 기자들이 그에게 시체 방부처리를 하는 교육을 받은 적이 있느냐고 물었을 때, 그는 없다고 대답했다. 그러나 당시 그는 미국의 어느 대학에서 그와 유사한 교육 과정을 거의 마쳐 가고 있었다. 그는 또 그 마을에서 최고로 솜씨 있는 미용사들을 고용하겠으며, 장례 비용도 할인해 주겠다고 약속했다. 그러면서 이렇게 말했다.

"아무리 가난한 사람이라도 베이트만 장의사로 오시면 해답을 찾을 수 있습니다.”

그것이 바로 내가 이리로 온 이유다.

마침내 베이트만 씨가 돌아왔지만, 나는 그가 온 것을 알아채지 못하고 있었다. 나는 수족관 앞에 놓인 접의자 끄트머리에 엉덩이를 걸치고서 엔젤피시 한 마리를 응시하고 있었다. 그놈도 나를 쳐다보았다. 그 물고기가 무슨 생각을 하고 있을지 궁금했다. 자신이 평생토록 그 조그만 물탱크에 갇혀 살아야 할 운명이라는 것을 알고 있을까? 어쩌면 터키석 조약돌에 붙은 수초를 야금야금 베어 먹으면서, 그리고 뚜껑 위로 공기 방울을 뽀글뽀글 뿜어내는 작은 보물 상자를 탐색하면서, 플라스틱 풀들 사이로 왔다 갔다 헤엄치며 살아가는 삶이 저 물고기에게는 행복한 삶일지도 모른다.

선교사들이 우리 학교에 기증한 내셔널지오그래픽 잡지에서 엔젤피시 사진을 본 이후로, 나는 이 물고기를 좋아하게 되었다.

그때 베이트만 씨가 말했다.

“이렇게 기다리게 해서 정말 미안하다.”

나는 의자에서 벌떡 일어났다.

“아니, 앉아라. 앉아.”

그는 싱긋 웃으며 말했다.

나는 그와 악수를 나누고 나서 다시 그 접의자에 주저앉았다. 그는 내 맞은편에 있는 낡은 가죽 안락의자에 앉았다. 그 의자 팔걸이의 째진 틈 사이로 의자에 채워 넣은 회색 속들이 삐져 나왔다. 베이트만 씨가 그것을 잡아 뜯으며 말했다.

"네 아버지도 오실 거냐?"

"아니요." 내가 대답했다. "아버지는 일하러 가셨어요."

그건 거짓말이다. 내 계부는 지금쯤 집 근처 선술집에서 술에 취해 널브러져 있을 것이다.

"그럼, 엄마가 오실 거니?"

"엄마도 못 오세요. 많이 편찮으세요."

이건 사실이라 할 수 있다. 엄마는 싸늘하게 식은 동생을 흔들어 대면서 방바닥에 웅크리고 있다. 내가 엄마에게 사라를 영안실로 데려가자고 했지만, 엄마는 사라에게서 떨어질 생각을 하지 않고 계속 사라만 흔들어 댔다. 그러면서 들릴락 말락 한 소리로 말했다.

"네가 가렴. 이제 열여섯이 됐으니, 그만한 일쯤은 혼자서도 해낼 수 있을 거야. 난 여기 사라 옆에 있어야 해."

베이트만 씨가 목청을 가다듬고 나서 말했다.

"그러면 친척 아주머니나 삼촌이 오실 거니?"

"아뇨."

"아."

그는 입을 떡 벌리고서 이렇게 외마디를 내뱉고는 이내 다물어 버렸다. 그의 피부는 창백하고 까칠까칠했다. 마치 저 수족관의 물고기 비늘처럼.

"아." 그는 다시 입을 뗐다. "그러니까 장례식을 상의하러 너 혼자

15

이리로 온 거구나."

나는 고개를 끄덕이고 나서 그의 옷깃에 난 작은 담뱃불 자국을 바라보며 말했다.

"저는 열여섯 살이니까요."

"아." 그는 잠시 멈추더니, 이내 말을 이었다. "그러면 네 여동생은 몇 살이니?"

"사라는 이제 한 살 반이에요." 나는 이렇게 말하고는 다시, "한 살 반이었어요."라고 고쳐 말했다.

"한 살 반이라. 저런, 저런."

베이트만 씨는 혀를 끌끌 찼다.

"고인이 유아인 경우 그 충격은 더욱 큰 법이지."

고작 충격이라고?

사라는 두 시간 전만 해도 살아 있었다. 그리고 발진 때문에 지난밤 내내 칭얼거렸다. 엄마는 사라를 품에 안고 새벽까지 흔들어 댔다. 칭얼대는 걸 멈출 때까지. 처음에 우리는 사라가 잠이 든 줄 알았다.(오, 하느님, 지난밤 제가 사라에게 화를 낸 것을 용서해 주세요, 제발. 제가 맘속으로 빌었던 건 진짜 제 뜻이 아니었어요. 제발, 사라가 죽은 것이 제 기도 때문이 아니었다고 해 주세요.)

나는 눈을 내리깔았다.

베이트만 씨가 침묵을 깨며 말했다.

"'영원의 빛'을 선택한 걸 후회하지 않게 해 주마. 여기는 단순한 시체 안치소가 아니다. 우리는 방부처리와 영구차, 화환 두 개, 작은 예배당, 장례식 프로그램, 그리고 지방 신문에 부고를 내 주는 서비스까지 해 준단다."

내 기분을 좀 낫게 해 주려는 말이었겠지만, 사실은 그 반대의 효과를 냈다.

"그럼 비용이 얼마예요?"

내가 물었다.

"경우에 따라 다르지. 장례식을 어떻게 치르길 원하니?"

베이트만 씨의 대답이었다.

나는 두 손으로 무릎을 탁 치며 말했다.

"간단한 게 좋을 것 같아요."

"잘 생각했다."

나는 고개를 끄덕였다. 내가 큰돈을 지불하지 못하리라는 것은 누가 봐도 알 수 있는 사실이니까. 나는 저잣거리에서 넝마주이들이 내다 팔 만한 헌 옷을 입고 있고, 여기까지 흙먼지 자욱한 길을 자전거로 달려오느라 온몸이 땀과 먼지로 범벅이 되어 있었다.

"그럼 관부터 골라 보겠니?"

"예, 그렇게 해요."

베이트만 씨는 나를 데리고 관 진열실로 갔다. 가장 비싼 관들이 정면에 진열되어 있었는데, 그는 그런 비싼 물건은 내가 볼 필요 없다는 식의 모욕적인 태도를 보이지 않았다. 그 대신 그는 모든 관을 살펴보게 했다.

그가 말했다.

"우리는 모든 상품을 갖추고 있어. 같은 모델로 소나무 재질로 된 것도 있고 마호가니로 된 것도 있어. 그리고 다양한 모양의 황동 손잡이와 띠를 달 수도 있지. 테두리를 비스듬하게 할 수도 있고 평평하게 할 수도 있어. 안에 대는 천으로는 실크, 새틴, 폴리에스테르 등이 다양한 색상으로 구비되어 있지. 머리를 받치는 베개용 케이스는 모두 한가지로 통일되어 있지만, 우리는 거기다가 공짜로 레이스나 리본을 달아 줄 수도 있단다."

베이트만 씨는 설명을 하면서 점점 흥이 나는지, 손수건으로 모델들을 문질러 가면서 열을 올렸다. 그는 관과 궤의 차이점도 설명했다.

"관은 뚜껑이 평평하고, 궤는 뚜껑이 둥글단다."

그것이 무슨 큰 차이란 말인가. 결국 모두 상자일 뿐인 것을.

나는 슬슬 걱정이 되기 시작했다. 관에 붙어 있는 가격표에는 보통 사람의 평균 일 년 치 봉급이 적혀 있었다. 내 계부는 일정한 일자리 없이 이일 저일 닥치는 대로 했고, 엄마는 고작 닭 몇 마리를 키우며 채소밭을 가꾸는 정도다. 그리고 내 여동생은 다섯 살 반이고 남동생은 네 살, 그리고 난 아직 고등학생이다. 그러니 그만한 돈이 어디서 나올 수 있겠는가?

베이트만 씨는 내 얼굴 표정을 살피더니 이렇게 말했다.

"어린아이의 장례일 경우, 훨씬 더 저렴하게 치르는 길이 있단다."

그는 나를 커튼 뒤에 있는 뒷방으로 안내했다. 그리고 백열전구를 딸깍 켰다. 거기에는 온통 회반죽을 칠한 관들이 뿌연 먼지를 뒤집어쓴 채 천장까지 높다랗게 쌓여 있었는데, 그 관들은 하나같이 노랑, 분홍, 파랑의 조잡한 분무 페인트로 색칠되어 있었다.

베이트만 씨가 그중 하나를 열어 보였다. 그것은 압축 판지들을 못으로 박아서 만든 것이었다. 그리고 안쪽은 플라스틱판을 대어 철침으로 고정시켜 놓았다. 양철로 된 손잡이가 바깥쪽에 접착제로 붙어 있었는데, 그냥 눈으로만 봐도 손잡이를 잡는 순간 떨어질 것 같았다.

나는 고개를 돌려 버렸다.

베이트만 씨는 나를 위로하려 애쓰며 말했다.

"우리는 아이들 시신을 아주 얌전한 흰색 수의를 입혀 잘 감싼단다. 그런 다음 상자의 양쪽을 흰 솜으로 채우지. 그렇게 하면 아이의 작은 얼굴만 보인단다. 사라는 아주 사랑스럽게 보일 거야."

그가 나를 이끌고 시체 보관실로 들어갔을 때, 난 온몸이 마비되는 듯했다. 그곳은 사라의 시신이 장례식 때까지 보관될 곳이다. 베이트만 씨는 한 줄로 서 있는 엄청나게 큰 캐비닛들을 가리켰다.

"저 장들은 매우 깨끗하고 냉장시설이 완비되어 있어." 그는 나를 안심시키려고 말했다. "사라는 혼자서 한 칸을 쓰게 될 거야. 그사이 다른 아이들이 들어오지 않는다면 말이야. 물론 그때는 다른 시신과 함께 보관해야겠지만."

우리는 그의 사무실로 돌아왔고 베이트만 씨는 내게 계약서를 내밀었다.

"지금 수중에 돈이 있으면, 내가 오늘 한 시에 사라의 시신을 가지러 너희 집에 가마. 그러면 사라는 수요일 오후까지 모든 준비를 마칠 수 있을 거야. 내가 목요일 아침에 매장을 할 수 있게 일정을 잡아 놓으마."

나는 금방이라도 터져 나올 것 같은 울음을 꾹꾹 삼키며 가까스로 말했다.

"엄마는 장례식을 주말까지 미루었으면 하세요. 친척들이 시골에서 올라오려면 시간이 좀 걸리거든요."

"주말에는 할인을 해 줄 수 없는데."

베이트만 씨가 담배에 불을 붙이며 말했다.

"그럼 다음주 월요일은 어때요? 일주일 후 오늘요."

"그건 불가능해. 나도 새 손님들을 맞이해야 하니까. 미안하다. 요즘은 시신이 너무 많아. 맘이야 돕고 싶다만, 어쩌겠니. 나도 먹고살아야지."

2

나는 계약서에 서명을 하고 밖으로 뛰어 나왔다. 분주한 출근길을 자전거로 달리면서, 나는 머리가 텅 빌 때까지 속으로 알파벳을 외고 또 외었다. 하지만 싸구려 분홍색 판지로 된 관이며 얼기설기 박힌 철침과 플라스틱판들이 눈앞을 계속 어지럽혔다.

"그래, 에스더!"

문득 에스더를 떠올렸다.

"그래, 에스더를 만나야 해!"

에스더는 둘도 없는 내 친구다. 에스더라면 나를 꼭 껴안아 주면서 모든 것이 잘 될 거라고 말해 줄 것이다.

나는 에스더가 리버티 호텔이나 컨벤션 센터 근처에 있기를 기대하고 자전거 핸들을 급히 왼쪽으로 꺾었다. 에스더는 부모님이 돌아가시고 난 후부터는 학교에 거의 나타나지 않는다. 에스더는 대부분의 시간을 함께 살고 있는 삼촌과 외숙모의 일을 도와주며 보내는데, 짬이 날 때면 그 호텔에 있는 자유의 여신상 분수대 앞에서 사진을 찍고 싶어 하는 관광객들에게 포즈를 취해 주며 용돈을 번다.

내 자전거가 호텔 쪽으로 접근했을 때, 호텔 앞의 원형 진입로는 이미 버스, 리무진, 택시 들로 꽉 막혀 있었다. 호텔 사환들이 사파리 단체 여행을 가는 관광객들의 짐을 끌어내고 있었다. 운전사들은 다이아몬드 광산을 보러 방문한 외국 사업가들을 태우려고 차문을 열어 주고 있었다. 유엔의 구호활동가들은 정부청사로 가는 버스에 올라타고 있었다. 하지만 에스더는 보이지 않았다.

"어쩌면 저 사람들이 에스더를 쫓아냈을지도 몰라."

에스더는 그곳에서 쫓겨나면 길 아래에 있는 '붉은 지느러미 쇼핑몰'로 향한다. 그러고는 보통 엠포 씨의 전자제품점 근처에서 어슬렁거린다. 유리창을 통해 가게 벽쪽에 설치된 텔레비전을 보거나 가게 바깥에 내놓은 확성기를 통해 흘러나오는 음악을 듣거나 하면서. 그러다가 20분 정도 지나, 리버티 호텔의 경비원들이 다른 용무를 보려고 지키던 자리를 떠나면, 에스더는 다시 어슬렁어슬렁 그 자리로 돌아왔다.

나는 새로 생긴 사무실들과 카지노장들을 총알처럼 날쌔게 지나쳐서 그 상가의 주차장 쪽으로 내달렸다. 나는 값비싼 부엌 설비나 욕실 설비를 판매하는 호사스러운 가게들 앞을 지나면서, 마치 외바퀴 자전거를 탄 곡예사처럼 자동차와 쇼핑 카트(슈퍼마켓 등에서 사용하는 손

22

님용 손수레)들을 휙휙 피해 갔다. 집에 전기가 들어온다면 얼마나 멋질까. 수돗물은 말할 필요도 없고.

오늘 엠포 씨 가게 앞에는 아무도 보이지 않는다. 사이몬만 빼고. 사이몬은 두 다리가 없는 거지다. 사이몬 앞에는 그릇이, 그릇 옆에는 찌그러진 스케이트보드가 놓여 있다. 그의 두 눈은 반쯤 감겨 있다. 그는 상점에서 흘러나오는 음악에 맞춰서 제 뒤통수를 시멘트 창턱에다 가볍게 부딪고 있다.

나는 그 옆에 있는 인터넷 카페를 기웃거렸다. 지난주에 에스더가 컴퓨터 키보드를 두드리고 있는 것을 보았기 때문이다. 그때 나는 헛것을 본 줄 알았다. 거기서 에스더는 밝은 오렌지색 슬리퍼를 신고, 중고품 가게에서 샀을 게 분명한 등이 훤히 드러나 보이는 끈 달린 탑을 입고, 풍선껌을 후후 불면서 마우스를 딸깍대고 있었다.

"여기서 뭐 하니?" 내가 물었다.

"이메일 확인하고 있어." 에스더는 잘난 척 밉살스럽게 대답했다.

나는 하하 웃어 주었다. 우리 학교 사무실에 컴퓨터가 한 대 있다. 그래서 나도 아이들 틈에 끼어 그곳으로 우르르 몰려가서 그 컴퓨터가 어떻게 작동하는지를 본 적이 있다. 하지만 실제 생활에서 컴퓨터를 사용한다는 것은 화성으로 우주여행을 가는 것만큼이나 신기한 일로 느껴졌다.

에스더는 마치 아기를 다루듯 내 손을 톡톡 치면서 자기 이메일 주소를 가르쳐 주었다. 'esthermacholo@hotmail.com'

에스더의 말에 따르면, 그 인터넷 카페의 지배인이 인터넷 쿠폰을 쓰다가 남은 자투리 시간을 자신이 쓸 수 있게 해 주었다고 한다. 왜냐하면 그 지배인이 에스더를 좋아하기 때문이란다. 에스더는 살짝 윙크를 하면서 지금까지 모아 놓은 명함을 내게 보여 주었다.

"이것들은 모두 내 사진을 찍게 해 주었던 관광객들한테서 받은 거야."

에스더는 자랑을 늘어놓았다.

"심심할 때면 이 사람들이랑 이메일을 주고받으며 시간을 보내지. 가끔씩 답장을 보내오는 사람들도 있어. 예를 들어 그 사람들의 친구가 시내로 오게 되거나 하면 말이야."

"그 사람들의 친구가 시내에 오게 되면…… 이라고?"

"왜, 뭐가 잘못됐어?"

"아니, 그냥."

"그렇다고 내가 그 사람들 호텔 방에 찾아간다거나 하는 건 아니야. 난 그냥 저 분수대 앞에 서서, 그 사람들이 내 사진을 찍도록 포즈를 취해 주는 것뿐이라고."

"단지 그 일만 할 거지?"

"무슨 뜻이야?"

"바보 같은 짓 하지 말라고. 지난번에 그 사람들이 한쪽 무릎을 꿇은 채 네 치마 속을 들여다보는 걸 봤단 말이야."

에스더는 눈알을 부라리며 말했다.

"그 사람들이 한쪽 무릎을 꿇는 것은 그렇게 하고 사진을 찍어야 그 동상 꼭대기가 안 잘리고 사진에 나오기 때문이야. 네가 생각하는 게 더 역겨워. 넌 우리 외숙모보다 더 고약하구나."

"나만 그렇게 생각하는 게 아니야. 학교 아이들이 모두 그렇게 떠들어 댄단 말이야."

"맘대로 떠들라고 해."

"이봐, 에스더."

"잘 들어, 산다!" 에스더가 내 말을 싹둑 자르며 말했다. "넌 자식들 줄줄이 낳으며 이 보낭 구석에 박혀 살길 원하는지 모르겠지만, 난 아냐. 난 여길 빠져나갈 거야. 미국이나 호주나 아니면 유럽으로 갈 거라고."

"어떻게? 관광객 중 한 명이 널 여행 가방 속에 집어넣어 데려가기라도 한대?"

"아니."

"그럼 뭐야? 너랑 결혼해서?"

"어쩌면…… 아니면 날 애보개로 써 줄지도 모르지."

나는 콧방귀를 뀌며 말했다.

"왜 아니겠어?"

"그래, 그런 일이 안 일어나리라고 누가 장담할 수 있어?"

에스더는 이렇게 말하며 나를 쏘아보았다. 그러더니 의자에서 벌떡 일어나 밖으로 뛰쳐나가서 곧장 주차장을 가로질러 걸어갔다.

나는 에스더 뒤를 쫓아갔다. "에스더!" 나는 소리쳐 불렀다. "기다려. 네 맘을 상하게 하려고 한 말이 아니었어. 미안해."

솔직히 미안한 생각은 없었지만 에스더와 싸우기는 싫었다. 나는 버려진 쇼핑 카트 앞에서 에스더를 붙잡았다. 에스더는 쇼핑 카트의 손잡이를 잡고 그 바구니 속에 든 광고 전단지를 멍하니 바라보며 말했다.

"그게 말도 안 되는 소리라는 거 나도 잘 알아. 하지만 그냥…… 나도 꿈이란 걸 가져보고 싶은 것뿐이야. 이해하지?"

오늘은 인터넷 카페에 에스더의 모습이 보이지 않는다. 게다가 쇼핑몰 그 어디에도 보이지 않는다. 어쩌면 외숙모의 심부름을 갔을지도 모른다. 어쩌면 의외로 학교에 있을지도 모르고. 또 어쩌면 어느 관광객을 만나서…….

나는 자전거에 훌쩍 올라타서는 힘껏 페달을 밟았다. 그러고는 알파벳을 소리쳐 외었다. ABCDEFGHIJKLMNOP…….

3

우리 가족이 예전부터 보낭의 판잣집에 살았던 건 아니다.

우리 가족의 보금자리는 아버지가 일하셨던 가축 방목장에서 시작되었다. 그곳은 보낭에서 북쪽으로 약 2백 마일 떨어진 티로라는 마을 근처에 있는 드넓은 목초지이다. 나는 진흙으로 지은 단칸방 오두막에서 엄마와 아버지, 언니, 세 오빠와 함께 살았다.(내 위로 언니가 두 명 더 있었는데, 그들은 내가 태어나기 전에 모두 죽었다. 한 명은 썩은 물을 먹고 죽었고, 다른 한 명은 괴저로 죽었다.) 친척 아줌마들과 삼촌들, 사촌 형제들도 울타리가 둘러쳐진 원주민 노무자 주거지역의 오두막에서 살았다. 할머니도 한때는 거기서 사셨지만, 할아버지가 돌아가신 후로는 결혼 안 한 두 고모와 함께 마을에서 살고 계신다.

가축 방목장에서의 삶은 지루하기 그지없었다. 겨울이면 하천 바닥이 바짝 말랐고, 참새들이 아카시아 나무 가지마다 둥지를 틀어서 마치 짚으로 만든 사과가 매달린 것처럼 보였다. 온갖 식물이 그 헐벗은 땅속으로 오그라들어 갔고, 오직 모파인 나무*와 몇 그루의 자칼베리 나무*들만 그 황량한 벌판을 지키고 있을 뿐이었다. 나와 내 사촌들은 엄마들을 도와 우물물을 끌어 모으거나 아버지들을 도와 가축 몰이를 하면서 하루를 보냈다.

하지만 이렇게 메마른 기억만 있는 것은 아니다. 여름철엔 비가 많이 내렸다. 강물이 흐르고, 목초들은 하룻밤 사이에 내 키보다 더 높이 쑥쑥 자랐다. 가축들은 우리가 숨바꼭질하느라 돌보지 않아도 저 혼자 풀을 뜯어 먹었다. 가축들은 언제쯤 울 안으로 돌아가야 하는지, 어느 방향으로 가야 하는지도 잘 알고 있었다. 하지만 우리 같은 어린 애들은 그렇질 못했다. 그 너른 목초지에서 길을 잃기가 일쑤였기 때문에 우리는 일이 마일 반경 내에 있는 모든 나무의 꼭대기 모양을 알아보는 법을 익혀야만 했다. 그것은 일종의 거리 표지판이었다.

그때 나는 아주 어렸기 때문에 그 싸움이 어떻게 시작되었는지 잘 알지 못했다. 다만 내가 아는 것은 아버지가 형제들 중 막내였으며, 아버지가 수확물 중에 우리 가족의 몫을 달라고 하자 큰아버지들이 노발대발 화를 냈다는 것 정도였다. 그 결과, 이곳 보낭에서 다이아몬드 광산이 확장된다는 소식을 들은 아버지는 광산 회사와 고용계약을 맺었고, 그래서 우리 식구는 릴리 언니만 빼고 남쪽으로 이사를 오게 되었다. 언니는 결혼해서 이웃 방목장에서 살게 되었다.

맨 처음 나는 향수병에 시달렸다. 사촌들과 뛰어놀던 시절이 너무

*모파인 나무: 아프리카 전통 가옥(오두막)의 뼈대를 만드는 데 사용하는 나무로, 나무 껍질 아래에 살고 있는 모파인 벌레는 원주민들이 즐겨 먹는 간식거리로 유명하다.
*자칼베리 나무: 가시 돋친 가지에 붉은 꽃이 피는 것이 특징이며 물가에서 자란다. 때문에 정글에서 길을 잃은 사람들이 나무를 보고 물이 있는 곳을 찾는다.

나 그리웠다. 그리고 더 넓은 시골 들판과 커다란 하늘이 그리웠다. 태양이 잠자러 갈 시간이 되면, 이글이글 타오르는 거대한 오렌지 모양이 될 때까지 점점 빵빵하게 부풀어 올라 마침내 지평선 아래로 차츰차츰 가라앉는 그 멋진 광경. 그리고 금방이라도 쏟아질 듯한 무수한 별들이 밤하늘에 펼치는 놀라운 향연. 하지만 도시의 하늘은 닫혀 있다. 또한 광산과 도심의 거리에서 새어 나오는 전깃불에 묻혀 별밤의 마술 쇼도 장대함을 잃어버리고 만다.

그렇지만 보닝에서의 삶도 그리 나쁘지만은 않았다. 보닝에 와서 우리는 진흙이 아닌 시멘트 벽돌로 지은 새 집을 얻었다. 또 이곳에는 식수를 공급하는 저수탑(상수도로 쓰기 위해 물을 모아 두는 탑)이 골목마다 설치되어 있고, 몸이 아플 때 진찰을 받을 수 있는 병원도 가까이 있다. 아버지는 회사에서 발급하는 식량 배급증만 있으면 굶어 죽을 걱정은 하지 않아도 된다고 하셨다. 하지만 무엇보다도 가장 좋았던 것은 이제 더 이상 큰어머니나 큰아버지들이 나한테 이것저것 시시콜콜 캐묻는 일이 없을 거라는 점이었다. 사촌 형제들이 보고 싶긴 했지만 나는 곧 다른 광부들의 자녀들을 친구로 사귈 수 있었다.

그중 하나가 에스더였다. 처음 이곳에 도착한 날, 나는 너무 외로운 나머지 혼자서 티로로 도망쳐 버릴까 하는 생각을 하며 마당에 나와 앉아 있었다. 바로 그때 에스더가 깡충깡충 뛰면서 내 앞에 나타났다. 에스더는 그때까지 내가 한 번도 본 적이 없는 엄청나게 큰 빗을 머리에 꽂고 있었다.

"안녕." 에스더가 먼저 말을 건넸다. "난 에스더라고 해. 여섯 살이야."

"난 샨다야. 나도 여섯 살이야."

"야호, 나랑 나이가 똑같네. 난 태어나서부터 줄곧 여기서 살았어. 자, 날 봐. 이렇게 하면 별이 보인다."

에스더는 제자리에서 몸을 빙빙 돌리더니 털썩 주저앉았다. 잠시 후 또 이렇게 말했다.

"있잖니, 우리 아빠는 일꾼들 감독하는 대장이다. 그리고 우리 집에는 수세식 변기도 있다. 보고 싶으니?"

그러면서 내 손을 잡아끌고는 자기 집으로 내달렸다.

그 애 집에 도착하자, 에스더의 엄마가 현관 입구 계단에서 콩깍지를 까고 있었다.

"이 애는 샨다야. 우리 집 화장실 구경시켜 주려고."

에스더는 내가 '안녕하세요.'라고 인사를 하기도 전에 나를 확 잡아당겼다.

처음에 나는 그것이 변기라는 사실이 믿기지 않았다. 마치 고급스러운 큰 국그릇처럼 보였다.

"잘 봐!"

에스더는 의기양양하게 말하며, 위에 달린 줄을 홱 잡아당겼다. 콰르릉 소리와 함께 폭포수 같은 물이 콸콸 쏟아져 나왔다. 나는 비명을 질렀다.

에스더는 킥킥 웃으며 말했다.

"남자 애들이 나한테 고약하게 굴면, 우리 집 화장실에 머리를 집어넣고, 악어들이 우글대던 강물을 왈칵 부어 주겠다고 으름장을 놓는다."

"나도 한번 해 볼 수 있니?"

에스더는 고개를 끄덕였다.

"하지만 화장실 물을 내리자마자 얼른 도망쳐야 해. 우리 엄마가 물 낭비한다고 우릴 혼내러 올 거거든."

내가 그 줄을 홱 잡아당기자 물이 폭포수처럼 콸콸콸 쏟아졌다. 에스더 엄마가 고래고래 소리치며 화장실 복도로 다가오자 우리는 얼른 뒷문으로 도망쳤다.

"물 내리는 건 그만하면 충분해, 에스더. 그건 장난감이 아니니까."

우리는 몇 채의 집을 지나서야 깔깔 자지러지게 웃으며 땅바닥에 엎어졌다.

내가 말했다.

"나는 우리 집 변소가 특별하다고 생각했어. 엉덩이를 대고 앉을 수 있게 시멘트 받침이 되어 있거든. 그런데 너희 집 화장실은 정말 마술 같아! 내가 가축 방목장에서 살 때 어디서 오줌을 눠야 했는지 알면, 넌 까무러칠 거야."

"어디서 눴는데?"

궁금해 죽겠다는 듯 에스더의 눈동자가 춤을 췄다.

나는 내 말이 최대한 끔찍하게 들리도록 에스더를 향해 오만상을 찡그리며 말했다.

"갈대로 만든 콧구멍만 한 헛간에서. 여자들은 땅에 파 논 구멍 위에 쪼그리고 앉아서 일을 봐야 했어."

"까악!" 에스더는 즐거운 듯 비명을 질렀다. "그럼, 남자들은?"

"남자들은 벽에다가 볼일을 봐!"

"까악, 꺅!"

에스더가 연방 비명을 질러 댔다.

"뭐, 그럴 수밖에 없어. 구멍 속에 물이 너무 많이 차면 가장자리가 무너져 내리거든."

"그럼 그 구멍 속으로 빠질 수도 있겠구나!"

"빠져서 못 나올 수도 있지."

"끼야아아악!"

우리는 둘 다 배를 움켜쥐고 미친 사람처럼 뒹굴며 웃어 댔다. 나는 갈대에 똥 구린내가 너무 많이 배면 그것을 버리고 새 갈대로 다시 뒷간을 짓는다고 설명했는데, 그 '똥 구린내'라는 대목에서 우리는 또다시 배를 잡고 데굴데굴 굴렀다.

에스더와 나는 같은 학교에 다녔다. 그 학교는 나무 밑에 앉아서 큰어머니나 고모 중 한 분이 바느질하는 법을 가르쳐 주던 가축 방목장의 학교와는 달랐다. 그리고 고향 마을에서 다니던 학교와도 달랐다. 고향 마을의 학교에는 칠판 하나와 분필이 다 떨어지면 딱딱하게 굳은 하이에나의 흰 똥을 분필 대신 사용하시던 교장 선생님 한 분밖에 없었다. 하지만 이곳 학교에는 도서관, 과학 실습실, 지구본, 백과사전 한 질, 연필깎이까지 갖춰져 있었다.

선생님들 중 몇 분은 이곳 지방 대학을 나오셨고, 다른 분들은 북아메리카에서 2년짜리 취업 비자를 얻어 오신 분들이었다. 셀라라메 선생님 말씀처럼 나는 배우는 것마다 스펀지처럼 빨아들였다. 셀라라메 선생님은 우리 반을 가르치는 영어 선생님인데, 두말할 필요 없이 내가 가장 좋아하는 선생님이다. 에스더는 나를 놀려 댄다. 내가 셀라라메 선생님께 아양을 떤다고. 그럴 때마다 나는 바보 같은 소리 말라고, 존경하는 선생님에게 야양은 무슨 아양이냐고 말한다.

내가 셀라라메 선생님을 좋아하는 이유는 다른 선생님은 내가 어려운 질문을 하면 화를 내시는데, 이분은 화를 내지 않기 때문이다. 셀라라메 선생님은 설령 답을 몰라도 살짝 윙크를 하며 나중에 알려 주겠다고 하실 분이다. 사실 선생님은 그렇게 하신다. 답을 알려 주실 뿐 아니라 내가 좋아할 만한 책까지 빌려 주신다. 토머스 모폴로*나 노니 야바부* 또는 가엘레 소보모그웨* 같은 작가들이 쓴 책들을. 나는 그 책들을 가능하면 빨리 읽었다. 그래서 선생님이 또 다른 책을 내게 빌려 주실 수 있도록 말이다. 셀라라메 선생님은 만일 내가 그렇게 계속 열심히 공부하면 해외 장학금도 탈 수 있을 것이고, 그러면 다른 세상에 나가서 공부를 계속 할 수 있을 거라고 말씀하셨다. 이렇게 말씀하시는 선생님의 두 눈이 밝게 빛났기 때문에 나는 그것이 진

* 토머스 모폴로(1876~1948): 아프리카 남부 레소토에서 태어난 아프리카의 대문호.
* 노니 야바부(1919~2008): 남아프리카에서 탄생한 여성 작가. 런던에서 교육을 받았으며, 남아프리카의 토착 정서와 문화를 담은 소설을 영어로 썼다.
* 가엘레 소보모그웨(1956~): 1978년부터 보츠와나에 정착하여 활동하는 아프리카 출신 아동문학가.

정으로 하시는 말씀이라고 믿고 있다.

내가 엄마에게 그 얘기를 전하자 엄마는 이렇게 말했다.

"그게 사실이 아니라면 선생님이 뭐 하러 너한테 그런 말씀을 하시겠니? 마음만 단단히 먹으면 세상에 못할 게 없는 거야."

엄마와 셸라라메 선생님은 내가 재능이 있는 아이라고 굳게 믿고 있다. 과분할 정도로. 그분들을 실망시키지 말아야 할 텐데…… 사실 그분들의 말씀은 불가능한 이야기이다. 하지만 그분들의 말씀이 옳은지도 모른다. 내가 정말로 장학금을 탈 수 있을지도, 그래서 다른 세상을 보게 될지도, 의사나 변호사 혹은 교사가 될지도…… 그렇게만 된다면…… 아, 무지갯빛 꿈, 그리고 희망들.

오빠들은 내가 이렇게 말하면 비웃곤 했다. 그러면서 이렇게 말했다.

"못 올라갈 나무는 쳐다보지도 마. 장학금이나 좋은 직장은 부자들한테만 돌아가는 거야."

오빠들은 아버지의 광산 일을 도와줄 나이가 되자마자 곧 학교를 그만두었다. 매일 동트기 전에 버스 한 대가 와서 그들을 광산으로 태워 갔다가 어두워진 다음에야 다시 태워 오곤 했다. 혹은 반대로, 어두울 때 갔다가 새벽에 돌아오기도 했다. 일주일에 단 하루만 쉬었다.

갱에서 오래 일을 하면 폐병을 얻을 수 있다. 하지만 아버지와 오빠들은 폐병에 걸릴 만큼 오래 살지도 못했다. 내가 열 살이 되기 직전에 다이너마이트가 잘못 터지는 바람에 아버지와 오빠들이 일하던 갱도가 무너지는 사고가 발생했다. 그 사고가 서른 명의 광부 목숨을 앗아 갔는데, 아버지와 오빠들도 그들 속에 있었다. 그 당시 광부들을 충분히 살릴 수 있었는데, 광산회사의 구조 장비가 제대로 작동되지 않아 막힌 갱도 안에서 광부들은 숨이 막혀 죽었다는 소문이 나돌았다. 나는 밤마다 아버지와 오빠들이 숨이 막혀 헐떡거리며 죽어 가는 악몽을 꾸었다. 마침내 아버지가 내 꿈에 나타나서 폭발할 때 죽은 거라고, 눈 깜짝할 사이에 숨이 끊어져서 전혀 고통을 느끼지 않았다고 말해 주기 전까지 말이다. 나는 아버지와 좀 더 이야기를 나누고 싶었다. 하지만 잠이 깼고, 그 이후 아버지는 한 번도 내 꿈에 나타나지 않았다.

장례식을 치르고 나서 일주일 후, 그 광산회사의 한 직원이 차를 몰고 우리 집으로 왔다. 엄마는 그때 빨래를 널고 있었다. 엄마는 집에 손님이 오면 으레 앉으라고 플라스틱 의자를 닦아서 내놓곤 했는데, 그 사람에게는 그러지 않았다. 엄마는 그냥 뒷짐을 진 채 서 있기만 했다.

그 남자는 에헴, 저, 하면서 겨우 말을 꺼냈다.

"카벨로 부인, 회사에서는 부인에게 큰 애도의 뜻을 전합니다."

엄마는 그 사람을 빤히 바라보기만 했다.

"그 어떤 것으로도 남편과 두 아드님의 죽음을 대신할 수 없을 겁니다. 하지만 회사에서는 부인이 재기하는 데 조금이나마 도움이 되고자 작은 성의를 표하고자 합니다."

그 남자는 이렇게 말하며 봉투를 하나 내밀었다.

엄마는 그 봉투를 잡아채서는 그 남자의 얼굴에다 던져 버렸다.

"더러운 돈, 옛다 너나 먹어라! 네놈들이 내 남편을 죽였어! 너희들이 내 새끼들을 죽였어! 당장 내 집에서 나가, 이 더러운 놈아!"

그 남자는 허둥지둥 자기 차에 올라탔다. 그리고 차 안에서 우리가 살고 있는 집이 회사 소유라며 고함을 쳤다. 이 집은 광부들을 위해 마련된 집이었다. 하지만 아버지와 오빠들이 세상을 떠난 이상, 우리는 그곳을 떠나거나 집세를 내야 한다고 했다. 엄마는 내빼는 차 꽁무니에 대고 돌멩이를 던졌다.

그다음 날, 식권 발급이 중단됐다. 그리고 만일 집세를 내지 못하면 재산을 모두 압류하겠다는 통지문이 날아왔다. 아버지나 오빠들은 그때까지 돈 한 푼 저축해 두지 않았다. 또한 유서를 쓰거나 보험에 들지도 않았다. 그런 것들은 불행을 가져온다고 믿었기 때문이다. 그래서 우리는 어쩔 수 없이 그들이 보상금이랍시고 내놓은 그 쥐꼬리만 한 더러운 돈을 쓸 수밖에 없었다. 나는 그때 우리가 다시 티로로 돌아갈 수 있을 거라고 생각했다.

"아니." 엄마가 말했다. "세상이 망해서 갈 곳이 그곳밖에 없다 해도 안 돼."

"왜 안 돼?"

"왜냐하면……."

"거기 가서 아빠의 가축 방목장에서 살면 되잖아. 아니면 마을에서 할머니랑 살아도 되고. 그렇지 않으면 외할아버지 댁에서 살아도 되고. 그것도 안 되면 릴리 언니도 있잖아. 형부도 괜찮다고 할 거야. 안 그래, 엄마? 언니를 안 본 지도 너무 오래됐어. 그리고 언니네는 아이가 아직 하나밖에 없으니까 남는 방도 많을 거고."

"산다." 엄마의 목소리에 날이 서 있었다. "세상에는 네가 이해하지 못하는 게 있단다."

"그게 뭔데?"

"네가 더 크면 말해 주마."

"하지만 이젠 나도 알아야겠어. 우린 이제 어디서 살지? 또 뭘 먹고 살아?"

엄마는 나를 꼭 껴안고는 내 이마에 입맞춤을 했다. 그러더니 무슨 뜻에선지 웃음을 터트렸다. 그 웃음은 내 기분을 좋게 하려고 웃은 것인지, 아니면 내 표정이 너무 심각해 보였기 때문이었는지, 아니면 엄마로서도 달리 뭐라 할 말이 없어서 헛웃음을 웃은 것인지 확실히 알수가 없었다. 엄마는 그렇게 웃고 나서 나를 안고 이리저리 몸을 흔들면서 말했다.

"걱정 마라. 엄마가 다 알아서 할 테니까."

그러더니 엄마는 두 눈을 꼭 감았다.

나는 아무 말도 하지 않았지만 내 머릿속은 복잡하게 돌아가고 있었다. 왜 엄마는 티로로 돌아가려 하지 않는 것일까? 엄마가 나한테 말하기 꺼리는 그 엄청난 비밀은 무엇일까?

4

보상금이 바닥이 나자, 우리에겐 고기도 달걀도 살 돈이 없었다. 그래서 우리는 주린 배를 빵과 수프로만 채워야 했다. 얼마 후 빵마저 먹을 수 없는 처지가 되었다.

엄마가 아이작 페토의 집에서 가정부 일자리를 의뢰받았다고 내게 말한 때가 바로 그즈음이었다. 아이작 페토는 광산에서 일하기 위해 수백 마일이나 떨어진 고향집에다가 아내와 자식을 두고 떠나와 있는 처지였다. 그래서 월급날마다 고향집 가족에게 돈을 부쳤다.

아이작의 집은 여느 다른 노동자의 집과 다름이 없었다. 그 집에 방이 두 개 있었는데 하나는 작은 부엌이 딸린 거실이고, 다른 하나는 침실이었다. 그는 우리 식구들이 거실에서 잘 수 있도록 오래된 매트리스 몇 개를 내주었다. 나는 그를 그냥 아이작이라고 불렀다.

아이작의 집은 지저분하기 이를 데 없었다. 온 벽에 검댕이 거뭇거

못 묻어 있었다. 하지만 엄마는 단 며칠 만에 그 집을 윤이 반들반들 나게 만들었다. 엄마는 또 노점상에서 노란색과 파란색 무늬가 있는 화사한 천을 싸게 구입하여 커튼도 만들어 달았다. 그리고 집 밖에다 물을 한 통 길어다 놓고 아이작의 작업복을 빨래 방망이로 탁탁 두들겨 빨았다. 그러자 그의 작업복에서 퀴퀴한 땀 냄새가 싹 달아나고 파룻파룻한 풀잎 냄새가 났다.

신께서 우리의 기도를 들어주신 것 같았다.

그러던 어느 날 밤에, 문득 잠에서 깨어 보니 엄마가 내 곁에 없었다. 나는 엄마가 집 밖으로 나갔나 보다 생각했다. 그런데 아이작의 방에서 무슨 소리가 들렸다.

"쉿, 애가 듣겠어요."

나는 엄마가 우리 침대로 다시 살며시 들어올 때 잠자는 척했다.

다음 날 아침, 엄마가 집 앞마당을 비로 쓸 때 내가 물었다.

"엄마는 아직 아빠 생각해?"

엄마는 어깨를 축 늘어뜨리며 대답했다.

"언제나."

그리고 아무 말 없이 비질을 계속했다.

그 순간 엄마는 내가 그 사실을 알고 있다는 것을 눈치챘다. 하지만 우리는 그 일에 대해서는 한마디도 하지 않았다. 그렇게 우리는 아무 일도 없었던 것처럼 또 한 주를 보냈다. 엄마가 아이작의 방에서 살금살금 우리 침대로 돌아올 때면 나는 촛불을 켰다. 그리고 우리는 아무 말도 하지 않았다. 그때부터 엄마는 내 머리에 이불을 씌우고는 아이작의 방으로 향했다.

일 년 후, 아이리스가 태어났다. 아버지가 다른 나의 첫 번째 동생이었다.

아이리스의 세례식이 일요일 아침 열 시부터 오후 네 시까지 열렸다. 그 후부터 세례식을 축하하러 모인 이웃들과 잔치를 벌였는데, 그 잔치는 밤늦도록 계속되었다. 우리 동네에는 전기가 들어오지 않아서, 아궁이에다가 불을 피워 거리를 밝혔고, 마당에다 횃불을 꽂았다. 사람들은 박수를 치고 춤을 추고 노래를 불렀다. 엄마가 재미난 이야기를 하자 사람들은 배를 움켜쥐고 웃었다. 나도 사람들과 함께 깨어 있어 보려고 했지만, 당시 열한 살이었던 나는 자정이 가까워지자 몰려오는 졸음을 참을 수 없었다.

그리고 얼마나 지났을까. 그다음 순간 기억나는 것은 내가 컴컴한 방의 내 매트리스에 누워 있다는 것이었다. 그리고 누군가 내 온몸을 만지고 있었다.

"누구예요?"

"괜찮아. 나야, 나."

아이작이 속삭였다.

"여기서 뭐 하는 거예요?"

나도 소리를 죽여 말했다.

"그냥 이불 덮어 주려는 거야."

"엄마는 그런 식으로 하지 않아요."

"난 네 엄마가 아니야. 그리고 네 아빠도 아니고. 그러니까 다른 게 당연하지."

나는 어떻게 해야 할지 몰랐다. 몸이 꽁꽁 얼어붙는 것 같았다.

"그렇지, 그래야 착한 아이지. 아무 소리 내지 말고 그렇게 가만히 있어."

그가 말했다.

바로 그때 문이 열렸다.

"아이작?"

엄마였다.

"어? 릴리안?"

그는 황급히 뒤로 나자빠지며 말했다.

"쉬. 난 그냥 샨다를 침대에다 눕히고 있었어. 가여운 것. 그새 잠들었네그려."

"그래요? 어서 나와요. 사람들이 당신을 기다리고 있어요."

엄마가 낮은 소리로 말했다.

"알았어, 금방 나갈게."

아이작은 엄마를 따라 나가다가 문간에서 고개를 돌려 나를 보며 눈을 찡긋하더니 이렇게 말했다.

"잘 자라."

그 일이 있고 나서부터 나는 음식을 먹을 수 없었다. 엄마는 처음에 내가 단순히 배탈이 났다고 생각했다. 하지만 시간이 갈수록 단순한 배탈 같지 않아 보였는지 걱정을 하기 시작했다.

"무슨 문제라도 있니?" 엄마가 물었다.

"아니."

하지만 사실은 모든 게 다 문제였다. 잔치가 열렸던 그날 밤 이후로 아이작은 계속 나를 괴롭혔다. 심지어 엄마가 옆방에서 자고 있는 한 밤중에도 잠시 틈을 타서 나를 찾았다. 낮에도 마찬가지였다. 엄마가 저수탑으로 물을 길으러 나가고 없을 때면, 그는 "이리 와 내 무릎에 앉아." 하고 말했다. 그 일은 그렇게 해서 시작되었다. 나는 엄마에게 함께 물을 길으러 가고 싶다고 말했다. 하지만 엄마는 항상 당근을 썰어 놓으라든가 아니면 아기를 보라든가 하며 나를 집에 남겨 놓고 혼자 나갔다.

나는 그 일이 있을 때마다 비명을 지르고 싶었다. 하지만 그는 자기가 한 짓을 부인할 게 뻔하고 그러면 나만 이상한 아이로 몰리게 될 거라고 생각했다. 어처구니없는 말로 들리겠지만 사실 더 나쁜 경우는 엄마가 내 말을 믿게 될 경우라고 생각했다. 그러면 엄마는 당장 그 집에서 나가야 한다고 할 것이고, 그러면 우리는 아무것도 없이 길바닥에 쫓겨나는 신세가 될 것이다. 그리고 그 모든 불행은 나로 인해 비롯된 것일 테고…… 아무튼 나는 그렇게 생각했다.

하지만 그 일은 내 입을 통해서가 아니라 다른 방식으로 밝혀졌다.

어느 날 오후, 엄마는 저수탑에서 일찍 돌아왔고, 마침 속바지를 내린 채 서 있던 아이작을 목격했다.

"이 짐승 같은 놈, 네가 사람이냐!"

엄마는 소리를 질렀다. 그러면서 그에게 물벼락을 퍼붓고 들고 있던 들통으로 그의 머리를 후려갈겼다. 그러자 그는 엄마를 방 한구석으로 내동댕이쳤다.

"이 화냥년! 더러운 네 딸년이랑 이 집에서 당장 나가!"

그는 고래고래 고함을 질렀다. 이웃들이 다 들을 만큼 큰 소리로. 그런 다음 그는 우리 옷가지들을 창문 밖으로 집어 던졌다.

엄마는 그것들을 주워 비닐봉지 두어 장에 모두 구겨 넣었다. 그런 다음 아이리스를 둘러업고, 한 손으로는 그 비닐봉지들을, 또 다른 한 손으로는 내 손을 잡았다. 엄마는 그를 노려보며 말했다.

"평생토록 널 저주할 거야, 아이작 페토."

엄마는 그에게 침을 퉤 뱉고는 또 이렇게 말했다.

"내 모든 신의 이름을 걸고 널 저주하겠다. 그리고 너를 낳은 네 조상들까지."

이웃집 여자들이 집 밖으로 나와 싸움을 구경했고, 몇몇 남자들은 무슨 재미난 쇼라도 벌어진 것처럼 몰려들었다. 엄마는 그 사람들을 날카롭게 쏘아보며 소리쳤다.

"이봐요, 아저씨들 보긴 뭘 봐. 어디 불구경이라도 났어?"

엄마는 몸을 홱 돌려서 나와 아이리스를 데리고 골목을 걸어 내려갔다. 우리가 모퉁이를 막 돌았을 때 나는 내 뺨에 흐르는 눈물을 느꼈다.

"울지 마라, 샨다."

엄마가 차분한 목소리로 속삭였다.

"사람들 앞에서는 절대 우는 모습을 보여서는 안 돼."

타파 아줌마가 우리를 받아 주었다. 아버지와 아줌마의 첫 번째 남편은 광산의 같은 조에서 일했던 동료였다. 그리고 두 분은 같은 날 같은 갱도에서 함께 묻혔다. 하지만 엄마와는 달리 타파 아줌마는 운이 좋았다. 장례식을 마치자마자 타파 아줌마는 전남편의 형과 재혼을 했던 것이다. 타파 아저씨는 '유나이티드 컨스트럭션'이라는 건설 회사에서 벽돌공으로 일했다. 아저씨는 회사를 쉬는 날이면 마당 한 구석에 시멘트 벽돌을 쌓아서 방을 만들곤 했는데, 아저씨는 그 방들 중에 하나를 우리에게 빌려 주었다. 우리는 가진 돈이 한 푼도 없었다. 하지만 타파 아줌마는 우리가 돈을 내고 살 집을 구할 때까지 그곳에서 지내라고 말했다.

"고마워요."

엄마가 타파 아줌마에게 말했다.

"하지만 우리는 동정은 원치 않아요. 이 방을 빌려 주시는 대가로, 댁의 마당도 쓸고, 집안의 허드렛일도 하고, 또 심부름도 해 드리겠어요."

타파 아줌마는 그 말에 동의했다.

그날 밤, 타파 아저씨는 일터에서 돌아오자마자 엄마를 자기 차에 태우고 아이작의 집으로 향했다. 우리가 두고 온 몇 가지 살림살이를 가져 오기 위해서였다. 살림살이라고 해 봐야 냄비와 프라이팬 몇 개, 몇 장의 홑이불과 수건, 아이리스의 장난감이 고작이었다. 거기다가 엄마는 돌아가신 아버지와 오빠들을 기억할 수 있는 몇 가지 물건도 되찾고 싶어 했는데, 그것은 아버지와 오빠들의 장례식 차례표와 아버지의 사냥 총 몇 자루였다.

"그 아이작 페토란 작자, 당신 남편이 가니까 아무 소리도 못하더라고요."

이것은 나중에 엄마가 타파 아줌마에게 한 말이다. 엄마는 또 이렇게 말했다.

"내가 내 물건을 찾아서 들고 나올 때까지 그냥 방구석에 숨어 있었어요."

타파 아저씨와 아줌마 사이에는 자녀가 없다. 하지만 그 두 사람은 각각 전남편과 전처에게서 얻은 자녀들이 있었다. 그 집에서 함께 살았던 자녀는 타파 아줌마의 아들인 엠마누엘 한 명뿐이었다. 엠마누엘은 나보다 나이가 많았는데, 아주 머리가 좋았다. 엠마누엘은 소문난 공부벌레였기 때문에 얼굴도 거의 볼 수가 없었다. 타파 아저씨와 아줌마의 다른 자녀들은 모두 성장하여 결혼을 했다. 그래서 생일날이나 명절 때, 혹은 가끔씩 함께 저녁을 먹기 위해 한자리에 모이곤

했다.

축하할 일이나 가족 행사가 있을 때마다, 타파 아저씨 부부는 엄마와 나를 꼭 초대했다. 나는 그 두 분을 '삼촌'과 '이모'라고 불렀다.

타파 아저씨네 옆집에는 듀베 씨라고 불리는 한 늙수그레한 이발사가 살고 있었다. 듀베 아저씨는 이가 다 썩어서, 입 냄새를 감추기 위해 항상 헤어토닉(머리에 발라 머리카락이 나게 하는 약제)으로 양치질을 했다.

듀베 아저씨는 길가 지붕 없는 창고에서 사람들의 머리를 잘랐다. 그 동네에 있는 사람들은 모두 아저씨에게 와서 머리를 잘랐다. 왜냐하면 아저씨는 입심 좋은 재담꾼인 데다가, 아저씨의 가위는 항상 날이 잘 서 있었고, 빗도 언제나 깨끗했기 때문이었다. 또한 아저씨는 12볼트 전지가 달린 이발 기계 한 세트도 가지고 있었고 라디오도 한 대 가지고 있었다. 차례를 기다리기가 지루한 사람들은 라디오에서 흘러나오는 음악에 맞춰 춤을 추곤 했다.

듀베 아저씨는 집을 한 채 가지고 있는 홀아비였지만 슬하에 자식은 없었다. 엄마는 가진 것 전혀 없는 아이 둘 딸린 과부였다. 아저씨가 엄마에게 청혼을 하기까지는 그리 오랜 시간이 걸리지 않았다. 듀베 아저씨는 잘생기지는 않았지만, 엄마를 부를 때 항상 조용하고 존경을 담은 목소리로 "릴리안."이라고 했다. 마치 성경에 나오는 성인의 이름을 부르듯이. 그리고 아저씨에겐 집이 있었기 때문에 엄마가 결혼을 하면 다시 거리에 나앉을 걱정은 하지 않아도 되었다. 그래서 엄마는 아저씨의 청혼을 받아들였다.

결혼식을 마친 후, 아저씨가 나에게 자기를 '아빠'라고 부르라고 했다. 나는 고맙다고 하면서 친아버지의 기억 때문에 그 말이 잘 나오지 않는다고 말했다. 그러자 아저씨는 온화하게 미소를 지으며 이해한다고, 그냥 '듀베 아저씨'라고 불러도 상관없다고 말했다.

일 년 뒤, 모두들 '솔리'라고 부르는 남동생 솔로몬이 태어났다. 솔리는 보조개가 있는 아주 귀여운 아이다. 내가 학교에 간 사이에 듀베 아저씨는 노천 이발소에서 사람들을 즐겁게 해 주면서 머리를 깎았고, 엄마는 집에서 아이리스와 솔리를 돌봤다. 저녁이면 우리는 모두 집 앞마당에 둘러앉아서 웃으며 재미있는 이야기를 나누었다. 아저씨가 아이리스와 솔리를 안고 있는 동안 엄마는 하루 종일 서 있느라 퉁퉁 부어오른 아저씨의 두 발을 주물러 주었다. 나는 무릎을 감싸고 앉은 채 그 광경을 보면서 싱긋 미소를 짓곤 했다.

우리는 그렇게 한동안 행복한 나날을 보냈다. 그러던 어느 날 밤, 듀베 아저씨가 위가 아프다고 했다. 그러면서 아저씨는 자리에 누웠는데 그다음 영영 일어나지 않았다. 심장마비였던 것이다. 나는 아주 오랫동안 엉엉 울었다. 하지만 마음 한구석으로는 듀베 아저씨는 운이 좋은 사람이라고 스스로를 위로하려 했다. 심장마비는 갑작스럽게 찾아왔고 또 고통도 거의 느끼지 않았기 때문이다. 아저씨는 고통 없이 세상을 떠났다. 나도 아저씨처럼 그렇게 세상을 떠나고 싶다.

가끔씩 듀베 아저씨의 썩은 이를 떠올리면 내 마음 한구석이 짠해 옴을 느낀다. 아저씨는 우리 모두를 무척이나 잘 대해 주셨다. 아저씨를 한 번이라도 '아빠'라고 불러 드렸다면 좋았을 것을…… 하늘에 계신 아버지도 그것만은 용서해 주셨을 것이다. 게다가 듀베 아저씨는 나에게서 '아빠'라는 소리를 무척이나 듣고 싶어 했었다. 내가 아저씨를 사랑했었다는 것을 아저씨도 아셨기를 바랄 뿐이다.

엄마가 그 집을 상속받아서 우리는 계속 그 집에서 살 수 있었다. 엄마는 채소밭을 일구기 시작했고, 앞마당에서 닭도 몇 마리 키웠다. 하지만 우리에게 돈은 한 푼도 없었다. 듀베 아저씨의 치료비와 약값을 대느라, 그리고 장례식을 치르느라 아저씨가 저축한 돈을 모두 써 버렸기 때문이다. 이제부터는 엄마가 우리 가족을 먹여 살려야 했다.

그것이 바로 요나가 등장하게 된 이유인 것 같다. 엄마에게는 집이 있었고 그에게는 직장이 있었으니까. 요나는 엄마에게 청혼을 했지만 엄마는 거절했다. 엄마는 듀베 아저씨가 물려준 집의 소유권을 계속 가지고 있고 싶어 했다. 아이리스와 솔리 그리고 나를 보호하기 위해서. 만약에 일이 잘못될 경우에 대비해서 말이다.

요나는 타파 씨가 다니는 건설회사에서 알게 된 친구였다. 요나는 청산유수 같은 말솜씨를 가진 허풍선이에다 호탕하게 잘 웃는 남자였는데, 시내 쇼핑몰이나 사무실 건물을 짓는 데 필요한 콘크리트를 건설 현장에 날라다 주는 일을 했다. 해고되기 전까지는 말이다. 요나는 잔치나 연회에 가서 밤새 술 마시고 노는 것을 좋아했는데 그 때문에 회사에 빠지거나 땡땡이를 부리는 일이 자주 일어났고, 회사에서는 그런 일을 그냥 두고 보지 못했던 것이다.

엄마가 사라를 가졌을 때까지만 해도 그는 허드렛일을 하는 임시직이나마 돈을 벌고 있었다. 하지만 사라가 태어나고, 엄마가 유산을 하고 난 후부터는 쉑쉑이*에 취한 채 선술집에만 죽치고 앉아 시간을 보냈다.

* 쉑쉑이: 세츠와나 말로 보잘와(bojalwa)라는 양조 술을 일컫는 속어다. 보잘와는 볏과 수수속에 속하는 열대 지방에서 나는 곡물인 마벨레를 발효시켜 만든 맥주와 비슷한 술이다.

5

'영원의 빛' 장의사에서 집으로 돌아오니 벌써 열 시였다. 아이리스와 솔리는 아침에 내가 나갈 때와 똑같이 마당에 있었다. 엄마가 아이리스에게 오늘은 유치원에 가지 않아도 된다고 했다. 그래서 동생들은 뭔가 중요한 일이 일어난 것은 알고 있었지만 그게 뭔지는 모르고 있었다.

솔리는 제 발가락을 만지작거리며 현관문 옆에 조용히 앉아 있다. 반면에 아이리스는 특유의 그 불안하고 짜증스러운 모습을 하고 있다. 머리 위에 먹구름을 이고 있는 사람처럼 잔뜩 찌푸린 얼굴로 마당을 왔다 갔다 하면서. 아이리스는 나를 보자 성큼성큼 다가와서는 떡 하니 뒷짐을 지고서 이렇게 말했다.

"사라는 아직까지 자고 있어. 오전 내내 잠만 잔다고. 어서 깨워."

"그렇게 골목대장처럼 굴지 마."

"난 그러지 않았어."

아이리스는 발을 탕탕 구르며 말했다.

"제발 부탁인데, 아이리스. 철 좀 들어라. 계속 그렇게 굴면 엉덩이를 때려 줄 거야."

"어디 때려 봐. 때려 보라고. 엄마한테 일러바칠 거야."

아이리스가 이런 식으로 굴 때면, 더 이상 상대를 하지 않는 편이 낫다. 아이리스는 세상에서 자기가 가장 똑똑한 줄 안다.

"왜 콩밭에 물을 안 줬어?"

내가 물었다. 아이리스는 뭐 그런 뻔한 질문을 하느냐는 듯 하품을 했다.

"좋아, 네 맘대로 해. 난 이제 상관 안 할 테니까."

아이리스는 휴 한숨을 쉬더니만 솔리를 향해 말했다.

"솔리, 이리로 와. 우리 재미있는 놀이 하자. 돌탑을 누가 더 높이 쌓을 수 있는지 내기하는 거야. 돌은 우리 집 앞마당에 있는 걸로만 해야 해. 그리고 돌은 손으로 줍는 게 아니라 팔꿈치로 주워야 해."

나는 집 안으로 들어갔다. 죽음의 냄새가 빠져나가도록 덧문은 계속 열어 두었다.

엄마는 사라의 머리를 예쁘게 땋아서 엄마와 요나가 함께 쓰는 매트리스 위에 뉘어 놓았다. 그리고 엄마도 사라 옆에 웅크린 채 누워서 사라의 뺨을 도닥이고 있었다. 나는 엄마에게 베이트만 씨가 한 시에 도착할 거라고 말했다. 하지만 장례식이 목요일에 있을 거라는 말은 전하지 않았다.

"베이트만 씨가 아무 걱정 말래. 장례식은 훌륭하게 치를 거라고."

엄마는 내 얼굴을 쳐다보지도 않고 말했다.

"베이트만 씨한테 다시 가서 오지 말라고 해. 우리한텐 장례식 치를 돈이 없어. 누가 돈을 몰래 훔쳐 갔어."

엄마는 그 돈을 누가 훔쳐 갔는지 말하지 않았다. 굳이 말할 필요도 없었던 것이다.

"엄마, 훔쳐 간 게 아니야." 난 거짓말을 했다. 엄마 기분을 좋게 해 주기 위해서. "내가 가져갔어. 베이트만 씨에게 선불금을 주려고."

엄마는 몸서리를 치며 말했다. "오, 주여, 용서하소서. 가끔씩 난 아주 나쁜 생각을 한다니까."

나는 엄마의 이마에 입을 맞췄다.

"이제 좀 쉬어, 엄마. 나 곧 돌아올게."

나는 급히 밖으로 뛰어나가 내 자전거에 올라탔다. 그리고 마을의 선술집으로 내달렸다.

그 선술집은 시반다 씨 부부가 운영하고 있다. 그곳은 건물이 아닌 널찍한 야외에다 텐트를 쳐서 만든 술집인데, 흙길과 구분하기 위해 육 척 높이의 시멘트벽을 빙 둘러 쌓았다. 그 높다란 시멘트벽은 동네 사람들이 그 안에 있는 손님들의 술 취한 모습을 들여다보지 못하게 막는 구실도 했다.

나는 높다란 나무문을 통과해서 안으로 들어갔다. 도둑맞지 않으려고 자전거도 끌고 들어갔다. 내 오른쪽에는 죽은 나무와 기둥 세 개에 방수 천막을 걸쳐 놓고, 사람들이 그 아래에 앉아서 도박을 하고 있었다. 내 왼쪽에는 시반다 부인이 담배며 콜라, 튀긴 바나나칩을 팔고 있는 작은 매점 앞에 사람들이 줄을 서 있었다.

하지만 정작 내 눈에 확 들어온 것은 마당 안 쪽 깊숙한 곳이었다. 거기에는 시반다 씨 부부가 그들의 자녀들과 며느리와 사위들, 그리고 손자 손녀들과 함께 살고 있는 오두막 대여섯 채가 들어서 있는데, 선술집에 오는 손님들의 모양새처럼 하나같이 불안정해 보였다.

그곳은 시반다 씨가 선술집에서 파는 쉐쉐이를 직접 만드는 곳이기도 하다. 손님들은 쉐쉐이 새 술통이 나오기를 기다리는 동안 거기서 서로 소리치고, 떠들고, 티격태격 싸우고, 서로 내동댕이치면서 시간을 보낸다.

시반다 씨네 술통은 깨끗하다고들 하지만, 통 밑에 가라앉은 침전물을 섞으려고 휘저을 때마다 가끔씩 죽은 딱정벌레들이 위로 둥둥 떠오르곤 한다. 날씨가 얼마나 더운지, 혹은 마벨레*가 어느 정도 발효되었는가에 따라, 쉐쉐이 단 몇 모금만 들이켜도 바로 기절할 수 있다.

내가 들어갔을 때는 특히나 더 소란스러웠는데, 그건 시반다 씨의 아들들이 방금 빚은 술 한 통을 마당으로 끌고 나왔기 때문이었다. 시반다 씨의 손녀 중 하나가 그 술을 빈 주스 통에 부어 담고 있었다. 그 주스 통은 시반나 씨 가족이 쓰레기장에서 주워 와서 물 한 통을 받아 놓고 설렁설렁 씻어 행군 것들이다.

---

* 마벨레: 열대 지방에서 나는 볏과 수수속에 속하는 곡물로서. 발효를 시켜 맥주와 비슷한 보잘와라는 이름의 술을 만들기도 하고, 포리지라는 죽을 만드는 데도 사용한다.

요나를 찾으며 사람들 쪽으로 걸어가면서, 나는 두 살배기 파울로 시반다의 다리에 걸려 넘어질 뻔했다. 파울로는 몸에 아무것도 걸치지 않은 채 날 보고 히죽 웃었다. 파울로는 빈 주스 통이 신발이나 되는 양, 양발을 하나씩 끼워 넣은 채로 있었다. 그 주스 통이 발에 맞지 않아서 걸으려 할 때마다 넘어졌는데, 그런 제 꼴이 그렇게나 우습고 재미있는 모양이다.

"어이, 산다!"

어디선가 내 이름을 부르는 소리가 들렸다. 그 쪽을 돌아보니, 거기 메리가 있었다. 메리는 기둥에 기댄 채 미친 사람처럼 마구 손을 흔들어 댔다.

"사라 소식은 들었어. 안됐다, 오랜 친구."

메리한테는 모든 사람이 '오랜 친구'다. 메리는 이 동네 사람들을 모두 알고 있다. 이게 좀 과장됐다면, 적어도 동네 사람들 모두가 메리를 알고 있는 것은 사실이다. 메리는 내 큰오빠와 학교를 함께 다녔다. 그 당시 메리는 인기가 있었다. 재미있고 얼굴도 예쁜 데다가 노래도 곧잘 했으며 사람들 흉내 내는 재주도 있었다. 그렇다고 거만하거나 잘난 체하지도 않았다.

이제 메리는 스물다섯 살이고, 아이 넷을 두었는데 모두 메리의 친정 엄마가 키우고 있다. 메리는 하루 종일 공짜 술을 얻어먹으려 이 술집 저 술집을 전전하며 보낸다. 메리는 볼 때마다 똑같은 털모자를 쓰고 있는데, 그건 오른쪽 눈썹에 난 흉터를 가리기 위해서이다. 오늘 메리는 허리를 끈으로 졸라매는 헐렁한 파자마를 입었는데, 그 바지 자락이 그녀의 무릎에 난 상처를 가려 주었다. 메리는 앞니가 부러진 뒤부터 말할 때마다 손으로 입을 가리곤 했지만, 지금은 전혀 개의치 않는다.

사람들 사이에 떠도는 소문이 있는데, 그것은 메리가 술에 취해 정신을 잃었을 때 남자들이 메리를 끌고 헛간으로 데리고 가서 재미를 봤다는 것이다. 사실 작년에 메리는 갈지자로 골목을 누비면서 누가 제 팬티를 훔쳐 갔느냐며 대문이란 대문은 모조리 두들기고 다니는 웃지 못할 진풍경을 연출했었다. 다행히도 메리는 그때 일을 하나도 기억하지 못하고 있다. 혹은 그게 모두 장난이었다는 듯 웃어넘기고 있다. 하지만 일 년이 지난 지금도 사람들은 메리만 보면 그 일을 떠올리며 이렇게 놀려 댄다.

"어이, 메리, 그때 그 팬티는 찾았어?"

그러면서 왁자지껄 웃는다. 그러면 메리도 그들과 함께 웃는다. 그렇게 웃는 메리의 진짜 속은 어떨지가 무척 궁금하다.

요나의 머리가 메리의 무릎 위에 얹혀 있는 것을 본 순간, 내가 폭발하지 않은 것도 바로 그 때문인지 모른다. 메리는 요나와 함께 놀아난 첫 번째 여자가 아니다. 그리고 마지막 여자도 아닐 것이다. 게다가 요나는 지금 고주망태가 되어 있어서 딴 여자랑 놀아나고 싶어도 그럴 수 없는 상태다. 그의 퉁퉁 부은 눈꺼풀은 파리를 쫓느라 연방 깜박대고 있다.

메리는 요나를 흔들어 재우고 있었다.

"마음이 몹시 아픈가 봐. 지금까지 '사라, 사라'만 부르고 있어."

메리가 말했다.

요나는 머리를 흔들었다. 그러면서 마치 저승사자 같은 목소리로, "사라."라는 말을 되풀이했다.

"샨다가 왔어."

메리가 그에게 말했다.

요나의 표정에 당황한 기색이 역력했다. 그의 감긴 두 눈꺼풀이 바들바들 떨렸다.

메리는 요나의 이마에 새로 난 상처를 보여 줬다. 뭔가에 맞았는지 크게 찢어져 있었다. 메리가 낮은 목소리로 이렇게 말했다.

"돌덩이를 하나 집어 들고는 자기 이마를 세게 쳤어. 악마를 쫓아 내려고 말이야."

"그 머리를 더 세게 쳤어야 했는데."

내가 말했다.

메리는 처음에는 제 귀를 의심하는 듯했다. 그러다가 잠시 후 낄낄 웃으며 말했다.

"맘에 든다, 친구. 넌 농담을 잘하지."

나는 "내가?" 하고 반문하며 요나의 다리를 찼다. 요나가 얼떨떨한 표정으로 깨어났다.

"요나."

나는 다시 한번 소리쳐 불렀다.

"베이트만 씨가 한 시에 사라를 데리러 오기로 했어요. 알아들었어요?"

"사라."

그가 중얼거렸다.

"맞아요. 사라 때문에. 한 시에 집으로 온대요. 집에 가 있어야 해요."

요나는 고개를 끄덕이더니만 또다시 의식을 잃었다. 나는 그의 호주머니를 살살이 뒤지기 시작했다.

메리가 재빨리 눈치를 채고는 말했다.

"지금 뭐 하는 짓이야?"

"아무것도 아니야."

마침내 내가 찾고 있던 것을 찾아냈다. 그것은 작은 돈뭉치. 칭칭 감겨 있던 고무줄이 사라진 돈뭉치. 엄마가 몰래 숨겨 두었던 비밀 장소에서 사라진 그 돈. 그 돈은 거의 그대로 있었다. 나는 그곳을 빠져나오려고 일어섰다.

메리가 요나의 머리를 옆으로 밀어 두고는 벌떡 일어섰다.

"요나 돈을 가지고 어딜 가려는 거야?"

그녀가 소리를 질렀다. '돈'이라는 소리에 우리 주위로 술주정뱅이들이 모여들었다.

"이 돈은 장례식에 쓸 돈이야."

"누구 장례식?"

메리는 나를 세게 밀쳤고, 그 바람에 나는 나자빠질 뻔했다.

"진정해, 메리." 내가 말했다. "술 먹을 돈 때문에 싸울 필요 없어. 오늘 요나는 원하는 만큼 공짜 술을 먹을 수 있을 테니까."

내 말에 메리는 쳐들고 있던 두 팔을 내려놓았다. 그리고 온몸을 흔들며 웃어 댔다. 그러고 나서 내 손을 잡고 악수를 하며 말했다.

"넌 좋은 친구야, 샨다. 좋은 친구."

"맞아. 아무튼 요나를 한 시까지 집으로 돌려보내 줘."

나는 우리를 둘러싸고 있는 사람들 사이로 자전거를 밀고 나갔다. 사람들은 내 길을 막고 서 있으면 어떤 봉변을 당할지 모른다는 느낌을 받았는지 주춤주춤 뒤로 물러섰다. 그건 맞는 생각이었다.

6

내 머리에 가끔씩 나쁜 생각들이 들어차곤 한다. 예를 들면 바로 지금 같은 경우다. 요나의 호주머니를 뒤지면서 나는 이런 생각을 했다.

'요나, 당신은 왜 죽지 않는 거예요? 당신이 죽으면 우리 식구들이 훨씬 더 편해질 텐데!'

신부님은 사악한 생각은 사악한 행동만큼이나 나쁘다고 하셨다. 그래서 나쁜 생각을 한 것만으로도 우리는 고해성사를 해야 한다고. 나는 지난 2년 동안 매주 빠짐없이 이런 내 생각을 신부님께 고해 왔다. 시간이 갈수록 그런 나 자신이 점점 부끄러워진다.

하지만 정말이지, 엄마는 왜 요나와 함께 사는 것일까? 엄마는 왜 우리 셀라라메 선생님 같은 분과 살지 못하는 걸까? 셀라라메 선생님은 아는 것도 많고, 재미있고, 친절하시다. 게다가 잘생기셨다. 가끔씩 나는 수업 중에 선생님이 우리 아버지가 되는 상상을 해 본다. 내 진짜 아버지를 제외한다면 선생님이 이 세상에서 가장 좋은 아버지일 것이다.

언젠가 가족들과 시장에 나온 선생님을 본 적이 있다. 선생님과 사모님은 서로 귓속말로 속삭이고 깔깔 웃었다. 마치 이 세상에 둘만이 있는 것 같은 행복한 모습이었다. 또 한 번은 채소 가게에서 감자 다섯 개와 무 하나를 가지고 곡예사처럼 던져 받기를 하며 아들과 딸을 즐겁게 해 주던 선생님을 본 적이 있다. 선생님은 정말 못하는 게 없는 분이다.

신부님은 질투는 또 다른 죄를 부른다고 하셨다. 그러니까 선생님의 자녀들에게 질투를 느낀 나는 고해성사를 해야 할 만큼 충분히 큰 죄를 지은 셈이다. 그래서 나는 셀라라메 선생님 가족에 대해 생각하는 나 자신을 발견할 때마다, 요나에 대한 좋은 기억들을 떠올려 보려고 애쓰곤 한다. 내가 요나를 미워하지 않았던 그 시절의 기억들을. 사실 요나가 엄마와 함께 있어 줘서 내가 기뻐했던 적도 있었다.

대부분의 남자들은 나이 마흔에 아이가 셋 딸린 여자라면 거들떠보지도 않는다. 하지만 요나는 상관하지 않았다. 요나는 맨 처음부터 그 모든 사실을 알고 있었으면서도 엄마를 사랑했다. 우리 동생들도 자기 자식처럼 대했다. 그가 우리 집으로 들어왔을 때, 엄마는 다시 콧노래를 흥얼거리기 시작했다. 그냥 아무 이유 없이 저절로 말이다. 그리고 아버지가 돌아가신 후 처음으로 나는 엄마가 춤을 추는 것을 보았다.

요나는 술 취하지 않은 맑은 정신일 때는 지금도 여전히 엄마의 얼굴에 환한 웃음꽃을 피울 수 있다. 그는 엄마를 안아 주고, 여러 가지 문제를 해결해 주고, 솔리와 아이리스와도 놀아 주었다. 그는 또 일도 열심히 했었다. 집수리도 하고, 이것저것 잡일도 하고, 고물 수거장에서 쓸 만한 물건들을 주워 와서 수리한 후 내다 팔기도 했다. 무엇보다도 중요한 것은 그가 엄마를 환하게 웃게 만들었다는 사실이다. 나는 엄마의 웃는 모습을 너무나 좋아한다. 엄마의 웃음은 호탕하고 넉넉하다. 그 웃음소리를 들으면 엄마가 마치 커다란 가슴에 오동통한 허벅지, 그리고 아이를 여럿 낳아서 배가 보기 좋게 튀어나온 그런 풍만한 여성인 것처럼 느껴진다.

엄마는 한때 그 웃음소리에 걸맞은 풍만한 몸매를 가지고 있었다. 그러나 지금은 아니다. 사라 걱정에 살이 많이 빠졌다.

"몸에 살을 더 찌워야 될 텐데."

엄마가 거울에 자신의 몸을 비춰 보며 이런 말을 할 때면, 요나는 "어리석은 소리. 지금이 딱 좋아. 당신은 완벽해." 하고 말했다. 그 말에 엄마의 얼굴에는 웃음꽃이 환하게 피곤 했다.

요나가 맨 처음 우리 집으로 옮겨 왔을 때는 그런 작은 것들 때문에 요나가 좋았다. 하지만 지금은 아니다. 엄마가 유산을 하고 난 다음부터 요나의 좋은 날, 다시 말해서 술에 취하지 않은 정신이 맑은 날은 점점 더 줄어만 갔다. 거의 매일 밤 요나의 친구들이 술 먹자고 요나를 불러냈다. 그럴 때면 요나는 항상 친구들과 나갔다. 한 번은 사라의 몸이 불덩이였을 때, 엄마가 요나에게 제발 집에 있으라고 빌며 매달린 적이 있다. 심지어는 문간을 가로막기도 했다. 그때 요나의 친구들은 낄낄 웃어 댔다. 요나는 엄마에게 친구들 앞에서 창피를 준다며 버럭버럭 소리를 질렀다. 그러고는 이 집의 가장이 누군지를 보여 줄 심산으로 접시들을 깨부수며 난동을 부리다가 집을 나가서는 일주일 동안 술통에 빠져 들어오지 않았다.

에스더는 내게 나쁜 것만 생각하지 말고 좋은 일들도 떠올려 보라고 말한다. 요나가 아무리 곤드레가 되도록 술에 취해도 우리 가족에게는 절대 손찌검을 하지 않지 않느냐. 그리고 술 마시고 난 다음에는 항상 무릎을 꿇고 눈물을 흘리며 후회와 반성을 하지 않느냐 등등.

"그럼 다야?" 하고 내가 되물었다. "술만 취했다 하면 완전히 다른 사람이 돼 버리는걸. 길바닥에 쓰러지질 않나, 고약한 냄새를 풍기질 않나. 뭣보다 용서할 수 없는 건, 딴 여자랑 바람 피우고 돌아다니는 거야."

"애처럼 굴지 마." 에스더가 말했다. "많은 남자가 바람을 피워. 세상 남자들 다 그래."

"네가 그걸 어떻게 알아?"

에스더는 장난기 어린 눈으로 대답했다.

"그냥 알아."

에스더는 언제든지 맘만 먹으면 어른처럼 행동할 수 있다. 어쨌거나 내가 장담할 수 있는 사실은 만약 요나가 아닌 다른 사람이었다면 엄마는 당장 짐 보따리를 내동댕이치며 쫓아냈을 거라는 것이다. 요나가 접시를 깨부순 날 밤, 나는 미친 듯이 화를 냈다.

"왜 그 작자를 내쫓지 않는 거야?"

그러자 엄마는 두 눈에 노기를 담고 말했다.

"그런 말은 다시는 하지 마라. 알겠니? 그게 사라 아버지에게 할 소리냐? 존경심을 좀 보여 봐!"

"왜 그래야 돼? 그 사람은 우리한테 털끝만큼의 존경심도 보이지 않는데?"

그러자 엄마는 아주 조용해져서는 이렇게 말했다.

"그게 힘들다는 건 엄마도 잘 알아. 하지만 아저씨를 용서해 줘. 아저씨는 지금 몹시 괴로워하고 있어."

"흥, 누군 안 그래?"

엄마는 더 이상 대꾸를 하지 않았다. 그냥 무릎을 꿇고 바닥에 앉아서 깨진 접시 조각을 앞치마에 주워 담을 뿐이었다. 엄마의 두 눈은 감겨 있었다.

지난 몇 개월 동안 요나가 친구들이랑 어울려 밖으로 나돌아 다닐 때, 우리는 악마의 발톱* 뿌리를 달여 만든 차로 사라의 발진을 가라앉히려고 온밤을 꼬박 새웠다. 바깥에서 술에 취해 고래고래 지르는 소리가 들릴 때마다 나는 벌떡 일어나 소리를 지르고 싶은 심정이었다. 하지만 엄마는 아니었다. 엄마는 하던 일에서 눈을 떼지 않고 이

---

* 악마의 발톱: 뿌리가 매의 발톱을 닮은 아프리카 남부 지역에서 자라는 식물. 이 지역 사람들은 이 식물의 뿌리를 잘게 썰어서 햇빛에 3~4일 바짝 말린 다음, 통증을 가라앉히거나 관절의 염증을 억제시키는 민간 치료제로 사용한다.

렇게 말했다.

"요나가 술 끊을 거라고 약속했어. 그러니까 언젠가는 끊을 거야. 두고 봐."

사람이 무언가를 믿는다는 것이 중요하다는 것은 나도 알고 있다. 하지만 믿을 것을 믿어야지. 어쨌거나 사랑은 사람을 바보로 만드는 모양이다.

7

나는 선술집에서 나오자마자 곧바로 타파 아줌마 집으로 향했다. 친척들에게 사라의 소식을 알리기 위해 아줌마네 전화를 쓸 수 있느냐고 부탁해야 한다.

나는 좀 떨렸다. 타파 아줌마와 나는 더 이상 친하게 지내지 않기 때문이다. 일전에 나는 엄마에게 타파 아줌마를 더 이상 '이모'라고 부르지 않겠다고 말했었다. 엄마는 그러면 아줌마 기분이 상할 거라고 말했다. 그때 나는 이렇게 말했다.

"좋아, 그럼 아줌마에게 아무런 호칭도 안 쓸 거야."

내가 변했는지 아니면 아줌마가 변했는지 또는 내가 아줌마를 예전과 다르게 보고 있기 때문인지 그건 나도 잘 모르겠다.

하지만 분명한 사실은 타파 아줌마는 이 세상을 자기 손아귀에 쥐고 흔들고 싶어 한다는 것이다. 하지만 결국 세상을 손에 넣을 수 없다는 것을 깨달은 아줌마는 그 대신 우리 동네를 손에 넣고 좌지우지 하기로 마음을 먹은 모양이었다. 특히 나와 우리 가족을 말이다. 태양이 대지를 바짝 달구기 한두 시간쯤 전이면 아줌마는 어김없이 꽃무늬 양산을 받쳐 쓰고 그와 어울리는 꽃무늬 손수건을 소맷자락에 걸치고 마을 일대를 한 바퀴 돈다. 아줌마는 친목 차원에서 동네를 돈다고 말하지만 사실은 동네 사람들에게 아이를 어떻게 길러야 하는지 또는 야채 씨는 어떻게 뿌려야 하는지 등을 일일이 훈계하고 싶어서 그렇다는 것을 나는 알고 있다.

"우리 애 같았으면 말이야……."

이건 누구네 아기가 젖니가 난다는 소리에 타파 아줌마가 한마디 한 소리다.

"나라면 당근을 깎아서 애 입에 물려 주겠어."

타파 아줌마는 동네 순회의 마지막 코스로 항상 우리 집을 방문한다. 아줌마가 방문할 때면 엄마는 으레 하던 일을 멈추고 아줌마에게 차와 비스킷을 대접한다. 이것은 우리가 오갈 데 없는 처지였을 때 아줌마가 우리에게 머물 곳을 제공해 주었기 때문이며 또한 아버지와 아줌마의 첫 남편이 친구 사이였기 때문이며 아줌마 집에서 잔치가 열릴 때마다 우리가 대받아 가기 때문이다. 나는 엄마에게 그런 이유 때문에 우리가 평생 아줌마의 비위를 맞추며 살아야 되느냐고 물었다.

"쉬잇!" 엄마는 손가락을 하나 입에 갖다 대더니만 하하 웃으며 말했다. "우리는 이웃사촌이잖니."

어쨌든 타파 아줌마는 우리 집 그늘에 앉아서 솔리와 아이리스에게 부채질을 시킨 채 엄마에게 최근에 떠도는 소문을 들려주면서 먹고, 마시고, 손수건으로 이마의 땀을 훔쳤다.

우리 집에서는 그나마 내가 운이 좋은 것이 주중에는 학교에 가 있기 때문에 그 아니꼬운 꼴을 보지 않아도 되었다. 그러나 주말이나 휴일에는 나도 그중 한 명이 되어 있어야 했다. 그럴 때면 나는 땅바닥에 앉아서 책을 읽거나 숙제를 하거나 한다. 그러면서 타파 아줌마가 무슨 말을 해도 못 들은 체하려고 애를 쓴다. 하지만 결국에는 엄마와 아줌마가 옛날 우리가 살았던 탄광촌에서 있었던 일들을 이야기하는 것을 듣고야 만다.

옛 시절을 추억하는 대부분의 이야기는 우습고 재미있다. 예를 들면 엄마가 저녁으로 내놓은 검은콩 요리를 아버지가 세 접시나 먹고 나서 야근 작업을 하러 갔던 이야기다. 타파 아줌마가 눈물이 그렁그렁 고일 정도로 배를 쥐고 웃으며 말했다.

"그 엘리베이터에 스무 명이 넘는 남자들이 꽉 들어차 있는데, 핫하하하, 그런데 당신 남편 조수아가 가스 파이프에서 뿜어 내는 가스보다 더 엄청난 양의 독가스를 발사했으니, 아이고 배야. 이 여편네야, 밤 근무하는 남편한테 검은콩을 먹이다니, 생각이 있는 사람이야? 하하하. 내 전남편 미샥은 그 독가스 때문에 일주일이나 기절해 있었다고. 핫하하하."

엄마도 대기가 흔들릴 만큼 커다란 소리로 웃었다.

"당신 전남편 미샥 얘기가 나왔으니 말인데, 아하하하. 당신이 빡빡 문질러서 청소를 해 논 바닥 위를 미샥이 아무것도 모르고 흙이 잔뜩 묻은 장화를 신고 걸었던 거 생각나요? 난 당신이 대걸레 자루를 들고 도망가는 미샥 뒤를 쫓으며 동네 뺑뺑이를 돌던 그때 그 모습 아직도 생각나."

엄마와 타파 아줌마는 다른 옛이야기들도 기억해 냈다. 엄마는 아버지가 특근을 해서 번 돈으로 우리 가족이 티로의 친척집을 방문하려고 산 새 옷 이야기를 들려주었다.

"조수아는 우리가 고개를 당당히 들고 가야 한다고 했지."

그리고 타파 아줌마는 전남편이 발씨름 대회에서 우승한 날은 말할 것도 없고, 무슨 기념일이나 생일날, 동네 잔칫날, 독립 기념일만 되면 빵을 산더미처럼 구워 내라고 했던 기억을 떠올렸다.

그 두 사람은 아버지의 용맹함에 대해서도 말했다. 시청 건물에 불이 나서 한 노파가 건물에 갇혔을 때, 아버지가 미샥 아저씨를 도와 그 노파를 구해 준 이야기 말이다. 그리고 광부들이 노동조합을 결성할 때 아버지가 오랫동안 회사 측에 맞서 투쟁했던 이야기도 했다.

타파 아줌마가 무릎을 탁 치며 말했다.

"고용주들과 그놈들이 고용한 깡패들이 노조 회의가 어디서 열리는지 알았더라면 우리 남자들은 모조리 떼죽음을 당했을 거야. 그때 당신 남편 조수아가 그놈들을 모두 컴컴한 곳으로 유인해서 가두었지. 동네 민요와 새소리를 암호로 사용해서 말이야."

나는 그 모든 이야기를 욀 수 있을 정도로 다 알고 있다. 옛이야기들이 나올 때마다 난 다 듣지 못하고 슬며시 자리에서 일어섰다. 그 이야기를 들을 때마다 아버지가 다시 살아 올 것처럼 느껴지기 때문이다.

타파 아줌마가 그런 옛날이야기만 하고 사라진다면 얼마나 좋을까. 하지만 그럴 리가 없다. 아줌마는 잘 지어 놓은 밥에다 항상 재를 뿌린다. 집을 나서기 전에 아줌마는 우리 집 마당을 찬찬히 둘러보고는 꼭 한마디를 잊지 않는다. "내가 이런 말을 한다고 맘에 두진 마. 하지만……." 혹은 "충고 한마디 한다면 말이야……." 혹은 "좋은 뜻에서 하는 소린데……." 등과 같은 말로 운을 뗀 다음, 지나친 참견이나 잔소리를 꼭 하고야 만다. 엄마에게 옷 입은 꼴이 그게 뭐냐, 살림살이는 이렇게 해라, 자녀양육은 저렇게 해라 등등등.

그러면 엄마는 빙긋 웃으며 타파 아줌마의 말을 부드럽게 막으면서 이렇게 말한다.

"자, 자, 로즈. 그 문제에 대해선 서로 거론하지 않기로 했잖아요."

"그저, 난 당신을 돕고 싶어서 그러는 것뿐이야."

타파 아줌마는 이렇게 이의를 달고는 몸을 천천히 일으킨다. 그리고는 양산을 한 번 빙글 돌리고 나서 그 커다란 엉덩이를 흔들어 대며 우리 집 대문을 나선다.

언젠가 한 번 내가 엄마에게 타파 아줌마는 왜 그렇게 심술궂게 구느냐고 물은 적이 있었다. 그때 엄마는 웃으면서 말했다.

"아줌마는 심술궂은 게 아니야. 그게 타파 아줌마의 스타일이라서 그래. 사실은 좋은 뜻에서 한 말이야."

나는 엄마 말에 동의할 수 없다. 돼지들도 좋은 생각을 가지고 있지만 돼지는 여전히 돼지일 뿐이니까.

엄마는 내 눈을 똑바로 바라보며 말했다.

"네 맘속의 분노는 아껴 뒀다가 불의와 싸우는 데 쓰도록 해. 그 나머지 것들은 다 용서하고."

엄마는 내 볼을 톡톡 두드리며 또 이렇게 속삭였다.

"사람들은 누구에게나 문제점이 한두 가지씩은 있는 법이야. 타파 아줌마의 문제는 자신이 중요한 인물처럼 느끼고 싶어 한다는 거지."

엄마는 인정이 너무 많아서 탈이다. 나는 타파 아줌마에게 문제점이 있는 게 아니라 타파 아줌마 자체가 문제 덩어리라고 생각한다. 타파 아줌마는 과대망상에 빠져 있다. 그렇게 허파에 바람이 잔뜩 들어 있다가는 언젠가 아줌마가 뜨거운 열기구로 변해서 석양이 지는 지평선 너머로 둥둥 날아가 버리는 날이 올지도 모른다. 만일 아줌마가 하늘까지 두둥실 날아간다면 아줌마는 틀림없이 천사들한테도 어떻게 하면 구름을 깨끗이 관리할 수 있는지 훈계하려 들 것이다. 그리고 그 잘난 체하는 병은 점점 더 깊어질 것이고.

아줌마가 아무리 무례하게 행동해도 사람들이 아무 소리도 못하는 것은 바로 아줌마가 부자이기 때문이다. 적어도 이 지역에서만큼은 부자다. 타파 아저씨네는 아저씨가 지어 놓은 방을 모두 세를 놓아 세입자들에게서 방세를 받고 있다. 게다가 타파 아저씨는 회사에서 최고참 벽돌공으로 승진했다. 그렇게 번 돈으로 아저씨네는 전화며, 전기며, 수도까지 설치했다.

타파 아줌마는 자기 남편이 회사 컴퓨터에서 인터넷을 사용한다느니 인터넷을 통해서 북아메리카와 유럽으로 이민 간 친척들이나 친구들한테 이메일을 보낸다느니 하며 자랑을 늘어놓는다. 그것으로도 성에 차지 않는지 타파 아줌마는 또 일주일에 한 번씩 오는 파출부를 고용했다. 그러면서 파출부 부리는 일도 참 피곤한 일이라고 엄살을 떨어 댄다. 하지만 사실 타파 아줌마가 하는 일이라고는 마당에 있는 정원 의자에 앉아서 레모네이드를 마시는 것뿐이다. 나는 가끔씩 이런 상상을 한다. 아줌마가 그 레모네이드를 배가 터질 정도로 마셔서 그 의자에서 빠져나오지 못하는 상상을.

신부님 말씀이 어떤 사람에 대해 나쁜 감정을 갖는 것만으로도 그 사람이 화를 당할 수도 있다고 한다. 아무리 그렇다 해도 자신은 부자이면서 다른 사람들을 못살게 구는 사람에 대해 나쁜 감정을 갖지 않기란 참으로 힘든 일이다. 특히 그 사람이 바로 타파 아줌마일 때는 더욱 그렇다.

내가 타파 아줌마네 대문을 들어서자, 아줌마는 마당의 나무 그늘 아래에 있는 정원 의자에서 불룩한 쿠션을 등에 대고 앉아 있었다. 아줌마 딸이 잠시 맡기고 간 손자들이 아줌마의 발 언저리에 앉아서 플라스틱 컵에다 주스를 마시고 있었다. 그중에서 가장 큰 아이가 큼지막한 파리채를 들고 아줌마에게 부채질을 해 주고 있었다. 아이리스와 솔리는 아줌마네 마당과 우리 집 마당을 가르고 있는 선인장 울타리 사이로 그 모습을 지켜보고 있었다.

타파 아줌마가 큰 소리로 인사를 건넸다.

"두멜라*!"

"두멜라."

나도 그 인사에 답했다. 그리고 아줌마의 손자들에게도 고갯짓을 하며 말했다. "두멜랑*."

타파 아줌마는 일어나려고 하지도 않고, 맞은편 벤치를 손가락으로 가리켰다.

"내가 오늘 아침에 너희 집에 들렀는데." 아줌마가 말했다. "아무도 문을 열어 줄 생각을 않더구나."

"죄송해요."

나는 이렇게 말하며 그 벤치에 앉았다.

"아주 안 좋은 일이 생겼어요."

"나도 그 얘긴 들었다."

그 소식이 벌써 아줌마의 귀에까지 들어갔다는 사실에 나는 놀라지 않았다. 아줌마는 코끼리만 한 귀를 가지고 있으니까.

나는 아이리스와 솔리를 노려보며 말했다.

* 두멜라: 세츠와나 말로 "안녕."이라는 뜻. 한 사람에게 하는 인사말이다.
* 두멜랑: 두멜라와 같이 "안녕."이라는 세츠와나 말인데, 여러 사람에게 하는 인사말이다.

"남이 하는 말 엿듣지 말고, 저기 가서 돌쌓기 놀이나 해."

그러자 동생들은 울타리에서 떨어졌다.

"엄마가 동생들이 아는 걸 원치 않아서요."

내가 낮은 목소리로 말했다.

"그건 엄마 말이 맞는 거야."

타파 아줌마는 동의한다는 듯 고개를 크게 끄덕이며 말했다. "그런 일을 어린것들까지 알 필요가 없지."

그러면서 아줌마의 손자들을 쉬이 하며 물러가게 했다.

"그래, 우리 집 전화를 쓰고 싶다고?"

"괜찮으시다면요. 네, 그렇게 해 주세요. 외갓집 식구들에게 알려 줘야 해요."

"전화를 해야 할 사람은 네 엄마가 아니냐."

"엄마는 사라 곁에 있고 싶어 해요."

"그렇구나."

그리고 잠시 침묵. 타파 아줌마는 두 팔을 쫙 펼쳤다. 그러자 아줌마의 군살이 요동을 쳤다. 이윽고 아줌마가 입을 열었다.

"수많은 동네 사람이 우리 집 전화를 쓰고 싶어 하지. 만일 그 모든 사람한테 전화를 쓰게 하면 내가 잠시도 편히 쉴 수가 없을 거야."

아줌마는 고개를 옆으로 기울여서 턱 아래에 고여 있는 땀방울을 쓱 닦았다.

"저도 잘 알아요. 귀찮게 해 드려서 죄송해요." 나는 숨을 깊게 들이마시면서 말을 이었다. "전 단지…… 크게 폐가 되지 않는다면……
또, 로즈 이모는 우리한테는 가족 같은 분이니까……."

'이모'라는 말에 타파 아줌마는 싱긋 웃었다. 아줌마는 빨대로 마지
막 남은 레모네이드를 쭉 빨고는 말했다.

"장례식 일은 누구한테 맡겼니?"

"베이트만 씨요."

"아."

타파 아줌마가 내뱉는 "아." 하는 외마디가 내 속을 매스껍게 만들
었다.

"다른 영안실을 알아보려고 했는데요." 나는 거짓말을 했다. "다른
곳은 이미 모두 차 버려서……."

"변명할 필요는 없어. 사람들도 이해할 거야. 게다가 베이트만 씨는
모세 씨네 아들 장례도 맡아 했으니까. 그렇다 해도, 맨 먼저 나한테
와서 상의를 했어야지. 나는 이렇게 저렇게 아는 사람도 많으니까 말
이야."

"죄송해요, 이모."

이렇게 말한 뒤 나는 자세를 고쳐 앉고서 내가 이곳에 온 용건을 다
시 꺼냈다.

"저, 그러니까 이모네 전화를 써도 되는지……."

"몇 통화나 할 건데?"

"딱 한 통화요. 티로에 있는 잡화상 주인한테요. 그 아저씨가 우리

외할머니께 전해 주실 거예요. 그러면 외할머니가 나머지 가족들한테 전해 주실 거고."

타파 아줌마는 쩝쩝거리며 치아에 낀 찌꺼기를 빨아내는 소리를 냈다. 그러고는 이렇게 말했다.

"티로라, 거긴 200마일이나 떨어진 곳인데. 티로까지는 장거리 전화 요금이 만만찮아."

"엄마가 곧 갚아 주실 거예요."

타파 아줌마는 손을 내저으며 말했다.

"말도 안 되는 소리. 나는 네 이모야. 너희 집 일을 돕는 거야 당연하지."

아줌마는 의자에서 그 육중한 엉덩이를 떼어서 몸을 일으킨 다음 나를 이끌고 집 안으로 들어갔다.

전화 교환원이 전화를 연결하는 동안 나의 '이모'는 옆 탁자에 차려 놓은 작은 사당의 먼지를 털어냈다. 그것은 아줌마의 막내아들인 엠마누엘을 위한 것이었다. 그 위에는 엠마누엘의 세례증서, 대학 졸업식 사진, 장례식 차례표, 어릴 때 잘라 둔 머리카락이 든 봉투 하나가 들어 있다. 엠마누엘은 2년 전에 사냥하다가 사고로 죽었다. 요하네스버그의 법과대학에서 장학금을 탔다는 소식을 접한 지 단 이 주 만의 일이었다. 세상일은 참으로 불공평한 것 같다.

잡화점 주인 캄웬도 씨가 전화를 받았다. 타파 아줌마는 엠마누엘의 사진 옆에 무릎을 꿇고 앉아 기도를 드리는 척하고 있다. 하지만 나는 아줌마가 내 말을 듣고 있다는 것을 잘 알고 있다.

나는 잡화점 주인에게 사라의 죽음과 장례식이 목요일에 있을 거라는 사실을 설명했다. 캄웬도 씨는 그 소식을 우리 외할머니께 전하겠다고 하면서 외할머니 집 식구들이 타파 아줌마네로 다시 전화를 걸 수 있는지 물어보았다. 나는 아줌마의 양해를 구하기 위해 잠시 아줌마의 기도를 방해했다. 아줌마는 길게 한숨을 내쉬었다. 하지만 나는 아주머니가 내심으로는 웬 떡이냐 하며 좋아할 거라는 걸 잘 안다. 왜냐하면 우리 집 소식을 자신이 직접 들을 수 있을 테니까.

나는 전화를 끊었다. 타파 아줌마가 버둥거리며 일어섰다. 그리고 나를 마당까지 배웅하고는 마당에 놓인 의자에 풀썩 앉았다.

"전화를 쓰게 해 주셔서 다시 한번 감사드려요, 이모님."

내가 말했다. 그러면서 머리를 숙였다. 아줌마는 내 머리에 가볍게 입맞춤을 했다. 나는 단 일 초 동안 아줌마를 좋아해 보려고 노력했다.

"네 동생 사라 말이다." 아줌마는 위로의 말을 했다. "사라의 죽음은 너무나 큰 슬픔이다. 하늘나라에 간 우리 엠마누엘처럼 말이야. 적어도 이 애들은 깨끗하게 죽었지."

갑자기 내 다리의 힘이 풀리는 것 같았다.

"뭐라고 하셨어요?"

"그 애들은 순결했어. 그 애들이 왜 죽었는지에 대해 그 누구도 이상한 소문을 퍼트릴 수 없어. 그 누구도 우리 가족에게 손가락질하며 수군대지 않을 거란 말이다."

이렇게 말하고 아주머니는 자신의 코를 가볍게 톡톡 치면서 말했다.

"내가 이런 말 해도 될지 모르겠다만 네 친구 에스더 마촐로 말이다. 그 애와 다니는 거, 조심 좀 해야겠더라."

"그게 무슨 말씀이세요?"

"그 애 부모의 영혼이 편히 잠들기를 바라지만 말이다. 난 그 애가 그분들이 쓰던 이불을 태우고 식기들도 모두 땅에 묻었기를 바란다."

"어떻게 그런 말씀을 하실 수 있어요?"

"내가 고약하게 굴고 싶어 이러는 게 아니야. 하지만 내 귀에 소문이 들리는데 어쩌겠니."

"에스더한테는 아무 문제도 없어요. 걔 엄마는 암으로 돌아가셨고, 아빠는 결핵으로 돌아가셨어요. 장례식 때 사람들이 말했던 것처럼 그렇게 돌아가셨다고요."

"물론 그랬지. 내가 뭐 달리 말했니? 단지 이 이모는 너를 보호하고 싶을 뿐이야. 그뿐이라고." 이렇게 말하며 아줌마는 얄궂게 한 눈을 찡긋했다. "충고 한마디 할까? 사람들이 앞에서 하는 말 따로 있고, 뒤에서 하는 말이 따로 있는 거야."

"무슨 말씀을 하시는 건지 잘 모르겠어요."

"아니, 넌 알고 있어. 암, 넌 알고 있고말고."

아줌마는 나지막이 속삭였다.

8

　타파 아줌마의 말이 맞았다. 나는 아줌마가 무슨 말을 하고 있는지 잘 알고 있다. 요즘은 새 공동묘지가 문을 열자마자 이내 다 차 버린다. 표면적으로는 그게 폐렴이나 결핵 또는 암 때문이라고 하지만 그것이 거짓말이라는 것을 모두 다 알고 있다.

　시체가 쌓이는 진짜 이유는 다른 데 있다. 그것은 차마 입 밖으로 내뱉지 못할 무시무시한 질병 때문이다. 만약 누군가 그 병에 걸렸고, 그 사실을 다른 사람들이 알았다면 그 사람은 직장을 잃을 수도 있고, 가족한테서조차 버림받을 수 있다. 그리고 길 위에서 혼자 쓸쓸히 죽음을 맞게 될 수도 있다. 그렇기 때문에 그 병에 걸린 사람들은 침묵 속에서 남몰래 숨어서 살아간다. 그것은 자기 자신을 보호하기 위해서일뿐 아니라 사랑하는 가족들을 보호하기 위해서이며, 또한 조상들의 명예를 더럽히지 않기 위해서다. 죽는다는 것은 두려운 일이다. 그러나 공포와 수치감 속에서 혼자 죽어 가는 것은 더욱 끔찍한 일이다.

그나마 고마운 것은 에스더의 부모님이 병에 걸렸을 때 아무도 '에이즈'라는 말을 수군거리지 않았다는 것이다. 에스더 아버지는 기침을 했고, 에스더 엄마는 몸에 멍자국이 생겼다. 그냥 그렇게 아무렇지 않은 듯 그 병은 찾아왔다.

맨 처음 에스더 엄마의 멍자국은 아주 작아서 거의 눈에 띄지 않았다. 하지만 내가 그 상처 자국이 없어지지 않았다는 것을 알아챘을 때는 이미 여러 달이 지난 뒤였다. 그 멍자국은 시간이 갈수록 더 커지고 더 짙어졌다. 그리고 더 많은 멍자국이 드러나 보이기 시작했다. 무슨 일이 벌어지고 있는지 내가 미처 알아채기도 전에 에스더 엄마의 팔과 다리는 무거운 숄과 긴 치마로 덮여 있었다.

그와 동시에 에스더 아버지인 마촐로 씨의 기침은 점점 더 심해져 갔다. 언젠가부터 에스더 아버지는 쿨럭쿨럭 마른기침을 하기 시작했다. 그러다가 얼마 후에는 가래가 끓는 그르렁그르렁 소리를 냈다. 그리고 누런 가래를 대접에다 토해 내면서 자지러질 듯 거친 기침을 마구 터트렸다. 그 기침 소리가 얼마나 격렬했던지 나는 에스더 아버지의 폐가 몸속에서 두 조각으로 찢어지지나 않았을까 걱정이 될 정도였다.

에스더 아버지가 마지막 발작을 일으킨 그날, 마침 나는 에스더 집에 가 있었다. 에스더 아버지가 숨이 막힌 듯 헐떡이며 바닥에서 몸부

림을 치자 우리는 이웃들에게 도와 달라고 소리를 질렀다. 그 발작은 영원히 계속될 것처럼 보였다. 하지만 에스더 아버지는 자신이 토해 낸 이물이 기도를 막아 끝내 숨을 거두었다.

에스더 엄마는 그 일로 완전히 폐인이 되었다. 마치 지금까지 살아 있었던 것이 남편을 돌보기 위해서였던 것처럼 에스더 아버지가 돌아가시자 에스더 엄마는 먹기를 거부한 채 침대에 누워만 있었다.

"엄마 관자놀이에 달걀만 한 크기의 종양이 생겼어."

에스더가 울먹이며 말했다. "그 혹이 엄마 머리 속에서 점점 자라서, 엄마는 거의 시력을 잃었어. 가끔씩 미친 사람처럼 굴 때도 있어. 엄마는 자신이 어디에 있는지도 잘 몰라. 심지어는 나와 동생들도 까마득히 몰라봐."

에스더는 엄마를 돌보기 위해 집에만 있어야 했다. 그래서 나는 점심시간이 되면 자전거를 타고 가서 에스더를 도와주곤 했다. 그러던 어느 날, 에스더네 집 앞 골목에 구경꾼들이 와글와글 모여 있는 게 눈에 띄었다. 에스더 엄마가 비틀비틀 마당으로 나와서는 사자들이 자기를 잡아먹으려 한다고 비명을 지르며 갈퀴를 마구 흔들고 있었다. 나와 에스더, 이웃 세 명이 겨우 겨우 에스더 엄마를 안으로 끌어들였다.

의사가 도착했을 때 에스더는 이웃들을 밀쳐 냈다.

"악마가 날 잡으러 왔어."

에스더 엄마는 비명을 질러 댔다. 그런 다음 알아들을 수 없는 말들을 쏟아 냈다.

에스더와 내가 거실 바닥에서 에스더의 동생들을 달래는 사이, 의사는 에스더 엄마에게 진정제를 마시게 한 다음 진찰을 했다. 마침내 의사가 방에서 나와서는 나와 에스더를 거실 한쪽으로 데리고 갔다. 의사는 나도 에스더의 가족이라고 생각했다. 하지만 에스더는 아무 소리도 하지 않았다.

"아무 가망이 없어." 하고 의사가 말했다. "미안하구나. 병원 침대를 제공하고 싶지만, 지금 빈 침대가 없어. 누군가 하루 종일 네 어머니 곁에서 돌봐 줘야 해. 화장실에도 데려가고, 얼굴도 닦아 주고, 목욕도 시켜 줄 사람이…… 이 집에 한 몇 주 동안 머물면서 도와줄 친척 아줌마는 없니?"

"저는 잘 몰라요."

에스더가 말했다.

"진통제도 꼬박꼬박 먹여야 할 거야." 의사가 계속 말을 이었다. "내가 몸을 묶어 두는 장치를 마련해 주겠다. 네 어머니는 묶어 두어야 할 거야. 그리고 소독제와 고무장갑 한 통도 갖다 줄게. 환자를 손으로 만질 때는 항상 그 고무장갑을 끼도록 해라."

"그분은 우리 엄마예요." 에스더가 말했다. "엄마를 무슨 쓰레기처럼 취급할 순 없어요."

"너희들 스스로를 보호하기 위해서야. 몸에서 나오는 분비물이나 배설물을 만질 때 말이야."

"그게 무슨 상관이에요? 손만 깨끗이 씻으면 되잖아요. 암이 무슨 전염병도 아니고."

의사는 잠시 동안 가만히 있다가 이윽고 말을 꺼냈다.

"내 생각엔 이 병은 암보다 더 심각한 병인 것 같아. 에이즈 바이러스 검사를 해 봤으면 한다. 너와 동생들도 마찬가지로 검사를 받아야 해."

"싫어요."

겁을 잔뜩 먹은 에스더가 말했다.

"무엇보다도 진실을 아는 것이 최우선이야."

"우리 엄마를 모욕하지 마세요. 우리 가족을 모욕하지 말라고요!"

"난 아무도 모욕하지 않았다."

"아니요, 지금 우릴 모욕하고 있어요."

에스더는 불끈 쥔 주먹을 들어 올리며 계속 말을 이었다.

"당신은 지금 우리 가족이 불결하다고 말하고 있어요. 그건 우리 아빠가 바람을 피웠거나 아니면 엄마가 마약쟁이라는 뜻이잖아요."

"난 그런 말을 하는 게 아니야."

"그럼 엄마가 어떻게 그 바이러스를 갖고 있을 수 있어요?"

"마촐로 양." 의사는 단호한 어조로 말했다. "나는 단지 환자가 걸린 병에 대해서만 신경 쓸 뿐이야. 어떻게 그 병에 걸렸느냐는 내가 상관할 바가 아니야."

"여기서 나가요." 에스더가 소리를 질렀다. "당장 여기서 나가란 말이에요!"

의사가 떠나자, 에스더는 공포에 질려 나를 바라봤다.

"걱정 마. 난 아무 말도 하지 않을 테니까."

내가 낮게 속삭였다.

나는 약속을 지켰다. 나는 아무 일도 없었다는 듯이 행동했다. 어쩌면 진짜 아무 일도 아니었는지도 모른다. 암은 암일 뿐이고, 결핵도 수많은 광부들이 걸리는 흔한 병이니까. 또한 대부분의 사람들이 장례식 연회 때 그렇게 말했으니까. 신부님도 장례식 때 이렇게 말씀하셨다.

"죽음은 그 누구도 보지 못하는 사이에 살금살금 방문을 통해 들어옵니다. 죽음은 어느 누구에게나 찾아올 수 있습니다."

에스더 엄마의 장례식이 있은 뒤, 한달 한달 지남에 따라 내 맘속의 부담감도 점점 더 가벼워져 갔다. 최근에 와서는 사람들이 에스더 부모님의 죽음에 대해 점점 잊어 가고 있으니까 에스더도 그 모든 소문으로부터 안전해질 것이라는 확신마저 들었다.

그런데 타파 아줌마가 저렇게 말을 한다면, 도대체 얼마나 많은 사람이 에스더의 가족에 대해 수군대고 있다는 말일까? 나쁜 소문이 병균처럼 얼마나 많은 사람의 마음을 감염시켰단 말인가? 이 소문이 점점 더 확산된다면, 그다음엔 무슨 일이 기다리고 있는 것인가?

나는 타파 아줌마의 집에서 나올 때 일부러 더 활기찬 걸음으로 걸어 나왔다. 그래서 내가 타파 아줌마 때문에 얼마나 화가 났는지 타파 아줌마가 전혀 눈치채지 못하게 하려고. 아이리스와 솔리가 우리 집 앞 길가에 쭈그리고 앉아 있었다.

"너희들 여기서 뭐 해?"

"개미 보고 있어." 아이리스는 고개도 들지 않고 대답했다. "개미들이 죽은 파리 한 마리를 끌고 가고 있어."

솔리가 고개를 끄덕이며 말했다.

"응, 개미들의 행렬이야."

"행렬이 아니야." 아이리스가 말했다. "그건 장례식이야. 개미들이 그 파리를 파리 공동묘지에 묻으려고 데려가는 거야."

"치, 하나도 안 우습다. 내 말이 맞아. 그건 행렬이야."

아이리스는 솔리를 노려보았다. 그러더니 죽은 파리의 한 날개를 잡고 집어 들어서는 개미들을 떼어 냈다. 그리고 솔리를 꽁무니에 붙이고서 길 아래쪽으로 걸어가며 말했다.

"행렬은 없어. 우리는 장례식을 치를 거야. 알겠어? 내가 신부님이야. 기도하는 신부님. 그리고 너는 상주야. 그러니까 울어야 해."

나는 둘이서 말싸움하게 내버려 둔 채, 우리 집 마당으로 향했다. 바로 그 순간 내 심장이 멎는 듯했다. 에스더가 선인장 울타리 옆 땅바닥에 누워 있는 것이 아닌가! 에스더의 자전거와 책가방이 각각 에스더 양옆에 던져져 있었다. 내가 타파 아줌마네 집에 있는 동안 우리 집에 도착했던 게 틀림없었다.

왜 하필 사람들은 자신들에 대해 이야기하고 있을 때 꼭 나타날까? 마치 안테나를 달고 있는 개미들처럼, 사람들은 수 마일 떨어져 있는 곳에서도 용케 자신의 이름을 듣고 찾아온다.

"두멜라!" 나는 소리를 치며 다가갔다.

에스더는 눈을 비비며 일어났다. 그리고 나를 보고 손을 흔들었다. 에스더의 팔찌가 햇빛을 받아 번쩍 빛이 났다.

"소식을 듣자마자 달려왔어."

에스더가 말했다. 그러면서 나를 껴안았다.

타파 아줌마는 정원 의자에 등을 기댄 채 앉아서 뱀눈을 뜨고 우리를 지켜보았다.

"잠시 산책하러 나가자."

내가 말했다.

우리는 팔짱을 끼고 공원으로 향했다. 공원으로 가는 내내 나는 이런 생각을 했다. 에스더가 언제부터 우리 말을 들었을까? 타파 아줌마가 에스더의 가족에 대해 안 좋은 말을 했을 때, 에스더는 자고 있었을까?

공원이라 해 봤자, 듬성듬성 자라 있는 잡초들과 그네 하나, 시소 하나가 덩그렇게 놓여 있는 빈터나 다름없는 곳이다. 우리는 그네 하나씩을 잡고 앉아서 배배 꼰 그넷줄이 풀릴 때까지 휘그르르 돌았다. 그런 다음 우리는 그네에 올라타서 공중으로 힘껏 차올랐다. 에스더가 웃었다. 에스더는 아직도 머릿속에 별이 보이는 것을 좋아한다.

이윽고 그네가 멈추자 우리는 모래 바닥에 발을 질질 끌며 땅을 내려다보았다.

"샨다." 에스더가 마침내 입을 열었다. "나는 언제나 네 친구라는 거, 알고 있지?"

"그럼."

"그러니까 내 말은 만일 사람들이 우리 가족에 대해 이러쿵저러쿵 나쁜 말을 해도…… 그렇다 해도 난 변치 않는 네 친구야."

갑자기 등에 찬물을 끼얹은 듯 오싹 소름이 끼쳤다.

"사람들이 뭐라고 하데?"

"아니, 그게 아니라 만일 그렇다 해도 말이야."

잠시 어색한 침묵이 흐른 뒤, 에스더가 또 말을 이었다.

"만일 사람들이 우리 가족에 대해 나쁜 소문을 퍼트린다면 어떻게 할 거니?"

"뭐라고?"

"만일 사람들이 우리 가족에 대해 나쁜 소문을 퍼트리면 넌 어떻게 하겠느냐고 물었어. 그래도 여전히 내 친구가 될 수 있어?"

나는 움찔했으나 표를 내지 않으려고 애를 썼다. 하지만 에스더의 이 말에는 두 가지 뜻이 담겨 있음을 알 수 있었다. 그 하나는 에스더가 타파 아줌마와 내가 하는 말을 모두 들었다는 것이고, 다른 하나는 타파 아줌마가 에둘러서 한 말이 사실이라는 것.

그래서 어떻단 말인가? 사실 난 맘속으로 벌써 에스더의 부모님이 에이즈에 걸렸을 거라고 짐작하고 있지 않았던가. 그러니까 달라질 건 아무것도 없다. 그런데 아무것도 달라질 게 없다면 난 도대체 무엇을 두려워하는 거지?

"말해 줘." 에스더가 재촉했다. "그래도 여전히 내 친구가 되어 줄 건지 말이야."

"야, 말 같지도 않은 소리 그만둬. 말이 씨가 된다고 했어."

"내 질문에 대답해."

나는 그 사실을 학교에서 배워서 알고 있었다. 에이즈는 오직 피나 정액을 통해서만 감염된다는 사실을. 하지만 만일 내가 그 병에 걸렸고, 사람들이 그 사실을 알게 되면 사람들은 그때부터 무조건 나를 멀리하려 한다. 나뿐만 아니라 내 가족이나 친구들까지도.

에스더는 그네에서 내려 나에게 다가왔다.

"그렇다 해도 샨다 너는 여전히 내 가장 친한 친구가 되어 줄 거야, 안 그럴 거야?"

나는 흠칫 놀라며 한 걸음 물러섰다. 에스더의 두 눈에 눈물이 가득 고였다. 에스더는 갑자기 몸을 돌려 뛰기 시작했다.

"기다려!"

나는 에스더를 잡아서는 에스더의 몸을 홱 돌려 덥석 끌어안았다. 그리고 에스더의 볼에다 입맞춤을 했다.

"물론이지. 나는 여전히 네 친구야. 너의 가장 친한 친구."

에스더는 나를 꽉 껴안았다.

"네가 그렇게 말할 줄 알았어."

그러곤 깔깔 웃으며 또 이렇게 말했다.

"우리는 언제까지나 가장 친한 친구야. 무슨 일이 일어난데도, 넌 날 저버리지 않을 거야. 난 알고 있었어!"

하지만 사실은 바로 조금 전까지도 에스더는 그걸 알지 못했다. 그리고 바로 그 순간까지, 나 자신도 그걸 알지 못했다.

9

　나와 에스더가 집으로 돌아왔을 때, 엄마는 거리까지 나와 나를 기다리고 있었다. 엄마는 귓속말로 베이트만 씨가 집에 올 때 아이리스와 솔리가 집에 없었으면 한다고 했다. 그러자 에스더가 애들을 데리고 시내에 있는 YMCA의 간이식당에 가서 세스와*와 콜라를 사 먹이겠다고 했다.

　아이리스와 솔리는 그 소리를 듣자마자 공중제비를 넘으며 기뻐했다. 동생들은 버스 타는 것을 대단한 모험인 것처럼 생각한다. 그리고 동생들은 에스더를 무척 좋아한다. 에스더는 동생들에게 자기가 가지고 있는 전통 장신구를 걸치게 했다. 그건 틀림없이 가짜 보석이지만, 동생들에게는 그게 가짜든 진짜든 상관없었다. 광이 번쩍번쩍 나고 알록달록 화려한 장신구들을 걸친 동생들은 하루 종일 왕이나 여왕이 된 것처럼, 혹은 내가 셀라라메 선생님의 영어 수업 때 배워서 들려준

---

* 세스와: 잘게 부순 소고기에 당근, 옥수수, 콩 등을 함께 넣고 푹 끓인 아프리카 요리.

전설의 주인공이라도 된 듯 행세했다.

나는 에스더에게 동전 몇 개를 더 주면서 YMCA에서 점심을 먹은 뒤 시장도 돌아다녀 달라고 부탁했다. 거리 상인들 중에는 동생들이 한동안 한눈을 팔 만한 작은 장난감이나 반지 같은 것을 파는 상인들도 있을 테니까.

동생들과 에스더가 나가고 나자, 엄마는 다시 사라가 있는 방으로 돌아갔다. 그리고 나는 저녁에 먹을 고기 수프를 만들기 시작했다. 나는 양동이 두 개를 외바퀴 수레에 싣고서 저수탑으로 물을 가지러 갔다. 기다리는 줄이 그리 길지 않았다. 마을 사람들이 사라의 소식을 듣고는 몇 마디 위로의 말들을 해 주었다.

집으로 돌아온 나는 아궁이에 불을 피우고, 냄비에 물을 부었다. 그리고 냄비 속에다 소 뼈다귀 몇 개와 야채 몇 뿌리를 던져 넣고, 거기다가 부엌 창문 옆 전선줄에 걸어 놓은 말린 닭고기도 조금 넣었다. 냄비를 아궁이 위에 올려놓고 오후 내내 부글부글 끓게 두었다. 그런 다음 정문 입구의 먼지를 쓸어 냈다. 이제 베이트만 씨를 맞을 준비가 다 된 것 같았다.

그 일을 모두 마치자 의자에 앉아서 기다리는 것 외에 달리 할 일이 없었다.

베이트만 씨는 한 시 삼십 분에 도착했다. 나는 그의 차 쪽으로 달려가서 아저씨의 주머니에 돈을 찔러 넣었다.

베이트만 씨가 말했다.

"늦어서 미안하다. 나오는 순간까지 손님한테 붙잡혀 있었단다."

늦은 사람은 베이트만 씨뿐만이 아니었다. 요나도 아직 돌아오지 않았다. 그렇다고 놀랄 일도 아니지만.

엄마가 베이트만 씨를 현관에서 맞아들여 방으로 안내했다. 사라는 가장 좋은 옷을 입고 누워 있었다. 그리고 정원에서 꺾은 꽃 한 송이를 손에 쥐고 있었다. 사라는 무척이나 작고 싸늘해 보였다.

"이렇게나 어리고 예쁜 것이……." 베이트만 씨가 말했다. "참으로 안됐습니다."

베이트만 씨는 얇은 무명천으로 사라의 몸을 감쌌다. 그리고 양쪽 가장자리를 듬성듬성 실로 꿰매고는, 한복판에다가 회색 분필로 번호를 적었다.

"저희들이 따님의 시신을 잘 모시겠습니다. 내일 모레 세 시에 찾으러 오시면 됩니다."

엄마는 아무 말 없이 고개를 끄덕였다. 엄마는 그 천 꾸러미 위에 입을 맞추고는 베이트만 씨가 그것을 차 뒷좌석에 놓는 것을 지켜보았다. 그의 차가 출발하여 길 위를 달리자, 엄마가 손을 흔들었다. 그 차가 모퉁이를 돌아 사라진 후에도 엄마는 그 자리에 멍한 표정으로 서 있었다.

"엄마?"

내가 낮은 목소리로 불렀다. 나는 엄마를 부축하려 했지만, 엄마는 한 손을 내저으며 눈을 꼭 감았다. 긴 한숨을 토해 낸 엄마는 두 눈을 떴다. 그리고 허공을 응시하며 비틀비틀 집 안으로 들어가 문을 닫았다. 집 안에서 엄마의 통곡 소리가 들려왔다.

아이리스와 솔리가 노란색 주석 귀걸이와 새 장난감을 들고 집으로 돌아왔다. 그것은 철사 옷걸이를 네모나게 굽힌 다음 거기에다 음료수 깡통을 바퀴 삼아 달아 놓은 것이었는데 솔리는 그것이 트럭이라고 우겼고, 아이리스는 그것이 버스라고 우겼다.

내가 에스더에게 저녁을 먹고 가라고 했으나 에스더는 집에 빨리 돌아가지 않으면 외숙모한테 매를 맞을 거라고 했다. 우리는 포옹을 했고, 에스더는 수요일에 장례식 음식 준비를 도우러 오겠다고 약속하고는 자전거를 타고 떠났다.

에스더가 떠난 뒤 나는 식구 수대로 수프를 그릇에 담았고, 우리는 저녁 식탁에 둘러앉았다. 엄마는 눈을 감고 있었다. 아이리스와 솔리는 그것을 못 본 체했다. 그 둘은 시내에서 돌아온 후부터 아주 조용하게 있었다.

"무슨 일 있니?"

내가 물었다.

아이리스가 사라의 숟가락을 바라보며 물었다.

"사라는 어디 갔어?"

나는 어떻게 대답할지 몰라 엄마를 바라봤다. 엄마는 꼼짝도 하지 않고 앉아 있었다.

"사라는 여행을 떠났어."

나는 조심스럽게 입을 떼면서 엄마를 바라보았다. 엄마는 고개를 약간 끄덕였다.

그리고 또 침묵.

아이리스가 뚱한 표정으로 투덜댄다.

"왜 우리는 빼놓고 혼자 갔어?"

"너희 둘은 에스더랑 시내에 갔었잖아."

"아, 그렇지."

또다시 침묵.

이번엔 솔리가 입을 뗐다.

"언제 돌아오는데?"

"아이, 성가셔. 그 얘긴 이제 그만 묻고 너희들, 시내로 버스 타고 가니까 재미있데?"

"응, 괜찮았어."

아이리스와 솔리는 궁금증을 견디지 못해 안절부절못하며 불안해하기 시작했다. 하지만 그 누구도 자신들의 질문에 대답해 주지 않으리라는 것을 그 둘은 잘 알고 있었다. 게다가 정말로 대답을 듣길 원하는지 그들 스스로도 잘 몰랐다.

그러는 사이 식탁의 수프는 식어 갔다. 마침내 내가 일어나서 수프를 모두 냄비에 도로 붓고는 이렇게 말했다.

"식사 시간 끝."

아이리스와 솔리는 방 한구석으로 가서 장난감을 가지고 놀았다. 나는 설거지를 하고, 램프에 불을 켜고, 사라가 누웠던 매트리스의 커버를 새것으로 바꿨다. 그런 다음 자리에 앉아서 영어책을 펴고는 다음 영어 시간에 배울 부분을 읽어 보려고 정신을 집중했다. 하지만 단어들이 가만히 있질 않았다. 내 눈이 어찔어찔해질 때까지 책 속에서 이리저리 헤엄을 치고 다녔다.

아이리스가 내 팔을 잡아당겼다. 솔리도 어느새 옆에 와 있었다. 아이리스가 낮은 목소리로 물었다.

"엄마 왜 저래? 무슨 일 있어?"

나는 엄마 쪽을 바라보았다. 엄마는 두 눈을 감은 채 그때까지 꼼짝도 하지 않고 식탁에 앉아 있었다.

"엄만 괜찮아. 그냥 생각 중이셔. 그것뿐이야."

나도 낮은 목소리로 대답했다.

아이리스는 내 말을 믿으려 하지 않았다.

"엄마가 생각하는 걸 전에 본 적 있어?"

내가 대답했다.

"응, 하지만 이렇게는 아니었지. 오늘 밤엔 생각할 게 더 많은 것뿐이야. 단지 그뿐이야."

"예를 들면 어떤 거?"

"예를 들면 너희들이 상관할 필요가 없는 것들."

이렇게 말하면서 나는 아이리스의 뺨을 어루만졌다. 그리고 또 이렇게 말했다.

"너무 걱정 마. 모든 게 잘 될 거야. 엄만 생각을 오래 하시지 않을 거야."

내 말이 맞았다. 갑자기 현관문을 톡톡 두드리는 소리가 들렸기 때문이다.

"나야, 나라고."

타파 아줌마였다.

그러자 엄마의 두 눈이 번쩍 떠졌다. 엄마는 움푹 들어간 두 뺨을 가볍게 두드리고, 몸을 반듯하게 편 다음 문을 열었다.

타파 아줌마는 엄마를 덥석 끌어안았다.

"그래, 이제야 기운을 좀 차렸구먼!"

타파 아줌마는 엄마의 귀에 손을 오목하게 대고 이렇게 속삭였다.

"릴리안, 자식을 잃은 심정이 어떤 건지 난 잘 알아. 우리 엠마누엘이 세상을 떴을 때 내 몸도 그 애랑 함께 묻히고 싶었거든."

타파 아줌마는 뒤로 물러서며 또 이렇게 말했다.

"어쨌든 당신을 오래 붙잡아 두지 않을게. 그냥 이 말을 전하려고 왔어. 티로에 있는 당신 가족들이 전화를 했어."

"내 당장 그리로 갈게요."

엄마가 말했다.

"아냐, 그럴 필요 없어." 그러면서 타파 아줌마는 밝게 웃었다. "친구 뒤서 뭐에 쓰게?"

타파 아줌마는 춤추는 듯한 걸음걸이로 엄마 곁을 지나 탁자 위에 쿵 하고 앉았다.

"당신 동생 리즈벳이 가족을 대표해서 장례식에 참석한대. 내일 버스를 타고 이리로 올 거라네. 다른 형제자매들은 안부와 위로를 전하지만 이리로 올 형편은 안 된다는구먼. 너무 급작스러운 소식이라서, 가축들을 대신 돌볼 사람을 구할 수 없다고. 또 내가 뭐 잊어먹은 건 없나?"

타파 아줌마는 머리를 긁적이더니 이내 또 말을 이었다.

"아, 그래. 당신 큰딸 릴리와 사위도 여기 오고 싶기는 한데, 릴리가 지금 만삭인가 봐, 축하해. 그래서 혹시 오는 도중에 길 위에서 애를 낳으면 어쩌나 하고 걱정이 된대. 먼 길이니까 그럴 만도 하지. 그리고 당신 모친은 부친을 돌봐야 해서 못 오시고. 부친께서는 뼈가 다 삭아서 내내 누워만 계신대. 하지만 크게 걱정은 말라고 하더군."

그러더니 아줌마는 스스로 물을 한 컵 따라서 죽 들이켜고는 다시 말을 이었다.

"그래도 어쨌거나 당신 가족들은 장례를 치르는 데 도움을 주고 싶다면서 옥수수 가루 몇 부대랑 양파, 당근, 감자 자루들을 리즈벳 편에 보낸대. 그리고 소금도. 그러니까 당신 남편 가족 쪽에서 소 한 마리 보내 주기를 바란다고. 아참, 그건 그렇고 투엘로 말룽가가 누구야?"

그러자 엄마는 갑자기 굳은 얼굴이 되어 대답했다.

"친정집 친구예요."

"글쎄 당신 부친께서 말이야, '릴리안에게 전해요. 투엘로 말룽가도 위로의 말을 전하더라고. 그리고 또 그 애한테 말룽가네 부부가 얼마 전에 여덟 번째 사내아이를 낳았다고 전해 주시오.' 하시더라고. 그 집은 모두 아들만 낳았다고 부친께서 말씀하시던데. 그 사람이 바로 그 투엘로 말룽가지?"

"아버지는 항상 그렇게 생각하시죠."

타파 아줌마는 아이리스와 솔리를 슬쩍 바라보았다. 그러면서 나지막하게 속삭였다.

"그건 그렇고, 그거 치를 때 저 어린것들 맡길 만한 곳은 구해 뒀어?"

"아마 요나의 누나, 루스가 맡아 줄 거예요."

"잘됐군."

타파 아줌마는 머뭇거리며 또 이렇게 물었다.

"뭐 내가 딴 뜻이 있어서 묻는 건 아니고 그냥 걱정이 돼서 그러는데, 요나는 어딨어?"

타파 아줌마가 돌아가자, 머리가 지끈지끈 아파 왔다. 하지만 아줌마의 방문은 적어도 엄마를 다시 정상으로 돌아오게 하는 데 도움이 되었다. 엄마는 아이리스와 솔리의 머리를 쓰다듬으면서 이제 잘 시간이 됐으니 잠잘 준비 하라고 말했다. 두 꼬맹이는 칫솔질을 한 다음 헛간으로 가서 손을 씻고 돌아왔다. 엄마는 동생들에게 이불을 덮어 주었다.

아이리스는 엄마 팔에서 떨어지려 하지 않았다. 사나움은 사라지고 아이리스는 제 나이에 맞게 어리광을 피우는 다섯 살 아이로 돌아와 있었다.

"왜 무슨 일 있니?" 엄마가 말했다.

"아무것도 아냐." 아이리스가 대답했다.

엄마는 아이리스와 코를 맞비비면서 말했다.

"그 아무것도 아닌 게 뭔지 엄마한테 말해 봐. 응-?"

아이리스는 떨리는 목소리로 말했다.

"사라를 어디로 보내 버린 거야, 엄마?"

"그런 거야?"

솔리가 아이리스의 말을 되풀이하며 물었다.

"엄마, 맞아? 우리도 다른 데로 보내 버릴 거야?"

"어떻게 그런 생각을 할 수 있니?"

"왜냐하면…… 엄마가 타파 아줌마한테 우리를 루스 고모 집에 맡긴다고 했잖아."

엄마는 고개를 내저으며 말했다.

"어른들이 하는 말을 엿듣는 게 아니야."

"하지만 들었는걸."

그 둘은 흐느껴 울며 말했다. "제발 우릴 보내지 마, 응? 엄마, 제발!"

"아무도 너희들을 남한테 보내지 않아."

엄마는 단호한 목소리로 말했다. 그리고 그 둘을 꽉 껴안으며 또 말했다. "사라는 여행을 간 것뿐이야. 루스 고모는 이틀 동안만 너희들을 봐 주실 거고. 그때 우리 집에 어른들이 많이 오실 건데, 너희들이 지루해할까 봐서. 그것뿐이야."

"아냐, 우린 안 갈 거야."

"아니, 가야 해. 루스 고모네에 가면 같이 놀 사촌들도 있잖니. 그렇게 착하게 놀고 있으면 엄마랑 샨다 언니가 너흴 데리러 갈 거야." 엄마는 잠시 말을 멈추더니 이렇게 말했다.

"자, 됐지?"

그 둘의 훌쩍거림이 잦아들었다. 아이리스가 말했다.

"오늘 밤은 우리랑 함께 잘 거지, 엄마? 응?"

"물론이지."

엄마는 그 둘의 머리에 입맞춤을 하고 나서 또 이렇게 말했다.

"엄마는 너희들을 사랑한다. 이 사실은 절대 잊어선 안 돼."

엄마가 집안 허드렛일을 마치려고 일어나자, 아이리스가 엄마의 눈을 쳐다보았다. 그러면서 아주 분명하고 차분한 목소리로 말했다.

"사라가 여행 간 곳이 지난번 솔리 아빠가 간 곳과 같은 곳이야?"

엄마는 깊이 숨을 내쉬며 말했다.

"그래."

긴 침묵이 흘렀다. 아무도 울지 않았다. 엄마와 나는 조용히 자리에서 일어났다. 방문 쪽에서 솔리의 속삭임이 들렸다.

"아이리스 누나, 다시 사라를 볼 수 있는 거야?"

"그럼."

아이리스가 낮게 속삭이며 대답했다. 아이리스의 목소리에는 진심이 어려 있었다.

"언젠가, 언젠가 이 세상이 사라지게 되면 우리는 다시 만날 수 있어. 사라랑 네 아빠랑, 산다 언니 아빠랑, 모두 모두 말이야. 그 사람들은 지금 우리가 살 수 있게 집을 짓고 있단다."

"어디서?"

"그건 비밀이야."

"싫어, 가르쳐 줘. 거기가 어디야?"

"넌 상상도 못할 만큼 아름다운 곳에서."

"그곳이 어디야?"

"네가 좀 더 크면 알게 될 거야."

아이리스는 마치 엄마처럼 이렇게 속삭였다.

"난 지금 알고 싶어."

"말 안 들을 거야?"

아이리스는 엄마 같은 목소리를 거두고 다시 제 목소리로 돌아와서는 이렇게 말했다. "어서 자."

"거기가 어딘지 알려 줄 때까진 안 잘 거야. 어디야? 어디야? 어디야? 응, 응, 응?"

"어서 자, 안 그러면……."

"안 그러면, 뭐?"

아이리스는 솔리의 배를 콕콕 찔렀다. 솔리가 킥킥 웃었다. 이번에는 좀 더 세게 찔렀다.

"아얏."

"거기 무슨 일이야?"

내가 맏언니의 위엄을 실은 목소리로 물었다.

"아무것도 아냐."

그 둘은 이중창으로 대답했다. 잠시 아무 소리도 들리지 않았다. 그들은 내가 가기를 기다렸다. 그러더니 이내 다시 키득키득 웃는 소리가 들리더니, "쉿!" 하는 아이리스의 목소리가 들렸다. 그리고 잠시 후 잠잠해졌다.

나는 한밤중에 잠에서 깨어났다. 우리 집 마당에서 한바탕 소란이 벌어졌기 때문이다. 고래고래 고함치고, 욕지거리를 하고, 빈 깡통을 외바퀴 손수레에 대고 발로 걷어차는 소리가 들렸다. 요나가 친구들이랑 밤새 술을 퍼마시다가 이제야 돌아온 것이다. 요나의 친구들은 요나를 집 안으로 던져 넣고는 도망쳤다.

요나는 비틀비틀 대문 쪽으로 걸어왔다. 요나는 빗장도 들어 올릴 수 없을 정도로 만취 상태였다. 그는 징징 우는소리로 뭔가 몇 마디 내뱉더니만 땅바닥에 철퍼덕 쓰러졌다. 나는 달빛을 통해 방 저편, 아이리스와 솔리 옆에 누워 있는 엄마를 바라보았다. 엄마는 눈을 뜨고 있었다. 뜬 눈으로 천장만 뚫어져라 보고 있었다.

이런 일이 있을 때면 나는 으레 엄마와 함께 요나를 집 안으로 끌어들였다. 그다음 요나를 매트리스 위에 올려놓고는 그 방을 나왔다. 엄마 혼자 요나의 신발이며 술에 전 옷을 벗기도록 내버려 둔 채.

그때마다 엄마는 내게 요나를 비난해서는 안 된다고 말했다. 왜냐하면 요나에게는 술을 마실 만한 이유가 있기 때문이라고. 어쩌면 그럴지도 모른다. 하지만 지금은 그 이유가 무엇이든 간에 전혀 신경 쓰고 싶지 않다. 그건 엄마도 마찬가지인 모양이다. 엄마와 나는 침대에 누워 꼼짝도 하지 않았다. 잠시 후 문밖에서 요나의 코고는 소리가 들려왔다.

10

티로에서 오는 버스란 사실은 픽업트럭이다. 그 차는 사람들이 손을 드는 곳이면 어디든 서고, 손님들이 내리려는 곳에서는 어디든 내려 준다. 화요일은 여행하는 사람이 없는 한산한 날이다. 그래서 우리는 리즈벳 이모가 이른 오후에 도착할 것이라고 생각했다. 하지만 이모는 오후 늦게 어둑어둑해질 무렵에야 여행가방과 야채가 든 부대세 자루와 함께 도착했다.

"트럭에 기름이 떨어졌어. 그래서 운전사가 가까운 주유소에 가서 노새가 끄는 수레에다 기름을 실어 올 때까지 몇 시간이나 길 위에서 꼼짝도 못하고 있어야 했어. 아이고, 끔찍해. 게다가 너희들한테 줄 양파 부대 위에서 하루 온종일 엉덩방아를 찧느라 멀미가 나서 죽을 지경이었어."

이렇게 말하면서 이모는 땅바닥에 털썩 주저앉았다.

"나 못 걸어. 둘이서 날 좀 들어 옮겨. 그리고 내 허리 찜질하게 얼음 좀 준비해 줘."

엄마와 나는 서로 팔을 엮어서 손가마를 만들었다. 리즈벳 이모가 비틀거리며 우리 손가마에 올라탔다. 이모는 엄마와 내 어깨를 단단히 부여잡았고, 우리는 이모를 집 안으로 싣고 와 흔들의자에 앉혔다. 이모가 계속 푸념을 늘어놓는 동안, 나는 야채 부대와 이모의 여행가방을 집 안으로 들였고, 엄마는 아이스박스에서 얼음을 꺼내 망치로 조각을 냈다. 엄마는 그 얼음 조각을 찬 수건에 싼 다음, 비닐 봉투에 넣었다. 그리고 그것을 이모의 허리 아래 꽁무니뼈에 갖다 댔다.

"으이! 으이!"

이모는 괴상한 소리를 질러 댔다.

만약 이모가 아니라 다른 사람이었다면 측은한 생각이 들었을 것이다. 하지만 그게 이모였기 때문에 고소하다는 생각마저 들었다.

아이리스와 솔리는 영특하게도 자는 척하며 제 방에서 나오지 않았다. 하지만 요나는 침실에서 머리를 삐죽 내밀었다. 그는 숙취로 하루 종일 마른 구역질을 해 댔다. 엄마는 그를 다시 침대에 눕히려고 했지만 고집을 부리며 모두가 보는 앞에서 엄마한테 용서를 빌었다.

"다시는 한 방울도 먹지 않을게. 내 맹세해."

리즈벳 이모는 한 눈을 치켜뜨며 말했다.

"오호라, 또 새 서방을 들이셨다더니……."

우리는 모두 잠자리에 들었다. 하지만 이모만 빼고 아무도 잠을 이루지 못했다.

"일어나, 어여 일어나!"

다음 날 아침, 일찍부터 이모는 수탉이 홰를 치듯 부산을 떨었다. 이모가 옆에 있으면 수탉이 무슨 필요가 있을까?

나는 눈을 비비며 일어났다. 수요일이다. 이틀 전만 해도 사라는 살아 있었다. 오늘 사라는 집에 올 것이다. 그리고 내일 우리는 사라를 땅에 묻는다.

루스 고모는 아이리스와 솔리를 데리러 아홉 시에 도착했다. 루스 고모와 요나는 함께 즐거운 대화를 나눴는데, 그것은 놀라운 일이 아닐 수 없다. 왜냐하면 지난번에 요나가 루스 고모 집에서 고모의 보석을 훔치려 했기 때문이다. 루스 고모는 내 동생들을 데려가는 일 말고도, 내일 장례식 연회 때 쓸 고기를 마련해 주러 온 것이었다. 요나의 가족은 장례식 때 쓸 소 한 마리를 잡아 줄 형편이 못 된다고 했다. 루스 고모는 그게 부끄러워 자신이 염소 두 마리를 내놓기로 한 것이다. 그 고기만으로도 충분히 연회를 치를 수 있기를 바랄 뿐이다.

솔리와 아이리스가 떠나자, 에스더가 도와주러 우리 집에 도착했다. 에스더를 보자 내 마음이 한결 가벼워졌다. 우리는 함께 일을 시작했다.

베이트만 씨가 밤에 손님들이 지낼 수 있게 야외용 텐트를 제공했다. 타파 아저씨와 함께 일하는 일꾼들이 와서 음식 만드는 앞마당 아궁이 옆에다 텐트를 세웠다. 그사이 엄마와 나, 에스더, 타파 아줌마, 리즈벳 이모는 집 안 청소를 했다. 집 안을 한 점 얼룩도 없이 깨끗이 청소하는 것은 무엇보다 중요한 일이었다. 사라의 시신을 마지막으로 이 집에 모시는 날이기 때문이다. 우리는 가구들이며 잡다한 물건들을 모두 뒤뜰로 옮겼다.

한두 번 왔다 갔다 하는 사이에 벌써 타파 아줌마는 땀에 흠뻑 젖었고, 리즈벳 이모는 허리를 뒤틀었다. 이후 그 두 사람은 일을 하는 대신 오전 내내 레몬수를 홀짝이며 잡담을 하며 보냈다. 둘의 대화 주제는 단연 에스더였다. 처음에 그들은 서로의 귀에다 대고 속삭이며 말했다. 그러다가 얼마 후에는 무례하게도 남이 듣거나 말거나 신경 쓰지 않고 큰 소리로 떠들었다.

"아이고머니나, 저 팔찌 좀 봐요."

이건 에스더가 의자를 옮기며 지나갔을 때, 리즈벳 이모가 타파 아줌마에게 비아냥대는 어조로 한 말이다. 이모는 또 이렇게 덧붙였다.

"크기도 엄청 크네. 저런 걸 하고도 팔에 멍이 안 드는 게 놀랍지 않아요?"

"멋 내느라 팔에 멍드는 것쯤 어디 신경이나 쓰겠어요?" 타파 아줌마가 큰 소리로 말했다. "저 치마 짧은 것 좀 봐요. 허리를 구부리면 동네 사람들이 팬티를 다 보게 생겼어요."

이 말에 타파 아줌마와 리즈벳 이모는 박장대소를 하며 웃다가 의자에서 넘어질 뻔했다.

에스더는 물건 옮기는 것을 멈추고는 의자를 끌어다가 그 두 사람 앞에 놓고 앉았다. 그리고 아무렇지도 않은 표정으로 말했다.

"걱정하지 마세요, 타파 아줌마." 그러더니 에스더는 생글생글 웃음을 머금으며 또 이렇게 말했다. "팬티는 보여 주지 않을 거예요. 왜냐하면 아무것도 안 입었거든요."

"그런 말을 해선 안 돼."

집 뒤뜰에 갔을 때, 내가 에스더에게 낮은 소리로 말했다. "저 사람들이 그걸 사실인 것처럼 소문을 퍼트리면 어쩌려고."

아니나 다를까 다시 앞마당으로 나오자, 그 두 사람의 혀는 프로펠러처럼 바쁘게 움직이고 있었다.

"저 애는 항상 저렇게 거칠어요."

타파 아줌마가 침을 튀기며 말했다. "저런 애랑 가까이하면 나쁜 물이 든다고 릴리안한테 미리 경고를 했건만."

"저 애 엄마는 어딨어요?"

리즈벳 이모가 물었다.

"죽었어요."

타파 아줌마가 자기 코를 톡톡 치며 말했다. 그러자 리즈벳 이모가 실눈을 뜨며 말했다.

"오, 어쩐지……."

나는 무슨 말을 해 주고 싶었다. 하지만 무슨 말을 한단 말인가. 내가 나서면 일만 더 망쳐 놓는 꼴이 될 텐데. 어쨌든 이제 집 안은 말끔히 비워졌다. 그래서 에스더와 나는 그 두 사람의 존재를 싹 무시한 채 열심히 집 안 청소에 몰두했다.

우리는 엄마와 함께 바닥과 벽을 솔로 박박 문질러 닦았다. 그리고 장례식 연회를 위해 이웃집에서 빌려 온 숟가락과 포크, 접시, 컵들도 모두 씻었다. 빌려 올 때 깨끗한 상태였지만, 돌다리도 두들겨 본다고 조심한다고 나쁠 건 없으니까. 그런 다음 우리는 아궁이 옆에다 장작을 충분히 옮겨 놓고, 밤새도록 스튜를 끓일 수 있을 정도로 냄비 밑에 불이 충분히 살아 있는지도 확인했다.

타파 아줌마와 리즈벳 이모가 우리와 점심을 함께하기 위해 집 안으로 들어왔다.

"나쁘진 않네."

타파 아줌마가 주위를 둘러보더니 또 평을 하기 시작했다. "뭐, 흠 잡으려고 하는 소린 아닌데, 저기 부엌 벽에 있는 얼룩은 빼먹고 못 지웠네. 뭐, 다른 사람들은 알아보지 못할 거야."

그러자 리즈벳 이모가 말했다.

"아녜요. 내 눈에는 똑똑히 보이는걸. 그리고 내가 했다면 저 뒤뜰에 내논 가구들도 좀 더 깔끔하게 정돈했을 텐데. 그래도 생각했던 것보단 낫네, 뭐."

우리는 두 사람의 말을 무시하고 대화의 주제를 바꿨다. 엄마는 나에게 에스더한테 긴 치마를 하나 빌려 주라고 했다. 나는 그 말을 꺼내기가 매우 난처했지만, 정작 에스더는 아무렇지 않은 듯 받아들였다. 심지어 에스더는 자진해서 팔찌 몇 개와 모조 다이아몬드 브로치를 떼어 내기도 했다.

그런 다음 우리는 '영원의 빛' 장의사로 향했다.

우리가 도착한 순간 리즈벳 이모는 장의사 옆집의 시멘트 믹서를 발견하고는 이렇게 말했다.

"어쩜, 편리하게도 되어 있네."

그러면서 고갯짓으로 연분홍과 회색빛 포석이 깔린 베이트만 씨네 파티오(에스파냐식 집의 안뜰)를 가리켰다.

오늘 그 안뜰에는 접의자가 가득 차 있다. 우리는 다른 유가족들에 둘러싸여 비닐 천막 아래 그늘에 앉았다. 그들은 일종의 종교단체에서 온 사람들이었다. 대부분의 사람들이 울긋불긋 화려한 복장을 하고 있었다. 밝은 색 면으로 만든 긴 윗옷을 입고 손에는 탬버린을 들고 있었다. 우리도 가끔씩 그들이 부르는 노래를 따라 부르기도 했다. 그러나 대부분은 한 떼로 몰려다니는 초라한 까마귀들처럼 검은색과 감색 옷을 입은 우리들은 입을 굳게 다문 채 꼿꼿하게 앉아만 있었다.

베이트만 씨는 정각 세 시에 시신들을 내놓기 시작했다. 그가 한 사람 한 사람 이름을 부르자 접의자에서 나는 덜커덕대는 소리와 함께 박수 소리와 노랫소리가 터져 나왔다.

마침내 사라의 이름을 불렀다. 에스더는 내 손을 꼭 쥐었다. 나는 숨을 참으며 앞으로 일어날 일에 대해 생각하지 않으려고 애를 썼다.

베이트만 씨가 엄마와 요나, 그리고 나와 신부님을 이끌고 복도를 걸어갔다. 그리고 관 전시실을 지나서 아주 작은 예배당으로 들어갔다. 베이트만 씨가 관에 든 사라를 보여 주자, 내 몸에서는 아무런 감각도 느껴지지 않았다. 사라는 아주 낯설게 보였다. 사라의 코 주위를 덮고 있던 발진들이 가루분 속에 가려져 있었다. 또한 그들이 수의로 잘 싸서 사라 귀 주변에 난 부스럼과 사라의 머리에 난 부스럼 딱지들을 가려 주었다. 그들은 또 입술을 꿰매기 전에 사라의 양 볼에 뭔가를 채워 넣어 양 볼이 도톰해 보이게 만들었다. 순간 나는 사라가 어린아이답지 않게 얼마나 야윈 몸을 가지고 있었는지를 깨달았다.

이제 다른 사람들이 줄지어 들어와서 우리 주위를 가득 에워쌌다. 그들은 에스더, 리즈벳 이모, 타파 아줌마, 요나의 친척들이었다. 카세트테이프에서 찬송가가 흘러나왔고, 신부님의 기도 소리가 들려왔다. 내가 미처 깨닫기도 전에 사라의 관을 실은 수레가 문밖으로 나갔고, 그 방에 있는 사람들 모두가 그 뒤를 따랐다. 우리는 시체 방부처리를 하는 곳을 지나서 오른쪽으로 돌았다. 우리는 묵직한 두 짝 여닫이문을 열고, 그 건물 뒤편에 있는 주차장으로 나왔다. 사라는 조금 전에 시보레 자동차와 갈고리로 연결된 관처럼 생긴 소형 트레일러에 실렸다.

베이트만 씨가 엄마와 요나, 나를 시보레 자동차로 안내할 때 내 귀에는 조금 전에 들었던 여자 성가대의 노랫소리와 그들의 탬버린 소리가 메아리처럼 왕왕 울려왔다. 차가 진입로를 향해 나가는 동안 여러 얼굴들이 눈물로 흐려진 내 눈을 스쳐 지나갔다. 사라를 보러 온 사람들의 얼굴도 있었고, 다른 망자들을 보러 온 사람들의 얼굴도 있었다.

내 머릿속에서 이런 생각이 떠올랐다. 언젠가는 엄마와 나와 에스더와 솔리와 아이리스와 그리고 내가 사랑하는 모든 이들이 다 죽을 것이다. 그러면 지금 저 사람들처럼 그때도 조문객들이 저런 모습으로 이곳을 찾아오겠지. 나는 엄마의 가슴에 얼굴을 묻고 이렇게 소리치고 싶었다.

"난 죽고 싶지 않아! 언젠가 죽을 거라면 왜 태어나게 한 거야?"

11

시보레가 우리 집 앞, 조객들이 서 있는 곳에 멈추었다. 요나의 두 매형이 사라의 관을 들고 집 안으로 들어왔다. 그들은 관을 거실에 들여와서, 미리 깨끗한 흰 침대보를 덮어씌워 둔 다리미판 위에다 올려놓았다. 우리는 다리미판 주위 바닥에다가 사라의 장난감들도 깔아 두었다.

베이트만 씨는 두 개의 플라스틱 화환을 제공했는데 타파 아줌마는 그것을 보자 화환을 먼지 타지 않게 보관하려면 셀로판지를 벗겨 내지 말고 그대로 두어야 한다고 부득부득 우겼다. 백인들 묘지에서 그렇게 하는 것을 봤다고 하면서. 타파 아줌마는 정말 못 말리는 사람이다. 하지만 엄마는 아줌마와 말씨름을 하지 않았다. 그리고 타파 아줌마가 밖으로 나갈 때까지 기다렸다가 그 셀로판지를 다 벗겨 냈다. 지금부터 내일 아침까지는 직계가족만 집 안으로 들어올 수 있다. 그

후에 타파 아줌마가 집 안으로 들어와서 그 화환에 셀로판지가 벗겨진 것을 본다 한들, 그때쯤이면 자신이 충고했던 일을 까맣게 잊어버릴 게 뻔하다. 엄마 말대로 아줌마는 단지 자신이 중요한 사람처럼 보이고 싶을 뿐인 것이다.

베이트만 씨는 사람들 사이를 걸어 다니며 악수를 하고 자기 명함을 돌렸다. 동네 사람들이 이것저것 질문하며 어슬렁어슬렁 모여들었다. 베이트만 씨가 설명하기 시작했다.

"우리는 하나에서 열까지 완벽한 서비스를 제공합니다. 그러니 고객들이 걱정하실 일은 한 가지도 없습니다. 우리는 장례식 차례표에다 고인의 사진까지 넣어 드립니다. 만일 사진이 없으신 분은 우리가 즉석 사진기로 찍어 드릴 수 있어요."

그러면서 친구 분들께도 소개해 달라면서 사람들에게 명함을 몇 장씩 더 나눠 주었다.

그러는 사이, 에스더는 아궁이에 불 피울 준비를 했고, 요나의 누나들은 야채를 썰었다. 그때 도살장에 갔던 염소들이 실려 왔다. 염소들은 이미 숨이 끊긴 채 피를 흘리고 있었다. 순간 안심이 되었다. 처절하게 끽끽거리는 비명 소리를 단 일 초도 듣고 싶지 않았기 때문이다. 게다가 만일 집에서 염소를 잡았다면 마당에서 그 비릿한 피비린내가 몇 주 동안 가시지 않을 것이다.

엄마와 나는 사라와 함께 있기 위해 집 안으로 들어갔다. 그런데 다리미판 바로 밑에서 엄마가 갑자기 배를 움켜쥐고는 바닥에 쓰러지며 흐느껴 울었다. 나는 순간 겁이 더럭 났다. 지금까지 나는 엄마가 우는 모습을 내 눈으로 직접 본 적이 단 한 번도 없었다.

"미안하다."

엄마가 말했다.

"괜찮아, 엄마. 난 이제 애가 아니야."

그러면서 나는 엄마 옆에 주저앉아 함께 울었다. 우리는 숨이 막힐 때까지 서로 꽉 부둥켜안았다. 우리가 다시 숨을 쉴 수 있게 되었을 때 우리는 서로의 눈물을 닦아 주었다.

"여기서 이렇게 우는 건 괜찮을 거야. 너랑 나 둘이서만 말이야." 엄마가 말했다. "하지만 사람들 앞에서는 조심해야 해. 우리는 손님들을 맞이해야 하니까."

나는 고개를 끄덕였고 엄마가 말한 대로 따랐다. 오후 내내 우리는 사람들 앞에서 침착한 얼굴을 보였다. 그런 다음 다시 집 안으로 들어와서 신음하듯 울음을 토해 냈다.

친지들과 이웃들이 스웨터며, 베개며, 멍석 등을 가지고 왔다. 밤에 마당에서 잠잘 준비를 해 오는 것이다. 에스더는 나를 도와 사람들이 가지고 온 것들을 정리했다. 학교 친구들이 와서 위로의 말을 해 주었다. 하지만 내 입술이 떨리기 시작하자, 에스더가 얼른 이야기 주제를 바꾸었다. 이를테면 학교 선생님들에 관한 소문 같은 것으로.

"2년이란 세월은 조이 선생님이 역사 시험지나 채점하면서 온 밤을 혼자서 지새우기엔 너무나 긴 시간이야."

116

에스더는 이렇게 말하며 한쪽 눈을 찡긋했다.

나는 단 몇 초 동안이었지만 내일이 장례식이라는 생각을 잊은 채 웃었다.

곧이어 새 손님들이 들이닥쳤다.

"참 유감이구나."

사람들이 이렇게 말하면 내 마음과 입술은 다시 굳게 닫혔다. 나는 고개 숙여 인사하고, 그들과 악수하면서 이렇게 말했다.

"와 주셔서 고맙습니다."

그러고는 다시 집 안으로 뛰어 들어갔다.

그 "유감이다."라는 말은 듣기에 나쁘지 않다. 하지만 "좋은 일이라 생각하렴. 사라는 하느님 품으로 돌아갔으니까."라는 식의 말은 정말 듣기 싫었다. 그런 소리를 들을 때마다 나는 이렇게 말하고 싶어진다. "만일 하느님 품에 돌아가는 게 그렇게나 좋은 거라면, 왜 당신은 당장 하느님 품에 가지 않나요?"라고. 또 듣기 싫은 말은 "하느님을 믿으렴. 그분이 하시는 일에는 다 이유가 있단다."라는 말이다. 그러면 나는 또 이렇게 퍼붓고 싶어진다. "오, 그래요? 그럼 하느님이 당신을 그렇게 멍청하고 못생기게 만든 것도 다 이유가 있어서겠군요?"

이런 생각들을 하노라면 죄책감이 든다. 나는 사라가 하느님과 함께하길 원한다. 또한 세상 모든 일이 그분의 깊은 뜻과 계획에 따라 일어나는 거라고 믿고 싶다. 하지만 아무리 감동적인 위안이나 그럴 듯한 설명이라도 사라가 살아 있는 것보다 더 나을 수는 없다. 지금 나는 사라가 죽었다는 사실을 도저히 받아들일 수가 없다. 그러니 그 럴싸한 말로 나를 위로하려는 사람들이 꼴도 보기 싫을 수밖에.

타파 아줌마는 그중에서도 단연 최악이다. 우리가 베이트만 씨의 사무실에서 기다리는 동안 타파 아줌마는 엄마 쪽으로 몸을 기울이며 이렇게 말했다.

"릴리안, 편안하게 생각해. 그 불쌍한 것이 이제 고통에서 벗어났다고 말이야."

뭐? '그 불쌍한 것'? 아줌마의 뺨을 후려갈기고 싶었다.

그런데 별안간 이런 끔찍한 생각이 들었다. 어쩌면 아줌마의 말이 맞는지도 모른다는 생각이. 사라는 태어난 순간부터 아팠다. 사라는 엄청나게 울어 댔고, 때때로 나는 사라가 내 동생이라는 사실을 망각한 채 무척이나 미워했다. 사라를 생각하면 그 끔찍한 비명과 울음소리부터 떠오른다. 사라는 배앓이가 심했고, 온몸에 종기와 발진이 돋았다. 사라가 몸을 움직이면 종기와 발진들이 통증을 일으켰기 때문에 사라는 거의 움직이지 않았다. 사라는 전혀 걷지 못했을 뿐만 아니라 기어 다니는 것조차 힘들어했다. 겨우 할 수 있는 거라곤 힘없는 발짓과 푸덕거림 정도였다. 엄마와 나는 사라에게 노래를 불러 주고 이야기도 들려주었다. 하지만 사라는 알아듣는 것 같지 않았다. 그리고 말도 거의 하지 못했다. 심한 발열이 사라의 두뇌에 영향을 준 것일까? 아니면 사라의 입과 목에 난 발진과 기포들이 말을 하면 엄청난 통증을 일으켰기 때문이었을까?

무엇이 진실인지 나는 모른다. 그건 아무도 몰랐다. 의사들까지도 몰랐다. 적어도 엄마의 말에 의하면 그렇다. 사라가 태어난 지 얼마 되지 않아서, 엄마는 사라를 데리고 병원에 갔었다. 집에 돌아온 엄마의 모습은 유령과 같았다. 엄마는 의사들이 전혀 도움을 주지 못했다고 했다. 그들은 사라의 병에 대해 아는 것이 아무것도 없었다고 했다. 그날 이후로 엄마는 다시는 사라를 병원에 데려가지 않았다.

사라의 상태는 끔찍했다. 나는 두어 차례 사라가 고통 없이 죽기를, 그래서 그 끔찍한 울음을 멈추기를 빈 적이 있었다. 그럴 때면 나는 그 사악한 생각이 내 머리에서 빠져나가라고 스스로 내 뺨을 후려쳤다. 지금 나는 몹시 혼란스럽다. 정말 하느님이 내 기도를 들어주신 것은 아닐까? 사라가 나 때문에 죽은 것은 아닐까? 무슨 생각을 해야 할지, 또는 무슨 생각을 했었는지, 혹은 무슨 생각을 했어야 했는지 아무것도 모르겠다. 아무런 감각도 느껴지지 않는다.

나는 혼란과 당황스러움에 넋을 잃고 멍하니 서 있었다. 그때 에스더가 내 팔을 잡아끌며 말했다.

"셀라라메 선생님이 오셨어."

뭐? 셀라라메 선생님이? 나는 고개를 들었다. 정말로 선생님이 내 쪽으로 걸어오고 계시는 게 아닌가. 선생님이 우리 집에 오실 줄은 꿈에도 생각질 못했다. 선생님은 귀한 분이시고 게다가 학교 선생님이신데, 일개 학생인 나를 위로하러 우리 집에 찾아오시다니……

셀라라메 선생님은 나를 안아 주셨다. 사모님도 함께 오셔서 옆에서 계시다가 또 나를 안아 주셨다. 한 번도 만난 적이 없었는데도 마치 서로 오래전부터 알고 있었던 느낌이었다.

셀라라메 선생님 부부는 잠시 동안 지는 해를 바라보며 내 옆에 서 계셨다. 엄마가 다가왔다. 선생님 부부가 엄마에게 위로의 말씀을 전했고, 엄마는 와 주셔서 감사하다고 말했다.

"샨다는 제가 가장 아끼는 학생입니다."

셀라라메 선생님이 말했다. "이렇게나 훌륭한 따님을 두셨으니 참 자랑스러우시겠습니다."

엄마의 얼굴이 기쁨으로 빛났다. 내 가슴도 저 하늘만큼 크게 부풀어 올랐다.

하늘은 오렌지와 보라색으로 물들어 갔다. 마당에 꽂아 둔 횃불들이 하나하나 밝혀졌다. 그러자 사람들 사이에 감돌던 우울한 공기도 서서히 흩어져 사라졌다. 아이스박스 속에 탄산음료 캔들이 들어 있었지만, 몇몇 사람들은 한잔하러 시반다 씨네 술집으로 갔다. 밤 열 시가 되자, 노래와 춤으로 분위기가 흥겹게 살아났다. 마을 노인들이 세가바(남아프리카의 전통악기)로 오래전부터 전해 내려오는 민요들을 연주했다. 무엇보다 흥을 돋운 것은, 레솔레 씨가 가져온 큼지막한 휴대용 카세트에서 흘러나온 레게와 힙합 음악이었다.

레솔레 아저씨는 북쪽 사파리 캠프에서 요리사로 일할 때 관광객한테서 팁으로 그 휴대용 카세트를 얻었다. 레솔레 아저씨의 이웃들은 아저씨가 집에서 쉬는 날을 대번에 알 수 있다. 아저씨가 쉬는 날은 으레 그 카세트가 하루 종일 꽝꽝 울어 대니까. 그러면 아저씨네 마당은 순식간에 파티장으로 변했다. 가끔씩 그 소리가 우리 집에까지 들려와 내 잠을 깨우기도 한다. 하지만 그 음악 소리는 우리의 기분을 북돋워 주고 활기를 찾게 해 준다. 그게 바로 오늘 같은 밤 우리에게 절실히 필요한 것이다.

온 마당에 사람들이 끼리끼리 모여 음악에 맞춰 몸을 흔들었다. 사람들은 서로의 안부를 묻고 소식을 전하기도 하고, 타파 아줌마에게서 들은 소문을 가지고 입방아를 찧기도 했다. 한쪽에서는 사람들이 넝마주이 닐로 할아범과 한창 열띤 토론을 펼쳤는데, 토론의 주제는 좋은 멍석을 만들기 위해서는 어떤 잡동사니들을 선택하는 것이 좋은가 하는 것이었다.

자정 무렵이 되자 염소들이 모두 꼬챙이에 꿰어져서 스튜 냄비 속에서 부글부글 끓고 있었다. 내가 메리를 골목길에서 본 것이 바로 그때쯤이었다. 메리는 제 깐에는 변장이랍시고, 늘 쓰던 그 털모자를 평소보다 더 아래로 푹 눌러쓰고 있었다. 메리는 몸을 가누기 위해 선인장 울타리를 잡고 있었다. 너무 취해서 선인장 가시에 찔려도 아픔을 느끼지 못하는 모양이었다. 메리는 요나의 주의를 끌려고 바지 뒷주머니에 넣고 다니는 포켓 위스키 병을 흔들어 댔다. 그러자 요나가 메리 쪽으로 조금씩 조금씩 기어갔다.

나는 요나의 두 매형에게 요나를 잘 감시해 달라고 말해 두었다. 하지만 그 두 사람도 술에 취해 있긴 마찬가지였다. 결국 메리는 그들

세 명과 함께 도망을 치고 말았다. 요나의 누이들이 그들을 찾기 위해 수색대를 결성했다. 수색대는 시반다 씨네 술집에서 그들을 찾아냈고, 요나 누나들은 그 남자들의 귀를 잡아끌고 다시 집으로 돌아왔다.

새벽 두 시경이 되자, 흥청망청하던 분위기는 서서히 가라앉았다. 몇몇 사람들은 텐트 아래에서 잠을 잤지만, 대부분은 그냥 별 하늘 아래에 누워 잤다. 요나는 집 밖으로 한 발짝만 내디뎌도 흠씬 두들겨 패 주겠다는 누나들의 협박에 못 이겨 집 안에 꼼짝없이 틀어박혀 있었다. 요나의 누나들은 아예 현관 앞에 자리를 깔고 보초를 섰다. 엄마와 나는 사라가 있는 거실에서 뜬눈으로 누워 있었고, 요나는 혼자서 자기 침실에 박혀 있었다.

그런데 사실은 참 어이없게도 요나의 친구 한 명이 창문을 통해 요나에게 술을 밀어 넣어 줬다. 새벽이 가까워 올 무렵, 엄마와 나는 널브러져 있는 요나 주위로 다섯 개의 빈 쉡쉡이 통과 그가 토해 낸 오물이 방바닥에 널려 있는 것을 보았다. 우리는 베이트만 씨가 신부님과 도착하기 전까지 가까스로 요나를 깨끗이 씻길 수 있었다.

새벽 공기는 더없이 상쾌했다. 사람들 대부분이 잠을 달게 잤다고 했다. 사람들은 눈을 비비며, 잘 잤느냐고 서로에게 인사를 건넸다. 신부님이 집 안을 사람들에게 공개하자, 사람들이 집 안으로 줄지어 들어와서 열려 있는 관 곁을 지났다.

사람들은 다시 마당으로 돌아와서, 기다리고 있던 픽업트럭의 짐칸에 차곡차곡 올라탔다. 리즈벳 이모와 타파 아줌마는 묘지로 가지 않고 집에 남아서 사람들이 먹을 빵을 구울 예정이었다. 에스더가 자기도 남아서 돕겠다고 했지만, 타파 아줌마는 방해만 될 뿐이라고 묘지로 가라고 했다. 그러나 사실 타파 아줌마는 에스더가 밀가루 반죽에 손을 대는 게 싫었던 것이다. 에스더가 제 부모의 병균을 옮길까 봐 두려워서.

엄마와 나는 마지막으로 사라를 한 번 더 들여다보았다. 우리는 사라가 가장 좋아하는 장난감을 사라 옆에 갖다 놓았다. 그것은 줄무늬 양말에다 둥근 단추 눈을 달아 만든 헝겊 인형이었다. 그런 다음 엄마는 내 손을 꼭 쥐었고, 베이트만 씨가 관 두껑에 못을 박았다.

그 관은 다시 트레일러로 옮겨졌다. 엄마, 요나, 나는 시보레 자동차에 올라탔고 장례 행렬은 공동묘지로 향하기 시작했다.

12

공동묘지는 마을 변두리에 있는 바위투성이의 들판이었다. 작년에 개장했는데도 이미 거의 다 차 있었다. 사라의 묘는 북동쪽 구석에 자리 잡고 있었는데, 에스더 부모님의 묘와는 걸어서 10분 거리에 있었다.

우리가 탄 차는 가시철조망 울타리 사이에 있는 문을 통과해서 묘지로 들어갔다. 그리고 지방 군청에서 정한 행동 준칙이 적혀 있는 안내판을 지났다.

비명 또는 고함을 지르거나, 다른 불손한 행동은 일절 금함. 기념물을 파손하거나 훔쳐 가지 말 것. 가축들의 방목을 금함.

구불구불한 흙길은 웅덩이투성이였다. 지난 우기 때, 영구차들이 그 웅덩이에 빠져 꼼짝달싹도 못했었다. 그래서 두 대의 트럭이 와서 그 차들을 웅덩이에서 끌어내야 했다. 오늘은 물웅덩이에 빠질 염려는 없지만, 우리가 탄 시보레가 심하게 요동칠 때마다 나는 사라의 관이

깨지지나 않을까 걱정됐다.

우리를 실은 차는 그 장소에 멈추었다. 묘지에는 우리 일행만 있는 게 아니었다. 새로 만들어진 여덟 구의 무덤이 열 지어 있었다. 그 여덟 개의 구덩이마다 위쪽에 흙이 높게 쌓여 있었다. 베이트만 씨가 우리 것은 세 번째라고 했다. 이미 우리 양쪽 편에서 장례식이 진행 중이었다. 저 멀리서 먼지를 일으키며 묘지 문을 통해 들어오는 다른 행렬들도 보였다. 조객들이 픽업트럭에서 뛰어내려서 그들의 망자를 찾고 있었다. 또 한쪽에서는 누가 다섯 번째 구덩이의 임자이고 또 누가 여섯 번째 구덩이의 임자인지를 놓고 한판 싸움을 벌이고 있었다.

그사이, 신부님은 사라의 흙무덤 위로 올라가서 영생을 위한 성서 한 구절을 읊었다. 나도 하느님을 믿고 싶고, 사라가 조상님들과 함께 지내게 될 거라고 믿고 싶다. 하지만 갑자기 그 모든 것이 악몽을 쫓아내려고 신부님이 만들어 낸 이야기일 거라는 무서운 생각이 들었다.(하느님 죄송해요. 용서해 주세요. 하느님 죄송해요. 용서해 주세요. 하느님 죄송해요. 절 용서하세요.)

신부님이 주기도문을 외기 시작했다. "라에 유 코 르 고디몽*……."

그러자 나를 제외한 사람들이 모두 고개를 숙였다. 모두 신부님이 부르는 찬송가를 따라 부를 때, 나는 시멘트 벽돌들로 덮인 이 들판을 둘러보았다. 시멘트 벽돌 하나가 무덤 하나를 표시했다. 그 시멘트 벽돌 위에는 그 무덤 주인이 사망한 날짜가 검은색 페인트로 휘갈겨 쓰여 있고, 이름을 쓸 공간조차 없다. 그렇게 죽은 자들은 사라져 갔다.

---

* 라에 유 코 르 고디몽(Raetsho yoo ko le godimong): 주기도문의 첫 구절로 "하늘에 계신 우리 아버지여"로 번역할 수 있다.

마치 이 세상에 살았던 적도 없었던 것처럼.

　사라의 무덤에도 시멘트 벽돌 한 장만 덩그러니 놓이게 될 것이다.

　"사라." 나는 가만히 속삭였다. "우릴 용서해 줘."

　우리에겐 사라에게 비석을 사 줄 만한 여유가 없다는 것을 나는 잘 알고 있다. 하지만 나는 돈을 모아서 모리티*라도 만들어 주고 싶다. 그리고 작은 울타리와 지붕이 있고, 맨 앞에다 금박으로 사라 이름이 새겨진 명패 달린 무덤을 만들어 주고 싶다. 그리고 거기에다 문도 만들고 자물쇠도 채워 주고 싶다. 내가 사라를 위해 갖다 놓은 장난감들을 아무도 못 가져가도록 말이다.

　엄마는 모리티가 장의사들만 돈벌게 해 주는 것이라고 했다. 아버지와 오빠들의 무덤에 씌운 덮개는 몇 년 전에 사라져 버렸고, 또 울타리는 우기 때 무덤들이 모두 무너졌을 때 망가져 버렸다. 그렇다 해도 난 상관없다.

　가축 방목장에는 고조할머니와 할아버지의 무덤이 강에서 가져온 조약돌로 표시되어 있다. 하지만 그래도 상관없다. 왜냐하면 사람들이 모두 함께 모여 살고, 또 누가 어디에 묻혀 있는지 모두 알고 있으니까. 하지만 이곳 도시에서는 죽은 사람들이 이 복잡한 공간에서 허둥지둥 묻히고 보니 그들의 무덤은 쉽게 잊혀지고 만다. 그들에 대한 기억은 바람에 날리는 민들레 씨앗처럼 이내 사라져 버린다.

　기도를 마친 신부님은 손으로 성호를 그었다. 베이트만 씨의 직원들이 밧줄로 사라의 관을 구덩이 아래로 내렸다. 우리는 한 사람 한

---

* 모리티: 무덤에 비석 대신 설치하는 것으로, 직사각형 형태의 나지막한 철 울타리이다.

사람씩 차례로 꽃을 사라의 관 위로 던졌다. 그런 다음 엄마와 나, 요나, 요나의 매형을 뺀 모두가 장례식 연회를 위해 우리 집으로 돌아갔다.

요나의 매형이 무덤에 흙을 뿌렸다. 뒤를 이어 사람들이 무덤에 흙을 붓자, 요나가 흙무덤 위로 쓰러졌다. 그리고 아이처럼 울부짖었다. 엄마가 그의 머리를 가만히 쓸어 주었다. 나는 요나가 미웠다. 그는 사라가 아플 동안에도 내내 술에 찌들어 있었다. 그때는 사라가 아프든 말든 상관하지 않던 사람이 왜 지금에 와서 저렇게 슬픈 척한단 말인가? 그리고 엄마는 왜 그를 위로하고 있단 말인가?

나는 요나가 다시 안정을 찾을 때까지 하늘의 구름을 쳐다보았다. 그는 마침내 일어나서 넥타이로 눈에 고인 눈물을 닦았다. 엄마는 그의 윗도리와 바지에 묻은 흙을 털어 주었다. 그러고 나서 우리는 조객들을 맞이하기 위해 집으로 향했다.

우리가 도착했을 때, 마당은 이미 사람들로 가득 차 있었다. 모두들 염소 스튜와 옥수수 빵을 들면서 잡담을 나누었다. 베이트만 씨가 장례식 차례표를 나누어 주었다. 그 차례표 겉장에는 관 속에 누워 있는 사라의 사진과 함께 성경 한 구절이 쓰여 있었다.

"어린아이들이 내게 오는 것을 허락하고 금하지 말라. 천국은 이런 자들의 것이니라."

신부님이 사람들을 불러 모아서 식을 시작했다. 신부님은 짤막하게 연설을 한 뒤에 엄마에게 말할 기회를 넘겼다. 엄마는 모두에게 이렇게 와 주어서 고맙다고 말했다. 엄마의 말이 끝나자, 스스로가 배우 될

자질을 타고났다고 생각하는 타파 아줌마의 선창으로 모두 함께 찬송가를 불렀다. 순간 우리 집 마당은 노랫소리와 박수 소리로 활기를 띠었다. 우리는 서로 껴안고 손을 잡고 함께 몸을 흔들었다. 그런 다음 주위는 어수선해졌고, 손님들은 하나둘 사라지기 시작했다. 청소를 돕느라 남아 있는 에스더와 천막을 거두고 있는 베이트만 씨만 제외하고.

이제 모든 사람이 자리를 떠났다. 사라를 뺀 모든 사람이. 사라는 조만간 꽁꽁 얼어 버릴 것이다. 컴컴한 땅속에서 혼자 외로이. 영원히 한 살 반인 채로.

13

오후 서너 시가 되자 공기가 너무 뜨거워 숨 쉬기조차 힘들었다. 한낮은 지났지만 태양은 몇 시간 전보다 더 뜨겁게 땅을 달구었다. 엄마와 나는 나무 그늘에 있어야 했지만 그러질 못했다. 우리는 길가에 서서 리즈벳 이모를 다시 티로로 태우고 갈 픽업트럭을 잡기 위해 기다리고 있었다. 엄마와 리즈벳 이모는 창이 널찍한 밀짚모자를 쓰고, 부엌에서 가지고 나온 의자에 앉아 있다. 나는 오래된 신문지 한 장을 머리에 뒤집어쓰고 땅바닥에 다리를 포개고 앉아 있다.

사람들은 종종 "아픔은 나누면 반이 된다."라는 말을 한다. 하지만 나는, "때로는 그 아픔을 나누는 상대에 따라 아픔이 배가 되어 돌아오기도 한다."라고 말하고 싶다. 우리는 말을 하는 대신 매장식 때 쓰던 종이 접시를 하나씩 들고 부채질을 하면서 귀청이 터질 듯 요란하게 윙윙거리는 매미 소리를 듣고 있다. 일 초가 영원처럼 길게 느껴졌다. 우리는 눈물을 찔끔대며 연이어 나오는 하품을 참았다. 침묵은 대기의 뜨거운 열보다 더 무겁게 우리를 내리눌렀다.

이따금씩 리즈벳 이모는 한숨을 내쉬며 자기 발을 톡톡 두드렸다.

"나 때문에 모두 이렇게 나와서 기다릴 필요가 없는데."

"아냐, 그렇지 않아. 당연히 나와서 배웅해 줘야지." 엄마는 조용히 대답했다. 엄마는 왜 저렇게 이모에게 기가 눌려 있는 것일까?

내가 입을 있는 대로 벌려 하품을 막 하려는 순간, 픽업트럭이 길모퉁이에서 모습을 드러냈다. 엄마가 리즈벳 이모를 부축해서 일으켜 세웠다.

"이렇게 먼 곳까지 와 줘서 고맙다."

엄마가 말했다.

"내 할 도리를 한 것뿐이야."

리즈벳 이모가 뻣뻣하게 대꾸했다.

이모는 운전사가 자신을 트럭 안으로 끌어올릴 때까지 버티고 있었다. 이모가 올라타자 트럭은 비틀비틀 앞으로 나아가기 시작했다. 그때 이모가 트럭의 한쪽 난간에 몸을 기대며 이렇게 말했다.

"사라의 죽음은 언니의 업보야."

"뭐라고?"

엄마가 깜짝 놀라며 물었다.

"뿌린 대로 거둔다는 말이 있어. 그리고 업보는 제 자식한테 미친다는 말도 있지. 조상님들께 빌어. 죄를 뉘우치라고. 언니가 저지른 잘못과 치욕스러운 일들을 용서해 달라고 빌란 말이야."

트럭이 뿌연 먼지를 일으키며 돌길을 내달렸다. 그리고 길모퉁이를 돌아 사라졌다. 엄마는 우두커니 길 위에 서 있었다. 마치 누군가에게 아랫배를 심하게 얻어맞은 것 같은 모습으로. 엄마는 비틀비틀 의자에 쓰러져 앉았다. 엄마가 혼자 있고 싶어 할 거라는 걸 알고 있었지만, 나는 엄마를 혼자 둘 수 없었다. 나는 엄마에게 달려가서 그 옆에 무릎을 꿇고 앉았다.

"엄마, 괜찮아?"

"괜찮아."

엄마가 작은 소리로 대답했다.

"대체 이모가 한 말은 뭐야?"

"아무것도 아냐."

엄마는 눈을 꼭 감고 자신의 두 손을 마주 잡았다.

"제발, 엄마. 눈을 떠. 그리고 날 봐."

엄마는 순간 눈을 번쩍 떴지만, 내 목소리는 이미 눈물에 젖어 떨리고 있었다. 나는 내 가슴속에 담아 두었던 말들을 쏟아 냈다.

"왜 이모는 우릴 미워하는 거야? 왜 친척들은 우릴 싫어하는 거야?"

"아냐, 그렇지 않아."

"맞아. 왜 고향에 있는 다른 가족들은 장례식에 안 온 거야? 오지 못할 사정이야 나도 들어 알고 있어. 하지만 왜냐고. 할아버지가 돌아가셨을 때 우리 식구들은 왜 여기 있었어? 왜 티로에 가지 않았냐고."

"엄마는 너무 피곤해서 너랑 말씨름할 힘이 없다."

"난 지금 엄마랑 말씨름하는 게 아니야. 진실을 알고 싶을 뿐이야. 도대체 뭐가 치욕스럽다는 거야? 그리고 그 업보란 게 도대체 뭐야?"

"질문이 너무 많구나."

"내게도 알 권리가 있어."

"네가 더 크거든 알려 주마."

"아빠가 돌아가셨을 때도 엄만 그렇게 말했어. 지금은 그때보다 더 컸다고. 열여섯 살이야. 엄마는 내 나이에 결혼해서 아기도 가졌잖아."

엄마는 얼굴을 돌렸다. 나는 엄마의 허리를 싸안았다. 엄마는 몸을 숙여 내 머리를 감싸 안고는 몸을 좌우로 가만히 움직였다. 나는 엄마의 허리를 더 꽉 끌어안았다. 내가 그러고 있는 동안 엄마는 입을 열고 사실을 말하기 시작했다.

"그들은 우리를 싫어한단다. 왜냐하면 엄마가 불운을 가져오기 때문이래. 또 네 아빠와 내가 집안의 명예를 더럽혔기 때문이래."

엄마의 목소리는 나지막했지만, 한마디 한마디에 힘이 들어가 있었다. 그 말들은 엄마의 머릿속에서 아주 오랫동안 돌고 돌아서 단단하고 반들반들한 차돌처럼 변해 있었다.

엄마의 말에 따르면, 그 저주의 시작은 25년 전으로 거슬러 올라간다. 엄마의 부모님, 그러니까 나의 외할머니와 외할아버지는 이웃 가축 방목장의 주인이었던 말룽가 씨 가족과 아주 절친하게 지냈다. 두 집안은 엄마와 말룽가 씨 큰아들인 투엘로를 혼인시키기로 정해 두었다.

투엘로는 잘생기고 힘도 셌다. 하지만 그게 무슨 상관이랴. 엄마는 이미 다른 남자, 즉 내 아버지를 사랑하고 있었다. 추수를 마치고 축제가 벌어졌을 때, 그 두 사람은 아버지의 가축 방목장으로 도망쳤다. 엄마의 할아버지와 말룽가 씨네 남자들이 한 손에는 횃불을 들고 또 다른 한 손에는 큼지막한 칼과 낫을 들고, 아버지의 가족을 죽이고 엄마를 집으로 데려오기 위해 길을 나섰다.

거의 대학살에 가까운 끔찍한 사태가 벌어질 참이었다. 하지만 말룽가 씨는 자신의 체면을 세울 방도를 찾아냈다. 엄마에겐 여동생이 두 명 있었는데, 투엘로가 그 둘 중 한 명을 선택하는 것으로 말이다.

게다가 신부 값(매매혼에서 남자가 신부 집에 주는 돈, 귀중품, 식량 따위)이 두 배로 뛰었는데, 말룽가 씨는 그 신부 값을 아버지 쪽 가족들이 가축으로 지불하는 조건을 내걸었다.

목숨은 건졌지만, 목숨을 건진 대가 또한 만만치 않았다. 아버지는 자신의 가족이 신부 값으로 치른 가축들을 다시 사들여야 했다. 하지만 그것은 말처럼 쉬운 일이 아니었다. 게다가 엄마도 돈 한 푼 없이 도망 나온 처지라 생활이 매우 힘들었다. 그래서 아버지의 형제들은 아버지를 일종의 노예로 취급하며 부려먹었다. 그렇게 십육 년이란 세월을 뼈 빠지게 일한 아버지는 이제 할 만큼 했다고 생각했다. 그래서 아버지는 형제들에게 자신이 진 빚을 이제 다 갚았으니, 이제부터는 수확물에서 아버지의 몫을 달라고 요구했다. 하지만 형제들은 거절했다. 그것이 바로 우리가 보낭으로 오게 된 이유였다.

엄마의 친정집 식구들과도 마찬가지로 문제가 있었다.

엄마에게는 여동생이 둘 있었다. 리즈벳과 아만테. 내게는 이모가 되는 분들이다. 리즈벳 이모가 아만테 이모보다 위였다. 그래서 리즈벳 이모는 자신이 투엘로의 아내가 될 거라고 생각했다. 그건 리즈벳 이모의 입장에서는 아주 잘된 일이었다. 이모는 투엘로를 짝사랑하고 있었으니까. 하지만 투엘로는 아만테 이모를 택했다.

리즈벳 이모는 자신이 결혼하지 못한 것을 이 탓으로 돌린다. (엄마는 맘이 너무 착해서 이런 말은 하지 않지만, 사실 리즈벳 이모가 결혼하지 못한 진짜 이유는 이모의 발이 내반족이기 때문이었다. 반듯해야 할 두 발이 안으로 굽어 있는 것이다. 집 지으랴, 물 길어 오랴, 천둥벌거숭이 같은 아이들 쫓아다니랴. 여자들은 하루 온종일 동동거리며 뛰어다녀야 한다. 특히나 가축 방목장에서의 삶은 더더욱 바쁘고 정신없다. 티로의 남자들은 지극히 현실적이다. 아니, 우물 안 두꺼비처럼 한 곳에 안주하며 사는 걸 좋아하지 않는다고 하는 편이 맞는지도 모르겠다. 아무튼 이런 점들은 내반족을 가진 리즈벳 이모가 살아가기엔 힘든 현실이 아닐 수 없다. 하지만 이모는 자신의 불행한 삶을 엄마 탓으로 돌렸다. 불운이 사람을 가련하게 만드는 것일까? 아니면 가련한 사람이 불운을 가져오는 것일까?)

어쨌든, 아만테 이모는 결혼을 하고 나서 바로 아기를 가졌다. 하지만 출산할 때 아기가 산도를 빠져나오지 못해서 이모의 배를 갈라서 아이를 꺼내야 했다. 이 때문에 피를 너무 많이 흘린 이모는 결국 죽고 말았다. 배를 갈라 꺼낸 아이도 죽어 있었다. 사람들은 엄마를 장례식에 못 오게 했다. 리즈벳 이모는 가족 모두의 생각이라며 엄마에게 이렇게 말했다. "죽어야 할 사람은 바로 너야."

그 일이 있고 난 후부터 무슨 일이든 잘못되면 모두 엄마 탓으로 돌렸다. 엄마는 부모의 수치였고, 조상을 욕되게 한 딸이었다. 외할아버지와 외할머니는 주술사들을 방목장으로 불러 악령을 쫓아내려고 했다. 주술사들이 뻔질나게 드나들었지만, 엄마의 죄는 사람들의 기억에서 사라지지 않았다. 다음에 문제가 생기면, 또다시 엄마에게 모든 화살이 돌아갔으니까.

엄마는 내 머리를 쓰다듬으며 말했다.

"그게 바로 우리가 티로에 돌아가지 못하는 이유야. 나는 우리가 죗값을 치르고 있다고 함부로 말하는 사람들한테는 절대로 돌아가지 않을 거야."

엄마와 나는 그렇게 오랫동안 아무 말 하지 않고 앉아 있었다. 이윽고 내가 입을 열었다.

"외할아버지와 외할머니가 주술사들의 말을 진짜로 믿는 건 아니지? 그렇지?"

엄마는 잠시 동안 내 질문을 생각하더니 이윽고 입을 열었다. 엄마는 손가락으로 머리를 톡톡 치면서 "사람들 중에는 여기서 나온 생각을 믿는 사람이 있는가 하면······." 그리고 엄마는 또 자기 가슴을 가볍게 치면서, "여기서 느끼는 대로 믿는 사람들도 있단다." 하고 말했다. 나는 고개를 숙였다.

엄마는 두 손으로 내 머리를 받쳐 올려 양손으로 내 볼을 감싸며 말했다.

"사람들마다 각자가 믿는 것이 있단다. 그리고 엄마가 믿는 것은 말이야…… 사랑에는 죄가 없다는 거야. 네 아빠와 내가 한 일은 잘한 일이었어. 그래서 네가 세상에 태어나게 된 거니까. 그리고 난 세상 그 무엇과도 널 바꾸지 않을 거야."

아무도 진실을 말하지 않는다

엄마는 그냥 날 못 본 체한다.
엄마는 또 다른 여러 가지 것들에 대해서도 못 본 척, 아닌 척, 모르는 척한다.
마치 엄마는, 엄마가 모든 것이 잘 되어 가는 척하기만 하면 우리가 행복해질 거라고, 그렇게
우리 자신을 속일 수 있다고 생각하는 것 같다.

14

새벽이 희끄무레하게 밝아 오고 있다. 나는 엄마 침대 아래, 바닥에 앉아 있다. 이렇게 오도카니 앉아서 새벽을 맞은 지도 벌써 3개월째다. 장례식 날부터 죽 이래 왔으니까.

벌써 3개월이라니. 사라의 장례식은 어제 일처럼, 혹은 영원처럼 느껴진다. 아직도 학교에서 돌아와 방문을 열면 사라가 거기 있을 것 같다. 내 머리로는 사라가 우리 곁을 떠났다는 사실을 기억하지만 내 가슴속에서는 알 수 없는 무언가가 나를 항상 기억의 저편으로 데리고 간다.

그 후 모든 것이 바뀌었다. 한때는 사라 얼굴의 솜털 하나까지 기억했었지만, 지금은 아무것도 생각나지 않는다. 베이트만 씨가 즉석 사진기로 사라가 관에 누운 모습을 찍은 사진을 뚫어져라 쳐다본다. 이건 전혀 사라 같지 않다. 아니, 이게 사라였었나? 뭐가 맞는지 모르겠다. 왜 아무것도 기억나지 않는 거지? 내 머리가 잘못되었나?

　친구들은 아무런 도움이 못 된다. 내가 다시 보통 때의 삶으로 돌아왔다고 생각할 때마다 친구들 중 한 명이 불쑥 "요즘 어떻게 지내?"라고 물으면 다시 그 고통이 고개를 들고 내게 사나운 이빨을 들이댄다. 그건 내가 북쪽 늪지대에서 모코로(카누의 일종) 젓는 법을 배우며 갈대 사이를 헤치고 지나갔을 때의 상황과 비슷하다. 한순간이라도 긴장을 늦추면 물 밑에 숨은 단단한 뿌리 덩어리에 부딪쳐 모코로가 그만 뒤집히고 만다.

　"'요즘 어떻게 지내?'라고 묻는 애들은 친구가 아니야."

　이건 에스더가 한 말이다. 에스더는 또 이렇게 말했다.

　"그 애들은 겨우 겨우 아문 상처에 앉은 딱지를 떼어 내는 애들이야. 중뿔나게 성가신 참견꾼들이지. 걔네들이 진짜로 듣고 싶은 말은 네가 기분이 좋지 않다는 말이야. 그러면 자기네들 기분이 좀 나아지거든."

　"말도 안 돼."

　"그게 사실이야."

　밤은 더욱 고통스럽다. 나는 밤마다 끔찍한 악몽에 시달린다. 예를 들면 사라가 죽어 가고 있는데 만약 내가 사라를 당장 병원에 데려가기만 하면 사라는 다시 괜찮아질 수 있는 그런 상황이다. 나는 사라를 내 자전거 앞에 달린 바구니에 태우고 끈으로 묶으려고 한다. 하지만 사라는 계속 떨어진다. 내가 사라를 들어 올리려고 하면 사라는 번번이 내 손에서 미끄러진다. 시간은 점점 흐르고, 사라는 죽어 간다. 그리고 모든 것은…… 내 탓이다.

나는 식은땀에 흠뻑 젖은 채로 잠에서 깼다. 하지만 악몽에서 깨어났다고 해서 현실이 더 나은가 하면 그것도 아니었다. 나는 시간과 인생, 그리고 그 모든 것의 의미와 목적에 대해 진저리치며 이리 뒤척 저리 뒤척 했다. 하지만 대부분은 사라의 죽음에 대해 자책하며 내 자신에게 고통을 주었다. 좀 시끄럽게 운다고 왜 그렇게 사라를 미워했을까? 왜 사라를 좀 더 달래 주지 못했을까? 사라는 내가 저를 사랑하지 않았다고 생각했을까? 내가 저한테 손톱만큼도 관심이 없었다고 생각했을까? 그 때문에 사라가 죽은 것일까? 그렇다면 사라의 죽음은 내 탓이란 말인가? 이런 생각들로 머리에 쥐가 나서, 머리 윗부분을 끊어 내고 싶은 심정이었다. 자리에서 일어나, 엄마 침대 발치에 앉아 있게 된 것이 바로 그때부터였다.

맨 처음 내가 이렇게 앉아 있게 된 건 장례식 바로 다음 날 밤이었다. 그땐 엄마도 깨어서 흔들의자에 앉아 있었다.

"가서 자렴. 한숨 푹 자고 나면 기분이 한결 좋아질 거야."

"그럼 엄마는 왜 안 자?"

내가 물었다.

"난 요나를 기다리는 중이야."

"엄만 그 사람이 올 거라고 믿는 거야?"

"그런 식으로 말하지 마라."

"어떤 식 말이야?"

"그건 네가 더 잘 알잖니."

나는 더 이상 아무 말도 하지 않았다. 하지만 내 짐작이 옳았다. 요나는 그날 밤에도 그다음 날 밤에도 나타나지 않았다. 사실 장례식이 있고 나서 한 달 동안 집에 들어온 적이 단 세 번밖에 없었다. 그나마도 머리끝까지 취한 상태여서 나로서는 그가 오고 싶어서 온 게 아니라 비틀비틀 걷다가 실수로 우리 집으로 들어온 것이 아닌가 하는 생각을 했을 정도다. 엄마는 한 번도 어디 있었느냐고 묻지 않았다. 만약 물었더라도 요나가 기억해 낼 수나 있을지 모르겠지만. 엄마는 아무 말 없이 요나를 방으로 데려갔다.

가끔씩 내가 심부름하러 시장에 나가면 시장 골목에서 요나를 보곤 했다. 그때마다 그는 길모퉁이에서 주사위를 던지거나, 머리를 숙여 기타 줄을 튕기고 있었다. 그때마다 나는 그를 못 본 체했다. 엄마는 그를 그리워했지만 나는 집 안에서 그의 고약한 냄새가 나지 않는 것이 기뻤다.

하지만 내가 그를 마지막으로 봤을 때는 아주 달랐다. 그때 나는 우리 집 달걀과 채소를 우유와 설탕과 바꾸려고 해피 씨네 식품점에 갔다가 집으로 돌아가기 위해 철길로 향하고 있었다. 그 길을 따라 사람들이 들어오지 못하도록 가시 돋친 철사를 파도 모양으로 엮은 울타리가 서 있었지만 아무 소용이 없었다. 사람들은 그 아래로 기어서 다녔다. 그 사람들은 철로 가에 세워져 있는 짐차로 오입질을 하러 숨어 들어 갔다. 경찰들이 자주 단속을 하러 나오지만 그때뿐이었다. 불과 한 시간도 채 못 돼서 그 짐차들은 다시 돌아왔다.

어쨌거나 내가 막 옆길로 방향을 돌리려고 할 때 내 눈에 요나의 모습이 들어왔다. 요나는 한쪽 팔을 메리의 어깨에 두르고 그 짐차들 중 하나로 향하고 있었다. 선술집에서 그 둘이 술에 취해 함께 있는 것을 이미 봤지만, 이건 경우가 다르다. 벌건 대낮에 둘이 돌아다니며 엄마를 모욕하다니! 이건 있을 수 없는 일이다!

나는 울타리 밑으로 기어들어 가며 소리쳤다.

"꼼짝 말고 거기 서!"

그들은 내가 다가가자 머리를 숙이며 방향을 바꾸려고 했다. 하지만 어디로 가야 할지 몰라 서로 허둥대다가 발이 엉켜 버렸다. 그 둘은 차례로 넘어져 샌드위치처럼 포개졌다.

나는 자칼처럼 요나를 노려보며 말했다.

"내 말 잘 들어요. 만일 엄마를 떠나고 싶으면 당장 떠나. 하지만 적어도 엄마한테 말은 하고 가야 그게 남자 아냐?"

"네 계부한테 그게 무슨 말버릇이냐!"

메리가 냅다 지껄여 댔다.

"난 지금 이 작자한테 말하고 있으니까 부탁인데 당신은 입 닥치고 있어."

나는 이렇게 내뱉고 나서 다시 요나 쪽으로 몸을 홱 돌려 말했다.

"당신은 그냥 떠나 버리면 된다고 생각하겠지. 하지만 엄마는 내내 궁금해하고 이유를 몰라 안절부절못하는 동안 가슴에 시퍼런 멍이 들어. 그런 건 당신 알 바 아니지? 이 소똥만도 못한 인간아!"

"얘, 진정해라. 너무 흥분하지 말고."

요나가 떨리는 목소리로 말했다.

"진정하라고? 이 시뻘건 대낮에 계부란 작자가 딴 여자랑 놀아나고 있는데 내가 진정하게 됐어? 우리 아빠 엄마를 버리지도 않을 사람이지만, 설사 엄마 곁을 떠난다 해도 엄마 마음은 아무래도 상관없다는 식으로 그렇게 사라지지는 않을 거야. 그게 바로 우리 아빠와 당신이 다른 점이야. 아빠는 남자고 넌 소똥만도 못한 놈이니까."

"내가 왜 이런 말을 들어야 해? 난 내가 하고 싶은 대로 할 거야."

요나가 지껄였다.

"하! 꼴리는 대로 사시겠다?"

나는 요나한테 가운뎃손가락을 들어 보인 다음, 성큼성큼 걸어 나왔다. 그리고 일 초도 안 돼서 내가 한 짓에 끔찍스러울 정도로 부끄러움을 느꼈다.

그것이 바로 내가 요나를 마지막으로 본 것이었다. 사실 그때 이후로 요나를 본 사람은 아무도 없었다. 요나는 진짜로 사라져 버렸다. 심지어 메리도 요나의 행방을 몰랐다. 만약 죽었다면 죽었다는 소식이 들려왔을 테니 어딘가에 살아 있기는 살아 있는 모양이다. 어쩌면 자기 가족의 가축 방목장으로 갔을 수도 있고, 다른 동네 술집에서 곤드레만드레 되어 늘어져 있을 수도 있다. 누가 알겠는가?

하지만 떠도는 소문도 있었다. 요나가 사라진 지 일주일 후, 엄마와 내가 마당에서 빨래를 널고 있을 때였다.

"당신 남편, 지금 어디 숨어 다니고 있어?"

타파 아줌마가 울타리 너머로 소리쳐 말했다. 아줌마의 목소리는 파리를 유인하는 끈끈이처럼 끈적끈적했다. 아줌마는 염탐꾼계의 여왕이다.

"아, 그인 지금 이일 저일로 바빠요."

엄마가 대답했다. 엄마는 어찌나 침착한지 빨래집게 하나 떨어뜨리지 않았다.

"아, 다행이구먼. 나도 그딴 소문은 믿지 않았어."

타파 아줌마가 말했다.

무슨 소문일까? 나는 몹시 궁금했다. 엄마도 마찬가지로 궁금했을 것이다. 하지만 엄마의 자존심은 그런 내색을 허락하지 않았다. 엄마는 웃으며 말했다.

"소문? 그놈의 소문, 소문, 소문…… 그게 다 할 일 없는 불쌍한 인간들이나 떠들어 대는 소리예요."

"왜 아니야. 지당하신 말씀이야."

타파 아줌마가 맞장구를 쳤다. 마치 자신은 그 '불쌍한 인간'에 해당되지 않는 것처럼. 그러고는 부엌에서 냄비가 끓고 있다며 부랴부랴 집 안으로 들어갔다. 나는 타파 아줌마의 코를 납작하게 해 준 엄마가 무척 자랑스러워 엄마에게 윙크를 보냈다. 엄마는 내 윙크를 못 본 척했다.

"뼈마디가 쑤셔서 오늘은 힘들구나."

엄마가 팔꿈치를 쓰다듬으며 말했다. "네가 끝낼 수 있겠니? 난 들어가서 좀 누워야겠다. 악마의 발톱도 좀 먹어야 할 것 같다."

엄마의 목소리는 길 잃은 철새처럼 허공을 떠돌고 있었다. 마침내 엄마는 요나가 돌아오지 않을 거라는 사실을 받아들인 것일까?

그때부터 엄마가 잠을 자지 않고, 요나를 기다리는 모습은 거의 볼 수 없었다. 어떤 날 밤은 거실에서 왔다 갔다 하거나, 정원을 이리저리 거닐기도 했다. 하지만 대부분은 엄마의 매트리스에서 베개를 부둥켜안은 채 배 속의 아기처럼 몸을 곱송그려 누워 있었다. 때로는 하루나 이틀 동안이나 일어나지 않을 때도 있었다. 엄마는 눈을 꼭 감은 채 관자놀이를 문지르며 그냥 그렇게 누워 있었다.

엄마의 그런 모습을 맨 처음 보았을 때는 겁이 더럭 났다. 나는 엄마에게 의사를 부르러 가겠다고 말했다. 하지만 엄마는 내 손목을 움켜잡으며 말했다.

"쓸데없는 짓 하지 마!"

엄마의 두 눈에 노기가 어렸다.

"나한테는 아무 문제도 없어. 그냥 두통일 뿐이야."

그런 다음 엄마는 다시 매트리스로 돌아가 쓰러졌다.

지금은 나도 엄마의 두통에 익숙해졌다. 그리고 엄마 말이 맞았다. 걱정할 게 아무것도 없었다. 엄마는 하나부터 열까지 집안의 모든 일

147

을 도맡아서 해야 하는 처지다. 그러니 내가 엄마라도 두통에 시달리지 않을 수 없을 것이다. 그래서 나는 엄마에게 의사에게 가자며 귀찮게 조르는 대신 엄마의 기분을 돋워 주고, 엄마 대신 집안일을 맡아서 했다.

수탉이 새벽을 알리자마자, 나는 닭장으로 가서 닭에게 모이를 주고 달걀을 수거해 온다. 그다음, 아침을 지을 동안 아이리스와 솔리에게 옷을 입히고, 점심에 먹을 음식을 몇 가지 상 위에 차려 놓는다. 그러고 나서 학교로 가기 전까지 남는 한 시간 동안 채소밭에서 일을 한다. 내가 학교에서 돌아왔을 때도 엄마가 여전히 누워 있으면, 나는 저수탑에서 물을 길어 와서 저녁을 짓는다. 빨래와 그 밖의 집안일, 그리고 장작 패는 일은 주말에 몰아서 한다.

이제는 내가 밤에 엄마 곁에 앉아 있을 때도 엄마는 나에게 침대에 돌아가서 자라는 말도 하지 않는다. 엄마는 그냥 날 못 본 체한다.

엄마는 또 다른 여러 가지 것들에 대해서도 못 본 척, 아닌 척, 모르는 척한다. 예를 들면 엄마는 아무 일도 일어나지 않았던 것처럼 행동하는 것이다. 엄마는 아이리스와 솔리 앞에서는 절대로 사라에 대한 이야기를 하지 않는다. 또 요나나 엄마의 두통에 대해서도 입도 뻥긋하지 않는다. 마치 엄마는 엄마가 모든 것이 잘 되어 가는 척하기만 하면 우리가 행복해질 거라고, 그렇게 우리 자신을 속일 수 있다고 생각하는 것 같다.

하지만 엄마의 생각은 틀렸다.

솔리는 이불에 오줌을 싸기 시작했다. 밤에 내가 비닐봉지와 헌 수건으로 기저귀를 만들어 제 다리 사이에 채우자, 솔리는 부끄러운지 눈을 가렸다. 아이리스는 침대를 솔리와 함께 쓰기 때문에 평소 같았으면 성질을 부릴 만한데도 딱 한 번 솔리를 아기라고 놀렸을 뿐, 의외로 솔리에게 퍽이나 관대하게 대했다.

하지만 아이리스는 다른 일에는 심술궂게 굴었다. 솔리는 아이리스와 놀기 위해 오전 내내 아이리스가 유치원에서 돌아오기를 기다린다. 하지만 아이리스는 집으로 돌아오면 솔리를 놀려 먹는다. 예를 들면 숨바꼭질하자고 해 놓고는 자기가 술래가 되면 솔리를 찾을 생각을 하지 않는다. 그 대신 살금살금 이웃집에 들어가서 이것저것 살펴보거나 다른 엉뚱한 짓을 했다. 결국 솔리는 숨어 있던 곳에서 기다리다 지쳐서 울면서 나오고. 그리고 언제부턴가 내가 학교에서 돌아와서 맨 먼저 하는 일이 아이리스를 찾아 나서는 일이 되어 버렸다.

아이리스를 찾는 건 쉬운 일이 아니다. 아이리스는 온 사방을 싸돌아다니기 때문이다. 운동장, 자갈 채취장, 심지어는 골목 끄트머리에 있는 고물 수거장까지.

"너 제정신이니?"

하루는 내가 아이리스를 집으로 끌고 오자 엄마가 아이리스를 야단치면서 말했다.

"그 고물 수거장은 아주 위험한 곳이야. 못 쓰는 냉장고며 트렁크가 잔뜩 쌓여 있어. 너 같은 어린애가 그 속에 들어갔다가 갇히면 그 안에서 숨이 막혀 죽는단 말이야. 그리고 그 자갈 채취장도 마찬가지야. 네 목이 부러질 수도 있다고."

하지만 엄마의 걱정은 아이리스에게는 소 귀에 경 읽기다. 다음 날이면 또 그리로 가기 때문이다.

어제는 고물 수거장 뒤, 자전거 폐타이어 더미 뒤에서 아이리스를 찾아냈다. 그때 아이리스는 버려진 우물 가장자리에서 몸을 숙인 채 그 아래를 들여다보고 있었다. 나는 아이리스의 팔을 확 잡아챘다.

"너, 대체 여기서 뭐 하고 있는 거야?"

"사라랑 놀고 있어."

"그런 못된 거짓말이 어딨어? 사라는 여기 고물 수거장에 없어."

"아니, 있어. 사라는 여기 살아."

"어디서?"

"사라가 말하지 말랬어. 비밀이야."

나는 아이리스의 어깨를 단단히 잡고 말했다.

"네가 이 고물 수거장에서 본 것이 뭐든 간에 그건 사라가 아니야. 사라는 이제 천사가 됐어. 사라는 네가 다치는 걸 원치 않아."

"언니는 사라가 뭘 원하는지 아무것도 몰라. 언니랑 엄마는 사라를 더 이상 사랑하지도 않잖아. 사라가 멀리 가 버리길 바랐잖아."

"아냐, 그렇지 않아."

아이리스는 손가락으로 귀를 막으며 소리쳤다. "맞아, 맞아, 맞아, 맞아, 맞아, 맞다고!" 그리고 울음을 터트렸다. "사라가 가 버리면 나도 사라랑 같이 갈 거야."

내가 이런 경우에 대해 아무것도 모르고 있었다면 나는 분명히 아이리스한테 귀신에 씌었다고 단정했을 것이다. 하지만 나는 이런 상황에 관해 어느 정도 지식을 가지고 있다. 영어 시간에 셀라라메 선생님이 서양의 마법사와 우리의 주술사를 비교해 가면서 미신에 대해 많은 이야기를 들려주었기 때문이다. 선생님은 미신은 전 세계에 존재한다고 했다. 예를 들면 서양 사람들은 복권에 당첨되기를 바라며 행운의 숫자를 사용한다. 그 사람들은 마법의 숫자가 자신들을 부자로 만들어 줄 거라고 생각한다.

"사람들은 이해할 수 없는 현상들을 스스로가 이해할 수 있게 만들기 위해 미신을 믿는 거야."

셀라라메 선생님의 말씀이다.

나는 선생님 말씀이 옳다고 생각한다. 하지만 그럼에도 불구하고 아이리스가 상상의 친구에 대해 말했을 때, 나는 속으로 악령으로부터 아이리스를 보호해 달라고 기도문을 외웠다. 내 자신이 바보가 된 기분이었지만, 지푸라기라도 잡고 싶은 심정인데 어쩌겠는가? 만약 아이리스에게 악령이 든 거라면, 그다음은 어떻게 될까? 이런 생각을 하면 너무나 두려워진다. 특히 그 악령이 한밤에 찾아오기라도 하면 어떻게 한단 말인가?

15

    일요일에 엄마의 몸 상태가 좀 괜찮으면, 우리는 보통 이른 아침을 '죽음의 링'을 순회하면서 보낸다. '죽음의 링'이란 에스더가 지어 부른 이름인데, 보낭을 둘러싸고 있는 공동묘지를 말한다.

    우리는 동틀 녘에 타파 아저씨의 픽업트럭에 올랐다. 타파 아저씨는 아이리스와 솔리를 돌보느라 집에 남고, 운전은 타파 아줌마가 했다. 아저씨는 두 꼬맹이더러 세준 집의 금이 간 곳을 막고 새로 벽을 바르는 일을 돕게 할 거라고 하지만, 사실은 진창에서 놀도록 내버려 둘 것이다. 솔리는 나중에 크면 타파 아저씨처럼 집 짓는 일을 하고 싶다고 한다. 그 소리에 아이리스는 눈을 동그랗게 뜨고 이리저리 굴리기 시작한다. 아이리스는 인부들을 부리는 십장이 되어 이래라저래라 명령을 하고 싶은 것이다.

    엄마는 타파 아저씨한테 아이들을 맡기고 가는 것이 못내 미안한 모양이다.

"엄마, 아저씨는 애들을 좋아하시잖아." 내가 말했다. "게다가 어쩌면 아저씨는 타파 아줌마의 손아귀에서 잠시 벗어나는 걸 좋아하실지도 몰라. 그리고 아줌마가 운전하는 모습을 보지 않아서 더더욱 기쁘실 테고."

"하하, 샨다." 엄마가 어처구니없다는 듯 웃으며 말했다. "그런 말하면 못써."

"왜?" 나도 웃으며 말했다. "사실이잖아. 만일 아줌마가 아저씨 회사 트럭을 그렇게 미친 듯이 몰고 다니는 걸 아신다면, 아마 심장마비를 일으키실걸?"

진짜로 그럴 것이다. 타파 아줌마는 이 세상에서 가장 난폭한 운전사다. 아줌마는 무릎 위에 올려놓은 가방에서 군것질거리를 꺼내 우적우적 씹어 먹느라 바빠서 앞을 볼 겨를이 없다. 그렇게 앞을 보지 않고 운전하다가 누군가를 칠 뻔했는데, 아줌마는 급히 핸들을 꺾으며 고개를 창문 밖으로 내밀고는 그 사람에게 고함을 질러 댔다. 어찌나 난폭하게 핸들을 꺾어 대는지, 그 차에 탄 우리가 달나라까지 튕겨 나가지 않은 게 이상할 정도다.

그렇다 해도 나는 불평할 처지가 못 된다. 엄마와 나는 우리 가족들이 타파 아줌마네 가족과 같은 공동묘지에 묻혔다는 것을, 그리고 아줌마가 기꺼이 운전을 하겠다고 나서는 것을 다행이라고 생각해야 할 처지니까. 그렇지 않다면, 우리 가족이 묘지를 찾아가는 것은 거의 불가능하다. 우리는 택시를 탈 여유가 없고, 버스는 가뭄에 콩 나듯 다니니까. 그리고 엄마는 그 다리로 자전거를 탈 수 없으니까. (이런 때에 나는 다이아몬드 광산을 소유한 부자 백인 가족들이 부럽다. 그들은 시내 중심가에 있는 공원묘지를 이용할 수 있는 여유가 있으니까. 그 공원묘지에 있는 무덤들에는 하나같이 대리석으로 된 묘석이 서 있고, 묘지를 돌보는 정원사도 있다. 그리고 가족들을 모두 한곳에 묻을 수 있을 만큼 부지도 넓다.)

우리가 맨 처음 도착한 곳은 타파 아줌마의 첫 남편과 함께 우리 아버지와 두 오빠가 묻힌 공동묘지다. 그 묘지는 광산 근처에 있다. 그들이 세상을 떠나고 난 후 일이 년 동안 우리는 매주 찾아왔다.

하지만 얼마 후 우리는 한 주씩 거르기 시작했고, 그러다가 언젠가부터 특별한 날이 돼야만 찾아오게 되었다. 아무튼 나는 우리가 다시 이곳에 오게 되어 무척 기뻤다. 사람들은 말한다. 산 사람은 살게 마련이라고. 하지만 나를 사랑했던 사람들을 떠나보내는 것은 참으로 가슴 아픈 일이다. 가슴속에 그 사람들에 대한 추억을 간직하고 있다 하더라도 말이다.

아버지와 두 오빠는 길에서 떨어진 한 작은 부지에 묻혔다. 엄마는 처음에는 그 울퉁불퉁한 길을 걷기가 힘에 겨워 내 팔을 잡고 다녔다. 그러다가 요즘은 타파 아줌마한테서 얻은 지팡이를 사용한다. 그 지팡이는 예전에 아줌마 집에 세 들어 살던 사람이 두고 간 것이다. 손잡이가 독수리 모양으로 깎여 있는데, 엄마는 그 모양이 아주 멋지다고 생각하면서 어디를 갈 때는 항상 그 지팡이를 짚고 다닌다. 심지어

가게에 갈 때조차. 그래서 내가 "조심해, 엄마. 사람들이 엄마를 노인네로 생각할 거야." 하고 말했다. 그러자 엄마는 실없는 소리 말라고 했다.

어쨌든 우리는 묘지에서 기도를 드렸다. 그런 다음 묘지 주위를 갈퀴로 말쑥하게 다듬었다. 그사이 엄마와 타파 아줌마는 광산 시절에 있었던 이야기를 나누었다. 엄마는 너무 지친 나머지 예전처럼 웃지 못했다. 심지어 그 유명한 아버지와 검은콩 이야기가 나와도 그냥 겨우 싱긋 미소만 지을 뿐이었다.

우리가 찾아간 다음 묘지는 듀베 아저씨와 타파 아줌마의 여동생이 묻힌 곳이었다. 우리는 아까와 마찬가지로 기도를 올리고 그 주위를 깔끔하게 정리했다. 그다음 우리는 타파 아줌마의 아들, 엠마누엘과 우리 사라가 묻힌 곳으로 차를 몰았다. 공동묘지 문을 통과하자마자 갑자기 타파 아줌마의 표정이 엄숙해졌다. 아줌마는 입술에 묻었던 부스러기를 쓱쓱 털어내고는 오른쪽으로 방향을 틀면서 아줌마네 고향 마을에서 전해 내려오는 추도의 노래를 흥얼거렸다.

저 멀리 엠마누엘의 무덤이 보였다. 타파 아저씨가 엠마누엘의 무덤에다가 벽돌과 콘크리트를 이용해서 모리티를 지어 놓았다. 매주 타파 아줌마는 묘지 앞에 있는 작은 문을 자물쇠로 열고, 셀로판으로 싼 새로운 조화를 하나씩 추가로 갖다 놓았다. 그래서 엠마누엘의 모리티에는 지난달까지만 해도 조화가 가득했었는데, 바로 지난달에 도둑들이 사탕수수를 자르는 큰 칼로 비닐 지붕을 찢고는 조화를 모두 훔쳐 가 버렸다.

그것을 본 타파 아줌마는 트럭 뒤에서 나오질 못했다. 아줌마는 트럭 바퀴 뒤에 앉아서 마냥 흐느껴 울기만 했다.

"어째서 이런 일이…… 어째서……."

흐느껴 우는 아줌마의 표정을 보자 그동안 아줌마에 대해 나쁘게 생각했던 내 자신이 몹시 부끄럽게 여겨졌다.

엄마는 내가 에스더를 안듯이 아줌마를 껴안아 주며 위로했다.

"너무 상심하지 마요, 로즈. 엠마누엘은 신경 쓰지 않을 거야. 그 앤 항상 마음이 넉넉했으니까. 엠마누엘의 꽃들을 꽃을 살 수 없는 불쌍한 영혼들에게 나누어 줬다고 생각해요."

엠마누엘을 위해 기도를 올린 뒤, 우리는 사라에게 갔다. 사라의 흙무덤은 횅뎅그렁했다. 시멘트 벽돌 위에 페인트로 쓰인 묘지 번호는 지금 막 흘려 쓴 것처럼 여전히 낯설었다. 엄마와 나는 조화를 살 돈이 없었다. 하지만 집 울타리에 꽃망울이 맺히면 그 잔가지를 꺾어다가 사라에게 바쳤다. 만일 그 꽃도 여의치 않으면 우리는 종이에다 시를 써서 그 벽돌 아래에 두었다. 그건 대단한 것은 아니지만 특별한 선물이었다.

엄마가 사라의 무덤에서 떠날 준비가 되면 엄마와 타파 아줌마는 픽업트럭에 다시 오르고, 나는 트럭 뒤 짐칸에서 내 자전거를 끌어내린다. 그리고 두 분이 집으로 돌아가서 집에 남은 다른 식구들을 교회로 데리고 가는 사이에 나는 스무 줄 남짓한 무덤 열을 지나서 에스더가 기다리고 있는 그 애의 부모님 무덤이 있는 곳으로 달려간다. 에스더는 언제나 거기서 나를 기다리고 있다. 에스더가 학교에 거의 나타나지 않게 된 이후로, 그곳이 우리가 정기적으로 만나는 장소가 되었다. 내가 에스더가 사는 집으로 갈 수도 있었지만 에스더는 내게 그 집으로 찾아오지 않겠다는 약속을 해 달라고 했다. 그러면서 그 이유가 외숙모와 외삼촌이 자신을 구박하는 모습을 나한테 보여 주고 싶지 않기 때문이라고 했다.

얼마 전까지만 해도 타파 아줌마가 나를 마촐로 씨 부부의 묘지로 태워다 주곤 했었다. 그러고는 에스더와 내가 기도를 드리는 동안 길가에 차를 주차해 두고 차 안에서 날 기다렸다. 하지만 타파 아줌마는 언제나 에스더의 옷차림에 대해 무례한 말을 했다.

"존경심이라곤 눈곱만큼도 없는 것 같으니라고. 죽은 제 부모를 찾아오면서 저 꼴이 뭐람."

또 이렇게 말하기도 했다.

"저건 춤추러 가는 계집 꼴이지. 안 그래?"

어느 날 참을 만큼 참았던 나는 집에 와서 엄마에게 말했다.

"엄마, 이제부턴 타파 아줌마한테 에스더 부모님 묘까지 날 태워 주지 말라고 해. 난 내 자전거로 혼자서 갈 테니까."

엄마가 얼굴을 찡그리며 말했다.

"그러면 교회에 제 시간에 못 가."

"상관없어. 난 에스더랑 함께 있는 게 더 중요해."

엄마는 걱정스러운 표정으로 나를 바라보았다. 그러더니 나를 빨래통 옆에 앉히고는 이렇게 말했다.

"너랑 에스더가 친한 친구라는 거, 엄마도 잘 안다. 우리가 이곳 보낭으로 이사 온 후부터 죽 친하게 지냈으니까. 하지만 샨다야, 엄마는 네가 에스더를 너무 자주 만나지 않았으면 한다."

순간 내 심장이 쿵 하고 내려앉을 것만 같았다.

"요즘은 거의 못 봐."

엄마는 내 말을 못 들은 체하며 말을 계속 이었다.

"나도 에스더를 좋아해. 에스더는 상냥한 애지. 하지만 사람들이 좋지 않은 얘기를 하고 있어."

"타파 아줌마가 그런 말을 한단 말이지?"

"아니, 사람들이."

나는 고개를 숙였다. 그리고 전혀 모르고 있었던 것처럼 물었다.

"어떤 얘기를?"

"남자 애들과 그런다는 이야기들."

"에스더는 남자 애들이랑 시시덕대기만 할 뿐이야. 그것뿐이라고."

엄마는 잠시 동안 아무 말 하지 않다가 다시 이렇게 말했다.

"샨다야, 사람들이 너를 판단할 때는 네가 어떤 친구와 사귀는지를 보고 너를 판단한단다. 나는 네가 에스더와 더 이상 친구로 지내지 않았으면 한다. 사람들이 너에 대해서도 이상한 소리를 하는 게 엄마는 싫다."

온몸에서 식은땀이 났다. 등줄기는 물론이고 심지어 무릎 뒤와 손목 뒤에서도. 나는 간절한 눈빛으로 엄마를 보며 말했다.

"엄마, 그건 엄마 생각이 아니지. 그렇지? 엄마는 남들이 뭐라고 하든 상관하지 않는 사람이란 걸 난 잘 알아. 만일 그랬다면 아빠랑 도망치지 않았을 테니까."

엄마는 내 손을 잡았다. 그리고 부드럽게 말했다.

"이 문제는 달라, 샨다. 넌 내 자식이니까. 난 네가 걱정돼."

"엄마, 에스더에겐 아무도 없어. 만일 사람들 말이 무서워서 그 앨 안 본다면 난 어떤 인간이 되는 거지? 친구의 어려움을 나 몰라라 하는 이기적인 인간이 되는 거 아니야?"

엄마는 아무 대답도 하지 않았다. 그냥 깊이 한숨을 내쉰 다음 나를 꼭 껴안았다. 아주 오랫동안. 마치 영영 그렇게 안고 있을 것처럼. 그래, 엄마도 속으로는 내 생각이 옳다고 생각하셨던 거다.

나는 에스더를 버릴 수 없다. 지금 에스더는 외톨이다. 어린 동생들이 모두 떠나고, 에스더 곁엔 아무도 없다.

그건 그 누구의 잘못도 아니다. 그렇지만 에스더는 외숙모와 외삼촌 탓을 한다. 의사가 에스더의 엄마를 진찰한 후, 에스더는 친척들에게 도움을 청했다. 에스더의 큰아버지인 카기소 마촐로 씨가 가족들을 대변해서 에스더에게 전갈을 보냈다. 그분 말이, 음식이든 뭐든 보낼 수 있는 것은 보내겠지만 에스더와 너무 멀리 떨어져 있기 때문에 그 외에 다른 것은 도와줄 형편이 못 된다고. 에스더의 엄마 쪽 가족인 폴로코 외삼촌과 외숙모는 보낭과 가까운 곳에서 살고 있지만, 사는 형편이 우리 가족보다 더 나빴다.

내가 폴로코 씨 내외를 처음 보았을 때, 그분들이 에스더의 가족을 싫어한다는 것을 한눈에 알아볼 수 있었다. 에스더는 그 이유가 자기 아버지가 광산에서 번듯한 일자리를 가지고 있고, 사는 형편도 넉넉했기에 에스더네 가족을 시기하기 때문이라고 했다. 에스더의 부모님이 병이 들어 상황이 많이 달라졌을 때도 사정은 달라지지 않았다. 에스더의 외삼촌이 땔감을 만들어 주었고, 외숙모는 음식을 만들어 주었다. 하지만 그들은 그 고무장갑을 끼는 것조차 두려워했다. 그리고 한 번도 집 안으로 들어오지 않았다. 그 대신 마당에 앉아서 기도만 올렸다.

에스더는 장례식 때까지 모든 일을 혼자서 처리해야 했다. 장례식 날이 되어서야 지방에 사는 친척들이 도착했다. 장례식 연회가 끝난 후, 그들은 거실에 모여 앉아 누가 에스더와 어린 동생들을 돌볼 것인가를 놓고 회의를 했다. 그 회의는 몇 시간이나 지루하게 계속되었다.

나는 에스더의 큰아버지 카기소 씨가 에스더를 불러들일 때까지 바깥에서 에스더와 함께 기다렸다. 이윽고 에스더가 집 안으로 들어가고 현관문이 닫히자, 나는 창문 아래에 앉아서 덧문 틈으로 들리는 소리에 귀를 기울였다. 에스더의 숙모들과 삼촌들은 인정을 베풀려고 애쓰는 것 같았다. 그러나 현실은 생각처럼 그리 녹록하지 않았다.

에스더의 큰아버지 카기소 씨가 말했다.

"우리 중 누구도 너희 형제 모두를 맡아 돌볼 형편이 아니야. 모두들 입에 풀칠하기도 빠듯한 형편이란다. 하지만 삼촌 한 명이 한 아이씩은 맡아 기를 수 있어."

"안 돼요." 에스더가 말했다. "우리는 모두 함께 있어야 해요. 우린 한 가족이니까요."

"우리 모두가 한 가족이야."

카기소 씨가 말했다.

"무슨 말씀이신지는 알아요, 큰아버지. 하지만 내 동생들과 저는 서로 함께 있어야 해요. 저희 모두를 맡아 주실 분이 아무도 없다면, 저 혼자 제 동생들을 돌볼 거예요."

"어떻게? 광산회사에서는 당장 집을 내놓으라고 할 거고, 그동안 병 고치랴 장례식 치르랴 저축했던 돈도 다 써 버려서 팔 거라고는 낡은 부엌살림과 가구들밖에 없는데. 앞으로 어디서 살 거며, 또 뭘 먹고 살 거냐? 게다가 옷이며 신발이며 약은 무슨 돈으로 살 거며, 애들 학교는 또 무슨 수로?"

에스더는 그 질문에 할 말이 없었다. 아무 말도. 그래서 결국 에스더의 형제들은 뿔뿔이 흩어지게 되었다.

남동생 하나는 카기소 큰아버지 댁으로 갔고, 또 다른 남동생은 마침 목동을 한 명 찾고 있던 삼촌에게 갔다. 에스더의 여동생은 바느질을 도와줄 여자아이를 찾고 있던 백내장을 앓고 있는 숙모 댁으로 갔다. 그들은 에스더의 부모님이 에스더가 학교를 마치기를 원한다는 것을 알고 있었다. 그래서 에스더는 보낭에 사는 사람이 맡는 게 가장 적합하다고 생각했다. 게다가 에스더가 나고 자란 곳이 이곳이기 때문에 에스더의 사정에 대해 잘 알고 있는 집안과 혼인을 맺는 것이 여러모로 좋을 것이라는 이야기도 나왔다. 그래서 에스더는 외삼촌인 폴로코 씨 댁에 머물게 되었다. 누가 봐도 그들이 에스더를 맡고 싶어 하지 않는다는 것을 한눈에 알 수 있었지만, 그들은 싫다는 말을 할 수 있는 입장이 아니었다.

에스더의 동생들이 뿔뿔이 흩어졌던 그날 밤, 나는 에스더와 함께 있었다. 그 아이들은 에스더를 붙들고 떨어지지 않으려고 울고불고 소리를 질러 댔다. 에스더의 삼촌과 숙모들이 아이들을 강제로 떼어 내야 했다. 만일 솔리나 아이리스가 그렇게 떠나간다면 나는 아마 살 아가지 못할 것이다.

폴로코 씨 댁에서 살게 된 에스더의 처지를 생각하면 분한 마음이 마구 솟구친다. 에스더는 학교에 계속 다니기로 되어 있었지만, 에스더의 말에 따르면 그들은 에스더를 마치 하인처럼 부렸다. 음식 만들고 청소하고 뜰 일을 하고 나서 에스더는 또 어린 외사촌 동생들을 돌봐야 한다. 모두 열 살도 채 안 되는 아이들이 여섯이나 된다. 그 아이들은 에스더를 때리고, 할퀴고, 에스더에게 욕을 해 댄다. 하지만 만일 에스더가 그 짓을 못하게 하면 소리를 지르며 에스더가 자기들을 때렸다고 거짓말을 해서 외숙모가 에스더를 프라이팬으로 두들겨 패게 한다고 했다.

만일 에스더가 불평을 하면 외삼촌 부부는 역정을 내며 이렇게 버럭버럭 소리친다고 한다.

"네가 네 엄마 아빠처럼 뭐 대단한 인물이라도 되는 줄 아냐? 아직도 네가 그 수돗물 펑펑 나오고 수세식 변소가 있는 집에 사는 공준 줄 아냐고. 이제 네 처지는 우리랑 다를 바 없어. 잔말 말고 우리 집 지붕 밑에서 사는 동안에는 우리가 시키는 대로 해."

그래서 에스더는 틈만 나면 그 집에서 살금살금 빠져나온다. 평일에는 주말보다 빠져나오기가 좀 더 어렵다. 에스더의 외삼촌은 '퀄리티 패션' 가게 밖 도로변에서 시간제로 구두 수선 일을 한다. 그리고 외숙모는 KFC(켄터키 후라이드 치킨)에서 일한다. 그래서 에스더는 외삼촌과 외숙모가 모두 일하러 나갈 때까지 기다려야 한다. 그리고 그 꼬마 괴물들이 부모에게 고자질하지 않기만을 빈다.

일요일은 탈출하기가 좀 더 쉽다. 가족 전체가 베델 가스펠 홀에 있는 교회로 예배 보러 가기 때문이다. 처음에는 에스더도 함께 데리고 갔으나, 에스더는 찬송가를 부르지도 기도를 드리지도 않으려 했다. 그래서 이제는 집안 망신을 시킨 것과 신에 대한 불경스러운 행동을 한 죗값으로 집 안에 머물면서 헛간 바닥이며 벽을 문질러 씻어야 한다. 물론 에스더는 시킨 대로 하지 않는다. 그 대신 에스더는 돌아가신 엄마와 아빠, 나와 함께 있기 위해 묘지로 향한다.

다행인 것은 베델 가스펠 교회의 예배시간이 이 지역 교회 중에서 가장 길기로 유명해서 우리가 오랜 시간을 함께 있을 수 있다는 점이다. 그 교회는 이른 아침부터 늦은 오후까지 모두들 춤추고 노래하고 떠들어 댄다. 또 때로는 "주님 품 안에서 죽는다."며 쓰러지기도 한다.

언젠가 에스더의 엄마가 몸져눕자, 에스더의 집 앞마당에서 굿판이 벌어졌다. 폴로코 씨 부부가 주술사들을 데려와 악령을 쫓는 의식을 벌인 것이다. 그들이 긴 옷자락을 펄럭거리고 탬버린을 요란하게 울리며 골목 어귀까지 펄쩍펄쩍 뛰어다닐 때 나는 에스더의 엄마를 부축해 주곤 했다. 그건 무슨 축제 행렬 같기도 했고 곡마단 행렬 같기도 했다.

그리고 교회 목사님이 죄와 질병에 대해 한바탕 광기 어린 연설을 토해냈다.

"사탄이 이 집에 병마를 가져왔도다!"

그러면서 그는 성수가 든 주석 컵과 모파인 나무를 태운 재에 성호를 긋고는 만일 에스더 엄마가 문밖으로 나와서 그것을 마시면 마귀가 나가고 구원 받을 거라고 외쳤다. 에스더 엄마는 움직일 수 없어서 문까지도 나갈 수 없다고 말했다. 에스더 엄마는 죽음을 맞이하고 있었던 것이다.

"그건 악마의 소리다." 그 목사가 말했다. "주님과 함께 있으면 불가능한 것이 없다."

그 말을 입에서 내뱉기가 무섭게 목사는 무슨 귀신 들린 사람처럼 문을 벌컥 열고 에스더 엄마가 있는 방 안으로 들어갔다. 그리고 그 성수를 에스더 엄마의 목구멍에다 강제로 부어 넣으려고 했다. 에스더는 역겹고 불결하여 몸을 부르르 떨었다. 그 당시 에스더 엄마의 심정이 어땠을지 상상이 안 간다. 그 광경은 마치 목사가 에스더 엄마가 죽어 간다고 혼을 내고 비난하는 것처럼 보였다.

그것이 바로 에스더가 그 교회에 가서 찬송가를 부르거나 기도를 드리지 않게 된 이유다. 언젠가 한번 에스더는 자기 엄마의 묘 곁에 서서 이렇게 소리쳤었다.

"만일 신이 엄마와 아빠를 구할 수 있었는데도 그러지 않았다면, 나는 그 신을 미워할 수밖에 없어. 그리고 만일 그 신이 우리 엄마 아빠를 구할 수 없다면, 그 신은 무용지물이야. 목사나 신부나 수녀들 모두 지옥에 떨어져야 해."

"그렇게 말하지 마! 그런 생각도 하지 마!" 내가 말했다. "모든 교회나 성당이 너희 외삼촌 교회 같지는 않아. 우리 신부님은 언제나 기쁨과 평화, 끝없는 사랑에 대해 말씀하셔."

그러자 에스더가 비아냥대는 표정으로 말했다.

"하느님의 말씀 어쩌고 하는 것도 다 귀신 씨나락 까 먹는 소리일 뿐이야."

"그렇지 않아."

"내 말이 맞아. 신부들도 주술사보다 나을 게 없는 사람들이야. 단지 차이점이 있다면 그들은 하나의 신만 믿고 다른 신은 믿지 않는다는 것뿐이지."

에스더가 이렇게 만사를 부정적인 시각에서 말할 때면 내 속이 부

165

글부글 끓어오른다. 하지만 그렇다고 에스더를 비난하고 싶지 않다. 신도 에스더가 지금껏 겪어 온 일들을 생각한다면 그 애를 심판하지 못할 것이다. 에스더에게는 집도, 가족도, 믿고 의지할 만한 것은 아무것도 없다. 그러니까 한편으론 에스더가 걸핏하면 관광객들이 사진을 찍어 주는 리버티 호텔로 향하는 것이 이해가 안 되는 것도 아니다. 그곳은 에스더 스스로가 중요한 존재라고 느낄 수 있는 유일한 장소였을 테니까.

16

항상 그렇듯이 이번 주 일요일에도 내가 허겁지겁 달려가니 에스더는 벌써부터 그 장소에서 나를 기다리고 있었다. 에스더는 엄마 무덤 옆에 누워 공상에 잠겨 있었다. 시장 좌판에서 산 라임 색 바지 차림으로. 그 바지는 얼룩덜룩한 데다가 여기저기 찢어져 있었다. 하지만 가장 먼저 내 눈에 뜨인 것은 그 찢어진 바지가 아니라 에스더의 오른쪽 눈이었다. 시퍼렇게 멍들어 퉁퉁 부어오른 눈.

나는 자전거에서 훌쩍 뛰어내리며 말했다.

"무슨 일이야?"

에스더는 부어터진 입술로 애써 웃음을 지어 보였다.

"어젯밤에 외숙모가 다리미를 내 머리에 던졌어."

"뭐라고?"

에스더는 푸하하 웃음을 터트리며 말했다.

"외숙모가 나더러 빨래를 다리라고 하기에 내가 그걸로 숙모 엉덩이에 있는 주름이나 펴라고 했거든."

"하나도 안 웃겨, 에스더. 너 지난번에도 두들겨 맞았잖아. 다음번에는 꼭 경찰을 불러."

"바보 같은 소리 마. 외숙모는 내가 거짓말을 했다고 할걸? 그러면 외삼촌은 날 또 채찍으로 갈길 테고. 둘 중 한 사람은 나를 길거리로 쫓아낼 거야. 그럼 난 어떡하고?"

"우리랑 함께 살면 되잖아."

에스더는 신음 소리를 내며 말했다.

"너희 엄마는 내가 네 곁에 있는 걸 싫어하시잖아."

"그렇지 않아."

나는 거짓말을 했다.

"아니, 난 알고 있어. 하지만 어쨌든 이 문제에 대해 더 이상 말하고 싶지 않다."

그러면서 에스더는 공중제비를 돌며 내 쪽으로 왔다.

나는 얼른 옆으로 비켜서며 말했다.

"너는 솔리랑 아이리스를 합쳐 논 것보다 더 고약해!"

"그거 내가 바라던 반걸?"

에스더는 내게 찡긋 윙크를 했다. 아니, 윙크를 하려고 노력했다는 표현이 맞다.

에스더와 나는 우리가 가장 좋아하는 장소로 걸어갔다. 길이 휘어진 곳에 뿌리째 뽑혀 있는 나무 그루터기가 있는 곳이다. 걸어가는 동안 우리는 납작하고 매끈한 돌들을 주워 모은다. 일단 그곳에 도착하면 우리는 나무 그루터기에 앉아서 주워 온 돌들을 번갈아 가며 휘어진 길의 저쪽 편에 있는 깊은 웅덩이에다 던져 넣는다. 그건 몇 주 전부터 둘이서 시작한 일종의 시합이다. 누가 많이 그 웅덩이 속에 돌을 던져 넣는가 하는 시합. 처음 시작할 때는 우기가 시작되기 전까지 그 웅덩이를 다 메울 수 있을 거라 생각했다. 하지만 이런 속도로 나가다 간 웅덩이의 반도 못 채울 것이다.

나는 에스더에게 어제 일어난 일에 대해 들려주었다. 그리고 아이리스가 사라와 함께 놀고 있다고 우겼던 일도.

"내 생각에는……." 하고 에스더가 입을 뗐다. "아이리스를 한 번쯤은 사라 무덤으로 데리고 와야 한다고 봐."

이렇게 말하며 에스더는 돌멩이 하나를 완벽하게 구멍 속으로 던져 넣었다.

"진심으로 하는 말이야. 사라가 어디에 묻혀 있는지를 눈으로 직접 본다면 아이리스도 그 사실을 실감하게 될 거야. 그러면 그 상상의 친구도 사라지게 될 거고."

에스더는 두 번째 돌을 던져 넣었다.

"엄마는 이곳에 데려오기엔 아이리스가 너무 어리다고 생각해."

"어른들의 눈에는 우리가 항상 미숙하게 보이는 거야. 그 어떤 일에나 말이야."

169

에스더는 세 번째 돌을 던져 넣었다. 그러면서 이렇게 말했다.

"만일 내가 그렇게나 매정하게 굴지 않았다면, 내 동생들은 아직도 엄마 아빠가 언제 집에 오느냐고 물었을 거야."

에스더는 이마에 주름을 잡으며 저 멀리로 시선을 던졌다. 에스더는 몸은 내 곁에 있지만 마음은 저 멀리 떠나 있었다. 우리는 그렇게 한동안 앉아 있었다. 에스더는 생각에 잠겨 있고, 나는 생각에 잠긴 에스더를 바라보면서. 마침내 내가 입을 열었다.

"동생들한테서는 소식 없어?"

에스더는 머리를 내저었다.

"그 가축 방목장에는 전화기 같은 건 없어."

그리고 고개를 돌리며 말을 이었다.

"어쨌거나 소식이 없는 게 더 나을지도 몰라. 난 그 앞 못 보는 친척 아줌마가 내 어린 동생을 데리고 우리 동네에 나타나는 게 싫어. 동생들이 떠날 때 내 여동생이 내 목에 매달리며 제발 함께 있게 해 달라며 울고불고 애원했어. 그때 내가 말했지. 난 그럴 수 없다고. 하지만 동생은 나를 이해하지 못했어."

에스더는 자리에서 일어나 돌멩이를 하나 집어 들더니 허공을 향해 힘껏 던졌다. 그러고 나서 또 이렇게 말했다.

"어쨌거나, 상황은 달라질 거야. 내게 계획이 있어. 내년 이맘때쯤이면 우리 모두 함께 모여 살게 될 거야."

"어떻게?"

"그건 비밀이야."

"말해 줘."

하지만 에스더는 내게 설명할 생각은 하지 않고, 야유하듯 '부우' 하는 소리를 내뱉고는 부모님의 무덤 쪽으로 뛰기 시작했다.

"자전거 있는 곳까지 경주하자!"

"불공평해. 네가 먼저 뛰기 시작했잖아."

내가 뒤따르며 소리쳤다.

우리는 에스더 부모님께 작별 인사를 고하고 자전거를 타고 집으로 가는 긴 여정에 올랐다. 에스더네 동네 쪽으로 가는 길이 나 있는 네거리에 도착했을 때, 우리는 자전거를 잠시 세워서 발끝으로 땅을 짚고 자전거 안장에 그대로 앉은 채 마지막 수다를 떨었다. 특별한 이야기는 없었다. 에스더가 이 말을 하기 전까지는.

"네 엄마가 편찮으셔서 안됐다."

"누가 그러던?"

"아무도." 에스더는 조심스럽게 말했다. "그냥 네 엄마가 환자 지팡이를 짚고 다니시는 걸 봐서."

"그건 그냥 걸을 때 쓰는 보행용 지팡이일 뿐이야."

"뭐, 그걸 뭐라 부르든 간에 너희 엄마는 그걸 항상 사용하시잖아."

"그래서? 엄마는 단지 발목을 삐지 않으려고 사용하시는 것뿐이야. 길이 하도 울퉁불퉁해서 말이야. 게다가 엄마는 그 지팡이를 좋아하기도 하고."

에스더는 한참을 아무 말 하지 않고 있다가 이윽고 입을 열었다.

"꼭 한번은 이걸 물어보려고 했어, 너한테."

그러더니 잠시 주저하는 듯하다가 말을 이었다.

"내 말을 다른 식으로 받아들이지 말아 줘. 하지만 너는 내 가장 친한 친구니까. 그리고 내가 널 정말로 사랑하니까. 그리고 난 너한테 나쁜 일이 일어나길 원치 않으니까. 그리고……."

"그리고 그리고 그리고. 글쎄 하려는 말이 뭐야?"

에스더는 고개를 숙였다. 그러고는 손가락에 낀 반지들을 만지작거리며 말했다.

"너희 엄마 유언장은 써 놨니?"

그 순간 나는 숨을 쉴 수 없었다.

"응? 그랬어?"

"도대체 그런 건 왜 묻는 거야?"

"그냥, 별 뜻은 없어."

"엄마한텐 아무 문제도 없어."

자전거 핸들을 거머쥔 내 손에 땀이 흥건히 고였다.

"좋아, 난 너를 믿어."

에스더가 자전거 페달을 밟으며 말했다.

"그냥…… 만약 사고라도 생기면 말이야. 그땐 누가 그 집을 갖게 되며, 또 채소밭은 누가 갖게 되는 거야?"

"그만 해. 죽음이나 유언장 같은 말을 하면 재수 없어."

"그건 엄마나 아빠들이 하는 소리야."

"하지만 그런 것들이 우리 엄마랑 무슨 상관이란 말이야?"

나는 축축이 젖은 손바닥을 바지에 닦았다.

"물론 상관없지. 난 단지, 사라 장례식 때 왔던 네 리즈벳 이모가 생각나서 말이야. 단지, 너희 친척들이 그 이모보다는 모두 좋은 분이길 바랄 뿐이야."

"닥쳐, 에스더. 어떻게 그런 소리를!"

그러면서 나는 에스더를 주먹으로 후려갈겼다.

에스더가 비틀하며 땅에 쓰러졌다.

내가 무슨 짓을 했는지 스스로도 믿을 수 없었다.

"아, 미안해."

나는 엉엉 울었다. 그리고 에스더를 일으켜 세웠다. 에스더의 손바닥 살이 벗겨졌다. 나는 에스더가 당장 내게 달려들 줄 알았다. 하지만 그러지 않았다. 그냥 팔꿈치가 까졌는지 들여다보았다. 거기에 핏방울이 맺혀 있었다. 나는 주머니에서 종이수건을 꺼내 주었지만 에스더는 그걸 받지 않았다. 에스더는 다시 자전거를 일으켜 세우고는 한마디도 하지 않고 자전거에 올라타더니 가 버렸다.

"에스더, 가지 마!"

내가 소리쳤다. 나도 자전거에 올라타서 에스더를 잡으려고 힘껏 페달을 밟았다.

"가지 마. 우리 사이가 아무 이상 없다고 말하기 전까지는 가지 마."

에스더는 끼익 하고 급브레이크를 밟았다. 에스더가 한쪽 다리를 땅에 짚으려 하자 자전거가 둔덕 쪽으로 쓰러졌다.

"좋아."

에스더가 말했다. "우리 사이는 아무 이상 없어, 산다. 이제 됐지? 만족해? 이젠 날 좀 혼자 내버려 둬."

17

나는 에스더와 싸우는 게 싫다. 에스더는 한번 화가 나면 끝까지 화를 풀지 않는다. 그리고 사과하는 것을 싫어한다. 설사 자기 잘못으로 싸움이 벌어졌다 해도 말이다.

예전에 우리는 싸움을 한 적이 없었다. 뭐, 사소한 말다툼이야 있었지만 심각하게 싸운 적은 한 번도 없었다. 그 말다툼이란 예를 들어 이런 것이다. 고등학교에 올라가기 전에 내가 에스더에게 멋 내는 데만 신경 쓰지 말고 책 읽는 데도 시간을 투자하라고 말한 적이 있었다. 그때 에스더는 아주 묘한 표정을 지으면서 도리어 내게, 만일 내가 책 읽기를 그만두지 않으면 눈이 멀게 될 거라고 악담을 했다. 그래서 내가 이렇게 쏘아붙였다.

"나쁠 것 없어. 그러면 너의 그 우스꽝스러운 옷을 안 봐도 될 테니까. 그 거북살스러운 힐이랑 등판을 다 드러내 놓고 있는 그 탑을 안 봐도 될 테고 말이야. 딴건 그렇다 쳐도 그 배꼽은 좀 가리고 다녀라. 그렇게 하고 다니다가 그렇고 그런 애라는 소리를 들으면 어쩌려고 그래?"

"그럼 연애하자는 사람이 더 많아져서 좋지, 뭐!"

에스더가 소리치며 대들었다.

그때 나는 에스더를 보고 '날라리'라고 했고, 에스더는 나를 '수도 승'이라고 불렀다. 그게 다였다.

하지만 고등학교에 올라가서는 가끔씩 심각한 싸움을 벌였다. 사라 가 태어나고서 한두 달쯤 뒤에 댄스파티가 있었다. 그다음 날 에스더 는 잔뜩 흥분한 채 내게 달려와서는 지난밤에 학교 운동장 뒤쪽 덤불 속에서 자기 파트너랑 했던 일을 들려주었다. 나는 한편으로는 기가 막히고 또 한편으로는 호기심에 차서 이렇게 말했다.

"그게 모두 네가 꾸민 이야기이길 바란다."

그러자 에스더가 말했다.

"내가 뭣 하러 그런 얘길 꾸며 내? 남자 애들이랑 재미 삼아 그러는 게 뭐 대단한 일이라고? 네가 아이작 페토 같은 성도착자한테 당했다 고 모든 남자를 미워할 필요는 없어."

나는 그 말에 피가 거꾸로 솟는 것 같았다. 나는 욕설을 퍼부으며 에스더를 땅바닥에 쓰러뜨렸다. 그리고 에스더의 머리채를 휘어잡고 는 꽂혀있던 핀들을 모두 뽑아 버렸다.

"내가 그 얘길 너한테 하는 게 아니었는데!"

나는 끝내 울음을 터트렸다.

"미안해." 에스더가 말했다. "미안해, 정말 미안해. 나도 모르게 그만. 정말 그럴 뜻은 아니었어."

그것이 유일하게 에스더에게서 사과를 받아 낸 경험이었다.

"게다가 네 말은 틀렸어." 흥분이 좀 가라앉자, 나는 에스더를 똑바로 바라보며 말했다. "아이작이 한 짓은 물론 내겐 악몽과 같은 일이었어. 하지만 난 무엇보다도 아빠를 사랑해. 듀베 아저씨와 나의 두 오빠도 마찬가지고. 또 나는 솔리와 타파 아저씨와, 수학 수업을 함께 듣는 조셉이랑 파코도 좋아해. 그리고 물론 셀라라메 선생님도 좋아하고. 나도 좋아하는 남자가 많다고."

에스더는 잠시 머뭇거리다가 이렇게 물었다.

"그럼 왜 남자 애들이랑 데이트는 안 하는 거야?"

"시간이 없어. 너도 잘 알잖아. 새로 태어난 여동생은 배앓이가 심해서 엄마에겐 도와줄 사람이 필요해. 아이리스와 솔리는 아직 어려서 아무런 도움도 안 되고, 요나는 손가락 하나도 까딱 안 하고. 그러니 모든 일이 내차지가 되는 거지."

그렇게 말한 지도 벌써 이 년이 다 되어 간다. 하지만 나는 여전히 일에 치여 살고 있다. 그 점에 대해서는 생각하지 않으려고 하지만 때로는 모든 일을 나에게만 맡겨 놓고 아파 누워 있는 엄마에게 화가 나기도 한다. 하지만 곧 그런 이기적인 생각을 한 것에 죄책감을 느낀다. 그러면서 또 죄책감을 느껴야 하는 상황에 화를 낸다. 도대체 난 왜 이 모양일까?

어쨌거나 에스더가 학교에 왔을 때는 서로의 오해를 풀고 화해하기가 쉬웠다. 하루 종일 서로 보고 있으면 언제 말을 건네는 것이 좋을지 알 수 있다. 하지만 지금은 머리로 추측만 할 뿐이다. 하지만 내 추측이 틀린 거라면 어떻게 할 것인가? 나는 에스더의 외삼촌 집으로는 찾아가지 않겠다고 에스더와 약속했었다. 그러니 에스더가 여전히 화가 나 있는 이 상황에서 내가 그리로 간다면 에스더는 내 머리를 쥐어뜯으려 할 것이다. 또 리버티 호텔로 찾아간다 해도 에스더는 내가 자기를 감시한다며 몰아세울 것이다.

그러니까 에스더가 나를 용서했을지 안 했을지를 궁금해하며 이렇게 마냥 기다리는 것 외에 달리 방도가 없다. 확인할 수 없는 이 상황이 나를 더 안달 나게 하고, 화나게 한다. 그 결과 에스더에 대한 반감만 더 커져 갈 뿐이다.

지금 나는 몹시 화가 나 있다. 내가 에스더의 자전거를 떠밀었던 그날 이후로 일주일이 지났다. 나는 에스더를 월요일이나 화요일에 볼 수 있으리라고 기대하지 않았다. 그리고 수요일과 목요일에도 나를 멀리하는 에스더를 이해했다. 심지어 금요일까지도 참을 수 있었다. 하지만 지금은 토요일 아침. 에스더가 진짜로 화가 나서 나를 벌주려고 작정한 것일까? 둘 중 어느 쪽이라 해도 이건 너무 심하다. 물론 내가 에스더를 민 것은 잘못한 일이다. 하지만 그 전에 에스더가 먼저 우리 엄마가 마치 죽어 가고 있는 것처럼 말하지 말았어야 했다.

나는 뜰에서 콩을 심으며 이런저런 생각에 잠겨 있었다. 도대체 에스더는 무슨 근거로 우리 엄마가 몹쓸 병에 걸렸다고 생각한 것일까? 의사들한테서 들었나? 도대체 언제부터 지팡이를 짚고 다니는 것이 병에 걸렸다는 표시가 되었지? 나는 너무 화가 나서 에스더가 지금 내 앞에 있다면 당장 꺼져 버리라고 소리 지르고 싶을 정도다.

나는 새로 파 놓은 구멍들에다 콩 씨앗을 심으며 에스더와 좋았던 시절을 회상해 보려고 애를 썼다. 하지만 에스더가 엄마에 대해 한 말이 불쑥 떠올라 그 모든 노력이 물거품이 되어 버렸다. 엄마는 목요일에 시작된 두통이 지금까지 계속 되어 자리에 누워 계신다. 무슨 일이 있어도 그 사실만은 에스더에게 알리고 싶지 않다. 만일 에스더가 지팡이를 보고도 죽음을 생각해 낸다면 엄마의 두통에 대해서는 어떤 상상을 하겠는가?

어쩌면 엄마 말씀이 맞는지도 모른다. 더 이상 에스더와 친하게 지내지 말라는 그 말씀이. 나는 삽으로 땅의 한 곳을 파고 파고 또 팠다.

ABCDEFG…… ABCDEFG…… ABCDEFG……

"산다!"

내가 줄곧 타파 아줌마 발 바로 옆을 파고 있었나 보다. 나는 고개를 들었다. 마치 빵빵하게 부푼 풍선 같은 모습으로 아줌마가 나를 내려다보고 있었다. 아줌마의 모습은 마치 다리가 달린 꽃무늬 낙하산 같았다.

"아주 정신없이 일하는구나." 아줌마가 말했다. 갑자기 등골이 오싹해지는 것 같았다. 타파 아줌마가 칭찬을 할 때는 뭔가 꿍꿍이가 있기 때문이다.

"네가 땅을 파는 속도를 보니 네 엄마는 더 이상 밭일을 하지 않아도 될 것 같다."

"고맙습니다." 내가 말했다. "하지만 엄마는 저보다 두 배는 더 열심히 하세요."

나는 다시 일에 몰두하는 척했다.

타파 아줌마는 알아차리지 못했다. 그렇게 내가 한 이랑의 절반가량에 씨를 심고 있을 때, 아줌마가 또 입을 열었다.

"오늘도 주무시는 모양이구나. 네 엄마 말이다."

"아니요." 나는 거짓말을 했다. "사실은 집 안에서 바느질을 하고 계세요."

"어쨌거나 엄마가 일어나시면 내가 인사차 들를 거라고 전해라." 타파 아줌마는 이렇게 말하며 현관 쪽으로 걸어갔다.

나는 아줌마를 막아서며 말했다.

"이모, 이렇게 말씀드려 죄송한데요. 엄마는 오늘 아무도 만나고 싶어 하지 않으세요."

옛날 같았으면 타파 아줌마는 이럴 때 내 머릴 톡톡 두드리며 내 말을 무시했을 것이다. 하지만 지금 나는 자랄 만큼 자랐다. 아줌마는 뒤로 물러서며 말했다.

"뭐, 심각한 병은 아니길 바란다."

"그냥 두통이에요."

타파 아줌마는 천천히 자기 코를 톡톡 두드리며 말했다.

"충고 한마디 하겠는데."

그러면서 낮게 속삭였다.

"그런 두통은 빨리 멈추는 게 좋아."

"엄마가 뭐 심심해서 두통을 앓는 게 아니잖아요. 사라를 잃은 슬픔 때문에 두통을 얻으신 건데."

"슬픔 때문이든 아니든, 사람들이 수군거려."

그 순간 차디찬 얼음 조각이 등줄기를 타고 흘러내리는 것 같았다.

"그 누구도 엄마에 대해 이러쿵저러쿵 얘기할 자격이 없어요."

"사람들이야 자기 입으로 자기가 떠드는데, 거기에 무슨 자격이 필요해?"

이렇게 말한 타파 아줌마는 다시 목소리를 낮추어 말했다. "자, 자, 쓸데없는 말씨름은 그만 하자꾸나. 나는 네 엄마의 두통을 고쳐 줄 사람을 알고 있어. 그러니 어서 날 들여보내 줘."

내 머릿속은 복잡한 생각들로 뒤엉켰다. 엄마는 지금 휴식이 필요하다. 하지만 만약 타파 아줌마가 엄마의 고통을 없애 줄 사람을 알고 있다면……. 결국 나는 타파 아줌마를 집 안으로 들여보냈다. 타파 아줌마는 당당한 걸음으로 현관문을 통과해서 곧바로 엄마의 침실로 향했다. 엄마는 베개로 머리를 감싼 채 담요 밑에 웅크리고 있었다.

"자는 척해도 소용없어."

181

타파 아줌마가 소리쳤다.

타파 아줌마는 침대 끄트머리에 걸터앉더니 이렇게 말했다.

"그 끔찍한 사고가 엠마누엘의 목숨을 앗아 갔을 때, 나도 당신과 똑같이 그렇게 침대에만 있었어. 하지만 그때 나를 구해 준 치료제가 있었지. 그건 악마의 발톱 뿌리보다 훨씬 더 잘 듣는 약이야. 나는 그 약을 카우키에 있는 의사한테서 구했어. 여기서 아주 먼 곳이라, 내가 그 의사의 도움을 받았다는 걸 이 동네 사람은 아무도 몰라."

엄마가 천천히 돌아누웠다. 그리고 타파 아줌마의 말에 귀를 기울였다.

타파 아줌마가 계속 말을 이었다.

"그 사람은 칠루메 박사라고 해. 머리가 아주 비상한 사람이지. 내가 처음 그의 사무실에 들어갔을 때, 그 사람이 의과대 학위증을 내게 보여 주더라고. 모두 여섯 개나 되는데 하나같이 멋들어진 글씨체로 쓰여 있고, 금 도장에 빨간 리본을 달고 액자에 끼워져 있었어. 우리 내일 묘지에 가는 대신에 그 박사님한테 가 보자고."

엄마는 너무 힘이 없어서 말은 한마디도 하지 못했지만 두 눈만은 반짝이고 있었다. 엄마는 고개를 끄덕였다.

타파 아줌마는 엄마의 어깨를 톡톡 두드리며 말했다.

"걱정 마, 릴리안. 그 칠루메 박사가 당신을 단번에 벌떡 일어나게 해 줄 거야. 그 박사는 기적을 만드는 사람이니까."

18

카우키 마을은 보닝에서 차로 달려 한 시간 거리에 있다. 하지만 타파 아줌마에게는 40분 거리다. 나는 엄마에게 다소 먼 거리인데 괜찮겠느냐고 물었다. 엄마가 대답했다.

"그럼, 어제 하루 종일 누워 있었더니 몸이 한결 좋아졌어."

그렇지만 엄마는 멀미에 대비해서 비닐봉지를 하나 챙겨 갔다.

엄마가 진찰을 받게 되어 나는 무척 기뻤다. 하지만 타파 아줌마의 트럭에 올라타자마자 묘지에 먼저 들렀으면 하는 생각이 간절했다. 그러면 에스더와 만나서 불편한 감정을 해소할 기회가 있을 테니까. 지금쯤 나를 기다리면서 내가 왜 오지 않는지 궁금해하는 에스더의 모습이 눈앞에 어른거렸다. 에스더를 애타게 했다는 생각에 마음이 무거워졌다. 그러나 한편으로는 일주일 정도 서로 떨어져 있는 것도 에스더를 위해 좋을 거라는 생각도 들었다.

타파 아줌마가 운전하는 차를 타면 이러다가 우리 모두 공동묘지로 직행하는 신세가 되지 않나 하는 생각이 든다. 아줌마는 달구지를 피하느라 급하게 핸들을 꺾고, 구릉을 오를 때도 전속력으로 달린다. 아줌마가 속도를 늦춘 곳은 단 한 곳, 90도 각도로 꺾어지는 길을 달릴 때였다. 그때 나는 "조심해요! 앞에 나무가 있어요!" 하고 소리쳤다. 그러자 아줌마가 브레이크를 꽉 밟았고, 그 바람에 나는 엄마가 앞 유리창으로 튀어 나가지 않도록 엄마를 꼭 잡아야 했다.

도로 분기점에서 카우키로 접어드는 간선도로는 비포장도로였는데, 그 길을 달릴 때도 아줌마의 난폭 운전은 나아지지 않았다. 그 흙먼지 길은 무척이나 험해서 우리 머리가 차 지붕에 쿵쿵 닿을 정도로 심하게 흔들렸다. 더 나쁜 것은, 차선이 하나뿐인 아주 좁은 도로라는 점이었다. 하지만 타파 아줌마는 전혀 상관하지 않았다. 게다가 타파 아줌마는 액셀러레이터를 세게 밟았다. 나는 마치 도랑으로 내려꽂히는 자전거를 탄 아이처럼 비명을 질렀다. 타파 아줌마는 그저 껄껄 웃으면서 쉴 새 없이 바나나칩을 입속에 채워 넣었다.

엄마는 눈을 감고 두 손으로 배를 감쌌다.

타파 아줌마가 입안 가득 바나나칩을 씹으며 불분명한 발음으로 말했다.

"그 칠루메 박사가 그 지역 족장의 아우야. 혹시 칠루메 그린이라고 들어 봤니?"

"물론이죠." 내가 말했다. 날 무슨 바보로 아시나? 칠루메 그린을 모르는 사람이 어디 있다고. 그 회사는 슈퍼마켓 체인점으로 나가는 모로고*를 재배하는 회사다.

타파 아줌마가 한 눈을 찡긋해 보이며 말했다.

"바로 그 칠루메 박사의 가족이 그 회사를 소유하고 있어. 그 사람은 처음에는 형님 농장을 맡아서 경영했대. 그런데 그 양반이 너무 머리가 좋아서 가족들이 그 사람을 요하네스버그로 보내서 전통의학 공부를 시켰다는구먼. 바로 거기서 그 학위를 딴 거고. 암이고 대장염이고 결핵이고 할 것 없이 못 고치는 병이 없어. 심지어 그 다른 병에 걸린 사람까지 고쳐 줬어."

내가 말했다.

"다른 병이란, 에이즈 말인가요?"

그 말에 타파 아줌마는 바나나칩을 입안에 가득 채워 넣었다. 그러고는 잠시 후에 말을 계속했다.

"응, 그거. 그분은 자기만 아는 비방을 써서 약을 지어 주거든."

진짜로 그게 가능한 일일까? 전통적인 생약치료법으로 많은 병을 고칠 수 있다는 건 나도 알고 있다. 계피는 치통을 없애 주고, 민트 차는 변비에 효능이 있으며, 마늘은 감기에 좋다. 그리고 악마의 발톱은 관절염에 잘 듣는다. 하지만 에이즈를 고치는 약이라고? 만일 타파 아줌마의 말이 맞는다면 칠루메 박사는 천재가 틀림없다. 나는 에스더의 부모님을 생각했다. 그분들이 살아 계신다면 얼마나 좋을까.

우리가 탄 차는 카우키 끄트머리에 있는 학교를 지나고 있었다. 타

*모로고: 시금치와 비슷하게 생긴 녹색 채소.

파 아줌마는 바나나칩 빈 봉지를 차창 밖으로 휙 던지고는 차를 왼쪽으로 꺾었다. 우리는 자칼베리 덤불과 모파인 나무가 있는 숲을 통과했다. 그러자 눈앞에 콘크리트 말뚝들과 갈대밭에 둘러싸인 댐이 나타났다. 한 무리의 남자들이 그 말뚝에 앉아 있거나 허리까지 오는 물에 들어가 물고기를 잡고 있었다. 그 댐의 다른 쪽에는 우거진 초록색 평원이 펼쳐져 있고, 수평선 위로 회반죽 칠을 한 키 작은 헛간들이 흰색 점을 흩뿌려 놓은 것처럼 여기저기 서 있었다.

지금이 건기인데도 곡식이 자라는 모습에 나는 놀랐다. 온 사방에서 무지갯빛 안개가 피어오르고 있었다. 댐과 연결되어 있는 어마어마하게 큰 스프링클러 장치에서 그 무지갯빛 물안개를 뿜어내고 있었다.

타파 아줌마는 손을 크게 휘저으며 말했다.

"저 들판이 모두 칠루메 가의 소유야. 칠루메 가는 이 마을에 물을 대는 관개사업을 하고 있지. 저기 저것이 그 박사님 집이야."

아줌마는 댐 건너편에 서 있는 현대식 2층 건물을 가리켰다. 기와지붕에 치장벽토를 바른 집이었다.

"바보처럼 살아서는 부자가 될 수 없는 법이지."

타파 아줌마가 말했다.

"우린 병원이나 진료소에 갈 줄 알았는데요."

내가 말했다.

그러자 타파 아줌마가 콧방귀를 뀌며 말했다.

"칠루메 박사님같이 유능하고 훌륭한 분들은 그런 데서 일하지 않아."

우리는 그 댐이 좁아지는 지점까지 차를 몰았다. 거기에 난간이 없는 나무다리가 하나 있었다. 물길이 얕았다. 해초가 있었지만 고운 침니* 바닥이 들여다보였다.

"여기서부터는 걸어가야겠어요."

내가 말했다.

타파 아줌마는 그 말을 도전으로 받아들였다. 타파 아줌마는 엔진 속도를 최대한 높였다. 차가 난동에 가깝게 덜커덩거리며 나아갈 때, 엄마와 나는 소중한 목숨을 잃어버릴까 두려워 좌석을 단단히 붙잡았다. 나무다리의 판자가 요란스레 덜커덩대자 버팀목에서 둥지를 틀고 있던 새들이 놀라 푸드덕 날아올랐다. 순간 온 사방에서 새들이 날아올라 하늘 가득 수놓았다. 한편 강기슭에 있던 남자들이 우리를 향해 주먹을 흔들어 댔다. 우리 차가 덜컹대는 소리에 놀라 고기들이 도망가 버렸기 때문에 화가 잔뜩 난 것이다. 타파 아줌마는 그들의 주먹질이 무척이나 재미있는 모양이었다. 타파 아줌마는 창문을 내리고 그들에게 손을 흔들었다. 경적을 빵빵 울리고, "우후!" 소리를 질러 대면서. 나는 창피해서 계기판 아래로 머리를 숙였다.

댐 맞은편에 안전하게 도착한 우리는 그 농장 주택 근처에 있는 자갈밭 주차장으로 차를 몰아 트랙터 옆에 세웠다. 거기에는 칠루메 농장이라는 마크가 표시된 트럭 석 대와 도요타 코롤라(일본 자동차 회사의 상표명) 한 대가 서 있었다.

*침니: 석호, 습지, 만 등에 퇴적되는 모래보다 곱고 진흙보다 거친 침적토.

차에서 내리기 전에 타파 아줌마는 립스틱을 꺼내, 백미러를 보며 화장을 고쳤다.

"릴리안, 머리 빗질 좀 해야겠어." 타파 아줌마가 엄마에게 말했다. 그리고 나를 돌아보며 말했다.

"너도 마찬가지야. 네 뺨에 진흙덩이가 묻어 있어. 보낭에서 오는 동안 내내 진창에 굴렀는 줄 알겠다."

나는 손으로 뺨을 쓱 닦았다. 하지만 타파 아줌마는 그것으로 만족하지 못한 모양이었다. 아줌마는 소맷자락에서 손수건을 꺼내 탁 펼치더니만, 그 위에 침을 퉤 뱉은 다음 내 뺨에다 대고 문질러 닦았다. 갓난아기 때 외에는 내게 그렇게 한 사람은 아무도 없었다. 속이 메스꺼워 게울 것만 같았다.

"그렇게 난리 피울 거 없어. 난 네 이몬데, 뭘." 아줌마가 말했다.

개 두 마리가 우리 쪽으로 달려왔다. 곧이어 큰 체구에 머리가 벗겨진 한 남자가 나타나더니 개들을 불러들였다. 그 남자는 목 부분의 단추를 풀어 젖힌 흰 셔츠와 청바지 차림이었고, 작업용 장화를 신고 있었다. 그는 무척이나 귀가 컸고, 손도 솥뚜껑만 했다.

"아이고, 칠루메 박사님!" 타파 아줌마가 소리쳤다.

"로즈, 이거 웬일이세요?"

그 박사라는 남자가 소리쳐 대답했다.

그는 배 아래까지 처져 있던 청바지 허리춤을 끌어올리며 성큼성큼 걸어왔다.

"왜 뒷길로 오셨어요?"

"박사님 댁 댐을 내 친구들한테 보여 주고 싶어서요."

"아, 저 카우키 댐 말이군요." 이렇게 말하며 그는 씩 웃었다. "자, 무엇을 도와 드릴까요?"

"방광에 잘 듣는 제 약을 다시 받으러 올 일도 있었지만……." 아줌마가 말했다. "진짜 이유는 여기 제 친구 일 때문이에요."

타파 아줌마는 우리를 칠루메 박사에게 소개하면서 엄마가 사라를 잃은 후부터 기운 없이 축 처져 있다고 설명했다.

칠루메 박사가 고개를 끄덕이며 듣고 있더니 이렇게 말했다.

"세상에 자식을 잃는 것만큼 끔찍한 것은 없죠. 하지만 산 사람은 살아야 되는 것 아닙니까. 들어가서 해결책을 한번 찾아봅시다."

그는 우리를 농가 근처의 헛간으로 안내했다. 그 헛간은 시멘트 벽돌로 벽을 쌓고 골이 진 양철 지붕을 얹은, 마치 우리 동네 사람들이 살고 있는 허름한 집처럼 보였으나, 한 가지 다른 점이 있다면 유리창이 있다는 것이었다. 옆 벽에는 영어 대문자로 '전통 생약 진료소'라는 글씨가 페인트로 쓰여 있었다. 그 아래에는 '전문 치료 과목'이라는 문구와 함께 많은 병명이 길게 나열되어 있었다. 타파 아줌마의 말대로 그 목록에는 에이즈도 포함되어 있었다.

나는 흥분되어 머리가 삐죽 서는 것 같았다. 나는 그 간판을 가리키며 물었다.

"얼마나 많은 에이즈 환자들을 받아 보셨어요?"

타파 아줌마가 깜짝 놀라며 나를 바라봤다. 내가 아주 무례한 질문이라도 한 것처럼 말이다. 하지만 칠루메 박사는 문지방에 기대서서 싱긋 웃으며 대답했다.

"너무 많아서 셀 수도 없을 정도로."

"그중에 얼마나 많은 환자를 고치셨어요?"

"모두." 이렇게 말하며 그는 장화에 묻은 진흙을 털어냈다. "정확히 말하면 제때에 나를 찾아온 환자들은 모두 고쳤다고 할 수 있지. 사람들 중에는 돈 때문에 병을 오래 묵혀서 오는 경우도 있지. 다들 너무 늦게 날 찾아와. 내 치료약은 비싸긴 하지만 병 초기 단계에 복용하면 백 프로 효능을 본다고 보장할 수 있지."

"무얼로 만드시는데요?"

"미안하지만 환자를 보기 전에는 한마디도 해 줄 수 없구나."

"제 딸아이 말에 신경 쓰지 마세요." 엄마가 사과했다. "이 애는 뭐든 궁금한 건 못 참는 성격이랍니다."

"호기심이 많다는 건 좋은 일이죠." 하고 말하며 칠루메 박사가 웃었다. 그는 우리를 그의 헛간으로 안내했다.

헛간은 창문이 있었지만 어둑했고, 공간도 그리 넓지 않았다. 책상 하나, 서류함 하나, 비닐 커버를 씌운 쿠션이 있는 철재 의자 두 개가 그 방의 한쪽 절반을 차지하고 있었다. 그리고 다른 한쪽에는 카드놀이용 탁자 두 개와 벽면에 세워진 목재 선반이 들어차 있었다. 그 선반에는 반쯤 비어 있는 약병들과 찌그러진 붕대 상자, 주삿바늘, 면봉

190

이 잔뜩 쌓여 있었다. 탁자 위에는 누런 종이 봉투들이 가득 쌓여 있었는데, 그 봉투마다 약초 이름이 쓰여 있는 펠트 천이 붙어 있었다. 그 탁자 밑에는 먼지가 잔뜩 쌓인 팸플릿이며 맥주 용기, 체중계 들이 어지럽게 널려 있었다.

칠루메 박사가 그의 책상 위에 놓여 있던 의사 가운을 입자, 엄마와 타파 아줌마가 의자에 앉았다. 칠루메 박사는 엄마에게 증세를 물어보기도 하고 체중을 재기도 하면서 진찰을 시작했다. 그런 다음 책상 서랍을 열더니 뒤엉켜 있는 카테터 사이에서 청진기를 찾아 꺼냈다. 엄마의 심장 박동을 검진하고 나서 그는 작은 플래시를 비추며 엄마의 귀와 콧속을 들여다보았다.

그러는 동안, 눈부신 태양 아래에 있다가 갑자기 실내로 들어와 침침했던 내 눈이 차츰 실내의 밝기에 적응하고 있었다. 나는 벽에 걸려 있는 것들을 쳐다보았다. 맨 먼저 눈에 들어온 것은 학교 과학실 뒷벽에 걸려 있음직한 인체 포스터였다. 그 옆에 빅토리아 폭포 사진이 있는 철 지난 달력이 하나 걸려 있고, 마침내 타파 아줌마가 입에 침이 마르게 자랑하던 그 여섯 개의 의대 학위증이 눈에 들어왔다.

멀리서 봐도 검은색 철 테두리를 한 그 학위증들은 무척 멋있어 보였다. 유리 표면에 먼지가 두껍게 앉아 있어서 글씨를 알아보기는 힘들었다. 하지만 그 두꺼운 먼지에도 불구하고 우아한 글씨체며, 멋들어진 테두리 장식들은 잘 알아볼 수 있었다. 각각의 증서는 꾸불꾸불하거나 소용돌이 모양의 선들, 금박 인장과 빨간색 리본들로 치장되어 있었다. 타파 아줌마가 말한 그대로였다. 칠루메 박사가 엄마의 혈압을 잴 동안 나는 그쪽으로 다가가 그 증서들을 좀 더 가까이에서 보았다.

처음에 나는 그 글자들이 라틴어인 줄 알았다. 글자 모양이 무척이나 화려하고 멋있어 보였기 때문이다. 하지만 먼지 낀 유리 사이로 가만히 들여다보니, 그것은 뜻밖에도 영어였다. 왼쪽에 있는 증서에는 이렇게 쓰여 있었다.

"찰스 칠루메 씨가 1995년 8월 8일에서 10일까지, 남아프리카 요하네스버그의 홀리데이 인 컨퍼런스 센터에서 열린 제4회 허바텍스 제약회사의 제품 설명회에 참석했다는 사실을 증명합니다."

밑에는 '허바텍스 영업부 팀장, 피터 아쉬브리지'의 서명이 있었다.

심장이 쿵쿵 뛰었다. 나는 다른 '학위증'도 살펴보았다. 하지만 그 학위증서에는 모조리 이런 글귀가 쓰여 있었다.

"찰스 칠루메 씨. 위의 사람은 허바텍스 제약회사로부터 허바텍스 제품을 판매할 수 있는 권한을 부여받았음을 증명합니다."

그중에는 복사기로 복사한 것도 있었다. 그리고 귀퉁이에 찍힌 금박 종이는 단지 번쩍이는 스티커일 뿐이었다. 그리고 빨간 리본도 단지 빨간 리본일 뿐. 가위로 오린 뒤 붙인 것이었다.

요하네스버그 의과대학에서 공부한 칠루메 '박사'라고? 흥, 웃기는 소리! 이 사람은 한 제약회사에서 연 세미나에 갔던 것뿐이었어. 그는 의사가 아니라, 약장사에 불과해. 사기꾼! 질병과 죽음에 대한 공포를 미끼로 장사를 해 먹는 자! 타파 아줌마처럼 글 못 읽는 사람들을 등쳐 먹는 자!

"불면증, 우울증, 관절염 증세가 있군요." 칠루메 씨가 엄마에게 말했다. "하지만 걱정하실 필요 없어요. 저에게 치료약이 있으니까요. 그약만 복용하시면 순식간에 몸이 가뿐해짐을 느끼실 겁니다."

나는 이자의 정체를 폭로하려고 슬슬 마음의 준비를 했다. 하지만 엄마의 얼굴을 보는 순간 차마 그럴 수 없었다. 수년 만에 처음으로 엄마의 눈에 희망이 가득 담겨 있었던 것이다.

"신경계의 흥분을 가라앉히기 위해서 락투카 비로사와 파씨플로라를 함께 처방해 드리겠습니다." 칠루메 씨는 말을 계속 했다. "이것은 먹기 좋게 정제로 되어 있어요. 하루 두 차례 복용하시면 됩니다. 그리고 관절염 증상에는 포크루트와 보그빈, 그리고 셀러리 씨앗이 든 정제를 드릴 테니 아침에 한 번 복용하십시오. 마지막으로 장내의 불순물을 제거하기 위해서 털갈매나무, 양딱총나무, 센나 잎으로 조제한 하제를 처방해 드리겠습니다."

"모두 해서 얼마인가요?"

엄마가 물었다.

"치료를 시작하는 단계니까 미국 달러로 30달러만 내십시오."

그러자 엄마가 눈을 내리깔고 말했다.

"저는 그런 돈을 낼 만한 형편이 못 돼요."

"무슨 소리야. 병 고치는 게 최우선이지."

타파 아줌마가 엄마 옆구리를 찌르며 속삭였다.

그때 내게 좋은 아이디어가 떠올랐다.

"칠루메 박사님." 내가 그의 허바텍스 세미나 참가증을 가리키며 물었다. "이것들이 모두 의대 학위 증명서들인가요?"

칠루메 씨의 눈꺼풀이 파르르 떨렸다.

"응, 그래."

"정말 대단하시군요." 나는 이렇게 말한 뒤 상냥하게 미소를 머금으며 말을 이었다. "그건 그렇고, 선생님은 허바텍스 약품을 사다 쓰시나요?"

칠루메 씨가 당황해하며 대답했다.

"응, 그래. 허바텍스 사의 약을 쓰지. 스위스에서 수입해서. 그 약은 돈으로 살 수 있는 최고의 생약이지."

"저도 그럴 거라 생각해요. 하지만 선생님처럼 자격증도 그렇게나 많으신 분이, 왜 직접 엄마의 치료약을 조제하지 않으시나요?"

칠루메 씨는 목청을 가다듬으며 말했다.

"허바텍스의 정제는 특수한 코팅 처리가 되어 있어서 장내에서 더욱 빨리 흡수된단다. 그렇지만……." 이렇게 말한 다음 또 재빨리 덧붙여 말했다. "다른 약으로 처방해 줄 수도 있어."

"약효는 똑같은가요?"

"물론이지."

"가격도 적당하고요?"

"두말하면 잔소리." 이렇게 말하고 나서 엄마를 돌아보며 말했다.

"어머니를 생각하는 따님의 맘씨가 참 기특하군요. 제가 감동했습니다. 그래서 한 달 치 약은 무료로 드리겠습니다."

그러자 타파 아줌마가 끼어들며 말했다.

"박사님, 저야말로 충성스러운 고객이니까 제 방광 약도 할인해 주실 수 있겠죠?"

"네, 하지만 이번 한 번만입니다." 칠루메 씨는 엄숙한 얼굴로 말했다. "다른 사람에게는 비밀입니다. 안 그러면 제 진료소는 문을 닫아야 하니까요."

그는 서류함에서 샌드위치를 담는 비닐봉지를 한 움큼 꺼냈다. 그러고는 자기가 약을 조제할 동안 밖으로 나가 있어 달라고 말했다. 헛간을 나가면서 나는 엄마의 눈길을 막아 그 사람의 학위증을 보지 못하게 했다. 타파 아줌마와 달리 엄마는 글을 읽을 수 있기 때문이다.

바깥으로 나오자 타파 아줌마는 불안하게 뒤뚱거리며 맴을 돌았다. 그러다가 푹 꺼진 철재 의자에 앉았는데, 의자가 낮아서인지 속옷이 아줌마의 뱀까지 불룩하게 올라왔다.

"너, 허바텍스는 어떻게 알았니?"

아줌마는 그 속옷을 뒤로 접어 넣느라 허우적대면서, 내게 다그쳐 물었다.

"학교에서요." 나는 거짓말을 했다. "생약에 대해 조사하는 과학 숙제가 있어서 도서관에서 찾아봤어요. 허바텍스가 리더스 다이제스

195

트의 기사에 나온 걸 읽은 적이 있어요."

"그러니? 하지만 어쨌든 넌 너무 건방지게 굴었어." 타파 아줌마가 몸을 이리저리 뒤척이며 나를 꾸짖었다. "진찰하는 의사에게 약 대는 데가 어디냐고 물으며 방해를 하다니…… 릴리안, 내 말이 매정하게 들리겠지만 당신은 딸 교육을 어째 그렇게 시켰어?"

"그만 해요." 엄마가 말했다. "난 샨다가 잘했다고 생각해요."

"정말 그렇게 생각해?"

결국 타파 아줌마가 위엄 있게 보이려는 시도는 실패했다. 타파 아줌마는 근처에 있는 나무에 기대어 있었는데 그 나뭇가지 중 하나가 아줌마의 치맛자락 밑으로 숨어들어 갔던 모양이었다. 타파 아줌마가 움직이자 나뭇가지에 걸렸던 아줌마의 속옷이 쑥 벗겨지는 진풍경이 펼쳐졌다.

엄마가 웃음을 터트렸다. 그건 굉장히 유쾌한 웃음, 엄마가 건강했을 때 웃었던 그런 웃음이었다. 타파 아줌마와 나는 깜짝 놀라 엄마를 바라보았다. 그런 다음 우리도 덩달아 웃기 시작했다. 우리의 웃음소리가 공기를 울리고 대지를 진동시켰다!

19

우리는 모두 기분 좋은 상태로 집으로 돌아왔다. 아이리스와 솔리는 우리를 맞이하러 트럭으로 달려왔다. 엄마는 그 둘을 안아 준 다음 타파 아줌마네로 차를 마시러 건너갔다. 엄마는 약봉지를 가슴팍에 꽉 끌어안고 있었다.

엄마가 가고 나서 몇 분 후, 아이리스는 호주머니에서 종이 쪽지를 하나 꺼내며 말했다.

"이거 언니 거야. 에스더 언니가 이거만 주고 가 버렸어."

나는 그 쪽지를 얼른 잡아챘다.

"솔리가 언니 공책에서 종이 한 장을 찢어냈어. 내가 그러지 말라고 했는데, 내 말을 안 들었어." 아이리스는 여기까지 말하고 싱긋 웃더니만 또 이렇게 말했다. "솔리 엉덩이 때려 줄 거지, 응?"

그러자 옆에 있던 솔리가 볼멘소리로 말했다.

"아니야, 아이리스가 시켜서 그랬어."

"걱정 마라, 솔리."

내가 말했다.

에스더의 전갈은 내 옛날 수학 공책 뒷면에 적혀 있었다.

샨다, 어디에 있니? 공동묘지에서 널 기다렸었어. 이번 주말에 다시 갈 생각이야.

지금은 빨리 가 봐야 해. 헛간 청소하러. 또다시 두들겨 맞기 전에.

— 에스더가

나는 잔뜩 인상을 찡그렸다.

"왜 그래? 무슨 일 있어, 누나?"

솔리가 걱정스럽게 물었다.

"아무 일 없어. 걱정할 거 아무것도 없어."

내가 대답했다. '걱정할 거 아무것도 없어.' 어느새 나는 엄마가 하는
말을 그대로 하고 있었다. 나는 동생들에게 맘껏 놀라고, 오늘은 교회
에 가지 않을 거라고 말했다.

"그래도 주일 학교에 갈 때 입는 옷을 입어도 되지?"

아이리스가 물었다.

"안 돼. 더럽히면 어쩌려고."

그러자 아이리스는 뒷짐을 지며 말했다.

"아니, 더럽히지 않을 거야. 그리고 그 옷은 지금 입어야 해. 몇 달

지나면 내게 너무 작아질 테니까."

아이리스의 말에 웃음이 나왔다. 내가 말했다.

"좋아. 하지만 딱 10분 동안만이야. 그리고 집 안에서만 입어. 만일 내가 허락했다는 걸 엄마가 알면 날 가만 놔두지 않을 테니까."

아이리스는 행복한 새처럼 포롱포롱 집 안으로 뛰어 들어갔다. 나는 에스더의 쪽지를 펴서 '또다시 두들겨 맞기 전에.'라는 부분을 다시 읽었다. 지난주에 에스더의 눈이 시퍼렇게 멍들어 있었던 것이 생각났다. 만일 서둘러 간다면 에스더의 외삼촌과 외숙모, 그 집 개구쟁이들이 벧엘 가스펠 교회에서 돌아오기 전에 에스더를 잠시 만나 볼 수 있을지 모른다. 우리는 만나 얘길 나눠야 한다. 만나서 무슨 대책을 세워야 한다. 어떻게 해야 할지는 나도 모르겠지만 어쨌든 그 매질은 멈추게 해야 한다.

자전거를 전속력으로 달리면 에스더의 집까지 10분 안에 도착할 수 있다. 바람을 가르며 쌩쌩 달리면서 선술집 시멘트벽 너머에서 흘러나오는 술주정뱅이들의 욕지거리와 교회의 시멘트 벽돌에서 새어 나오는 탬버린과 노랫소리를 들었다. 두 차례 장례 행렬을 만났는데, 그때마다 자전거를 세워서 머리를 숙였다. 나무 그늘 아래에서 담뱃대를 물고 몸을 웅크리고 있는 동네 할아버지들과 할머니들을 지나쳤고, 또 앞마당에서 양철 목욕통을 놓고 아이들을 씻기는 아낙네들도 지나쳤다.

예전에 가축 방목장에 살던 시절, 목욕통에 들어가는 걸 얼마나 싫어했던지! 물 한 통을 받아 놓고 모든 식구가 다 그 물에서 목욕을 했는데 가장 어렸던 나는 언니들과 오빠들이 씻을 때까지 기다려야 했다. 내 차례가 될 즈음 그 물은 항상 시커먼 땟물이 되어 있었고, 목욕통 가장자리에는 비누 찌꺼기로 뿌연 테두리가 둘러져 있었다. 한번은 물이 따뜻해서 좋아한 적이 있었는데, 그때 방금 목욕통에서 나온 오빠의 얼굴에서 능글맞은 웃음을 보고는 이내 그 물이 따뜻한 이유를 알고 비명을 질렀던 적도 있었다. 이젠 옛날 생각은 멈춰야 할 것 같다. 목적지에 도착했으니까.

만일 에스더의 외삼촌 가족이 교회에서 돌아왔다면 그 집 아이들이 밖에 나와 놀고 있을 것이다. 하지만 그 집은 무덤처럼 고요했다. 나는 대문을 열고서 자전거를 밀고 헛간 쪽으로 갔다. 그 헛간은 외삼촌 내외가 집 안이 비좁다는 이유로 에스더를 묵게 하는 곳이다.

그곳은 에스더가 이곳으로 옮겼던 날, 내가 마지막으로 봤던 모습 그대로였다. 양철 지붕에는 녹슨 파이프 조각과 부서진 통들이 가득 얹혀 있었다. 에스더는 지붕이 바람에 날아가지 않도록 하기 위해 그 고물들을 일부러 얹어 놓은 거라고 했다. 에스더가 그렇다면 그런 거겠지만 모양새가 여간 흉측하지 않았다. 헛간 외벽에는 부삽 두어 자루, 갈퀴, 괭이 한 자루가 세워져 있다. 헛간 문 옆 한쪽에는 뒤집어진 외바퀴 수레가 누워 있고, 그 옆에 양동이 두어 개가 놓여 있다.

"에스더?"

나는 문을 똑똑 두드렸다.

어디선가 소리가 들렸다. 하지만 그건 에스더의 소리가 아니었다. 집 뒤편, 쓰레기 더미에서 개가 요란하게 짖는 소리가 들려왔다. 나는 고개를 들었다. 에스더 외삼촌이 키우는 개들이 모퉁이를 돌아서 달려오고 있었다. 개들은 나를 향해 으르렁댔다. 나는 허겁지겁 삽을 잡으려다가 내 발에 걸려 넘어졌다. 몸을 일으키기도 전에 개들이 모두 내게 달려들었다. 나는 손으로 머리를 감싼 채 몸을 잔뜩 웅크렸다.

하지만 개들은 날 물지 않았다. 킁킁 냄새만 맡았다. 개들은 내게 먹을 게 있는지 확인하고 싶었나 보다. 나는 그 개들의 머리를 쓰다듬어 주었다. 그러자 꼬리를 흔들어 댔다. 나는 일어섰다.

에스더가 있다면 개 짖는 소리를 듣고 분명 나와 봤을 것이다. 하지만 에스더의 모습은 보이지 않았다. 도대체 어디에 있단 말인가? 나는 본채 쪽으로 가서 슬레이트 창문을 통해 집 안을 들여다봤다.

"에스더?"

역시 아무 대답이 없다. 나는 뒷간 쪽으로 향했다. 뒷간을 한 스무 발자국 앞에 두고 나는 토할 뻔했다. 뒷간의 상태로 봐서 에스더의 외숙모가 에스더에게 뒷간 청소를 시켰을 게 분명한데, 청소한 흔적이 없다.

나는 에스더의 쪽지를 펴서 다시 읽었다. 에스더는 집에 빨리 돌아가야 한다고, 안 그러면 매를 맞는다고 했다. 하지만 에스더가 헛간에도, 집 안에도, 또 뒷간에도 없다면 도대체 어디에 있단 말인가? 또 자전거는 어디에 있을까? 갑자기 속이 울렁거리는 것 같았다. 우리 집에서 이리로 오는 사이에 무슨 일이라도 생긴 것일까?

걱정하지 말자. 나는 생각했다. 에스더는 자전거를 잘 보관하려고 헛간 안에 두었을지 모른다. 그리고 저수탑으로 물을 길으러 갔을 것이다. 아니, 잠깐. 만일 저수탑으로 갔다면 어째서 저 외바퀴 수레와 양동이가 헛간 옆에 있는 거지?

더 이상 생각에 빠져 있을 시간이 없다. 개들은 여전히 내 발과 무릎 주위에서 놀고 있다. 그때 집 현관 쪽에서 무슨 소리가 났다. 그러자 개들이 그쪽으로 뛰어갔다. 나도 그리로 갔다. 혹시나 에스더가 아닌가 하는 생각으로. 하지만 나와 마주친 사람들은 에스더의 외숙모와 외삼촌, 외사촌 동생들이었다.

에스더의 외숙모는 초록색 원피스에 머리장식을 하고, 흰색 어깨 망토를 걸치고 허리띠를 두르고 있었다. 에스더의 외삼촌이 입은 겉옷도 초록색이었는데, 머리에는 마분지에다 천으로 덮어씌워 만든 주교관을 쓰고 있었다. 어린아이들은 초록색 테두리가 달린 노란색 옷을 입고 있었다. 그들은 헛간에 세워 둔 내 자전거를 유심히 보았다. 내가 다가가자 그들은 실눈을 뜨며 나를 바라보았다.

"넌 누구냐?"

에스더의 외삼촌이 소리쳤다.

"샨다 카벨로예요." 내가 대답했다. "마촐로 아저씨 장례식 때 뵈었죠? 그때 에스더가 이리로 옮길 때, 제가 도와주러 왔었잖아요."

"근데 여긴 무슨 일로 왔냐?"

이번엔 에스더의 외숙모가 물었다. 그녀는 팔짱을 끼고 있었다.

나는 그럴싸한 핑계를 생각해 내려고 했지만 생각이 나지 않았다.

"저, 에스더 만나려고요."

"그런데 여기는 왜 온 거야?"

에스더의 외숙모가 콧방귀를 뀌며 말했다.

"전 에스더가 여기 사는 걸로 알고 있는데요."

"오, 그랬나?"

"아니에요?"

"걘 잊을 만하면 한 번씩 나타날 뿐이야." 그녀가 차갑게 말했다.

나는 소리를 지르고 싶었다. "거짓말하지 마요!"라고. "당신들은 에스더를 노예처럼 부려먹고, 짐승처럼 두들겨 패잖아!"라고. 하지만 그렇게 하면 에스더의 입장만 더욱 곤란해질 것이다. 그래서 나는 입을 닫고 있었다. 잠시 동안 끔찍한 정적이 감돌았다.

"우리 집에 낯선 사람이 오는 걸 원치 않는다."

마침내 에스더의 외삼촌이 입을 뗐다.

"우리 집 주위를 배회하는 낯선 사람은 특히나 더 그래. 네가 도둑이 아니라는 걸 어떻게 알겠어?"

"제가 말했잖아요. 전 에스더의 친구예요!"

"글쎄, 그걸 어떻게 아느냐고."

그는 차가운 표정으로 대답했다.

내 얼굴이 확 달아올랐다.

"어서 여기서 나가는 게 좋을 거야."

에스더의 외숙모가 말했다.

"그리고 다시는 오지 마." 에스더의 외삼촌이 덧붙여 말했다. "다음 번엔 경찰에 넘길 테니까."

'그렇게 해 보시지. 경찰이 오면 당신네들이 내 친구에게 한 짓을 모두 말해 버릴 테니까.' 하고 난 속으로 생각했다.

에스더의 외사촌들이 내 자전거에서 비켜섰다. 나는 자전거를 번쩍 들고 거리까지 걸어 나왔다. 그런 다음 자전거에 올라타고는 뒤를 돌아보았다. 나는 목청을 가다듬으며 말했다.

"에스더가 여기 없다면 어디 가면 찾을 수 있는지 알고 계세요?"

"그야 엄청 많지. 줄줄이 나열하기도 힘들 만큼."

에스더의 외숙모가 말했다.

에스더의 외삼촌은 쓰고 있던 주교관을 벗고는 이마의 땀을 닦았다. 그러면서 이렇게 말했다.

"리버티 호텔부터 가 봐. 그리고 거기서부터 죽 내려오면서 찾아봐."

"그 앨 보거든 이렇게 전해. 우리도 이젠 참을 만큼 참았다고." 에스더의 외숙모의 말이었다. "이 집에서 행실 바르게 살든지 아니면 떠나든지 하라고 전해. 한집에 창녀를 두면 우리 애들까지 물들기 십상이거든."

20

나는 힘껏 자전거 페달을 밟아 리버티 호텔로 달려갔다. 에스더가 창녀라고? 그건 거짓말이다. 말도 안 되는 거짓말. 에스더는 단지 관광객들에게 포즈를 취해 줄 뿐이다. 그게 아니라면 그 벤엘 가스펠 교회에 있는 그 거룩한 위선자들에게는 사진 찍는 것도 매춘 행위로 보이는 모양이지.

하지만 에스더는 왜 집에 간다고 거짓말을 했을까? 나더러 자기 집에 오지 말라고 한 진짜 이유는 무엇일까?

나는 그 즉석 카메라를 생각했다. 그리고 그 사진을 찍는 남자들에 대해서도 생각했다. 에스더를 자기 친구에게 소개한 그 남자들. 인터넷으로 에스더에게 편지를 보낸 그 남자들. 에스더는 내가 그것을 꺼림칙하게 생각했을 때 말도 안 된다며 웃었다. 하지만 내가 맞았다. 관광객들은 길 가는 사람 누구나 붙들고 사진을 찍을 수 있다. 사진을 찍기 위해 이메일을 보낼 필요는 없다.

　나는 떠도는 소문에 대해서도 생각해 보았다. 타파 아줌마가 하는 말도, 엄마가 하는 말도, 그리고 학교 남자 애들과 여자 애들이 하는 말도. 그런 소리를 들을 때마다 나는 항상 에스더 편을 들었다. 하지만 그들의 말이 옳다면? 아무것도 모르는 바보가 바로 나였다면? 아니야, 그만, 그만! 이런 생각을 하고서도 과연 내가 에스더의 친구라 할 수 있을까?

　나는 리버티 호텔의 원형 진입로로 달려갔다. 에스더는 거기 없었다. 안심이 되었다. 아니 아직 안심하기는 이를지도 모른다.

　나는 호텔 옆길로 향했다. 그 길은 밤이 되면 미니스커트에 무릎까지 오는 싸구려 플라스틱 부츠를 신은 창녀들로 북적댄다. 그리고 그들은 도로 정지 표시에 서 있는 자동차들에 올라탄다. 하지만 낮에는 조용하다. 고객들이 밝은 태양 아래에서는 부끄럼을 타기 때문에. 그래서 그들은 낮이면 '세실 로드 경* 기념 공원'으로 숨어들어 가 그런 행각을 벌인다. '세실 로드 경 기념 공원'이란 여행 안내서에 쓰여 있는 이름이고, 우리는 그냥 매춘공원이라고 부른다.

　그곳은 길이로는 다섯 블록, 비로는 세 블록 넓이의 공간이다. 그곳은 성폭행과 살인이 자행되는 살벌한 곳이지만, 큰길의 인도로만 다닌다면 밝은 오후에는 별 문제가 없다. 매춘부들은 길가 벤치에 죽치고 앉아 햇볕을 쬐거나 한잠 늘어지게 자기도 한다. 만일 한 사내가 와서 관심을 보이면 그들은 곧장 덤불 속으로 향한다. 만일 그 사내가

---

*세실 로드 경: 세계에서 가장 성공한 광산 재벌로, 그의 이름이 한 나라의 이름이 될 만큼(짐바브웨의 전 이름인 '로디지아') 막대한 부를 축적했다.

트럭 운전사라면 그는 그들을 자기 트럭으로 데리고 간다. 확실한 것은 잘 모르지만 어쨌든 이것이 학교에서 아이들이 하는 말들이다.

그 공원은 돌담으로 에워싸여 있다. 나는 남쪽으로 나 있는 철문을 통과해서 그 공원으로 들어갔다. 그리고 큰길을 따라 자전거를 몰면서 재빨리 샛길들을 흘끗흘끗 살펴보았다. 북쪽 담 끄트머리에 물이 바짝 마른 도랑이 하나 있고, 그 위에 인도교가 걸쳐져 있었다. 그 인도교 아래에서 무슨 소리가 들렸지만 그렇다고 멈춰 서서는 안 된다는 것을 나는 잘 알고 있다. 내가 자전거로 세 바퀴째 그 인도교를 지날 때, 한 남자가 허겁지겁 둑 위로 기어 올라왔다. 그리고 그 아래에서 한 여자가 걸레로 자기 다리 사이를 닦고 있었다.

차츰 마음이 놓이기 시작했다. 세 바퀴째 돌았지만 에스더의 모습이 보이지 않았기 때문이다. 나는 속으로 감사의 기도를 드렸다. 도대체 내가 무슨 생각을 하고 있었던 거지? 죄책감이 들었다. 내가 들었던 것은 구역질나는 거짓말이었고, 나는 그 거짓말 때문에 순간 타파 아줌마처럼 변해 있었던 것이다.

나는 붉은 지느러미 쇼핑몰로 가 보기로 했다. 자전거를 몰고 엠포 씨 전자제품점 앞을 지난 다음 인터넷 카페도 살펴볼 생각이다.

적어도 그것이 내 계획이었다. 하지만 난 그리 멀리 가지 못했다. 내가 주차장을 벗어나자마자, 차창을 어두운 색깔로 코팅한 리무진 한 대가 내가 가고 있는 도로변에 멈춰 섰기 때문이다. 누군가가 뒷좌석에서 내렸다. 그런데 그 누군가는 무척이나 낯익은 사람이었다.

"에스더!"

"샨다!"

리무진은 떠났다. 에스더는 식품점 비닐봉투를 하나 들고 내 앞에 섰다. 그 봉투 안에 에스더가 평소에 입는 옷이 들어 있었다. 그리고 지금 에스더가 입고 있는 옷은 평소와 같은 밝은 색깔이긴 했지만, 평소 복장과는 확연히 달랐다. 리본이 달린 오렌지 색상의 비닐 미니스커트에 레이스가 달린 핑크색 비키니 탑을 입고 있었다. 얼굴에는 야단스러운 색상의 싸구려 화장품이 덕지덕지 발라져 있었다. 립스틱은 입가에 번져 있었고.

"너, 여기서 뭐 하는 거니?"

내가 물었다. 그 모습만으로는 충분한 설명이 되지 않는다는 듯이.

"네가 상관할 일 아니야." 에스더가 대뜸 쏘아붙였다. "감히 나를 미행해?"

"난 널 미행한 게 아니야. 네 쪽지를 받고 걱정이 되어 너희 집에 갔었어."

"거긴 가지 말라고 했잖아!"

"걱정이 돼서 그랬어."

"걱정은 무슨 걱정? 그 집에는 가지 않겠다고 약속했으면 지켜야 될 거 아냐? 거짓말쟁이."

"내가 거짓말쟁이라고?"

내 눈이 뒤집히는 것 같았다.

208

"어쨌든 네가 그렇게 화를 내는 이유를 모르겠어."

에스더가 말했다. 이전보다 더욱 반항적인 태도로. 그리고 또 이렇게 말했다.

"그리고 혹시 뭐 오해하고 있나 본데. 네가 생각하는 뭐 그런 거 아니야. 난 여행 가이드를 했을 뿐이야. 사람들을 데리고 시내를 돌아다니면서 흥미로운 곳들을 보여 줬을 뿐이라고. 그게 뭐 잘못됐어?"

"그게 사실이라면 잘못될 게 없지. 하지만 그건 사실이 아니잖아."

"네가 어떻게 알아? 난 우리가 친구라고 생각했는데. 친구란 서로 믿는 게 친구잖아."

"믿는다고?" 나는 눈을 부라리며 말했다. "지금 네 말이 얼마나 우습게 들리는지 너 알기나 해?"

"뭐? 우습다고?"

에스더는 자기 팬티에서 돈뭉치를 꺼내 보이며 말했다.

"이게 우스워 보여? 너의 그 알량한 달걀이나 채소를 한 달 내내 팔아봤자 이 돈의 반도 못 벌어. 하지만 난 하루 반나절 만에 벌었어. 그래도 내가 우스워 보이니?"

나는 에스더의 눈에서 시선을 떼어 그 돈뭉치로, 다시 에스더의 눈으로 옮겼다. 갑자기 몸에서 힘이 다 빠져나가는 듯했다. 내 몸이 휘청거렸다.

"난 너를 믿었어." 나는 힘없는 소리로 겨우 말했다. "사람들이 너를 욕할 때도, 난 항상 네 편을 들었어."

에스더는 얼굴을 찌푸렸다.

"그건 너한텐 쉬운 일이잖아. 너한텐 엄마도 있고, 동생들도 있어. 하지만 우리 엄만 죽었어. 동생들은 뿔뿔이 흩어졌어. 난 내 가족을 원해. 내 동생들을 데려오려면 돈이 필요하단 말이야."

"이런 짓을 해서?"

"그럼 달리 내가 무슨 수로 우리 가족들을 부양할 돈을 벌 수 있겠어? 방은 무슨 돈으로 빌리고, 또 음식은 무슨 돈으로 사?"

에스더는 두 팔을 공중으로 툭 던지면서 옆에 있는 벤치에 털썩 주저앉았다. 그러고는 내게서 등을 돌렸다.

나는 자전거를 나무에 기대 세워 놓고 에스더 곁에 앉았다. 우리는 오랫동안 아무 말도 하지 않고 그렇게 앉아 있었다. 에스더는 눈물을 훔치고, 나는 땅을 내려다보면서.

"이런 일 한 지는 얼마나 됐어?"

마침내 내가 물었다.

"몇 달 안 돼."

도저히 믿을 수가 없었다.

"하지만 매일 하지는 않아." 에스더는 재빨리 덧붙여 말했다. 마치 그 말로 나를 안심시키려는 듯이.

"나한테 왜 말하지 않았어?"

에스더의 목소리는 점점 작아졌다.

"그러면 네가 나를 더 이상 친구로 생각하지 않을 것 같았어."

"날 고작 그런 사람으로 생각했었니?"

에스더는 훌쩍이며 말했다.

"이 세상에 누굴 믿겠어?"

또다시 긴 침묵이 흘렀다.

이윽고 내가 입을 뗐다.

"내가 언젠가는 알아낼 거라고 생각했어야지."

"그건 꿈에도 생각 못했어."

에스더는 마스카라로 물든 검은색 물줄기를 뺨에서 닦아 내며 다시 말을 이었다.

"나에 대한 나쁜 소문들이 많잖아. 난 네가 이것도 그런 소문들 중 하나로 받아들일 거라 생각했어. 게다가 우리가 아는 사람들 중에는 이런 데 오는 사람이 그리 많지 않아. 만일 온다고 해도 그 사람들도 역시 눈에 띄는 걸 원하지 않지. 혹시 아는 사람이라도 만나면 덤불 속으로 몸을 숨기면 돼. 그렇지 않으면 그냥 여행 가이드 해 준다고 말하면 되고. 안 그러면……." 여기까지 말한 에스더는 어깨를 한 번 으쓱하더니만 고개를 내저었다. "나도 모르겠어. 난 그냥 그것에 대해서는 생각하지 않으려고 했어."

나는 에스더의 두 눈을 뚫어져라 바라보았다. 한쪽 눈은 다시 부어 있었다.

"그거 네 외숙모한테서 맞은 게 아니지. 그렇지? 그건 그놈의 '일'을 하다가 맞은 거야. 안 그래?"

에스더는 몸을 부르르 떨었다. 그러곤 고개를 끄덕였다.

내가 말했다.

"에스더, 너에게 아주 사적인 질문 하나 할게. 하지만 사실대로 대답해야 해." 나는 숨을 깊이 들이마신 다음 말을 이었다. "너, 콘돔 사용하니?"

잠시 어색한 침묵이 흐른 뒤, 에스더가 말했다.

"항상 갖고는 다녀."

"내가 묻는 건 그게 아니잖아."

"하지만 그건 말처럼 쉬운 일이 아니야. 남자들은 그거 하는 걸 싫어해. 만일 내가 그걸 사용하자고 하면 다른 애들한테 가 버릴 거야."

"그럼 가게 내버려 둬. 에이즈에 걸리는 것보단 낫잖아."

"에이즈에 걸리다니, 그게 무슨 소리야?"

에스더는 단단히 화가 났는지 꼿꼿이 서서 대들었다.

"너, 지금 날 무슨 창녀 취급 하는데, 난 아냐. 이 일은 지금뿐이라고. 내 동생들을 다시 데려오면 사정은 완전히 달라질 거야."

"어떻게?"

"나도 아직은 몰라. 하지만 달라질 거라는 건 확실해."

나는 쓴웃음을 지었다.

"너희 동생들은 네 부모님이 돌아가신 걸 지켜봤어. 이젠 네가 죽는 것 마저 보게 되겠구나. 그게 다르다면 다른 점이겠지. 네가 그 애들을 데려오려고 그렇게 됐다는 걸 알면 그 애들이 무척이나 고마워할 거야."

"지옥에나 가 버려!"

자동차 한 대가 멈춰 섰다. 그 차의 운전사가 차창 쪽으로 몸을 기댔다. 그는 누군가의 할아버지뻘 되는 나이였다. 그가 우리에게 오라는 손짓을 했다.

에스더는 나를 노려보며 말했다.

"내가 에이즈에 걸릴 수도 있겠지. 그래서 죽게 될 수도 있겠지. 하지만 그래서 어쨌다는 거야? 그렇다 해도 지금보다 더 나빠질 건 없어. 이제 내 앞에서 좀 비켜 주시지. 난 일해야 하니까."

21

밤새도록 나는 악몽에 시달렸다. 꿈속에서 에스더가 그 매춘공원의 다리 아래에 있었다. 에스더는 한 늙은 사내한테 당하고 있었는데, 그 늙은 사내 모습이 갑자기 해골로 변했다. 그 산송장이 에스더를 쫓아가고, 에스더는 하수구 파이프를 타고 기어오르고 있었다. 에스더의 몸 전체에 종기가 우두두 돋아났다.

나는 겁에 질려 잠을 깼다. 내 친구는 곧 그 몹쓸 병에 감염될 것이다. 에이즈에 걸리게 될 것이다. 난 그걸 알고 있다. 하지만 난 그걸 막을 수 없다. 그 누구도 어찌할 수 없다. 어쩌면 그 끔찍한 일이 벌써 일어났을지도 모른다.

나는 미친 듯이 알파벳을 외었다. ABCDEFG……, ABCDEFG……, ABCDEFG……. 하지만 알파벳을 외워도 소용이 없다. 난 누군가와 이야기를 나눠야 한다. 하지만 누구와 대화를 한단 말인가? 학교 아이들은 그 소문을 온 사방에 다 퍼트릴 것이다. 엄마에게 말하면 엄마는 당장 에스더와 만나지 못하게 할 테고.

나는 도와 달라고 기도했지만 목이 꽉 잠겨 말이 나오지 않았다.

"주여, 당신은 어디에 계십니까?"

나는 울기 시작했다.

"나도 당신을 믿고 싶지만 당신을 믿기 힘들게 만드는 건 바로 당신이에요."

그 후 나는 다시 잠이 들었던 모양이다. 왜냐하면 아이리스가 내 어깨를 흔드는 걸 느끼며 눈을 떴으니까.

"엄마가 얼른 일어나래. 안 그러면 학교 지각할 거라고."

엄마가 벌써 일어났다고? 나는 침대에서 튀어나왔다. 엄마는 일어났을 뿐 아니라 부엌에서 포리지*를 만들고 있었다. 이건 또 다른 꿈이 아닐까?

엄마는 눈이 휘둥그레진 채 서 있는 나를 보았다.

"요즘 네가 일을 너무 많이 했어. 오늘은 내 차례야."

엄마가 말했다.

"엄마?"

"왜냐고 묻지 마. 그냥 간밤에 갓난애처럼 달게 잤어. 다 그 약초 때문이야. 효능이 정말 놀라워."

나는 좋아하는 티를 너무 내지 않으려 애썼다. 수업이 시작되기 전에 나는 학교 도서관에 가서 백과사전을 찾아보았다. 물론 칠루메 씨

*포리지: 마벨레나 오트밀을 물이나 우유로 끓인 죽.

가 엄마에게 준 그 모든 약초가 백과사전에 나와 있었다. 백과사전에 의하면 그 약초들은 전통의학에서 소화 작용, 피로, 불면증을 치료하는 약초였다. 칠루메 씨가 완전 돌팔이는 아니었던 모양이다.

수업을 마친 후 나는 서둘러 집으로 갔다. 평소 같았으면 엄마는 침대에 누워 있었을 것이다. 하지만 오늘은 마당에 나와 타파 아줌마와 함께 앉아 있었다. 엄마는 산뜻한 원피스를 입고 밝은 색 머릿수건을 두르고 있었다.

"오늘 학교에서 재미있었니?"

엄마가 물었다. 엄마의 목소리는 몇 주 동안 들어 보지 못한 생기에 찬 목소리였다.

"정말 좋았어."

내가 말했다.

"나도 좋았어." 엄마가 미소를 지으며 말했다. "방금 타파 아줌마께 이 말을 하려던 참이었어. 단 하루 치료를 받고도 완전히 새사람이 된 것 같다고 말이야."

엄마의 걸음걸이는 여전히 불안정했지만 예전보다 훨씬 더 활기가 있어진 것만은 사실이었다. 엄마는 저녁을 먹기 전에 수프를 만들기 위해 감자를 썰었고, 식사 후에는 손가락에 헝겊 인형을 끼우고 아이리스와 솔리에게 이야기를 들려주기도 했다.

엄마의 변화를 알아챈 건 나 혼자만이 아니었다. 다음 날 내가 저수탑으로 물을 길으러 가는데 타파 아줌마가 손짓을 하며 날 불렀다.

"너희 엄마가 요즘 무척 좋아진 것 같아."

타파 아줌마는 속삭이듯 말했다. "어제는 집 밖에서 나랑 수다를 떨었고, 글쎄 오늘 오후엔 내가 엄마를 데리고 가게까지 걸어갔다 왔잖니."

"정말 믿기지 않을 만큼 좋아졌어요."

내가 대답했다. 나는 구름 위를 걷는 듯 기분이 좋았다.

그러자 타파 아줌마는 젠체하며 천천히 고개를 끄덕이더니 이렇게 말했다.

"오, 정말이지 칠루메 박사는 천재야 천재."

나는 하고 싶은 말이 있었지만 꾹 참았다. 엄마가 회복된 것이 칠루메 씨가 준 약초 때문이든 아니면 엄마가 그 약초가 자신을 낫게 해 줄 거라고 철석같이 믿었기 때문이든 그건 중요하지 않다. 중요한 건 엄마가 다시 예전의 엄마로 돌아왔다는 것이다. 그건 기적이었다.

일주일 동안 엄마는 점점 좋아졌다. 엄마는 점점 더 많은 시간을 집 밖에 나와서 이것저것 볼일을 보았다. 그리고 무엇보다도 좋은 것은 엄마의 얼굴에서 미소가 떠나지 않는다는 사실이다. 나는 너무 기쁜 나머지 저절로 콧노래가 나왔다.

하지만 그 기적은 금요일 저녁에 끝이 났다.

엄마는 저녁 식사 후 접시를 씻고 있었다. 그런데 별안간 엄마 몸이 뻣뻣하게 굳어지면서 엄마 손에 들고 있던 접시가 미끄러져 떨어졌다. 접시는 요란한 소리를 내며 땅에 떨어져 박살이 나 버렸다. 엄마는 숨을 헐떡이면서 의자 하나를 움켜잡았다. 엄마의 얼굴은 고통으로 차갑게 굳어졌다. 일 초 동안 빳빳하게 굳은 채 서 있더니만, 이내 돌처럼 땅바닥에 픽 쓰러졌다.

"침대, 날 침대로 데려가."

엄마는 머리를 부여잡으며 고통에 몸부림쳤다.

내가 엄마를 침실로 끌고 가는 동안 아이리스와 솔리는 식탁 밑에 숨었다. 엄마는 이마를 묶고 있던 머릿수건을 벗겨 냈다. 그제야 나는 엄마가 그동안 관자놀이를 문지르지 않았던 이유를 알게 되었다. 그건 그 약 때문이 아니었다. 그건 압박붕대 때문이었다. 엄마는 그걸 머릿수건으로 감추고 있었던 것이다. 어찌나 세게 묶었던지, 엄마 머리가 잘려 나가지 않은 게 이상할 정도였다.

나는 엄마의 마술 같은 회복이 내 눈앞에서 사라지는 모습을 공포에 떨며 목격했다. 엄마는 바짝 오그라들어 다시 작고 허약한 모습이 되었다.

"아무 소용 없어. 아무것도 듣질 않아. 그 약도, 아무것도 소용없어."

엄마는 신음하듯 슬피 말했다.

"아냐, 거짓말이야. 엄마는 그냥 경련을 일으킨 것뿐이야. 엄마는 점점 좋아지고 있어. 아니, 좋아져야 해. 아이리스와 솔리, 그리고 날 위해서. 제발 엄마, 제발. 엄마 포기해선 안 돼. 어떻게든 애를 써 봐."

나는 엉엉 울며 말했다.

"난 애를 쓰고 있어." 엄마가 흐느껴 울며 말했다. "난 있는 힘을 다해 노력하고 애써 왔어."

22

다음 날 아침 엄마는 침대에 누워 있었다. 내가 일어나 닭 모이를 주러 나갔을 때, 타파 아줌마가 레모네이드를 들이켜며 앉아 있었다. 우리는 서로 고갯짓으로 인사를 주고받았을 뿐 아무 말도 나누지 않았다. 타파 아줌마도 알고 있었던 것이다.

솔리와 아이리스는 엄마 곁에 있고, 나는 밖에 나가서 열심히 일을 했다. 내 머릿속에 생각이 들어찰 틈을 주지 않으려고. 늦은 오후, 내가 장작을 패고 있을 때 요나의 누나, 루스 고모가 남자 친구의 차를 타고 우리 집 앞에 도착했다. 그들의 구식 코르베는 뒤에 바퀴 두 개가 달린 나무 수레를 매달고 있었다. 거기서 지독한 냄새가 났다.

루스 고모의 남자 친구는 자동차 경적을 빵빵 울리며 고함을 질러 댔다.

"이게 마지막이야. 더 이상 난 몰라."

루스 고모가 그의 팔을 가볍게 도닥이며 말했다.

"인제 내가 알아서 처리할게."

루스 고모가 차에서 내렸다.

"샨다야, 엄마 집에 계시니?"

"엄마는 주무세요."

"요나에 관해 할 얘기가 있어."

"아저씨가 어쨌는데요?"

루스 고모는 입술을 자근자근 씹더니, 이윽고 말을 꺼냈다.

"한 달 전에 요나가 우리 집에 왔어. 네 엄마와 헤어졌다고 하더구나. 머물 곳이 필요하다고. 우리는 하루나 이틀 있다가 다시 집으로 돌아갈 거라 생각했지. 그런데 미쳐서 난리를 치는 거야."

"아마 술에 취했던 모양이죠."

"아냐, 술에 취하지 않았어."

루스 고모의 남자 친구가 차에서 내리면서 소리를 질렀다.

"하루 종일 이러고 있을 순 없어."

그러더니 차 뒤에서 수레를 떼어 집어 들고는 아주 난폭하게 발로 찼다. 수레가 덜컹거렸다.

"거기, 너. 당장 나와. 안 그러면 수수 부대 내던지듯이 널 땅바닥에 내꽂을 테니까."

그가 소리쳤다.

아이리스와 솔리가 현관문 틈새로 고개를 내밀었다.

"안으로 들어가, 어서."

내가 말했다.

"그래, 들어가서 네 엄마 좀 나오라고 해."

루스 고모가 소리쳤다.

마당에 앉아 있던 타파 아줌마가 의자에서 일어났다. 그리고 울타리 너머로 살펴보더니만 타파 아저씨에게 나와 보라고 소리쳤다. 골목 저 아래 쪽에 사는 레솔레 씨 가족들이 꽝꽝 울리던 카세트를 끄고 무슨 일이 일어났는지 구경을 하러 어슬렁어슬렁 올라왔다. 다른 이웃들도 모여들기 시작했다. 시반다 씨 가족들과 넝마주이 닐로 할아범까지. 우리가 알고 있는 사람들이 다 모였다.

루스 고모의 남자 친구가 갈퀴를 수레 끝에다 찌르면서 소리쳤다.

"귀먹었어? 내가 나오라고 했잖아!"

그러자 머리털이 쭈뼛해질 만큼 섬뜩한 울부짖음이 수레 바닥에서 울렸다. 나는 수레 안쪽을 들여다보았다.

"미안하다." 루스 고모가 말했다. "우린 요나를 맡을 수 없어. 우리 집에서 내보내야 해."

나는 꼼짝도 할 수 없었다. 말도 나오지 않았다. 그리고 구석에 아무렇게나 처박혀 있는 한 인간에게서 눈을 뗄 수가 없었다. 그것은 요나였다. 아니, 그건 요나의 껍질이었다. 요나의 모습은 온데간데없고 뼈만 앙상하게 남아 있었다. 피부와 두개골이 어찌나 바짝 붙어 있던지 콧마루가 쪼개져 보일 지경이었다. 그의 줄무늬 스카프가 이마에

221

서 미끄러져 내려와 마치 올가미처럼 그의 목 주위에 매달려 있었다. 낡고 무거운 양복이 뼈만 남은 몸 위에서 훌렁훌렁 물결을 치고 있었다. 파리들이 그를 산 채로 잡아먹고 있었다.

루스 고모의 남자 친구가 갈퀴로 요나를 푹푹 찔러 대며 소리쳤다.

"어서 나오란 말이야!"

"싫어!"

요나가 날카로운 비명을 질렀다.

"날 죽여!" 요나는 갈퀴 자루를 부여잡고 갈퀴 끝을 자기 가슴에 댔다. "날 여기 버려 두지 마! 차라리 날 죽여!"

엄마가 집에서 나왔다. 엄마는 지팡이에 몸을 의지한 채 그 수레 쪽으로 걸어갔다. 요나는 엄마를 보자 겁에 질려 갈퀴 자루를 놓았다. 그러곤 비쩍 마른 두 다리로 일어서서 비틀비틀 사람들 사이로 나아갔다. 그러면서 이렇게 소리쳤다.

"저 여자의 배 속에서 두 아이가 죽어 나갔어. 내 딸 사라는 저 여자의 젖을 먹고 죽었어."

그의 얼굴 위로 식은땀이 줄줄 흘러내리고 있었다.

"난 좋은 피에 좋은 씨앗을 가진 사내야. 그런데 저 여자 땜에 내 인생에 망조가 들었어."

루스 고모의 남자 친구는 차와 수레를 연결한 고리를 풀었다. 수레 입구가 땅바닥으로 기울면서 수레가 미끄러져 땅바닥에 툭 떨어졌다.

"요나, 날 용서해라."

루스 고모는 눈물을 흘리며 허둥지둥 차로 돌아갔다. 차 속에서 고모는 엄마에게 애원하는 눈길을 보내며 말했다.

"우리한텐 어린 자식들이 있어. 그 애들이 어떻게 될까 봐 두려워."

고모의 남자 친구가 차에 시동을 걸자, 구식 코르베는 몸을 부르르 떨더니 황급히 그 자리를 떠났다. 수레와 허우적대며 그 안으로 기어들어가는 요나를 남겨 둔 채.

"내 말 들어요, 요나."

엄마가 수레 끄트머리에 서서 말했다. "우리가 의사를 불러올게요."

"난 의사 따윈 필요 없어."

요나는 이렇게 말하곤 벽을 더듬으며 앞으로 나아갔다.

"날 이 꼴로 만든 건 바로 너야."

요나는 땅바닥에 거꾸러지더니, 다리를 와들와들 떨면서 곁눈질로 사람들을 쳐다봤다. 그리고 사람들 틈에서 모자를 푹 내려쓰고 숨어 있는 메리를 발견했다.

"메리? 당신이야?"

요나는 비틀거리며 메리 쪽으로 걸어갔다.

모여 있는 사람들은 모두 겁을 먹고 뒷걸음질 쳤다. 메리는 시반다 씨 부부 뒤로 몸을 숨기려고 했다. 그러나 그들이 메리의 팔꿈치를 잡고서 앞으로 밀어냈다.

"메리, 도와줘."

요나가 애걸했다.

"난 당신을 몰라!"

"왜 날 몰라. 자, 잘 봐. 나야. 요나라고."

"아냐, 당신은 송장이야! 허깨비라고!"

"제발, 메리! 당신과 난……."

"저리 가!"

메리는 겁에 질려 소리를 질렀다.

요나는 팔을 뻗어 메리의 손을 잡으려 했다.

"경고하는데, 저리 가!"

메리는 돌멩이를 한 움큼 집어 들었다.

하지만 요나는 그 말을 듣지 않고, 비틀비틀 앞으로 나아갔다.

메리가 요나의 머리에 돌을 집어 던졌다.

"저리 가라고! 저리 가란 말이야!"

요나의 얼굴에 돌멩이들이 날아들었다. 왼쪽 눈꺼풀이 찢어져 핏빛 살갗이 드러났다. 그는 걸음을 멈추었다. 충격으로 그의 몸이 시계추처럼 앞뒤로 흔들렸다. 두 팔이 힘없이 툭 떨어졌고, 이내 땅바닥으로 온몸이 와르르 무너졌다. 그 피눈물에 얼룩진 눈꺼풀을 바르르 떨면서. 그는 곧 두 손으로 머리를 감싸 쥐며 흐느껴 울었다.

이웃들은 시선을 돌렸다. 요나의 흐느낌 외에는 숨소리 하나 들리지 않았다. 그런데 갑자기 타파 아줌마의 목소리가 그 끔찍한 정적을 깨며 울려왔다.

"레오, 집으로 들어와요."

아줌마가 남편에게 소리쳤다. 아줌마는 이미 집 안으로 들어가서 덧문을 닫고 있었다.

타파 씨는 고개를 숙이며 슬금슬금 집 안으로 들어갔다. 잠시 후, 다른 사람들도 하나둘씩 자리를 떠나 각자의 집 안으로 사라졌다. 마침내 집 앞은 물론이고 골목길도 텅 비었다.

메리가 맨 마지막으로 떠났다.

"미안해, 오랜 친구." 메리는 요나에게 낮은 목소리로 말했다. "내 본심은 그게 아니었어."

요나가 울부짖었다. 그러자 혼비백산한 메리가 골목 저쪽으로 걸음아 날 살려라 하며 도망쳤다.

엄마는 요나 곁에 무릎을 꿇고 앉았다. 요나는 엄마를 쳐다보려고도 말을 하려고도 하지 않았다.

"당신, 여기 밖에 있어도 되고 집 안으로 들어와도 돼요." 엄마가 말했다. "어디에 있든 담요와 물그릇을 갖다 줄게요."

엄마는 내 팔을 꽉 쥐었다. 나는 엄마를 부축해서 집 안으로 들어갔고, 엄마는 다시 침대로 돌아가 누웠다.

"너한테 그 일을 맡겨도 되겠니?"

내가 그 일을 할 수 있을지 자신이 없었다. 하지만 나는 고개를 끄덕였다. 나는 예전에 에스더네 집에서 의사가 했던 말을 생각해 내려고 애를 썼다. 그래서 요나에게 물과 담요를 갖다 줄 때, 내 손에다 비닐봉지를 씌웠다.

요나는 수레 밑으로 구물구물 기어 들어갔다. 그리고 나를 외면한 채 몸을 공 모양으로 잔뜩 웅크리며 누웠다. 나는 물그릇을 그의 머리맡에 놓았다. 내가 담요를 씌워 주자 그는 몸을 와들와들 떨었다.

"쉬어요."

내가 말했다. 그는 대답을 하지 않았다. 그의 눈은 맛이 간 생선 눈알처럼 흐리멍덩했다. 나를 알아보는지조차 알 수 없었다.

나는 서둘러 타파 아줌마네로 갔다. 그리고 현관문을 두드렸다.

"가만히 있어. 집에 아무도 없다고 생각하게."

타파 아줌마가 낮게 말하는 소리가 들려왔다.

"저 귀먹지 않았어요." 내가 소리쳤다. "아줌마가 거기 계신 줄 알고 있어요. 요나 상태가 안 좋아요. 의사를 부르게 전화 좀 쓰게 해 주세요."

"이 일에 우릴 끌어들이지 마." 타파 아줌마가 소리쳤다. "우리랑 상관없는 일이야."

"뭐, 언제는 상관있었어요?"

맘 쓰지 말자. 나는 생각했다. 병원은 멀지 않으니까.

나는 엄마에게 병원에 다녀오겠다고 말한 뒤 자전거에 올라타고는 페달을 밟기 시작했다. 순간 내 뺨에 닿는 공기가 부드러웠다. 마음이 상쾌해지는 듯했다. 하지만 그것도 잠시뿐. 현실이 다시 나를 향해 밀려왔고, 내 몸은 부들부들 떨리기 시작했다. 나는 자전거에서 뛰어내렸다. 그리고 길가로 가서 먹은 것을 다 토해 냈다.

요나는 에이즈에 걸렸다. 그리고 엄마와 잠자리를 같이 했다.

나는 그 두 사람 사이에서 태어난 아이들을 떠올렸다. 그 죽은 아이들을.

엄마의 두통과 날로 쇠약해지는 모습, 엄마의 관절 통증, 점점 말라가는 몸. 그 약초가 말을 듣지 않는 것은 이상한 일이 아니었다. 엄마의 문제는 불면증도 관절염도 피로도 아니었다. 그보다 훨씬 더 심각하고 훨씬 더 큰 이유 때문이었다. 그것은…….

엄마! 오, 하느님 제발!

23

　나는 겁먹지 말자고 내 자신에게 되뇌어 말하면서 병원을 향해 열심히 자전거 페달을 밟았다. 어쩌면 요나가 그 병에 걸린 시점이 엄마가 마지막 유산을 하고 난 뒤인지도 모른다. 어쩌면 그때부터 그 두 사람은 잠자리를 하지 않았을지도 모른다. 그래, 엄마의 두통은 단지 사라를 잃은 슬픔 때문일 거야. 엄마는 아무 이상이 없을 거야. 어쩌면······.

　나는 병원 응급실 병동 옆에 있는 울타리에 자전거를 매어 두고, 안으로 급히 뛰어 들어갔다. 그 와중에 목다리를 한 한 남자와 부딪쳐 넘어질 뻔 했다. 병원 로비는 사람들로 발 디딜 틈이 없었다. 창문턱 위까지 사람들이 올라가 있었다. 아낙네들은 울부짖는 아기를 안고 흔들었고, 남자들은 누더기 옷을 벗어 들고 온몸에 난 상처를 모두 드러내 놓고 있었다. 노인들은 바닥에 쭈그리고 앉아 있고, 아이들은 빽

삑 비명을 지르며 이리저리 뛰어다녔다. 저 너머, 복도에는 환자를 운반하는 들것으로 터져 나갈 듯했다. 친척인 듯 보이는 사람들로 둘러싸인 들것도 있었고, 완전히 천을 덮어쓴 채 시체 보관소로 가기 위해 줄을 서 있는 들것들도 있었다.

"148번 손님?"

카운터 뒤에서 목소리가 흘러나왔다. '접수구'라고 쓰인 표시가 보였다. 열댓 명의 사람들이 그 접수구 앞에 모여 있었다. 나는 그 사람들을 뚫고 접수구 앞으로 나갔다.

"지금 당장 앰뷸런스를 보내 주세요."

내가 접수구 여직원에게 말했다.

"148번 보호자세요?"

"아니요. 하지만 위급한 상황이에요!"

"이분들도 마찬가지예요."

여직원이 그 보호자 쪽으로 눈짓을 하며 말했다.

"내가 148번이에요."

내 뒤에 선 한 여인이 말했다. 그 여자의 얼굴은 물집으로 뒤덮여 있었다.

나는 뒷걸음질 쳤다. 그리고 근처 벽에 걸린 번호표를 하나 떼어 냈다. 172번이었다. 끝도 없이 기다려야 할 판이었다.

병원 잡역부들, 환자들, 간호사들, 그리고 울음들, 통곡들, 삐 하는 버저 소리들, 따르릉 하는 벨 소리들, 그리고 걱정 근심들이 끊임없이 내 곁을 스쳐 지나갔다. 드디어 내 차례가 되자, 접수구 여직원이 버저를 삐 울렸고, 그런 다음 카운터 옆에 있는 문을 통해 칸막이들과 서류함들이 가득 찬 방 안으로 나를 들여보냈다. 그 칸막이 사이에서 간호사들이 환자나 친척들과 상담하면서 뭔가를 적고 있었다. 그중 몇몇은 신경질을 부리고 있었다.

나를 맞이한 간호사는 철테 안경을 낀 좀 나이 든 여자였다. 간호사복 가슴에 달린 이름표에는 'B. 비저 간호사'라고 쓰여 있다. 그 간호사는 나를 자기 책상 앞으로 불러 앉혔다. 책상에는 파일 폴더들, 높이 쌓인 알록달록한 색깔의 기입 용지, 화장지 한 박스가 놓여 있었다. 걸상은 하나뿐이었다. 간호사는 내게 앉으라고 하고는 자기는 책상 끄트머리에 기대섰다.

"신상 정보 좀 말해 주세요."

간호사가 펜과 필기 판을 꺼내 들고서 내게 말했다.

나는 간호사에게 내 이름과 나이, 주소 등을 알려 줬다.

"됐어요."

그녀는 살짝 미소를 지었다. 그리고 들고 있던 펜으로 자신의 턱을 톡톡 치더니 또 이렇게 말했다.

"자, 그럼 무엇을 도와 드릴까요?"

갑자기 두려움이 와락 몰려왔다. 도저히 그 사실을 내 입으로 말할 수가 없었다. 내 가족과 관련된 일이 문서에 기록된다는 사실이 싫고 두려웠다.

"한 남자가 심하게 맞았어요." 내가 말했다. "지금 우리 집 앞에 있는 수레 밑에서 피를 흘리고 있어요."

"경찰은 불렀나요?"

"아뇨, 경찰은 필요 없어요. 의사가 필요해요."

"미안하지만……." 비저 간호사가 말했다. "여기는 왕진을 나갈 만큼 의사가 많지 않아요. 경찰을 부르지 그래요? 만일 심하게 다쳤으면 경찰이 이곳으로 그를 데려올 거니까."

"아뇨, 그러지 않을 거예요." 내가 말했다. "경찰들도 그 남자를 만지고 싶어 하지 않을 거예요. 아니, 근처에 가려고도 하지 않을 거예요. 사실은 그 누구도 그러길 원치 않아요."

여기까지 말하고 나서 나는 아무도 듣지 않도록 숨을 죽이며 이렇게 속삭였다.

"그 남자는 해골처럼 말랐어요."

비저 간호사는 내 말을 금방 알아들었다. 그녀는 회람판 위에다가 뭔가를 적고 나서 내 손을 잡으며 말했다.

"복지부 조사원의 방문 리스트에다 그 사람을 올려놓을게요. 하지만 아무리 빨라도 일주일 후에나 방문하게 될 거니까, 그동안 환자가 지낼 곳이 필요하겠죠. 하지만 여긴 자리가 없어요. 아가씨가 그 환자의 가족인가요?"

"그 사람에겐 이제 가족이 없어요."

내 눈에 눈물이 고이기 시작했다.

"그리고 그 사람은 집 안으로 들어오지 않을 거예요."

비저 간호사가 내 손에 화장지를 한 장 쥐어 주었다.

"아뇨. 됐어요." 내가 말했다. "전 괜찮아요."

나는 그 복지부 조사원이 우리 집을 찾을 수 있도록 약도와 우리 집 모양새도 알려 주었다.

간호사가 내 말을 모두 받아 적었다.

"우리 직원이 환자를 보러 가기 전까지, 환자에게 덮을 것과 물을 충분히 주도록 해요."

"벌써 그렇게 했어요."

"좋아요. 그럼, 우리 조사원이 환자에게 에이즈 반응 검사를 할 거예요. 그동안은 조심해야 돼요. 환자의 분비물이나 환자가 쓰던 물건을 만질 때는 반드시 이걸 사용해요."

그러면서 간호사는 작은 장에서 고무장갑을 한 박스 꺼내 내게 건넸다.

나는 눈을 내리깔았다.

"나도, 알아요. 힘들다는 거."

비저 간호사는 온화한 목소리로 말한 다음 나를 안아 주었다.

병원 밖으로 나왔을 때는 태양이 이미 지평선 너머로 자취를 감춘 뒤였다. 환락가의 큰 길은 네온 등불로 환하게 밝았지만 골목길은 컴컴했다. 매춘부를 찾기 위해 천천히 오가는 자동차들의 전조등 외에 그 어두운 골목길을 비추는 빛은 존재하지 않았다. 그 큰길은 시내 중심가 끝자락까지 이어져 있다. 나는 가로등과 가로등 사이에 내려앉은 밤의 어둠을 내 자전거 바퀴로 이어 맞추며 계속 큰길을 따라 달려갔다.

그러는 동안 내 머릿속에서는 온갖 생각이 분주히 오고 갔다. 비저 간호사에게 엄마에 대해서도 이야기했어야 했을까? 엄마 문제에 대해서도? 그리고 내 두려움의 실체에 대해서? 어떻게 해야 할지 모르겠다. 너무 혼란스럽다. 긁어 부스럼을 만들지 말자.

얼마 후 나는 우리 동네로 접어들었다. 뭔가 이상한 낌새가 느껴졌다. 토요일치고는 너무 조용하다. 노랫소리는 어디로 사라졌지? 안마당에서 벌어지던 즉석 파티도 볼 수 없다. 레솔레 씨의 카세트도 꺼져 있다. 집까지 두 블록 남았을 즈음, 나는 장례식 천막을 발견했다. 그제야 나는 생각했다. '아, 사람들이 모두 어느 집 장례식에 모여 있나 보군.' 나는 자전거로 달리며 북적거리는 광경을 기대했다. 하지만 화로 주위에 둘러앉은 상주와 조객들은 시체처럼 굳어 있었다.

차갑고 딱딱한 혹이 내 배 속에서 자라는 것 같았다. 집이 가까워짐에 따라 그 혹은 점점 더 커져 갔다. 우리 집 거실에 등불이 밝혀져 있었다. 솔리와 아이리스가 창문턱에 기대어 덧문 틈사이로 밖을 빠끔히 내다보고 있었다. 모든 것이 그대로였다. 아니, 적어도 그 순간까지는 말이다.

집 안으로 들어가기 전에 나는 수레 쪽으로 갔다. 요나의 물그릇이 바퀴 옆에 뒤집혀 있었다. 나는 바닥에 무릎을 꿇고 어두컴컴한 수레 밑을 살펴보았다.

"요나?"

이가 맞부딪치는 소리와 작은 숨소리, 담요 스치는 소리를 들으려고 나는 바짝 귀를 기울였다. 하지만 아무 소리도 들리지 않았다.

"요나?" 나는 다시 한번 더 불렀다.

그때 내 뒤, 어둠 속에서 어떤 목소리가 들려왔다.

"요나는 떠났어."

고개를 돌려 뒤를 돌아보았다. 엄마였다.

"여기서 뭐 하는 거야, 엄마?"

깜짝 놀라 내가 물었다.

"너 기다리고 있었어."

"요나는 어디 갔어?"

"나도 몰라." 엄마의 목소리는 머나먼 곳에서 들리는 것 같았다.

"사람들 말이 해질녘에 어디론가 가더래."

"그 사람들이 누구야?"

"타파 아줌마."

내 심장이 빨리 뛰기 시작했다.

"오, 맙소사. 엄마, 요나가 죽은 거지. 그렇지? 누가 여기 와서 무슨 짓을 한 거지. 그렇지?"

"누가 뭐 하러 그런 짓을 해? 요나는 자기 스스로 떠났어. 요나는 떠나고 싶어 했어. 혼자 있고 싶어 했어. 타파 아줌마가 그렇게 말했어."

엄마는 지팡이에 힘겹게 몸을 의지하며 말했다.

"자, 이제 안으로 들어와. 집에 손님이 와 있어."

24

손님은 다름 아닌 굴루바인 아줌마였다. 아줌마는 주술사다. 굴루
바인 아줌마는 쓰레기 처리장 건너편에, 모파인 나무로 지은 작은 오
두막에서 나이 많은 어머니와 날 때부터 앞을 못 보는 딸과 함께 살
고 있다.

굴루바인 아줌마는 평소에는 머릿수건을 하고, 프린트 문양의 면
원피스에 낡은 카디건을 걸치고, 발에는 고무 샌들을 신은 차림이지
만, 오늘밤은 직업적인 방문이라 차림새가 달랐다. 아줌마는 수달피
모자를 쓰고, 초승달과 별 모양이 있는 흰 겉옷을 입었고, 허리에는
빨간색 띠를 두르고, 목에는 짐승의 이빨을 엮어서 만든 목걸이를 걸
고 있었다.

부엌의 식탁과 의자들이 이미 안쪽 벽면으로 밀쳐져 있었고, 굴루
바인 아줌마의 갈대로 만든 멍석이 거실 중앙에 펼쳐 있었다. 내가 들

어갔을 때, 아줌마는 다리를 포갠 채 멍석 위에 앉아 있었다. 아줌마의 오른쪽에는 부에나 풀(약초로 쓰이는 꿀풀과의 다년초) 줄기로 만든 작은 총채와 물 항아리가 하나 놓여 있고, 왼쪽에는 고리버들가지로 엮은 바구니와 한 줌의 마른 뼈가 놓여 있었다. 아줌마는 이 모습으로 주말마다 시장에 나와서 관광객들을 상대로 점을 친다. 그사이 아줌마의 딸은 풀줄기로 엮어 만든 모자들 옆에 웅크리고 앉아 있다.

굴루바인 아줌마가 관광객들을 데리고 노는 것을 지켜보면 재미있다. 대부분의 전통 주술사들은 손님들을 행복하게 해 주려고 한다. 하지만 굴루바인 아줌마는 아니다. 아줌마가 기분이 나쁠 때는 손님들에게 아내가 이웃집 남자와 바람을 피우고 있다거나, 자식들이 사나운 개에 물려 갈기갈기 찢길 거라고 해 버린다. 만약 손님들이 돈을 돌려달라고 하면 아줌마의 딸이 동공 없이 움푹 팬 눈에 감겨 있던 붕대를 풀어 보이며 막대기를 들고 그들에게 와락 덤벼든다. 그러면 관광객들은 기겁을 하고, 기념품이며 비디오 카메라를 챙길 정신도 없이 걸음아 날 살려라 하며 도망친다.

하지만 오늘 밤, 나는 그 재미를 기대할 수 없을 것이다. 굴루바인 아줌마는 이곳 동네에서는 아주 심각하게 의식을 치른다. 아줌마는 아주 많은 사람들, 심지어 아줌마와 아주 친한 사람들한테도 주술을 펼친다. 아줌마의 오두막에서 어떤 이상한 소리가 들려와도 이 동네 사람들은 누구도 한마디 하는 사람이 없다. 아줌마의 능력을 얼마나 많은 사람이 믿고 있는지는 알 수 없지만 아무튼 그 누구도 아줌마의 신경을 건드려서 저주의 대상이 되고 싶지 않은 것이다.

굴루바인 아줌마는 책상다리로 앉은 채 말했다.

"잘 있었니, 샨다."

등불 빛을 받아 아줌마의 금니 두 개가 번쩍였다.

나는 존경의 표시로 머리를 숙여 인사했지만 속으로는 이렇게 생각했다. '저 여자가 여기 웬일이지?'

그 여자가 내 마음을 읽은 모양이었다.

"이 집에 귀신이 씌었어. 내가 그걸 확인해 주려고 여기 온 거야."

나는 믿을 수 없다는 표정으로 엄마를 바라봤다. 도대체 엄마는 왜 저 여자를 여기로 불렀을까? 엄마는 주술사를 믿지도 않으면서.

"날 이리로 부른 건 네 엄마가 아니다."

굴루바인 아줌마가 웃으며 말했다. "친구의 부탁으로 온 거야."

"안녕, 샨다."

내 뒤에서 목소리가 들려왔다. 타파 아줌마가 덧문을 닫고 있었다.

굴루바인 아줌마는 자신의 명석 앞, 방바닥을 가리키며 말했다.

"자, 이제 가족이 모두 모였으니, 시작해 볼까?"

엄마가 고개를 끄덕였다. 엄마는 지팡이를 내게 주고 내 팔을 잡았다. 나는 엄마를 부축해서 바닥에 앉히고, 그 옆에 앉았다. 솔리와 아이리스가 엄마와 나 사이로 비집고 들어와 앉았다. 타파 아줌마는 의자에 앉았다. 그건 바닥에 앉으면 다시 일어나지 못할까 봐 겁이 나서일 것이다.

굴루바인 아줌마는 램프의 불을 낮추었다. 벽에 비친 그림자들이 일렁거렸다. 아줌마는 광주리에서 오래된 구두약 통을 하나 꺼냈다. 구두약 통 안에는 초록빛이 도는 황토색 가루가 들어 있었다. 아줌마는 주문을 외며 그 가루를 아줌마 손가락에 대고 문지르고, 물 단지 속에다 뿌렸다. 그런 다음 총채로 그 물을 휘휘 젓더니만, 춤을 추며 방을 돌아다니면서 방 구석 구석마다, 그리고 창문 밑과 문간에다 그 물을 손으로 뿌렸다.

나는 엄마가 무슨 생각을 하고 있는지 알 수 없었다. 솔리와 아이리스는 겁에 질려 있었다.

"괜찮아." 내가 속삭였다. "이건 단지 쇼일 뿐이야."

굴루바인 아줌마가 즉시 행동을 멈추고, 한쪽 귀를 우리 쪽으로 기울였다. 그러더니 으르렁거리는 소리를 냈다.

굴루바인 아줌마는 다시 멍석 위로 돌아갔다. 아줌마는 자기 광주리에서 빨간색 줄넘기 줄을 꺼냈다. 그리고 그것을 반으로 접어 자기 몸을 채찍질하기 시작했다. 아줌마의 목에서 그르렁거리는 이상한 소리가 울려 나왔다. 그러더니 입에서 침이 분수처럼 튀어나왔다. 아줌마는 눈알을 희번덕거리며 소리쳤다.

"히이야!"

그러더니 두 팔을 뒤로 젖힌 다음 뻣뻣하게 그대로 있다가, 몸을 앞으로 푹 숙였다.

한순간의 정적. 그런 다음 굴루바인 아줌마는 천천히 자리에 앉은 뒤, 손을 뻗어 뼈들을 집었다. 그것은 큰 짐승의 갈비뼈를 얇게 썬 것으로, 귀퉁이가 닳아빠진 납작한 모양의 뼈였다. 굴루바인 아줌마는 한 손에 각각 세 개의 뼈를 잡았다. 주문을 외면서 아줌마는 그 뼈들을 세 차례 딱딱 맞부딪혔다. 그런 다음 그 뼈들을 땅에 뿌렸다. 아줌마는 그 뼈들이 만들어 낸 모양을 유심히 들여다보았다. 뭔가가 아줌마를 화나게 한 모양이었다. 아줌마는 뼈 두 개를 한 쪽으로 치웠다. 또다시 주문을 외며 아줌마는 네 번을 탁탁 친 다음 다시 그 남아 있는 네 개의 뼈를 바닥에 떨어뜨렸다. 아줌마는 이맛살을 잔뜩 찌푸렸다. 그러면서 한 쌍의 뼈를 옆으로 치웠다. 그리고 나머지 두 개의 뼈를 집어 들고서 마지막 주문을 외었다. 아줌마는 그 두 뼈를 탁탁 맞부딪쳤다. 아줌마의 손에서 뼈 하나가 세 조각으로 부서졌다. 뼈 조각들이 멍석 위로 떨어졌다. 아줌마는 무슨 말인지를 낮게 중얼거리고 고개를 가로로 내젓기도 하면서 그 뼈들의 모양을 유심히 관찰했다.

마침내 주술사가 고개를 들었다. 흐릿한 등불 아래서 굴루바인 아줌마의 얼굴이 뒤틀리면서 무시무시한 노파의 얼굴로 변했다. 아줌마의 목소리도 역시 바뀌었다. 아주 낮고 쉰 소리로. 아줌마는 공기를 꿀꺽 들이마시고 나서 몇 마디 말을 뿜어냈다. "사악한 바람이 북쪽에서 불어오고 있어. 북쪽에 한 마을이 있어. 어, '티'자가 보인다."

그 순간 침묵이 감돌았다. 그때 엄마가, "티로."라고 말했다. 그 목소리는 지치고 체념한 목소리였다.

"그래, 티로. 그건 티로야. 티로에 있는 누군가가 당신을 해치고 싶어 해."

"한 사람뿐이에요?" 엄마가 물었다. 나는 엄마를 쳐다봤다. 엄마가 지금 놀리느라고 저러는 것인가?

굴루바인 아줌마가 노려보며 말했다.

"아니, 한 명 이상이야. 하지만 그들 중에 단 한 명이 특히 심해."

아줌마는 뼈들을 이리저리 움직였다. 그러고는 턱을 치켜들고 올빼미처럼 '후우후우' 하고 울부짖었다.

"까마귀* 한 마리가 보인다. 그 까마귀는 한 발로 뛰어다니는군."

타파 아줌마가 깜짝 놀라 숨을 죽였다.

"릴리안의 여동생 발이 내반족이에요."

타파 아줌마의 목소리가 방 한구석에서 들려왔다.

굴루바인 아줌마는 의기양양한 표정으로 손바닥을 탁 쳤다.

"하! 뼈점은 절대 틀리는 법이 없다니까. 당신 여동생 말이야……." 굴루바인 아줌마가 엄마에게 말했다. "당신 집에 왔었어?"

"우리 애 장례식 때 왔었죠." 엄마가 대답했다. "그리고 내 전남편 장례식 때도 왔었고."

"죽음, 그 여자는 사람이 죽었을 때만 왔어." 굴루바인 아줌마가 으르렁대며 말했다. "그리고 주문을 걸기 위해 뭔가를 훔치려고."

"리즈벳이?" 타파 아줌마가 놀라서 숨을 급히 몰아 쉬며 말했다.

굴루바인 아줌마는 천천히 고개를 끄덕였다.

"그 여자가 이 집에서 떠날 때마다 뭔가 없어진 거 없었어?"

---

* 까마귀: 까마귀는 경멸적인 표현으로 흑인을 뜻하기도 함.

"아뇨, 아무것도." 엄마가 말했다.

"당신이 아무것도 기억 못하는 거겠지. 오래된 머릿수건이나 낡은 손수건 같은 거라도?"

"잘 모르겠어요."

"그 사악한 여자 아주 영리하구먼!" 굴루바인 아줌마가 외쳤다. "매번 여기로 올 때마다 그 여자는 손수건이나 머릿수건, 너무 오래돼서 없어진 줄 눈치 못 챌 만한 것들만 가져갔어. 그리고 당신의 땋은 머리도 가위로 싹둑 베어 갔어. 암, 그렇다마다. 매번 여기 올 때마다 한 줄씩. 당신이 잘 때 말이야. 그걸 가지고 그 여자가 당신에게 해코지주술을 건 거야. 그 여자는 당신의 자궁에다 주문을 걸었어. 바로 지금 이 순간에도 그 악마가 당신의 배 안에서 꿈틀꿈틀 움직이고 있어."

그러더니 갑자기 굴루바인 아줌마는 멍석 위를 표범처럼 가로질러 자신의 주먹을 엄마 배에 내리꽂았다. 엄마는 고통에 겨워 울부짖었다. 그 주술사는 자신의 주먹을 비틀어 댔다. 그러자 주술사의 주먹에서 꿈틀꿈틀 뱀 한 마리가 기어 나왔다. 주술사는 그것을 벽에다 패대기쳤다. 그러고는 엄마의 지팡이로 탕탕 치고 찔러 댔다.

방 공기가 마법으로 들떠 있었다. 방 구석 구석마다 동물의 울음소리, 나팔 소리, 꽥꽥거리는 소리가 울려 퍼졌다. 굴루바인 아줌마는 그 파충류를 탁탁 때리며 입으로는 주문을 읊어 댔다. 마침내는 그 뱀 위에 껑충 뛰어 올라 밟은 뒤, 뱀의 목과 꼬리를 잡고 똬리를 틀었다. 그러더니 그 죽은 생명체를 자기 머리 위에 올려놓았다. 그 그림자가 방 벽을 가득 채웠다.

"내가 악귀를 물리쳤어." 아줌마가 말했다. "하지만 다른 악귀들이 더 있을 거야. 그 사악한 것이 당신 손수건과 머릿수건, 당신 머리 끈들을 가지고서 더 많은 주문을 걸 거야. 그 여자가 당신 손수건으로 인형을 만들어서 눈이며 입을 바늘로 꿰매고, 그 안에다가 고춧가루를 채워 넣었어. 그래서 당신 몸이 아픈 거야. 밤이면 당신의 땋은 머리를 불에 지졌어. 그래서 당신 머리가 아픈 거야. 조심해. 당신은 그 여자가 당신한테서 훔친 것을 다시 찾아와야 해. 안 그러면 당신 아이들이 죽게 될 거니까."

우리는 벙어리처럼 입을 꾹 다문 채 굴루바인 아줌마가 그 뱀을 항아리 속에 담고, 그 항아리를 보자기에 싸고, 솔을 털어서 광주리에 담고, 돗자리를 둘둘 마는 것을 지켜보았다. 아줌마는 둘둘 만 돗자리를 겨드랑이에 끼워 들고, 한 손에 광주리를 든 채 현관문을 나섰다.

타파 아줌마가 굴루바인 아줌마를 쫓아갔다.

"이거 얼마 되지 않지만……."

그러면서 굴루바인 아줌마의 빈손에다 동전 몇 푼을 쥐어 주었다. 그러고는 또 이렇게 말했다.

"내일, 저 애들 시켜서 댁으로 제물로 닭 두 마리 보내 드릴게요."

굴루바인 아줌마는 고개를 끄덕이고는 어둠 속으로 사라졌다.

25

"해코지주술이었어!" 타파 아줌마가 엄마를 돌아보며 말했다. "내가 뭐랬어? 우리 얘기 좀 하자고."

엄마는 천천히 타파 아줌마를 따라 밖으로 나갔다. 두 사람은 들통 두 개를 뒤집어 놓고 그 위에 앉았다. 타파 아줌마가 양팔을 휘저어 가며 사리에 맞지 않는 말들을 떠벌리는 동안, 엄마는 밤하늘을 가만히 응시했다.

솔리와 아이리스는 반쯤 열려 있는 현관문을 통해 엄마를 지켜보았다. 그러면서 작은 소리로 말했다.

"그게 사실이야? 우리가 죽을 거라는 게?"

"아니." 나는 동생들을 집 안으로 끌어들였다. "그 누구도 죽지 않아."

"하지만 굴루바인 아줌마가……."

"굴루바인 아줌마 혼자 그렇게 떠드는 것뿐이야."

"아니야." 아이리스가 눈을 동그랗게 뜨며 말했다. "아줌마는 귀신들하고 이야기했어!"

"그건 속임수야. 그런 마술은 책에 다 나와 있어. 학교에서 셀라라메 선생님이 전통 주술사들이 말하는 그 마법이란 것의 정체가 뭔지, 그걸 어떻게 하는지도 다 가르쳐 주셨어."

"하지만 그 동물 소리는……."

"그건 아줌마가 직접 내는 소리야. 그걸 복화술이라고 해."

"그럼 그 뱀은……."

"아줌마 소맷자락에다 숨겨 놓았던 거야."

"그러면 왜 아줌마 소맷자락에서 뱀이 꿈틀거리지 않았어?"

"그 뱀은 이미 죽어 있었거든. 아줌마가 엄마 지팡이로 찰싹찰싹 치면서 살아 있는 것처럼 보이게 한 것뿐이야."

"하지만……."

"하지만 하지만 하지만." 드디어 참고 있던 화가 폭발했다. "너희들은 죽지 않아. 그리고 이것으로 끝. 이제 이 닦고 잠이나 자!"

나는 동생들의 이부자리를 봐 주면서 굴루바인 아줌마를 저주했다. 그리고 그 여자를 집으로 데려온 타파 아줌마도 저주했다. 그 두 늙은 마녀들 덕분에 솔리가 놀라서 계속 기저귀에다 오줌을 싸게 생겼다. 나는 동생들을 껴안아 주고 뺨에 입맞춤을 했다.

"아까 너희한테 고함쳐서 미안해."

"괜찮아."

아이리스가 말했다. 내가 아이리스의 옷을 갈아입히는 동안 아이리스는 두 팔을 내 목에 두르고 있었는데, 아이리스는 두 팔로 내 목을 더욱 단단히 감싸며 말했다.

"언니, 제발 다시 화내지 마. 하지만 굴루바인 아줌마가 하는 게 다 거짓이라면 왜 엄마가 아줌마 말을 믿는 거야?"

"엄마는 아줌마 말을 믿지 않아. 그냥 아줌마를 믿는 척했을 뿐이야. 그래서 아줌마를 빨리 내보내려고."

아이리스는 내 말을 곰곰이 생각하더니 다시 낮은 소리로 말했다.

"만약 엄마가 그런 척한 거라면, 왜 아직까지 타파 아줌마랑 바깥에 있는 거야?"

"그냥 예의상 그러는 것뿐이야."

아이리스가 이맛살을 찌푸렸다. 솔리도 마찬가지였다.

"등불 켜 줄까?" 내가 물었다.

그들이 고개를 끄덕였다.

동생들의 마음이 진정되기 시작할 즈음, 엄마가 밖에서 돌아와 침실로 들어갔다. 그리고 방문 커튼을 쳤다.

"엄마?"

엄마가 아무 대답도 하지 않자, 나는 방 안을 들여다보았다. 엄마는 침대 위에 아무렇게나 누워 있었다. 엄마 옆에는 옷가지로 가득 채운 베갯잇 하나가 놓여 있었다.

"나, 내일 티로로 갈 거다." 엄마가 말했다.

"뭐라고?"

나는 문틀을 꽉 붙잡으며 되물었다.

"난 가야 해. 굴루바인 댁의 점괘에 그렇게 나왔으니까."

"아냐, 엄마. 그 아줌마는 그냥 사람들한테서 주워들은 얘기를 되풀이했을 뿐이야. 다른 사람들한테서 주워들은 소리일 뿐이라고."

엄마는 관자놀이를 문지르며 말했다.

"이 집에 귀신이 붙었어."

"그런 말도 안 되는 소리는 믿지 마, 엄마."

"믿지 말라고?" 엄마가 버럭 화를 내며 말했다. "그럼 내 눈을 똑바로 보고 말해 봐. 왜 내 딸 사라가 죽었는지 말이야. 그리고 요나는 또 왜 죽어 가고 있는지, 내 온몸의 관절이 왜 쑤시고 아픈지, 내 머리는 어째서 찢어질 듯 아픈지 말이야."

내 맘속에서 진실을 밝히고 싶은 충동이 불처럼 일어났다. 나는 진실을 확인하고 싶었다. 하지만 그 말을 내뱉는 순간 그것은 사실이 되어 버릴 것이다. 지금 바로 이 순간부터 말이다.

"내가 없는 동안 타파 아줌마가 너희를 봐 주겠다고 약속했어."

엄마가 말했다. "네가 아이리스와 솔리를 잘 돌볼 수 있도록 아줌마가 도와줄 거야."

"안 돼, 엄만 아무 데도 못 가. 몸도 안 좋으면서 어딜 간다고 그래?"

"난 괜찮아. 게다가 좋은 공기를 쐬면 몸에도 좋을 거야."

내가 엄마에게 매달리며 애원하려는데, 어디서 뭔가 타는 냄새가 났다. 나무가 딱딱 소리를 내며 타는 소리도 들렸다. 그것은 집 앞마당에서 나는 소리였다. 나는 거실 창문 쪽으로 달려갔다. 길가에 놓여 있던 수레에서 불이 활활 타오르고 있었다.

나는 마당으로 뛰쳐나갔다. 엄마도 내 뒤를 따랐고, 솔리와 아이리스도 쫓아 나왔다. 거리는 텅 비어 있었다. 누군가 이 짓을 저지르고는 어둠 속으로 도망쳐 버린 게 분명했다. 나는 타파 아줌마네 집을 쳐다봤다. 그 집 덧문이 닫혀 있었다. 이웃집 덧문들도 마찬가지로 닫혀 있었다. 저들은 어둠 속에서 이 광경을 지켜보고 있을 것이다. 나는 그것을 느낄 수 있었다. 하지만 아무도 집 밖으로 나오지 않았다.

엄마는 어깨를 뒤로 활짝 젖혔다. 아이작 페토의 집을 떠나던 바로 그 날처럼 말이다. 그리고 지팡이도 내던져 버렸다.

"수레는 타게 내버려 둬."

엄마가 말했다. 그러더니 여왕처럼 당당한 자태로 뒤로 돌아서서 우리를 끌고 집 안으로 들어갔다.

솔리와 아이리스가 다시 마음을 진정하고 침대로 돌아가자, 그때에야 엄마는 와르르 무너졌다. 나는 엄마의 침대 끄트머리에 앉아서 엄마의 손을 꼭 쥐었다.

"너도 봤지?" 엄마가 말했다. "내가 믿고 안 믿고가 중요한 게 아니야. 굴루바인 댁이 우리 집을 방문했다는 게 문제야. 만약 그 여자가 말한 대로 내가 티로에 가지 않으면, 다음에는 또 어떤 미치광이가 미친 짓을 저지를지 몰라."

26

토요일 밤이 일요일 아침으로 바뀌었다.

우리 식구는 모두 식탁에 둘러앉아 아무 말 없이 포리지를 먹었다.
그리고 내가 설거지를 하는 동안, 엄마는 솔리와 아이리스를 앉혀 놓
고 잠시 티로에 다녀올 거라고 말을 꺼냈다. 엄마가 막 그 말을 하려
는데, 아이리스가 대뜸 이렇게 말했다.

"엄마 어디 가려는 거지. 그렇지?"

"응, 잠시 동안만."

엄마가 고개를 끄덕이며 말했다.

아이리스는 솔리를 돌아보며 말했다.

"거 봐. 내가 뭐랬어."

아이리스는 의자에서 일어나 제 의자를 현관문 쪽으로 밀어붙였다.

"아이리스, 돌아와. 엄마 말 아직 안 끝났어."

아이리스는 엄마 말을 들은 체 만 체 했다. 그리고 집 밖으로 뛰쳐나가 땅바닥에 털썩 주저앉았다.

나는 일어나서 아이리스에게 갔다.

"아이리스, 엄마가 너한테 말씀하는 중이잖아."

아이리스는 대꾸도 하지 않았다. 그러면서 모이를 찾아 마당을 이리저리 활보하는 닭들과 말을 주고받으며 딴청을 피웠다. 내가 아이리스를 끌고 들어오려고 하자 엄마가 나를 말렸다.

그러는 사이, 솔리의 뺨에서 눈물이 주르륵 흘러내렸다. 눈물이 턱 밑으로 뚝뚝 떨어졌지만 솔리는 닭을 생각도 하지 않았다.

엄마가 두 팔로 솔리를 감싸며 달랬다.

"잠시 여행을 다녀오는 것뿐이야."

솔리의 그 작은 어깨가 들먹거렸다.

"모두들 여행 간다고 그래 놓고는 다신 안 돌아오잖아."

"아냐, 엄만 돌아올 거야. 그냥 티로에 있는 친척들한테 갔다가 금방 돌아올 거야. 안 그러니, 샨다?"

"그럼."

솔리의 눈이 큼지막해졌다. 어찌나 크게 떴는지 눈알이 빠져나올까 걱정이 될 정도였다.

"정말, 약속하지?"

"응, 약속."

엄마는 솔리의 이마에 입맞춤을 했다.

"내가 가 있는 동안 산다 누나가 엄마를 대신해 너희를 보살필 거야. 그런데 누나는 너희들 도움이 필요해. 솔리야, 엄마를 위해 산다 누나를 도와줄 거지?"

솔리는 감당하기가 너무 벅차다는 듯 숨을 깊이 들이쉬더니, 고개를 끄덕였다.

"솔리야, 걱정할 거 아무것도 없어."

엄마가 계속 말을 이었다.

"하지만 원래 상황이 좋지 않을 때 나쁜 일이 생기는 법이니까. 만일 문제가 생기면 타파 아줌마네 집 전화로 엄마에게 연락해."

"엄마는 언제 올 거야?"

솔리가 물었다.

"한 며칠, 어쩌면 일주일."

솔리는 잠시 생각하는 것 같더니 또 이렇게 물었다.

"언제 갈 건데?"

"오늘 오후에, 묘지에 다녀와서."

"나도 따라가도 돼?"

"티로는 어린아이가 가기엔 너무 멀어."

"아니, 묘지에 말이야. 나도 갈 수 있으면 데리고 가. 응, 엄마? 산다 누나는 만날 가잖아. 근데 아이리스 누나랑 나는 왜 안 데리고 가? 나도 갈래!"

엄마가 나를 쳐다봤다.

"동생들도 다 컸어." 나는 어깨를 한 번 으쓱하고 나서 또 이렇게 덧붙였다. "게다가 '누군가'가 사라의 죽음을 받아들이는 데 도움도 될 테고."

엄마는 타파 아줌마를 데리러 나갔다. 그사이 나는 솔리와 아이리스를 데리고 나갈 준비를 했다. 나는 동생들이 묘지 순회를 굉장한 모험이자 그들이 이제 다 자랐다는 것을 인정받는 가슴 설레는 일로 받아들일 거라고 생각했다. 하지만 내 예상과 달리 아이리스는 계속 어깃장을 놓았다.

"난 묘지에 가기 싫어."

"묘지에 따라가면 주일학교 드레스를 입게 해 줄게."

"주일학교 드레스도 싫어."

"거짓말, 넌 좋아하잖아."

"아니, 싫어. 그건 진짜로 내 것도 아니잖아. 교회 구호품 박스에서 가져온 거잖아. 그건 누가 입다가 입기 싫어서 버린 거잖아. 나도 입기 싫어."

나는 팔짱을 끼고 아이리스를 굽어보며 말했다.

"아이리스, 넌 가야 해. 이것으로 끝. 이제 일어나서 빨리 움직여."

아이리스는 말대꾸를 멈추었다. 사실 아이리스는 아무것도 하지 않으려 했다. 마치 헝겊 인형처럼 방 한복판에 꼼짝 않고 서서는, 기어이 내가 옷을 입혀 주게 만들었다. 심지어 팔꿈치와 무릎도 스스로 굽히려 하지 않아, 내가 일일이 굽혀야 했다.

아이리스는 차에 올라타서도 계속 까다롭게 굴었다. 엄마와 타파 아줌마는 따로 할 이야기가 있다며 좌석 칸에 두 사람만 탔고, 아이리스와 솔리와 나는 짐칸에 탔다. 처음으로 타파 아줌마는 사람처럼 차를 몰았다. 어쩌면 엄마와 대화하는 데 신경을 쓰느라 그랬을 수도 있고, 또 어쩌면 지난밤에 무슨 안 좋은 일이 있었을 수도 있고, 또는 짐칸에 탄 세 아이를 날려 보내고 싶지 않아서일 수도 있다. 이유야 어쨌든 간에 내가 아줌마에게 천천히 달리라며 뒤 유리창을 똑똑 두드린 것이 딱 두 번밖에 되지 않았다.

트럭 여행은 솔리의 마음을 온통 빼앗아 버렸다. 솔리는 새들을 가리키기도 하고, 차 옆으로 자전거나 이륜차를 탄 어린이들이 지나갈 때면 손을 흔들기도 했다. 트럭 한 난간에 기대어 목을 쭉 내민 채 얼굴에 가득 바람을 맞고 있는 솔리의 표정은 그 어느 나라의 왕도 부럽지 않은 모습이었다. 한편 아이리스는 '불평불만 나라'의 여왕 같은 표정을 짓고 있었다. 심지어 흑멧돼지를 쫓는 다리가 세 개뿐인 개가 지나갈 때도 시큰둥했다.

아버지의 묘지에 도착하자, 나는 솔리를 안아서 짐 칸에서 내려 주었다. 아이리스도 내려 주려 했으나 아이리스는 꼼짝도 하지 않았다.

"그냥 트럭에 있으면 안 돼? 내 아빠도 아니잖아."

"엄마와 날 위해서 내려와."

아이리스는 얼굴을 찌푸렸다.

"배가 아파."

아이리스는 듀베 아저씨의 묘에서도 똑같이 행동했다. 심지어 사라의 묘에서까지.

엄마가 우리 모두를 사라의 무덤 주위로 불러 세웠다.

"이곳이 너희 여동생 사라가 사는 곳이야. 또한 이곳은 사라와 함께했던 행복한 시절을 기억하는 곳이야."

솔리는 엄마가 하는 행동을 모두 따라 했지만 아이리스는 나 몰라라 하는 식으로 행동했다. 심지어 춤을 추듯 다리를 흔들어 댔다. 나는 아이리스를 멀찌감치 끌고 갔다.

"그게 무슨 경박한 짓이야. 여긴 사라가 묻힌 곳이야."

내가 말했다.

"아냐, 그렇지 않아. 사라는 딴 곳에 있어."

아이리스는 이렇게 말하고는 노래를 부르듯 조용한 목소리로 흥얼거렸다.

"난 네가 모르는 걸 알고 있어. 난 네가 모르는 걸 알고 있어."

"만일 사라가 여기 없으면 넌 사라가 어디 있다고 생각하니?"

내가 물었다.

아이리스는 손가락 하나를 입술에 대고는 대답했다.

"그건 비밀이야. 아무한테도 말하지 않기로 사라랑 약속했거든."

아이리스의 상상의 친구가 사라졌다고 생각했었는데. 하지만 이번

254

엔 증상이 더 심하게 재발된 듯했다. 나는 이 사실을 엄마에게 말하고 싶었다. 아니, 말해야 한다. 하지만 난 할 수 없다. 그러면 엄마는 걱정 때문에 미쳐 버릴지도 모른다. 내 배 속의 뻥 뚫린 구멍에서 공포감이 스멀스멀 올라왔다. 나는 있는 힘을 다해 그 공포를 눌러 삭였다.

집에 돌아온 후 아이리스, 솔리, 나는 엄마와 함께 버스를 기다렸다. 어디선가 숯 냄새가 풍겼다.

엄마는 알아채지 못한 척했다. 엄마는 우리를 웃기려고 재미있는 이야기를 들려줬다. 우리는 웃으려고 노력했다. 엄마를 기쁘게 해 주려고. 하지만 억지로 웃는 것은 너무 힘든 일이다. 어떨 때는 숨 쉬는 것조차 힘들 때도 있다.

솔리가 금방이라도 울음을 터트릴 듯 울먹거렸다. 엄마가 솔리를 붙잡고 말했다.

"솔리야, 엄마가 뭐라고 했지?"

"사람들 앞에서는 울지 말라고 했어."

솔리가 작은 소리로 대답했다.

"맞았어."

엄마는 부드럽게 말하면서 솔리의 눈에 맺힌 눈물을 닦아 주었다. 그리고 또 이렇게 말했다.

"집에 가서 울면 돼. 여기 밖에서는 말고. 사람들이 뭔가 큰일이 일어난 줄 오해할 수도 있잖니. 사람들이 그러길 바라니?"

솔리는 고개를 내저었다.

"그래, 착하지."

엄마는 솔리의 윗옷을 고쳐 주며 말을 이었다.

"눈물이 날 것 같으면 그냥 눈을 꼭 감아 버려. 그런 다음 네 자신에게 이야기를 들려주는 거야. 작은 꿈 하나가 이 세상을 더 행복한 곳으로 만들 수 있단다."

엄마는 다시 근엄한 표정으로 우리를 보며 말했다.

"자, 가기 전에 마지막으로 한 번 더 물어보겠다. 사람들이 엄마가 집을 떠나 있는 것에 대해 이러쿵저러쿵 수군댈 거야. 만일 동네 사람들이 물어보면 뭐라고 대답해야 한다고 했지?"

"아무 일도 없다고……."

우리는 축 늘어지는 소리로 함께 말했다.

"그리고 굴루바인 아줌마가 모든 문제를 해결해 줬다고. 아줌마가 그 해코지주술을 깨트리기 위해 엄마를 티로로 보냈다고."

"옳지, 잘했다. 그리고 주술사들을 믿지 않는 사람들에겐 뭐라고 말해야 한다고 했지?"

"엄마가 릴리 언니네 집에 갔다고. 릴리 언니가 아기를 낳아서 산후 몸조리 시키러 갔다고."

"좋아, 잘했어."

그때 타파 아줌마네 현관 그물 문이 탁 하고 닫히는 소리가 났다. 고개를 돌려보니 타파 아줌마가 우리 쪽으로 오고 있었다. 타파 아줌마는 한 손에는 소풍 바구니를 들고, 다른 한 손에는 쇼핑백을 들고 있었다.

"릴리안, 내가 정신을 놓고 있었던 게 분명해. 하마터면 이것도 못 주고 당신을 보낼 뻔했잖아."

타파 아줌마는 우리 발 옆에다가 쇼핑백과 바구니를 내려놓았다. 그러고 나서 소풍 바구니에 덮여 있는 체크무늬 보자기를 들어 올렸다. 그 안에는 관광객들이 드나드는 상점에서 산 물건들이 들어 있었다. 우리 형편으로는 결코 살 수 없는 것들이었다. 잼, 젤리, 초콜릿 바, 고기 통조림, 사과 통조림, 그리고 호사스러운 스킨로션과 향수, 아스피린 한 통.

"오랜만에 보는 친척들인데 빈손으로 가기가 좀 그럴 거야."

타파 아줌마가 말했다. 그리고 쇼핑백에서 새 옷을 한 벌 꺼냈다. 그것은 밝은 노랑 바탕에 파란색 잉꼬가 그려진 원피스였다.

"버스가 마지막에 쉬는 곳에서 이 옷으로 갈아입어. 이렇게 말해서 좀 뭐하지만 말이야, 당신이 지금 입고 있는 옷은 너무 꾀죄죄해."

"오, 로즈."

엄마가 말했다.

"이렇게까지 신경을 써 주다니……, 너무 고마워요."

"뭐 이런 걸 가지고. 당신 남편 조수아가 당신한테 항상 새 옷을 입히고 싶어 했잖아. 기억나?"

나는 타파 아줌마를 안아 주고 싶었다. 우리 엄마에게 너무나 잘 대해줘서 입맞춤이라도 해 주고 싶은 심정이었다. 하지만 엄마가 고맙다는 인사를 하고 난 후, 타파 아줌마의 수다가 시작된 지 채 5분도 되지 않아, 아줌마가 이제 그만 사라져 주면 좋겠다는 생각이 들기 시작했다. 타파 아줌마가 엄마와 우리가 나누어야 할 소중한 작별의 시간을 잡아먹고 있기 때문이다. 시간은 잼이나 젤리보다 훨씬 더 가치 있는 것이다.

나는 타파 아줌마를 노려보았다. 텔레파시로 타파 아줌마의 머리에 메시지를 전달할 생각으로. 그 메시지란 이런 것이다. "이 눈치 없는 아줌마야, 제발 좀 우리끼리 있게 놔두고 들어가요. 우린 엄마와 해야 할 말이 많단 말이야."

하지만 타파 아줌마는 내 텔레파시를 받지 못했다. 아줌마는 사라지기는커녕 아예 떡하니 자리를 잡고 엄마를 온통 차지해 버렸다. 아줌마가 엄마가 갈 때까지 그러고 있을 거라고 생각하니 나는 속이 뒤집어지는 것 같았다.

"샨다에게 일을 모두 맡겼어요."

엄마의 목소리가 들렸다.

"하지만 내가 샨다더러 만일 문제가 생기면 당신에게 도움을 청하라고 말해 두었어요."

"그럼, 그래야지."

타파 아줌마는 아이리스와 솔리를 향해 밝게 미소를 지었다.

"이 로즈 이모가 너희들을 돌봐 줄 거야."

"고맙습니다, 타파 아줌마. 하지만 저 혼자 해낼 자신 있어요."

내가 말했다. 하지만 난 전혀 자신이 없다. 사실은 걱정이 되어 속이 울렁거릴 지경이다. 하지만 나는 타파 아줌마가 코를 킁킁대며 우리 집 주위를 맴도는 것이 싫다.

엄마를 태우고 갈 버스가 도착했다.

아이리스만 빼고 우리 모두는 일어섰다. 엄마는 무릎을 꿇고 아이리스를 안아 주었다. 아이리스는 기운이 빠져 흐느적거리는 몸으로 엄마 품에 매달렸다. 하지만 솔리는 아니었다. 솔리는 엄마와 힘찬 포옹을 했다.

"엄마는 네가 벌써부터 그리워지는구나."

엄마의 이 말에 솔리는 두 눈을 꼭 감았다.

나는 엄마를 부축했다. 엄마는 내 팔을 꽉 붙잡고 내 눈을 들여다보며 말했다.

"엄마는 널 믿어. 동생들 잘 보살펴라. 그래서 이 엄마를 기쁘게 해 주렴."

"응, 약속할게."

엄마는 내 손을 꽉 쥐었다. 운전사와 내가 엄마를 부축해서 트럭 뒤에 태웠다. 타파 아줌마가 짐 꾸러미와 바구니와 쇼핑백을 트럭 위로 올렸다.

"걱정 마, 릴리안."

타파 아줌마가 계속해서 말했다.

"내가 한시도 눈을 떼지 않을 테니까."

그 말에 엄마는 그냥 미소로만 대답했다. 엄마는 우리에게 손을 흔들며 말했다.

"엄마 곧 돌아올 거야. 사랑한다, 얘들아."

그리고 엄마는 멀어졌다.

오 주여, 만약 당신이
계신다면 저를 도와주세요

엄마를 절대로 티로에서 돌아가시게 하지 않을 거예요.
내가 엄마를 집으로 모시고 갈 거예요. 엄마를 사랑해요.
우리 모두 사랑해요. 언제나. 무슨 일이 일어나더라도.

27

　엄마를 떠나보낸 그날의 나머지 시간이 내겐 너무나 낯설었다. 나는 엄마가 집에서 쉬고 있는 것처럼 모든 것이 정상인 것처럼 행동했다. 하지만 엄마가 탄 버스가 수백 마일이나 멀리 떨어져 있다는 것을 생각하면 갑자기 창자가 끊어질 듯한 슬픔과 아픔이 몰려왔다.

　아이리스와 대화를 해야 한다. 최근에 보인 이상한 행동에 대해서. 그리고 묘지에서 한 아이리스의 무례한 말에 대해서. 하지만 그 애한테 무슨 말을 해야 할까? 엄마라면 어떻게 했을까? 아무 생각도 떠오르지 않았다. 도대체 내 머리가 어떻게 되기라도 한 것일까? 최근에 나는 혼자서 집안일을 다 해냈다. 그래도 여태까지는 내가 실수를 하면 해결해 줄 엄마가 있어서 든든했다. 하지만 이제 엄마가 없으니 단순하기 그지없는 집안 허드렛일조차 엄청나게 큰 부담으로 느껴진다. 물 끓이는 것조차 겁이 날 지경이다. 만일 중요한 일이 잘못되기라도 하면 어떻게 한단 말인가?

저녁 시간 전에, 타파 아줌마가 닭고기 파이를 가지고 우리 집에 들렀다. 아줌마는 쾌활한 모습을 보이려고 애를 썼지만 우리는 아줌마가 장례식 연회에 음식을 가지고 온 것처럼 느꼈다.

"그때 아줌마 차 안에서 엄마가 아줌마에게 뭐라고 하셨어요?"

내가 물었다.

"네가 걱정할 만한 일은 아니야."

아줌마는 이렇게만 말하고 서둘러 떠났다.

파이 맛은 아주 좋았다. 하지만 우리 중 그 누구도 많이 먹지 못했다. 해가 저문 후, 나는 아이리스와 솔리를 침대에 누이고 임팔라(아프리카산 영양)와 개코원숭이에 대한 이야기를 들려줬다. 그런 다음 마당으로 나와 벽에 기댄 채 땅바닥에 앉았다. 별들이 총총히 빛났다. 나는 밤하늘이 얼마나 아름다운지 항상 감탄하곤 하지만 오늘은 달랐다. 오늘 밤 하늘은 차갑고 멀게만 느껴졌다.

외로움으로 숨을 쉬기도 힘들 정도다. 일어서 보려고 했지만 무릎이 펴지질 않는다. 저 붉은 땅이 날 삼켜 버렸으면 좋겠다. 바로 그때, 실낱같은 희망조차 보이지 않는 막막함 속에 빠져 있을 때, 나는 혼자가 아니라고 깨닫게 되었다. 황새 한 마리가 외바퀴 손수레 옆에서 나를 지켜보고 있었다. 그 흰색 깃털이 달빛 아래서 환하게 빛났다.

내 눈을 믿을 수가 없었다. 황새는 이런 늦은 시각에는 돌아다니지 않는다. 게다가 마을에는 나타나는 법이 없다. 먹이를 구할 수 있는

물가에서 산다. 그런데 이렇게 먼 곳까지, 그것도 혼자서 어떻게 날아왔을까? 일 년 중 이맘때에 이 지역에서 황새들이 있음직한 곳은 카우키 댐 주변의 습지뿐이다. 하지만 그곳도 수 마일이나 떨어져 있다.

나는 나지막이 속삭였다.

"두멜라, 음마 몰레아네*."

그 황새는 갸우뚱하며 목을 한쪽으로 기울였다. 그 모습이 마치 미소를 짓는 것 같았다.

"여기는 어떻게 왔니?"

그러자 황새가 목을 쭝긋 세웠다.

"넌 행운의 천사니?"

나도 모르게 내 입에서 이 말이 흘러나왔다. 내가 듣기에도 바보처럼 들려 순간 머쓱해졌다. 그런 애들 같은 공상에 젖어 있기엔 난 이미 너무 커 버렸으니까. 하지만 황새는 아무렇지도 않은 모양이었다. 나를 향해 두어 걸음 다가오더니 멈추어 서서 한쪽 발을 들어 올렸다. 마치 발이 세 개나 되는 것처럼 그렇게 서 있었다.

우리는 서로를 바라보았다. 시간이 멈추고, 세상이 고요 속으로 빠져 드는 것 같았다. 어깨에 힘이 풀리면서 온몸이 녹아드는 것만 같았다. 나는 눈을 감았다. 엄마가 보였다. 예전의 그 풍만한 모습의 엄마가. 엄마는 나를 팔에 앉고 흔들어 재웠다. 엄마의 웃음소리도 들렸다. 그 넉넉하고 쩡쩡 울리는 웃음소리가. 내 가슴이 엄마의 따뜻한 품속에서 한껏 부풀어 올랐다.

---

* 두멜라, 음마 몰레아네: "안녕, 엄마 황새야."라는 뜻. 여기서 '두멜라'는 '안녕'이라는 인사말이고, '음마(Mma)'는 세츠와나어로 '부인'을, '몰레아네(moleane)'는 '황새'를 뜻한다.

잠에서 깨자, 그 황새는 사라지고 없었다. 그래도 상관없다. 꿈속에서 느낀 기쁨이 개똥벌레의 불빛처럼 아직 내 가슴속에 반짝반짝 살아 있으니까. 나는 빙긋 웃음을 머금으며 눈을 비비고 기지개를 켰다. 그런 다음 집 안으로 들어갔다. 살금살금 발끝으로 걸어서. 그래서 내 아기들을 깨우지 않으려고. 내 아기들……. 그래, 동생들은 이제부터 내 아기다. 방문 틈을 통해 아이들이 이불 속에서 속삭이는 소리가 들렸다.

"샨다 언니의 아빠는 죽었어." 아이리스가 말했다. "너희 아빠도 죽었고. 하지만 우리 아빤 아직까지 살아 있어."

심장이 멎는 것 같았다. 아이리스는 아이작 페토의 존재에 대해 알고 있었던 것이다. 하지만 아이리스는 지금까지 한 번도 그 사람에 대해 말한 적이 없었다. 하지만 오늘 밤은 달랐다.

"우리 아빠는 살아 있어."

아이리스가 또다시 솔리에게 속삭였다.

"모두 죽으면 난 우리 아빠랑 살 거야."

"그 사람이 누나랑 같이 살고 싶어 하는지 어떻게 알아?"

솔리가 낮은 소리로 대꾸했다.

"아빠가 내게 그랬어. 우리 아빠 집은 엄청나게 큰데, 아빠는 내가 원하는 방을 골라서 살게 해 준다고 했어. 그건 나 혼자만 쓰는 방이야."

"거짓말. 그 사람을 본 적도 없으면서."

"아냐, 봤어."

"어디서?"

"유치원에서. 아빠는 만날 우리 유치원에 와서 커다란 노란색 자동차에 날 태워 주곤 해. 아이스크림도 사 주고. 아빤 비행기도 운전할 줄 알아. 무지무지 큰 부자거든. 그 광산에서 대장 중에 대장이야."

"그럼 여기는 왜 한 번도 안 오는 거야?"

솔리가 말했다.

"그건 엄마 때문이야. 엄마가 너의 아빠랑 도망쳤거든. 하지만 네 아빠는 죽었잖아. 그래서 '하하, 쌤통이다.' 그러는 거야."

"그건 너무해."

"뭐 어때서?"

기가 죽은 솔리는 기어들어 가는 소리로 말했다.

"아이리스 누나, 만약 사람들이 모두 죽고, 누나는 누나 아빠한테 가면…… 난 어떻게 돼?"

"내가 그걸 어떻게 아니?"

솔리는 코를 훌쩍이기 시작했다.

"나도 데려가 줘, 응?"

"그래, 한번 생각해 보자. 하지만 이불에 계속 쉬하면 안 데려갈 거야."

그때 내가 머리를 문틈으로 드밀며 말했다.

"뭐 별일 없어?"

솔리가 무슨 말을 하려고 하자, 아이리스가 이불 밑으로 솔리를 툭 차면서 말했다.

"응, 아무 일도 없어. 그냥 솔리가 엄마 보고 싶다고 해서."

"나도 그래."

내가 말했다. 그리고 잠시 기다렸다. 아이들이 무슨 말을 더 하기를 바라면서. 그러나 아무 말도 하지 않았다.

"그럼, 잘 자. 나도 곧 잘 거야."

"잘 자."

내가 방을 나온 지 한 일 분 후에, 아이리스가 다시 솔리에게 속삭였다.

"아까 내가 한 말 아무한테도 이야기하지 마. 그랬다가는 내가 아빠한테 일러서 영원히 혼자 살게 할 테니까."

28

그다음 날 아침, 나는 설거지를 마치고 나서 솔리를 데리고 타파 아줌마네 울타리로 걸어갔다. 아줌마가 엄마에게, 아이리스랑 내가 학교에 가는 오전 동안 솔리를 봐 주겠다고 약속했던 것이다. 아줌마는 오후에 아이리스도 돌봐 주겠다고 했지만 아이리스의 상상의 친구 때문에 나는 아이리스를 내가 돌보기로 했다.

솔리는 오늘 아침 내내 아주 조용했다. 나는 어젯밤 아이리스가 솔리에게 했던 말을 생각했다. 타파 아줌마네 울타리로 가는 도중에 나는 솔리의 코에서 먼지를 닦아 내는 척하면서 솔리를 멈춰 세웠다.

"누가 너한테 쓸데없는 소리를 할까 봐 누나가 미리 말해 두는 건데, 솔리 넌 절대 혼자가 아니야. 엄마는 널 사랑해. 그리고 곧 돌아오실 거야. 바로 옆집에 사시는 타파 아줌마도 널 사랑하고. 또 누나도 널 무지무지 사랑해. 난 널 두고 아무 데도 가지 않을 거야."

잠시 침묵이 흘렀다. 솔리가 고개를 들었다. 그리고 수줍은 미소를 지으며 말했다.

"학교는 빼고."

"그래 학교는 빼고."

"그리고 저수탑도 빼고."

"그래, 저수탑도 빼고."

"그리고 또……."

나는 솔리 머리를 가볍게 톡톡 치고는 두 팔을 벌린 채 기다리고 있는 타파 아줌마의 품에 솔리를 넘겨주었다. 그러고 나서 집에 들어가서 가방에 교과서를 챙겨 넣고, 아이리스의 머리를 땋아 주었다.

"머리를 너무 세게 잡아당기지 마." 아이리스가 투덜댔다.

"그래? 좀 더 당겨 줄까?"

나는 이렇게 말하며 머리를 더 단단히 잡아당겨서 땋았다. 그러자 아이리스는 입을 다물었다.

나는 자전거를 끌면서 아이리스를 유치원까지 바래다 주었다. 아이리스는 마치 내가 곁에 없는 듯이 행동했다. 유치원 운동장이 가까워지자, 내가 말했다.

"어젯밤에 솔리가 안절부절못했어. 너 무슨 이야기를 꾸며 낸 거지?"

"언니가 상관할 일 아니야."

"나랑 상관없는 일이 어딨어? 모든 게 상관있어."

"흥, 자기가 무슨 엄마라도 되나?"

아이리스가 비웃으며 말했다.

"그래, 난 엄마야. 엄마가 없는 동안에는 내가 엄마고, 내가 모든 규칙을 정해. 그게 첫 번째 규칙이야. 그리고 두 번째 규칙은 솔리에게 착하게 굴어. 세 번째 규칙은 유치원에서 돌아오면 집에 있어야 해. 그 어떤 변명도 구실도 안 통해."

"흥, 혼자 잘해 봐!"

아이리스는 경멸하듯 머리를 뒤로 발딱 젖히며 이 말을 내뱉고는 친구들에게 달려갔다.

나는 아이리스의 머리채를 잡아끌어 당장 내 앞에 세워 두고 싶었다. 하지만 그런 다음에는 어떻게 할 것인가? 만약 아이리스가 비웃으면서 다시 도망친다면 나는 바보 꼴이 될 것이다. 하지만 아무것도 하지 않아도 바보가 되기는 마찬가지다. 아이리스가 깡충깡충 뛰어가고 있다. 나는 아무것도 하지 않았다. 나는 겁쟁이다.

학교 시작종이 울렸다. 이러다가 내가 학교에 지각할 판이다. 나는 아이리스의 담임선생님인 엔도리 선생님을 찾으려고 재빨리 둘러보았다. 그 선생님께 아이리스를 각별히 지켜봐 달라고 부탁하기 위해서다. 교무실을 둘러보았다. 엔도리 선생님은 아직 출근 전이었다. 기다리고 있을 시간이 없었다.

그리고 설령 내가 부탁을 한다 해도 그 여선생님이 뭘 어떻게 하겠는가? 엔도리 선생님은 남편이 죽었을 때도 수업에 빠지지 않았던 참착하고 성실한 사람이다. 하지만 바로 그게 문제였다. 반 아이들이 선생님을 만만하게 보고 점점 사나워졌다. 그리고 선생님이 알코올 중독자라는 소문이 나돌기도 했다.

나는 겨우 수업에 늦지 않게 도착했다. 내가 가장 어려워하는 과목인 수학, 물리, 화학 수업이 오전에 있다. 그리고 내가 좋아하는 과목인 영어, 역사, 지리 수업은 오후에 있다. 하지만 오후에는 수업에 빠지고 집에 가야 한다.

점심시간에 나는 교무실 문을 두드렸다.

지난 주말에 일어났던 소동에 대해 학교 선생님들도 들어 알고 계실까? 만일 우리가 선생님들에 대해 험담을 하듯이 선생님들도 학생들을 놓고 험담을 한다면 아마 지금까지 무수한 소문을 들었을 것이다. 다행히도 선생님들은 아는 척하지 않았다.

나는 선생님들을 찾아뵙고 한동안 학교에 나오지 못할 거라고 말씀드렸다. 선생님들은 동정과 함께 걱정을 해 주셨다.

셸라라메 선생님은 이렇게 말씀하셨다.

"많은 학생이 처음에는 한두 주 정도 빠질 거라고 예상하지만 그 한두 주가 한 달이 되지. 그런 다음에는 자퇴를 해 버리고. 산다야, 넌 졸업을 코앞에 두고 있어. 그리고 조금만 열심히 하면 장학금을 탈 기회도 얻을 수 있고. 아무튼 몸조심해라. 선생님은 네가 걱정이구나."

"저…… 너무 걱정 마세요. 선생님을 실망시켜 드리지 않을게요. 저에겐 꿈이 있어요. 아시잖아요."

교과서가 충분치 못해서 내가 집으로 가져갈 수가 없었다. 하지만 도서관에 각 과목마다 책이 마련되어 있으니까, 나는 아침 수업 시작 전에 일찍 와서 교과서를 읽겠다고 선생님께 약속 드렸다. 그리고 집에서 숙제와 자습도 열심히 하겠다고 약속했다. 그리고 만약 장학생 선발시험과 같은 특별한 시험이 있어서 따로 시험 준비를 해야 된다면…… 뭐, 그때까진 엄마가 돌아오실 거라고 기대하는 수밖에.

셀라라메 선생님은 내게 드넓은 평야 위로 떠오르는 눈부신 태양이 그려진 서표를 주셨다.

"만약 휴학 기간을 더 늘리고 싶으면 언제든지 얘기해라."

선생님과의 대화가 예상했던 것보다 좀 더 길어졌다. 자전거를 타고 고등학교를 지나가면서 보니, 이미 오전 수업이 끝나 있었다. 나는 아이리스를 찾아 데려가려고 페달을 힘껏 밟았다. 하지만 아이리스는 어디에도 보이지 않았다. 갑자기 무서운 생각이 들었다. 나는 집에 도착하자마자 자전거를 던져 두고 집 안으로 뛰어 들어갔다.

"아이리스 왔니?"

아이리스는 집에 없었다.

"아이리스?"

내가 아침에 아이리스를 너무 심하게 몰아쳤던 게 아닐까?

"아이리스?"

혹시 도망친 건 아닐까? 내가 결국 일을 망쳐 놓고 만 것은 아닐까? 나는 허겁지겁 집 밖으로 뛰쳐나왔다.

타파 아줌마가 울타리 너머에서 내게 손을 흔들었다.

"어이, 산다야. 아이리스 여기 있다. 솔리랑 같이 세스와 한 그릇 먹고 있어."

나는 울타리를 훌쩍 뛰어넘어 타파 아줌마네 마당으로 들어갔다. 아이리스는 타파 아줌마의 정원 의자 옆 바닥에 앉아서 행복하게 우적우적 먹고 있었다.

"일찍도 오네."

아이리스가 말했다.

"선생님과 의논할 일이 있었어."

"그러셨어?" 아이리스는 밉살맞게 대답했다. "하지만 변명 따윈 필요 없어."

나는 속이 부글부글 끓어올랐다. 하지만 더 참을 수 없는 것은 타파 아줌마가 그 소리에 웃어 대는 것이었다.

"하하하, 정말 총명한 애야. 마부가 채찍 휘두르는 것보다 더 빠릿빠릿해."

아이리스는 눈을 깜박거리며 애교를 떨면서 타파 아줌마 곁으로 바싹 들러붙었다.

"그건 그렇고." 타파 아줌마가 말했다. "너희 엄마가 그 잡화상점에서 전화했더라. 티로에 잘 도착했다고."

"언제 다시 전화하신대요?"

"그런 말은 않더라. 하지만 걱정 마라. 연락이 오면 곧장 알려 줄 테니까."

"고마워요. 하지만 전 엄마랑 직접 통화하고 싶어요."

타파 아줌마는 내 요청을 곰곰이 생각하더니 이렇게 말했다.

"글쎄…… 뭐, 네가 집에 있다면야……."

나는 그 주 내내 아이리스를 유치원에 데려다 주었지만 엔도리 선생님은 한 번도 만나 볼 수 없었다. 금요일 아침, 마침내 나는 운동장에서 엔도리 선생님과 마주쳤다.

"응, 미안하구나. 내가 감기에 걸려서 며칠 결근을 했어."

그 여선생님은 팽 하고 코를 풀고 나서 말을 이었다.

"하지만 옆 반 선생님이 우리 반 아이들을 봐 주셨기 때문에 지금껏 별 문제 없었을 거라고 믿어."

"저도 그랬으면 좋겠어요. 그런데 저, 제가 온 것은 그 문제 때문이 아니고요……."

나는 아이리스가 최근 들어 얼마나 까다롭게 구는지를 설명하고 나서 그 여선생님에게 내 이름과 타파 아줌마네 전화번호를 적은 쪽지를 건넸다.

"만약 이상한 점을 발견하시면 저한테 좀 알려 주시겠어요?"

엔도리 선생님은 그 쪽지를 흘깃 보고는 약간 당황스러운 표정을 지었다. 그러고는 "물론이지."라고 말하더니 연달아 재채기를 했다. 그녀는 코를 닦고는 그 종이 쪽지를 휴지 다발과 함께 호주머니에 구겨 넣었다. 그때 누더기처럼 다 해진 축구공 하나가 그 여선생의 뒤통수에 퍽 하고 날아들었다.

"이놈들!"

그 여선생은 노발대발하면서 자신에게 손가락질하며 낄낄 웃는 아이들을 쫓아 달리며 고래고래 소리를 질러 댔다.

일요일에, 아이리스와 솔리가 타파 아저씨가 세입자들의 집 지붕 고치는 것을 구경하는 동안 타파 아줌마와 나는 묘지 순회를 하러 나갔다. 아줌마는 옛날 광산에서 살던 시절의 재미난 이야기를 들려주었다. 그러나 웃어 줄 엄마가 없으니 그 얘기도 예전 같지 않았다. 아줌마가 죽은 아들, 엠마누엘에 대해 이야기를 옮기는 동안 나는 조용히 앉아 있었다.

"정말로 영리한 아이였어. 그 애가 어렸을 때 미샤과 나에게 글 읽는 법을 가르쳐 주었지. 그래서 우리는 옛날이야기 정도는 읽을 수 있게 되었지. 하지만 글 읽는 법을 완전히 떼지는 못했어. 너희 엄마와 달리 말이야. 정말 재주 많은 아이였지. 머리가 비상한 애였어. 도대체 그런 재주를 다 어디서 물려받았는지 모르겠단 말이야."

타파 아줌마는 손수건으로 눈물을 훔치며 이렇게 말했다.

"여긴 먼지가 너무 많구먼."

타파 아줌마는 나를 마촐로 씨 부부 묘로 데려다 주었다. 하지만 연달아 이 주째, 에스더의 모습은 보이지 않는다. 지금쯤 타파 아줌마가 에스더와 가까이하면 "나쁜 물이 든다."는 설교를 시작할 때가 됐는데 웬일로 아무 말이 없다. 오늘은 왜 이렇게 친절하게 구는 것일까? 이게 도리어 날 불안하게 만든다.

"일주일이 지났어요. 이제 엄마가 돌아오실 때가 됐는데……."

내가 말했다.

"애야, 인생이란 마음이 급할수록 더 천천히 가는 법이란다." 타파 아줌마는 이렇게 말하고 나서 등을 좌석 등받이에 바짝 기대고는 액셀러레이터를 힘껏 밟았다.

저녁을 먹고 난 후, 나는 앞마당에 나와 앉아서 길 아래 레솔레 씨네 카세트에서 흘러나오는 음악을 들었다. 레솔레 씨는 사파리 캠프를 다녀와서 지금 휴가를 즐기고 있었다. 그래서 볼륨을 있는 대로 높여 놓았다. 타파 아줌마가 울타리로 다가왔다.

나는 타파 아줌마가 항상 하던 말을 할 것이라 예상하고 있었다. 그 항상 하던 말이란 이런 것이다.

"저 레솔레 씨 댁은 어찌 된 게 날마다 파티야. 가끔씩 소리를 좀 낮춰 줘야지, 다른 사람들이 자기들 듣고 싶은 음악을 들을 수 있게 말이야."

하지만 오늘 밤, 타파 아줌마는 날 놀라게 했다.

"너도 저기 내려가서 함께 어울리지 그래. 마치 바퀴 없는 마차처럼 그렇게 축 늘어져 있을 필요는 없어."

타파 아줌마는 내가 망설이는 것을 보고 다시 한번 부추겼다.

"어서 가. 내가 아이들을 봐 줄 테니까. 너도 인생을 좀 즐겨야지. 그리고 사람들이 이 집에 무슨 문제가 있는 게 아닌가 하며 쑥덕대는 거, 너도 원치 않지?"

타파 아줌마 말이 맞다. 사람들은 함께 어울리지 않으면 무슨 문제가 있지 않나 하며 쑥덕댄다. 나는 내가 지을 수 있는 가장 유쾌한 표정을 지었다. 그리고 그 골목으로 내려갔다. 어느새 나는 웃음과 춤으로 술렁대는 레솔레 씨 댁 앞에 도착했다.

"두멜라!"

레솔레 아줌마가 뛰어나와서 나를 얼싸안았다.

"두멜라!"

레솔레 아저씨도 큰 소리로 인사했다.

"너희 엄마가 북쪽으로 여행 갔다는 소린 들었다."

"예." 나는 음악 소리 때문에 목청껏 소리를 질러야 했다.

"우리 언니가 아기를 낳아서 언니를 도우러 가셨어요."

"아이고 잘됐구나."

레솔레 아줌마도 큰 소리로 대답했다. "새로 애가 태어나면 할 일이 얼마나 많은지, 산후 조리도 해야 할 테고." 이렇게 말하면서 레솔레 아줌마는 다정하게 남편 옆구리를 슬쩍 찔렀다.

그러자 레솔레 씨도 사람 좋은 웃음을 머금으며 한마디 덧붙였다.

"너희 엄마는 참 좋으시겠다. 시골의 맑은 공기를 듬뿍 마실 수 있으니 말이다."

레솔레 씨의 이웃집 남자가 와서 자신이 만든 연을 자랑했다. 그 연에는 번쩍거리는 기다란 꽁지가 달려 있었는데 그것은 음료수 캔 뚜껑에 붙은 고리를 모아서 길게 연결한 것이었다. 우리는 모두 그의 솜씨에 감탄했다. 나는 친절한 이웃들과 함께 어울려 놀았다. 마치 요나가 수레에 실려 왔던 그날 일은 아예 없었던 일처럼 느껴졌다.

마침내 집으로 갈 시간이 되어 그 집 대문을 나서려는데 대문 근처에 닐로 할아범의 모습이 보였다. 닐로 할아범은 새로 주운 넝마가 가득 실린 외바퀴 수레 옆에 앉아 있었다. 그는 반가운 표정으로 손을 흔들었다.

"네 엄마 소식은 들었다. 아주 잘 지내신다며? 타파 부인이 그러더라."

"맞아요!" 내가 큰 소리로 말했다. "모든 게 다 잘 되어 가고 있어요!"

음악 소리가 여전히 내 귓전을 울리고, 춤의 여운으로 발가락이 저절로 간닥대는 가운데 나는 집으로 향하면서 계속 그 말을 뇌까렸다.

"모든 게 잘 되어 가고 있어."

단지 엄마가 전화만 해 준다면 좋으련만.

엄마 전화를 기다리는 사람은 나 혼자만이 아니었다. 월요일, 저녁을 먹기 전 솔리는 길가에 오도카니 앉아 있었다. 솔리는 엄마가 떠난 이후로 매일 엄마를 기다리며 거기 그렇게 앉아 있었다.

나는 창문을 통해 솔리를 바라보았다. 어린것이 잠시도 자리를 떠나지 않고 그 자리에 줄곧 앉아 있는 것을 보니 마음이 뭉클해 왔다. 그때 나비 한 마리가 포롱포롱 솔리 곁으로 날아왔다. 솔리는 나비를 쫓아갈 것이다. 그렇지 않으면 그냥 땅바닥에 웅크리고 앉아서 개미탑을 빤히 들여다보거나 아니면 재주넘기를 하거나 또 그게 아니면 노래를 지어 부를 것이다. 지금은 노래를 지어 부르고 있다.

내가 살금살금 솔리 뒤로 다가가는 지금도 솔리는 노래를 지어 부르고 있다. 솔리가 지어 부르는 노래는 아주 단순한 가락인데, 대개 이런 것이다.

"나는 기다린다, 기다린다, 기다린다, 기다린다. 여기 앉아 엄마를 기다린다. 그냥 앉아 엄마를 기다린다. 그냥 앉아서 기다린다, 기다린다, 기다린다."

바람결에 들려오는 솔리의 작고 가냘픈 목소리를 듣고 있노라니 온몸에 소름이 돋았다. 내가 제 노래를 듣고 있다는 것을 솔리가 눈치챘다. 솔리는 노래를 멈추고 고개를 푹 숙였다. 마치 큰 잘못을 저지르기라도 한 것처럼.

"왜 그래?"

내가 솔리 옆에 앉으며 물었다.

잠깐 동안 침묵. 이윽고 솔리가 아주 작은 목소리로 대답했다.

"노래 부르고 있었어."

"나도 알아. 잘 부르던걸?"

"정말?"

나는 고개를 끄덕였다.

솔리의 이마는 수많은 질문들로 주름이 잡혔다.

"그러니까, 누나는 내가 노래를 불러도, 놀아도, 재미있게 지내도 괜찮다는 거야? 엄마가 없는데도?"

"그럼." 나는 솔리를 꼭 껴안으며 말했다. "엄마는 우리가 행복하게 지내길 바라서."

또다시 침묵.

"샨다 누나, 근데 엄마는 왜 다시 전화 안 해?"

"아마 엄마가 하실 말이 없기 때문이겠지."

솔리는 제 발가락을 바라보며 말했다.

"엄마도 우릴 보고 싶어 할까?"

"그럼, 물론이지. 엄마는 우릴 보고 싶어 할 거야. 우리가 엄마를 보고 싶어 하는 만큼."

나는 솔리의 이마에 입을 맞추었다.

"걱정 마, 솔리. 무소식이 희소식이라는 말도 있잖니."

솔리는 내 말이 믿기지 않는 모양이다. 왜일까? 하지만 사실 나 자신도 내 말이 믿기지 않는다.

29

엄마를 기다리는 것은 참으로 낯선 일이다. 어떤 때는 희망에 차 있다가, 또 다른 때는 그러니까 오늘 밤 같은 때는 두려움으로 식은땀을 흘리며 침대에 누워 있다.

솔리 말이 맞다. 엄마는 왜 다시 전화를 하지 않을까? 무슨 일이 생긴 것일까? 엄마의 병이 더 깊어진 걸까?

내가 말하는 엄마의 병이란 에이즈 증세를 말한다. 지금에 와서조차 툭 터놓고 그 '진실'을 이야기할 수 없는 현실이 너무나 답답하다. 이제 엄마에겐 얼마의 시간이 남아 있을까? 우리가 고아가 되기 전까지는 얼마의 시간이 남아 있을까? 그리고 그때는 어떻게 해야 하나?

갑자기 요나의 얼굴이 떠올랐다. 순간 증오심이 확 타올랐다. 그자가 엄마에게 옮긴 거야. 틀림없어. 어디 떠돌아 다니다가 악취가 나는 도랑에나 처박혀 죽어 버렸으면 좋겠다.

아니, 그건 너무 끔찍하다. 왜 난 항상 최악의 상황만 생각하지? 엄마는 아직 에이즈 검사도 받지 않았는데. 그 무엇도 확실히 알지 못하면서. 엄마는 에이즈에 걸렸을 수도 있지만 분명 아닐 수도 있다.

"엄마는 에이즈에 걸리지 않았어. 엄마는 에이즈에 걸리지 않았어."

나는 이 말을 몇 번이고 되뇌었다. 하지만 진짜 그렇게 믿고 있는 건 아니다. 사실은 점점 더 끔찍한 생각으로 빠져 들고 있다.

'만약 엄마가 에이즈에 걸렸고, 그게 요나가 옮긴 것이 아니라면 어쩌지? 만약 엄마가 요나에게 그 병을 옮긴 거라면?'

말도 안 돼! 나는 내 뺨을 후려쳤다. 하지만 그 생각은 내 머리에서 떠나지 않고 계속 날 불안하게 만든다.

나는 마음을 진정시키며 바보처럼 굴지 말라고 나 자신에게 말했다. 만약 그 에이즈를 요나가 옮기지 않았다면 누가 옮겼단 말인가?

나는 듀베 아저씨를 생각했다. 아저씨는 오랫동안 홀아비로 지냈다. 그 수많은 밤들을 내내 혼자서 보냈을까? 아니면 철로변의 그 유개차로 가끔씩 나들이를 갔을까? 아니면 그 매춘공원으로 산책을 나갔을까?

아니야, 듀베 아저씨는 훌륭한 사람이었어.

하지만 훌륭한 사람이라면 다인가? 세상에 완벽한 사람은 아무도 없다. 사람들은 실수를 저지르기도 한다. 그리고 가끔 인간으로서 해서는 안 될 짓을 저지르기도 한다. 평소에는 하지 않을 짓을. 자신에게는 결코 일어나지 않기를 바라던 그런 일들을.

또 식은땀이 나기 시작한다. 만약 듀베 아저씨가 엄마에게 에이즈를 옮긴 거라면, 그렇다면 그 두 사람의 자식은 어떻게 되나? 솔리는 어떻게 되냔 말이다.

아니야! 만약 솔리가 바이러스를 가지고 있었다면 솔리는 사라보다 먼저 그런 일을 당했어야 옳다. 이치가 그렇지 않은가?

어쩌면 아닐 수도 있다. 사라가 태어났을 무렵에는 엄마가 그 바이러스를 더 오래 가지고 있었기 때문에 사라가 솔리보다 더 아픈 몸으로 태어났을 수도 있다.

오, 안 돼! 하지만 아직 그보다 더 끔찍한 생각이 남아 있다. 만약 엄마가 요나나 듀베 아저씨로부터 감염된 것이 아니라, 아이작 페토에게서 얻은 것이라면?

그렇다면 그 두 사람의 아이는? 아이리스 말이다.

순간 내 심장이 멈추는 것 같았다. 그렇다면……, 나는?

아이작 페토가 내게 한 짓을 떠올렸다. 지금까지 그것이 나의 유일한 치부요, 인생의 일급 비밀이라고 생각했다. 그런데 내게 만약 나 자신도 모르는 또 다른 비밀이 있었다면? 다시 말해서 아이작이 만약 내게도 그 에이즈를 감염시켰다면?

ABCD-CD-CD-CDEG-GF-FG…… 알파벳조차 제대로 외워지질 않는다.

나는 자리에서 일어나 이리저리 걸어 다니다가 다시 침대로 돌아갔다. 그러다 또다시 벌떡 일어나 빙빙 걷다가 다시 침대에 누웠다.

그리고 또 일어나 왔다 갔다 하다가, 침대로 돌아갔다. 이러는 동안 나는 알파벳을 외고, 외고, 또 외었다. 하지만 내 머릿속에는 알파벳 대신 내가 지금까지 앓았던 모든 감기와 열병과 두통과 설사병이 떠올랐다. 그리고 잠 못 들던 그 무수한 밤들, 한밤중에 땀에 흥건히 젖은 채 가위에 눌렸던 경험들…… 그것이 정상적인 것이었을까? 아니면 어떤 징후였을까?

'하느님 제발 저를 도와주세요. 전 아무렇지도 않다고 말해 주세요. 제발요.'

하지만 내 귀에는 아무 소리도 들리지 않았다. 무거운 침묵만이 나를 짓눌렀다.

나는 내가 완전히 지쳐서 더 이상 무서운 생각이 들지 않을 때까지 나 자신을 고문했다. 나는 머리를 베개에 묻고, 또 다른 악몽의 세계로 빠져 들었다.

꿈속에서 나는 고물 수거장에 있었다. 그곳을 어떻게 갔는지는 알 수 없다. 알 수 있는 거라곤 오직 나 혼자라는 사실뿐. 밤이었다. 그리고 폐타이어와 깨진 단지들이 높다랗게 쌓여 있는 그 미로 속에서 나는 길을 잃었다.

"샨다!"

어디선가 나를 부르는 목소리가 들렸다. 그것은 공기처럼 희미한 유령 같은 목소리였다.

"누구야?"

대답이 없었다. 그냥 내 이름만 계속 부르고 있었다.

"샨다! 샨다!"

그 목소리는 버려진 우물로 가는 미로로 나를 이끌었다.

"도와줘, 샨다."

그 목소리는 우물 저 아래에서 울려오고 있었다.

"제발, 도와줘."

나는 꿈에서 반쯤 깬 상태로 침대에서 이리저리 뒤척이며 누워 있다. 비몽사몽 간에, 꿈에서 듣던 그 목소리가 아직도 내 귀에 들렸다.

"샨다!"

덧창을 약하게 두드리는 소리가 났다.

나는 벌떡 일어났다. 흔히 꿈은 미래를 안내해 준다고 하지만 이번 꿈은 바로 현실, 지금 이 순간과 맞닿아 있었다.

"에스더니?"

내가 낮은 소리로 물었다.

창밖에서 누군가가 구슬피 우는 소리가 들렸다. 나는 현관문으로 뛰어가 빗장을 벗기고 문을 열었다. 그러자 에스더가 모퉁이에서 돌아 나왔다. 하지만 달빛을 피해 컴컴한 어둠 속에 서 있었다.

"물러서 있어. 그리고 날 보지 마."

"무슨 일이야?"

곧이어 땅이 꺼질 정도로 끔찍한 신음 소리가 들려왔다. 나는 에스더 쪽으로 달려갔다. 하지만 에스더는 손을 들어 날 제지하며 "안 돼. 가까이 오지 마. 위험해." 하고 말했다.

에스더의 모습을 얼핏 본 나는 뒤로 물러섰다.

"아니, 에스더!"

나는 마음을 진정시키려 애쓰며 다시 말을 이었다.

"에스더, 안으로 들어가자."

"아냐, 안 돼. 너희 엄마가……."

"엄마는 집에 안 계셔. 어서 안으로 들어와."

에스더는 나를 따라 집 안으로 들어왔다. 솔리와 아이리스가 깨어 있었다. 나는 동생들에게 방에 들어가 있으라고 일렀다. 그리고 침실 커튼을 치고 램프를 켰다. 에스더가 바닥에 푹 주저앉았다. 에스더는 심하게 매질을 당해, 온몸이 멍투성이에다. 얼굴은 심하게 부어 있었고, 옷은 다 해져 반쯤 벌거벗은 상태였다. 어깨 끈 달린 탑과 미니스커트는 갈기갈기 찢어졌고, 진흙 덩어리와 핏자국과 고름들이 여기저기 묻어 있었다. 얼굴에는 칼자국이 깊이 나 있었고, 이마에서부터 코와 턱을 거쳐 그 아래 목에까지 실로 듬성듬성 꿰매져 있었다.

"어서 병원부터 가야겠다."

"벌써 다녀오는 길이야. 의사들이 너무 바빠서 간호사가 꿰맸어. 간호사가 그러더라. 운이 좋았다고. 까딱하다간 눈을 잃을 뻔했다고. 하지만 큰 흉터가 남을 거야."

에스더는 꺽꺽 흐느껴 울었다.

"병원에서 입원하란 말은 없었어?"

"남는 침대가 없대. 게다가 난 단지 창녀일 뿐인데, 뭐."

"누가 널 창녀라고 그래? 넌 내 친구야. 내 가장 친한 친구라고."

에스더는 두 손에 얼굴을 묻고 울었다.

나는 비저 간호사한테서 받은 고무장갑을 끼고 먹을 물을 갖다 주었다. 싱크대 밑을 보니 약병에 살균 소독제도 좀 남아 있었다. 나는 그 소독약과 몇 장의 깨끗한 헝겊 조각, 내 실내복, 담요 한 장을 준비했다. 나는 에스더를 도와 에스더가 입고 있는 찢어진 옷을 벗겨 냈다. 온몸에 멍자국이 가득했다. 심지어 귀 뒤와 등 뒤에도 멍자국이 있었다. 나는 간호사가 빠트리고 치료를 하지 않은 상처 위에다 소독약을 발라 주었다.

"산다, 난 이런 일이 나한테도 일어나리라고는 상상도 못했어. 남들 이야긴 줄만 알았지. 나랑은 상관없는 이야긴 줄 알았어. 난 정말 바보였어."

에스더는 몸을 부르르 떨기 시작했다. 나는 에스더에게 내 실내복을 입혔다.

"쉬, 쉬. 더 이상 설명할 필요 없어."

내가 말했다.

에스더는 눈물을 닦으며 말했다.

"아니, 난 해야겠어. 넌 내가 말할 수 있는 유일한 사람이니까."

에스더는 이제 이까지 딱딱 부딪치며 심하게 떨었다. 나는 담요로 에스더의 몸을 감싼 다음 갓난애를 흔들어 재우듯 이리저리 흔들어 주었다. 에스더는 가느다란 흐느낌과 함께 속의 말을 쏟아 냈다.

"그날 저녁은 손님도 뜸하고 지루한 날이었어. 쇼핑몰에서 한 건, 공원에서 한 건. 그게 다였어. 그런데 열 시경에, 리무진 한 대가 멈춰 섰어. 차창에 짙은 색으로 코팅 처리가 되어 있고, 모든 걸 갖춘 차였 어. 그 차 운전사가 사파리 클럽에서 파티가 있다며 팁으로 20달러 줄 테니 갈 생각 없느냐고 그랬어.

그래서 내가 '좋아요.' 했지. 그리고 뒷좌석 문을 열었어. 그런데 거 기 두 남자가 앉아 있는 거야. 그래서 난 도망치려 했어. 그런데 운전 사가 내 뒤에 버티고 서 있었어. 그놈이 내 몸을 잡고 차 안으로 밀어 넣었어. 그러자 거기 있던 두 놈 중에 한 놈이 이랬어. '소리치면 죽을 줄 알아.'라고. 다른 놈은 내 머리에 베갯잇을 씌웠어.

차가 어딘가로 계속 달렸어. 한참 후에 어떤 차고 같은 곳에 멈췄 어. 차 밖에 다른 놈들이 서 있는 소리가 들렸어. 차 문이 열렸고, 놈들 이 나를 차 밖으로 끌어내서 바닥에 눕히고 내리눌렀어. 그러고 나서 놈들이 나에게 달려들었어. 그 짓은 끝도 없이 계속됐어. 놈들은 휘파 람을 불고 낄낄 웃어 댔어. 마지막 놈이 말했어. '한 창녀가 나한테 에 이즈를 옮겼어. 이젠 너한테 그걸 돌려주마.'라고. 그러고 나서 놈들 은 나를 차 트렁크에 던졌어. 나는 '이제 죽는구나.' 하고 생각했어. 정 신을 차려 보니, 어느 도랑에 빠져 있었어. 마스크를 쓴 한 놈이 내 머 리에서 베갯잇을 벗기더니 이랬어. '거울을 볼 때마다 날 기억하게 해 주마.'라고. 그러더니 칼로 내 얼굴을 마구 그어 댔어. 그리고 나서 놈들은 차를 타고 사라졌어."

에스더와 나는 서로 꼭 부둥켜안았다. 우리는 한참 동안 꼼짝도 않고 그렇게 안고 있었다.

이윽고 에스더가 또 입을 열었다.

"경찰이 날 발견했어. 그들이 날 병원으로 싣고 가는 동안 내게 질문을 해 댔지. 하지만 난 아무 대답도 할 수 없었어. 내가 본 거라곤 그 운전사 얼굴밖에 없었고, 게다가 어두운 밤이어서 그 남자의 얼굴을 제대로 보지도 못했어. 그리고 그 리무진은 그냥 리무진일 뿐이었고. 놈들이 나를 어디로 데려갔었는지도 난 몰라."

에스더는 여기까지 말하고는 숨을 헐떡였다. 그리고 잠시 후 다시 말을 이었다.

"어쨌든 경찰들은 그 점에 대해선 신경도 쓰지 않았어. 그들은 단지 그렇게 늦은 시간에 내가 왜 돌아다녔는지, 그것만 궁금해했어. '너, 창녀지?' 그렇게 물었어. 마치 내가 그런 짓을 당해도 싸다는 듯이."

"그런 짓을 당해도 될 만한 사람은 아무도 없어. 아무도."

내가 말했다.

"그 소리 우리 외숙모한테 가서 해 봐. 병원에서 치료 받고 나와서 경찰관이 날 그 집으로 데리고 갔어. 외숙모 하는 말이 그게 모두 내 탓이라는 거야. 내가 매춘부이기 때문이라고. 난 지옥 불에 떨어질 거라고. 그러더니 날 쫓아냈어. 그래서 난 내 헛간으로 가서 짐을 챙겨

가방에 넣고, 자전거를 타고 이리로 온 거야. 어떻게 해야 할지 모르
겠어. 내 가방은 집 뒤에 숨겨 놨어."

에스더는 진정하려고 애를 썼다. 터져 나오는 울음을 참으려고 숨
을 삼키고 또 삼켰다.

"샨다." 에스더가 말했다. "난 갈 데가 아무 데도 없어."

"아냐, 그렇지 않아."

내가 에스더의 손을 꼭 잡으며 말했다.

"우리 집이 있잖아. 우리 집이."

30

　나는 엄마의 매트리스를 내 것과 바꾼 다음, 에스더를 엄마의 침실에다 눕혔다. 솔리는 다시 잠에 빠졌지만 아이리스는 이불 밑에서 내가 이리저리 뒤척이는 것을 지켜보고 있었다. 우리가 나누었던 대화를 아이리스는 어디까지 들었을까? 들었다면 얼마나 이해했을까?

　"저 언니, 우리 집에 있게 할 거야?"

　아이리스가 낮은 소리로 말했다.

　나는 고개를 끄덕였다. 그러자 아이리스는 '끙' 하는 신음 소리를 내며 눈알을 굴렸다.

　나는 엄마 방으로 다시 돌아가 에스더에게 이불을 꼭 덮어 주었다.

　"난 영영 다시 잠들지 못할 것 같아."

　에스더가 말했다. 하지만 에스더는 곧 잠이 들었다. 에스더의 숨소리가 무척 거칠었다. 그리고 몸을 이리저리 뒤척였다. 제발 꿈에서라도 행복한 곳에 가야 할 텐데.

　하지만 내 꿈은 행복하지 않았다. 마침내 내가 잠자리에 들었을 때, 나는 꿈에서 다시 그 고물 수거장으로 돌아갔다. 버려진 우물에서 나를 부르는 목소리들이 흘러나왔다. 엄마와 사라와 아이리스와 솔리와 에스더의 목소리가.

　"우릴 꺼내 줘, 샨다. 제발 우릴 꺼내 줘."

　그들은 소리쳤다. 나는 우물 입구에 지탱한 채 몸을 숙여 그 속을 들여다봤다.

　"난 못하겠어." 내가 소리쳤다. "어떻게 해야 할지 난 모르겠어."

　갑자기 강풍이 몰아쳐 나를 우물 속으로 밀어 떨어뜨렸다. 나는 아래로 아래로 아래로 떨어졌다. 그때 어디선가 커다란 흰 새, 내 행운의 황새가 날아들어 부리로 나를 낚아챘다. 그 새는 내 몸을 단단히 물고서 하늘로 올라갔다. 저 멀리 먹구름이 보였다.

　"지금 어디 가는 거야?" 내가 물었다. "내 앞에 어떤 일이 기다리고 있지?"

　하지만 황새의 대답을 듣기도 전에, 나는 잠에서 깨어 벌떡 일어나 앉았다.

　솔리와 아이리스가 아침을 먹으러 나왔을 때, 에스더는 아직까지 자고 있었다.

　솔리는 엉덩이를 긁으며 식탁으로 어슬렁어슬렁 걸어왔다.

"에스더 누나가 우리랑 살 거라는 게 사실이야?"

아이리스는 아는 체하는 미소를 머금으며 숟가락으로 제 포리지를 휘휘 젓고 있었다.

"솔리한테 에스더 언니가 왜 여기 있는지 얘기해 주시지."

아이리스가 말했다.

"에스더가 사고를 당했어." 난 거짓말을 했다. "자전거에서 넘어졌는데 넘어질 때 그만 바닥에 있던 날카로운 유리에 베었어. 외숙모 집 헛간에 누워 있는 것을 내가 데리고 왔어. 에스더의 상처를 치료하기에는 이곳이 더 나을 것 같아서 말이야."

"솔리한테 진짜 이유를 말해 줘."

"그게 진짜 이유야." 내가 침착한 목소리로 말했다.(적어도 그건 절반의 진실이니까. 그리고 그 절반의 진실은 우리 집에서 벌어지는 대부분의 일들보다 더 진실한 것이니까.)

솔리는 눈을 비비며 말했다.

"여기 얼마나 있을 건데?"

"에스더가 있고 싶을 때까지."

"엄마도 알아?"

아이리스가 순진한 목소리로 물었다.

"알게 될 거야." 내가 작은 소리로 대답했다. "엄마는 상관하지 않을 거야. 엄마가 있었다면 에스더에게 친절히 대했을 거야. 엄마는 언제나 손님들이 찾아오면 잘 대접했으니까. 이 집에 하나 있는 망나니와 달리 말이야. 그게 누군지는 말 안 해도 잘 알겠지?"

아이리스는 내 말을 들은 척도 하지 않았다. 그러면서 상냥한 미소를 머금으며 솔리에게 말했다.

"솔리, 내 죽 먹을래? 네 거엔 벌레가 들어갔어."

"아이리스 말 듣지 마. 거짓말이야."

내가 말했다.

"거짓말 아냐."

아이리스가 말했다.

하지만 솔리는 숟가락을 내려놓았다.

설거지를 끝낸 뒤, 나는 솔리를 타파 아줌마네 울타리로 데려갔다. 아줌마는 두 팔을 활짝 벌린 채 기다리고 있었다.

"아줌마 있잖아요……."

내가 솔리를 아줌마에게 건네줄 때, 솔리가 신이 나서 말했다.

"에스더 누나가 우리 집에서 살 거래요."

깜짝 놀란 타파 아줌마는 솔리를 선인장 위로 떨어뜨릴 뻔했다.

"에스더 마촐로가?"

"응." 솔리는 기쁜 듯 고개를 끄덕였다. "에스더 누나가 자전거에서 떨어졌거든요. 그래서 지금 엄마 침대에 누워 있어요."

타파 아줌마가 한 눈썹을 치켜올리며 말했다.

"이거 농담이지?"

"아니에요." 내가 말했다. "에스더는 지금 아주 힘든 시간을 보내고 있어요. 저 괜찮으시다면 학교에서 돌아와서 아줌마네 전화를 한 통화 썼으면 하는데요. 티로에 있는 잡화상 아저씨한테요. 엄마한테 알려 드리려고요."

"네 엄마 속 뒤집히는 꼴 보려고 그러니?"

"그게 왜 엄마 속을 뒤집어요?"

타파 아줌마는 날 바보라고 놀리는 것처럼 목을 쭉 빼서 머리를 까딱거렸다.

"어쨌든." 나는 신경질적으로 말했다. "난 지금 뛰어가야 해요. 선생님들께 오늘 제가 일찍 학교에 가겠다고 약속했거든요. 물리 과목 재시험을 봐야 하고, 영어 숙제도 내야 하고, 그리고 아무튼 다녀올게요."

타파 아줌마는 나를 잡으려 했지만 솔리가 아줌마의 옷자락에 매달리며 말했다.

"타파 이모, 레모네이드 한 잔 주세요, 네? 오늘 아침 제 죽에 벌레가 들어 있었어요."

나는 아이리스를 유치원에 떨어트려 놓았다. 오늘 아침에는 너무 바빠서 생각할 시간이 없었다. 하지만 혼자가 되자, 다시금 악몽 같은 생각에 빠져 들었다. 아니, 그건 악몽이 아니라 현실이었다.

만약 에스더가 그 병에 걸렸다면 어떻게 하지? 만일 아이리스가 도망치면 어떡하지? 만일 엄마가 죽으면 어떡하지? 만일 리즈벳 이모가 모든 걸 가로채면 어떡하지? 만일 내가 에이즈에 걸렸다면?

내가 에이즈에 걸렸다면 어떻게 하지?

누구와 이야기를 해야 한다. 하지만 누구와 이야기를 한단 말인가? 아, 셀라라메 선생님! 그래, 학교에 도착하면 셀라라메 선생님과 의논을 해야겠다. 선생님은 어떻게 해야 할지 잘 알고 계실 거야.

셀라라메 선생님! 그래, 바로 그거야! 나는 힘차게 페달을 밟았다.

아니야! 그분은 선생님이다. 그런 사실을 알게 되면 보고서를 써서 위에다 알려야 할 것이다. 그러다가 소문이 새어 나가면 어쩐단 말인가! 그렇게 되면 난 에이즈에 걸린 엄마와 에이즈에 걸린 친구를 둔, 에이즈에 걸린 여자아이가 되고 말 것이다. 시에서 그 사실을 알게 되면 어떻게 될까? 만일 그들이 솔리와 아이리스를 데려가 버린다면? 그들이 그렇게 할까? 그럴 수 있을까? 아, 모르겠다.

나는 학교 일은 잊어버렸다. 그 대신 병원으로 향했다. 접수구 직원에게 내 이름을 말한 뒤, 비저 간호사를 만나게 해 달라고 부탁했다. 이윽고, 비저 간호사가 창구 밖으로 머리를 들이밀면서 안으로 들어오라고 내게 손짓했다.

"조사원을 너희 집으로 보냈는데." 비저 간호사가 책상 위에 걸터앉으며 말했다. "그 조사원 말이, 그 환자가 사라졌다더구나."

"요나요? 네." 내가 말했다. "그 사람은 어디론가 가 버렸어요. 죄송해요. 미리 말씀드리지 않아서. 시간을 허비하게 해 죄송해요. 모든 게 다 죄송해요. 죄송해요."

"그만, 그만 해요, 아가씨."

비저 간호사는 엄마처럼 웃으며 내 양 어깨에 두 손을 올려놓았다.

"자, 죄송하다는 말은 그만 해. 그것 때문에 여기 온 건 아니잖아. 그래 뭘 도와줄까?"

"제 친구의 친구가 에이즈 바이러스를 가지고 있는지 몰라서요." 내 입에서 불쑥 이 말이 나와 버렸다. 나는 비저 간호사에게 이름은 밝히지 않고 에스더에 대해 말해 주었다. "만일 내 친구의 친구가 바이러스에 감염됐다면, 내 친구랑 내 친구의 동생들은 그 친구 근처에 갈 때 고무장갑을 껴야 하나요?"

"온몸이 종기투성이가 아니라면 괜찮아."

"잘됐군요. 내 친구는 동생들이 안전하길 바라거든요."

"그 애들은 안전해." 비저 간호사가 말했다. "에이즈 바이러스는 혈액이나 정액, 배설물을 통해서만 감염돼. 하지만 그런 것쯤은 너도 이미 알고 있겠지?" 이렇게 말하는 그녀는 흔들림 없는 눈빛을 내게 고정시키고 있었다. "자, 네가 여기에 온 진짜 이유가 뭔지 말해 봐."

나는 리놀륨이 깔린 바닥을 응시하며 아이작 페토를 생각했다. 비저 간호사는 마치 영원히 그러고 있을 것 같은 모습으로 나를 바라보았다. 마침내 나는 깊이 숨을 들이마시며 말했다.

"내게 또 다른 친구가 있어요. 그 앤 어렸을 때 성추행을 당했어요. 하지만 아직 건강해요. 그 애를 겁탈한 그 남자도 아직 건강해요. 그렇다면 그 앤 괜찮은 건가요? 네? 그 앤 에이즈에 걸리지 않은 거죠, 그렇죠?"

비저 간호사는 들고 있던 메모판을 내려놓으며 말했다.

"잘 모르겠구나. 그 바이러스의 잠복기는 짧게는 2, 3년 길게는 10년이 넘을 수도 있으니까."

나는 울음을 삼켰다. 비저 간호사가 내 손을 잡았다. 그녀가 말을 하자 내 머릿속에서 영어 알파벳이 지나갔다.

"네 친구, 검사 한번 받아 보라고 하겠니?"

"아뇨." 내가 낮게 속삭였다. "걘 너무 무서워해요."

"이해한다." 그녀도 낮게 속삭이며 대답했다. "검사를 받는다는 건 두려운 일이지. 하지만 두려움에 떨며 산다는 건 더 끔찍한 일이야. 네 친구가 검사를 받으면 적어도 그 병에 걸린 건지 아닌지는 알 수 있잖니."

"그게 더 문제예요." 내가 말했다. "만일 그 애가 양성 반응을 보인다면, 그건 곧 죽게 될 거라는 걸 의미하는 거잖아요."

"꼭 그렇지만은 않아. 매년 새로운 약이 개발되고 있으니까. 환자들도 예전보다 더 오래 살고."

"그건 잘사는 서양 이야기죠." 이 말을 하며 난 입술을 깨물었다. "내 친구는 그런 약을 살 형편이 못 돼요. 아무것도 살 수 없어요."

"보츠와나에는 국가에서 운영하는 의약품 지원 프로그램이 있어. 우리나라에서도 언젠가는 그런 정책을 실시할 거야."

"그건 알 수 없는 일이죠."

"그래, 그건 아무도 알 수 없는 일이야. 하지만 난 꼭 그렇게 될 거라고 믿어. 샨다야, 세상에는 믿음을 갖고 기다려야 하는 일들이 있단다. 그것이 삶을 지속하는 유일한 길이야."

그녀는 엄마가 그랬던 것처럼 두 손으로 내 머리를 오목하게 받치며 말했다.

"네 친구의 검사 결과가 양성이면 시험용 약을 받을 수 있는 추첨 명단에 이름을 올려놓을 수 있어. 아니면 구호기구에서 치료를 받을 수 있는 명부에 올려놓을 수도 있고."

"추첨이니, 명부니 그것으론 충분치 않아요."

"그래도 아무것도 없는 것보단 낫지."

"하지만 내 친구는…… 내 친구는……." 난 목이 메어 말이 나오지 않았다. "내 말이 사실은 친구 이야기가 아니라는 거, 알고 있었죠? 나 자신의 이야기라는 것을요."

그녀는 고개를 끄덕였다.

그러자 갑자기 눈물이 펑펑 쏟아져 뺨을 타고 줄줄 흘러내렸다. 나는 울었다. 다른 사람 앞에서. 나는 엄마의 뜻을 저버렸다. 하지만 울음을 멈출 수가 없었다. 비저 간호사가 내게 휴지를 한 장 건넸다. 나는 눈물을 닦으며 말했다.

"제발 아무에게도 말하지 말아 주세요."

"넌 내 환자다. 이건 너와 나만 아는 비밀이야."

비저 간호사는 잠시 말을 멈추었다. 그러고는 머리를 한쪽으로 기울이며 단어를 신중하게 고르면서 말을 이었다.

"'타보 웰컴 센터'라고 들어 봤니?"

"아뇨." 나는 머리를 세게 내저었다. "아뇨, 아뇨. 한 번도 못 들어 봤어요."

하지만 나는 들어 봤다. 그곳을 모르는 사람이 어디 있을까? '제10구역 보건소'에서 옆길로 조금 내려가면 거기가 타보 웰컴 센터다. 그곳은 바나나 카오네라는 나이 지긋한 여성이 운영하는데, 그 괴상한 할머니를 사람들은 모두 에이즈 아줌마라고 부른다. 그 에이즈 아줌마가 슈퍼마켓이나 공원에서 콘돔을 나눠 준다는 기사가 종종 신문에 등장한다.

"네 목숨을 건지느냐 마느냐 하는 건 너 자신이 결정할 문제겠지." 간호사가 말했다. "너 자신이 어떻게 되든 말든 상관없다 하더라도 네 배우자가 될 사람은 생각을 해야지."

그녀의 말이 맞다. 그렇지만 나는 그 타보 웰컴 센터와는 가능하면 멀리 떨어져 있고 싶다. 만일 내가 거기를 드나든다는 걸 사람들이 알면 그들은 내가 에이즈에 걸렸다고 말할 것이기 때문이다.

비저 간호사는 한쪽 눈썹을 치켜올리며 말했다. 그녀의 목소리는 아주 부드럽고 온화했다.

"만약 에이즈 검사를 받는다면 음성 반응이 나오기를 바라야겠지. 하지만 그렇지 않다면 그 타보 웰컴 센터는 도움을 받을 수 있는 최적의 장소야."

나는 귀를 막고 말했다.

"그런 얘기 듣고 싶지 않아요."

"샨다, 만일 검사 결과가 양성이면 넌 도움이 필요해. 그 센터에는 상담원이……."

"관심 없어요. 내가 에이즈 바이러스를 가지고 있다면 그 사실을 다른 사람에게 알리고 싶지 않아요. 그리고 난 양성 반응을 받아선 안 돼요. 내겐 돌볼 사람이 너무나 많아요."

"네가 바이러스를 가지고 있든 아니든……." 비저 간호사가 단호하게 말했다. "두려움이 진실을 바꿔 놓진 않아."

"그만 해요! 그만!"

나는 휴지를 비틀어 내던지며 벌떡 일어섰다.

"내가 검사를 받아야 한다는 거, 나도 알아요. 하지만 난 안 받아요! 받을 수 없어요! 그냥 그럴 수 없다고요!"

나는 몸을 홱 돌려 나오려다 의자에 걸려 넘어졌다. 하지만 곧장 일어나 그곳을 뛰쳐나왔다.

31

나는 집을 향해 자전거 페달을 밟았다. 배 속에 돌덩이가 들어앉은 것 같았다. 나는 속으로 에이즈나 반응 검사 같은 것은 생각하지 말자고 몇 번이고 되뇌었다. 타파 아줌마와 만날 일만 생각하자. 나는 오늘 전화를 빌려 쓰기 위해 아줌마와 한판 해야 한다. 그리고 에스더 문제로 또 한판 해야 한다. 그러기 위해서는 침착해야 한다.

나는 타파 아줌마네 앞마당으로 자전거를 몰았다. 솔리는 아줌마의 정원 의자 주위에 조약돌로 원을 만들고 있었다. 내가 대문을 들어서자 솔리가 깡충 뛰어왔다.

"누나, 내가 만든 마법의 원 한번 볼래?"

솔리가 말했다.

"타파 아줌마가 알려 주는 대로 했어. 누구든지 저 자리에 앉으면 소원이 이루어질 거야."

그러자 타파 아줌마가 말했다.

"오호, 이것 효험이 있는걸? 내가 아까 샨다가 돌아오길 빌었거든. 그래서 함께 얘기할 수 있게 말이야. 그런데 여기 이렇게 왔구나!"

"이야!"

솔리는 기뻐서 어쩔 줄을 몰라 했다.

"타파 아줌마가 내 마법의 원이 나쁜 악령도 막아 줄 거라고 그랬어!"

"샨다 누나한테도 하나 만들어 줘야겠구나."

아줌마는 이렇게 말하며 의미 있는 시선을 내게 던졌다.

"좋아요. 하지만 이거부터 먼저 끝내 놓고요."

솔리가 말했다.

"그렇게 하렴."

솔리는 자랑스러운 웃음을 머금으며 조약돌을 더 가져다 놓았다. 타파 아줌마는 의자에서 일어나 나한테 집 안으로 들어가자는 몸짓을 해 보였다. 우리가 집 안으로 들어가자 아줌마는 현관문을 닫고 노기등등한 표정으로 내 쪽으로 몸을 확 틀었다.

"에스더 마촐로를 집 안으로 끌어들이다니, 부끄러운 줄 알아라. 그 화냥년이 지금껏 뭘 하고 돌아다녔는지 넌 내가 모른다고 생각하니?"

"아줌마가 뭘 알고 계시든 전 상관없어요." 내가 말했다. "에스더는 지금 곤경에 처해 있고, 난 그 애 친구예요."

"넌 네 엄마가 어린 자식들이 그런 매춘부하고 한집에서 살기를 원

304

할 것 같으냐?"

"에스더가 무슨 짓을 했건 그건 걔 동생들을 위해 그런 거예요. 어떤 대가를 치르더라도 가족이 한데 모여서 살기 위해서요. 그건 엄마도 분명 이해해 주실 거예요."

"너희 엄마와 그 화냥년을 한 입으로 말하지 마라." 아줌마가 호통을 쳤다. "에스더 마촐로가 돼지랑 잔다고 해도 내 알 바 아니다. 하지만 내 옆집에서 자게 내버려 둘 순 없어. 네가 내쫓지 않으면 내가 내쫓을 거다."

속이 뒤집히는 것 같았다.

"죄송해요, 타파 아줌마. 전 에스더를 쫓아내지 않을 거예요. 그 앤 지금 있는 곳에서 지낼 거예요. 그리고 그 문제는 아줌마가 왈가왈부하실 일이 아니에요. 저, 사실은 괜찮으시면 아줌마 전화를 좀 쓰려고 왔어요. 엄마에게 말씀드리려고요."

타파 아줌마는 기가 막힌다는 듯 허허 웃더니만 이렇게 말했다.

"내가 왈가왈부할 바 아니라고? 저 화냥년이 너희 집에 있는 한, 절대 내 전화를 쓰지 못할 줄 알아! 넌 다시는 네 엄마와 말을 못 하게 될 거야."

"오, 그래요? 하지만 난 할 거예요."

나는 흥분한 나머지 입에서 나오는 대로 말을 마구 내뱉었다.

"어떻게 해서든지 난 엄마한테 전화할 거예요. 그러면서 난 엄마한테 아줌마가 전화를 못 쓰게 해서 내 몸을 팔아서 공중전화에 넣을 동전을 벌었다고 말할 거예요!"

타파 아줌마는 벌벌 떨며 뒷걸음질을 쳤다.

"뭐라고?"

"들으셨잖아요. 그 이야기를 동네 사람들한테도 다 말할 거예요!"

아줌마는 가슴을 쓸어 쥐었다.

"저 화냥년과 하룻밤 한 지붕 아래에서 보내더니…… 허허, 이 애 말하는 것 좀 보소! 그런 추잡스러운 말을 입에 담다니! 그건 마귀들이나 하는 말이야!"

그러더니 전화기를 가리키며 소리쳤다.

"자, 네 맘대로 해. 이 이세벨(이스라엘 왕 아합의 사악한 왕비)같이 독한 것. 전화해! 그게 네 소원이라면 그렇게 해. 맘대로 써. 이 저주받을 것!"

아줌마는 바깥으로 뛰쳐나갔다.

갑자기 더럭 겁이 났다. 도대체 내가 무슨 말을 한 거지? 그러나 나는 속으로 말했다.

'상관 말자. 저 독불장군이 경련을 일으키는 꼴을 보는 것도 나쁘진 않아.'

교환원에게 티로를 연결해 달라고 말하는 내 입술이 덜덜 떨렸다. 네 번째 신호음에서 잡화점 주인이 전화를 받았다. 주위에서 웃음소리가 들려왔다. 내 머릿속에서 한 무리의 남자들이 오래된 코카콜라 냉장고 옆에 둘러앉아서 담배를 피우며 카드놀이를 하는 그림이 떠올랐다.

"야?"

상점 주인의 푸근한 목소리가 수화기를 통해 들려왔다.

"캄웬도 씨 계세요?"

"전데요."

"전 샨다 카벨로예요. 기억하시겠어요?"

"이, 네 할아버지가 텔라스 씨 아니시냐. 그리고 얼마 전에 네 여동생이 세상 떴을 때 전화했었지."

"네, 맞아요. 저, 혹시 알고 계실지 모르지만 저희 엄마가 할아버지 댁에 가 계세요. 그래서 제가 엄마에게 전할 말이 있는데 저희 엄마한테 말씀 좀 전해 주시겠어요?"

"그럼, 그럼."

"엄마에게 모두 잘 지내고 있다고 해 주세요. 그리고 우리 모두 엄마를 무척 보고 싶어 한다고, 그리고 전화 좀 해 달라고 전해 주세요. 제가 엄마한테 할 말이 있다고요."

갑자기 수화기에서 쿵 하며, 전화기를 바닥에 내려놓는 소리가 들렸다. 그러고 나서 그 상점 주인이 손님과 이야기하는 소리와 금전 등록기가 열리는 소리도 났다. 그리고 딸랑딸랑하는 종소리와 함께 가게 덧문이 열렸다가 다시 꽝 하고 닫히는 소리도 들렸다.

"여보세요?"

내가 말했다. 그러자 수화기가 바닥에 퉁 하고 떨어지는 소리와 상점 주인이 투덜거리는 소리가 들렸다.

"여보세요? 아직 거기 계세요?"

"이, 이."

"제가 말씀드린 거 잘 알아들으셨죠?"

"이, 이."

"저희 엄마한테 꼭 저랑 통화해야 한다고 전해 주세요. 옆집 아줌마하고가 아니라, 저랑 해야 한다고요."

"이, 알았어."

나는 그 사람에게 우리 엄마를 보았는지, 엄마가 잘 지내고 있는지, 그리고 아무 일 없는지를 물어보고 싶었다. 그 외에도 물어볼 것이 너무나 많았다. 하지만 내가 그런 걸 물어본다면 그 사람이 내가 왜 그런 질문을 하는지 의아하게 생각할지도 모른다. 어쩌면 그 사람이 뭔가 이상한 낌새를 채고, 소문을 퍼트릴지도 모른다. 그래서 나는 아무것도 묻지 않았다. 단지, "고맙습니다."라는 말만 했을 뿐이다.

수화기를 내려놓았다. 공허감이 와락 덮쳤다. 일 초 전만 해도 나는 엄마가 있는 곳과 걸어서 채 5분도 안 되는 곳에 사는 사람과 이야기를 나누었다. 난 엄마와 그렇게나 가까이에 있었다. 그러나 지금은 다시 엄마와 수백 마일이나 떨어져 있다.

그리고 여전히 엄마가 어떻게 지내는지 모른다.

그리고 엄마가 왜 전화를 하지 않는지도 모른다.

그리고…… 난 그 이유를 알기가 두렵다.

32

　오후가 되자, 에스더의 얼굴은 더 심하게 부어올랐다. 밤이 되어서는 얼굴을 알아볼 수 없을 지경이 되었다. 아이리스와 솔리가 커튼 사이로 "안녕!" 하며 인사를 했지만, 에스더는 나 이외에는 그 누구에게도 자신의 얼굴을 보이려 하지 않았다.

　에스더는 그 주 중반까지 커튼 뒤에서만 지냈다. 내가 음식을 날라다 주었다. 하지만 내가 숟갈로 떠 먹여 줘도 에스더는 많이 먹지 못했다. 변기를 방에다 두었다. 해질녘이나 새벽을 틈타 내가 뒷간에다 비웠다.

　목요일이 되자 에스더는 처음으로 거실로 나왔다. 에스더는 노파처럼 자작자작 걸었다. 나는 에스더가 쓰러지지 않게 한쪽 팔꿈치를 잡고 부축해 주었다. 또한 에스더가 자신의 모습을 볼 수 없도록 현관문 옆에 있는 작은 손거울도 숨겼다. 하지만 그래 봐야 소용없는 일이었다. 에스더는 솔리와 아이리스가 짓는 표정만으로도 자신의 모습이 어떠리라는 것을 충분히 짐작할 수 있었으니까.

에스더는 다시 방으로 돌아가서 자기 얼굴을 만졌다. 손과 팔꿈치를 들어 올리는 것도 무척 고통스러웠지만, 그보다는 자신의 모습을 상상하는 것이 에스더에게는 더욱 고통스러운 일이었다.

"이런 꼴로……."

에스더는 흐느껴 울었다.

"이런 꼴로 사느니 그놈들 손에 죽는 편이 더 나았을 것을."

나는 마지막 말은 못 들은 척했다. 그리고 이렇게 말했다.

"그냥 약간 부었을 뿐이야. 좀 있으면 가라앉을 거야."

나도 그렇게 되길 바랄 뿐이다. 에스더의 머리는 마룰라 너트*로 가득 찬 봉지처럼 온통 혹투성이이다. 꿰맨 바늘땀 주위로 주름이 잡혀 있어서 무척 불결해 보였다. 그래서 나는 깨끗한 면수건을 뜨거운 물에 적셔서 그곳을 가볍게 톡톡 두드리며 깨끗하게 해 주었다. 하지만 그렇게 해도 달라져 보이지는 않았다.

그러는 사이, 타파 아줌마와의 감정의 골은 더욱 깊어만 갔다. 아줌마는 계속 솔리를 봐 주었지만 나는 무시했다. 아줌마와 싸우고 난 다음 날 아침에, 내가 솔리를 그 집 울타리 너머로 내려놓았을 때 아줌마는 안 보이는 곳에 숨어 있었다.

내가 점심때 돌아오자, 타파 아줌마는 정원 의자에 앉아 있었다. 내가 "안녕하세요." 하고 큰 소리로 인사했지만, 아줌마는 자는 척했다.

---

* 마룰라 너트(marula nut): 아프리카 남부 초원에서 자라는 커다란 나무인 '마룰라'에서 나는 산물. 한때는 '부시먼'을 비롯한 키가 작은 민족인 '산(San)족'의 주요 생산물이었다.

내가 다시 큰 소리로 인사를 하니 아줌마는 등을 돌려 버렸다.

"타파 아주머니." 내가 말했다. "어제는 전화를 쓰게 해 주셔서 고마웠어요. 그리고 제가 무례하게 굴어서 죄송해요."

하지만 아줌마는 의자에서 벌떡 일어나 집 안으로 들어가 버렸다.

그때부터 우리는 서로 한마디도 하지 않았다. 이런 상황이 너무 불편해서 나는 가능한 타파 아줌마와 같은 시간에 마당에 나가 있지 않으려고 노력했다. 아줌마는 절대 날 용서하지 않을 것이다. 내가 에스더를 내보내기 전까지는. 하지만 나는 그러지 않을 것이다. 절대로.

식사 시간의 신경전은 가장 심했다. 타파 아줌마는 저녁 식사 바로 전에 어떻게 해서든 아이리스와 솔리를 자기 집으로 데려가서 군것질 거리로 아이들의 입맛을 버려 놓았다. 처음에 두 아이는 내가 부르는 소리를 듣지 못했다고 했다. 그래서 소의 목에 다는 방울을 울리기 시작했다. 하지만 그것도 솔리에게만 들렸다. 아이리스는 오지 않았다.

맨 처음 아이리스가 저녁 먹으러 오기를 거부한 날, 내가 솔리에게 말했다.

"솔리야, 타파 아줌마가 아이리스를 못 가게 하던?"

솔리의 눈이 둥근 달만큼 커졌다.

"내가 말하면 그 두 사람이 나한테 화낼 거야."

"하지만 네가 말하지 않으면, 이 누나가 너한테 화낼 거야."

"응, 알아. 그럼 난 어쩌면 좋지?"

나도 어떻게 대답해야 할지 몰랐다. 그래서 그냥 솔리에게 손 씻고 식탁에 와 앉으라고만 말했다. 설거지를 할 무렵이 되어서야 그 귀하신 공주께서 어슬렁어슬렁 집 안으로 들어왔다. 솔리가 놓쳐 버린 그 사탕이 얼마나 맛있었는지를 자랑하기 위해서.

"아이리스." 내가 말했다. "엄마가 우리 집에서 일어나는 모든 일에 대한 책임과 권한을 내게 맡겼어. 그러니까 지금부턴 내가 부르면 와야 해."

"난 내가 오고 싶을 때 올 거야." 아이리스가 비웃으며 말했다. "어쩌면 영영 오지 않을지도 몰라."

"아이리스!"

아이리스는 혀를 쪽 내밀더니, 두 손으로 귀를 막고는 있는 대로 소리를 지르며 식탁 주위를 뱅뱅 돌았다. 나는 아이리스를 붙잡아서 겨우 겨우 바닥에 앉혔다. 그리고 이렇게 말했다.

"내 말 잘 들어, 아이리스."

"날 혼자 내버려 둬. 이건 진짜 내 집이 아니야. 넌 진짜 내 언니도 아니야. 난 네가 싫어."

내가 싫다고? 그 순간 죽고 싶었다. 나는 비틀거리며 물러났다. 아이리스는 나를 밀치고는 밖으로 달아났다.

"저 앨 방에다 넣고 자물쇠를 채워야겠구나."

에스더가 말했다.

"아이리스는 저 기분 내키는 대로 집을 나가 버려. 그런 다음 타파 아줌마네로 가는 거야. 거기서 살려고 그러는지."

나는 두 손에 얼굴을 파묻었다.

"왜 날 싫어하지?"

"아냐, 걘 널 싫어하는 게 아니야."

나는 타파 아줌마에게 내 편이 되어 달라고 말하고 싶었다. 그러나 아줌마는 그러지 않을 것이다. 아줌마는 자신이 우두머리가 되고 싶어 하니까. 그리고 아줌마에게는 아이들에게 줄 군것질거리가 있다. 나는 아줌마와 경쟁을 할 수 없다.

나는 예전처럼 먹지도, 잘 자지도 못한다. 엄마가 영원히 안 돌아온다면 어떡하지? 그렇게 되었을 때, 무슨 일이라도 생긴다면 어떻게 하나? 타파 아줌마의 손에 모든 것이 넘어가게 될까? 아줌마가 우리 가족을 차지하게 될까? 아줌마를 어떻게 막을 수 있을까?

나는 한밤중에 마당에 나와 이리저리 거닐다가 집 한쪽 벽에 기대앉았다. 맘속으로 내 마법의 황새가 다시 나타나 주기를 기도하면서.

"엄마 황새야, 날 다시 찾아와 줘. 그래서 꿈에서 엄마 모습을 보게 해 줘."

물론 황새는 나타나지 않았다. 그런 일이 일어나지 않을 거라는 것을 난 잘 알고 있다. 세상에는 마법 같은 것은 존재하지 않아. 내가 봤던 그 황새는 그냥 황새일 뿐이었어. 카우키 댐 근처에 사는 황새가 우연히 이리로 날아든 것뿐이야. 그리고 다시는 오지 않을 거야.

그렇게 주말이 지나갔다. 타파 아줌마는 나를 빼고 혼자서 묘지 순회를 다녀왔다. 여전히 엄마에게선 아무 소식이 없다. 엄마가 떠난 지 벌써 두 주가 지났고, 내가 전화를 한 지도 한 주가 지났다. 왜 엄마는 전화를 하지 않을까?

나는 타파 아줌마네 문을 탕탕 두드리며 이렇게 소리치고 싶었다.

"엄마가 전화했었죠? 그렇죠? 엄만 우리를 이렇게 내버려 두실 분이 아니에요. 한마디 말도 없이 이렇게 모른 척할 분이 아니라고요."

하지만 내가 그 집 문을 두드린다고 달라질 게 뭐가 있겠는가? 아줌마는 나에게 아무 말도 하지 않을 것이고, 또 설령 말을 한다 해도 난 그 말을 믿지 않을 텐데.

나는 이렇게 아무것도 모르는 끔찍한 상태로 세 번째 주를 맞이했다. 그런데 화요일 오후, 아주 큰일이 발생했다. 엄마가 꼭 집으로 와야 하는 아주 끔찍한 일이 발생한 것이다.

33

　화요일 아침, 나는 아이리스와 솔리에게 오늘 점심에는 늦게 돌아올 거라고 말했다.

　"영어 과목 재시험을 쳐야 하기 때문에 학교에 있어야 해. 하지만 걱정 마. 에스더가 너희를 돌봐 줄 테니까. 저기 냄비에 어제 저녁에 먹고 남은 수프가 있어. 에스더가 점심을 차려 줄 거야."

　"누가 언니가 만든 수프 먹는데? 우린 타파 아줌마네에 있을 거야. 아줌마 집엔 무화과도 있고, 과자도 있어. 뭐든지 다 있어."

　"아이리스, 너랑 싸울 시간 없어."

　"잘됐네. 나도 언니 잔소리 들을 시간 없어."

　아이리스는 이렇게 내뱉고는 유치원을 향해 떠났다.

　나는 솔리를 타파 아줌마네 마당에 내려놓고는 아이리스를 잡으려고 자전거 페달을 밟았다. 사실 아이리스를 따라잡지는 않았다. 두 블록 뒤에서 아이리스를 따라갔다. 지난주부터 아이리스는 나와 함께 걷기를 거부했다. 만약 내가 뒤처져서 따라가지 않으면, 아이리스는 땅바닥에 주저앉아서 꼼짝도 하지 않으려 할 것이다.

예전의 아이리스는 어디로 갔을까? 나를 사랑했던 그 아이리스는 이제 없다. 나는 실패했다.

우리는 유치원 운동장 근처까지 왔다. 아이리스가 시반다 씨 댁 아이들과 레나 감베 씨 댁 아이들을 발견하고는 뛰어갔다. 거기서부터는 아이리스가 그 아이들과 함께 가도록 내버려 두고 나는 학교로 향했다. 수업 시작하기 전에 해야 할 일이 너무 많았기 때문이다. 오랫동안 책을 한 장도 읽지 않았는데 오늘 영어 시험을 쳐야 한다. 셀라 라메 선생님은 시험을 또다시 연장해 줄 것이다. 하지만 나는 시험을 연장해 달라고 또다시 부탁할 용기가 나지 않는다. 선생님은 지금까지 내게 너무나 잘 대해 주셨다.

나는 수업 종이 울리기 전에 도서관으로 가서 책에 집중하려고 노력했다. 하지만 그럴 수 없었다. 내 머리는 온통 다른 생각들로 가득 차 있었다.

'왜 이렇게 힘든 것인가? 타파 아줌마와는 왜 싸웠던가? 아이리스와 솔리에게 내가 사 줄 형편이 못 되는 군것질거리를 먹일 수 있는 것이 다행한 일이라고 생각할 수도 있었는데. 그리고 타파 아저씨도 자주 볼 수 있어서 아이들에게는 좋은 일이었을 텐데. 어쩌면 내가 질투를 하고 있었는지도 모른다. 내가 이기적이기 때문일지도 모른다.

문제는 나에게 있는지도 모른다.'

그날 오전 내내 나는 이런 상태로 보냈다. 몸은 학교에 있으나 마음은 다른 곳에 있었다. 점심시간에 셀라라메 선생님은 책상에 앉아서 시험지 채점을 했고, 그사이 나는 답안지를 메웠다. 아니 그렇게 하려고 노력했다. 나는 멍청이가 된 심정으로 시험지를 뚫어져라 바라보았다. 내 머리는 텅 비어 있었다. 나는 겨우 단어 두어 개를 쓰고, 다른 것은 아무렇게나 휘갈겨 적어 넣었다. 빈칸에 'a'나 'o'나 'd'나 'p'를 써 넣기도 했다.

하지만 그건 헛된 노력에 불과했다. 나는 고개를 푹 숙이고 내 발만 바라보았다.

셀라라메 선생님이 일을 하다 말고 나를 바라보며 말씀하셨다.

"왜, 무슨 문제 있니?"

"모든 게 다 문제예요!"

나는 책상에 이리저리 몸을 부딪치며 문 쪽으로 달려갔다.

"샨다야, 기다려. 얘기 좀 하자."

나도 얘기하고 싶다! 선생님께 엄마와 에스더와 타파 아줌마와 아이리스에 대해 이야기하고 싶다. 너무 겁이 나서 숨도 쉴 수 없을 정도라는 걸, 그리고 무엇을 어떻게 해야 할지 아무것도 모르겠다는 걸 모두 말하고 싶다. 하지만 내가 할 수 있는 말은 고작 이것뿐이었다.

"전 선생님을 실망시켜 드렸어요. 집에서 공부를 열심히 하겠다고 약속해 놓고 하지 못했어요. 전 아무것도 못 하겠어요."

셀라라메 선생님이 나를 붙잡기 전에 나는 교실 문 밖으로 뛰쳐나왔다.

집에 도착하자 솔리가 마당에 나와 있었다. 솔리는 닭털을 손바닥에 놓고 후 불어서 그것이 공중에 떠도는 모습을 보고 있었다.

"수프 먹었어?"

내가 물었다.

솔리가 고개를 끄덕였다.

"아이리스는?"

솔리는 고개를 가로저었다.

나는 집 안으로 들어갔다. 에스더가 식탁에 앉아 있었다.

"아이리스 못 봤어?"

"아니." 에스더가 대답했다. "타파 아줌마네에 간 것 같은데."

그 집에 가서 확인해야 하겠지만 타파 아줌마의 얼굴을 마주 볼 수가 없다. 무화과를 입안 가득 넣고 행복한 미소를 짓는 아이리스는 말할 것도 없고. 나는 내 침대에 웅크리고 누워 베개로 머리를 덮어씌웠다.

그때 갑자기 비명 소리와 울부짖는 소리, 문이 꽝 여닫히는 소리가 들렸다. 곧이어 타파 아줌마가 집 안으로 들이닥쳤다. 나는 벌떡 일어났다. 아줌마는 마치 미친 사람처럼 벌벌 떨고 있었다.

"산다야, 빨리 나와라."

아줌마가 소리쳤다.

"사고가 터졌어! 고물 수거장에서!"

우리가 도착했을 땐, 이미 엄청나게 많은 사람이 모여 있었다. 낯익은 이웃들의 무리와 낯선 사람들의 무리가 한 덩어리가 되어 구급차와 경찰차들이 늘어서 있는 길옆에 서서 웅성거렸다. 뒤편에서 좀 더 잘 보기 위해 목을 쑥 빼고 서 있는 사람도 있었고, 무리 속에서 우왕좌왕하는 이들도 있었다. 누군가가 이렇게 말하는 소리가 들렸다.

"아이고, 어떻게 이런 일이 일어날 수가 있어!"

"비극이야, 비극."

"애들이 너무 어려. 너무 어려."

타파 아줌마와 나는 폐타이어 더미와, 페인트 통, 가시철조망 다발 사이를 비틀거리며 통과했다. 버려진 우물에 도착하자 사람들은 더 많이, 더 조밀하게 모여 있었다.

"비켜요, 비켜!"

타파 아줌마가 소리를 질렀다.

"가족이 지나가요!"

타파 아줌마는 한 팔꿈치로는 사람들을 밀어제치고, 다른 한 팔로는 나를 끌어당겼다.

경찰이 계속 사람들을 뒤로 물러서게 했다. 그들은 우물 주위에 경계선을 쳤다. 뒤집어진 수레들과 녹슨 폐차 사이에 밧줄을 드리웠다.

"여기는 샨다 카벨로, 그 어린 소녀의 언니예요."

타파 아줌마가 말했다. 그러자 경찰관이 밧줄을 들어서 우리를 그 안으로 들여보내 주었다.

"우리가 알고 있는 것은 모두 에스겔 시반다와 레나 감베에게서 들은 이야기뿐이다. 너도 그 애들을 알고 있니?"

나는 고개를 끄덕였다. 레나와 에스겔은 아이리스와 같은 유치원에 다닌다. 나는 부모 곁에 붙어 서 있는 에스겔을 보았다. 그 애의 아버지는 에스겔을 붙잡고 있었고, 그 애의 어머니는 땅바닥에서 울부짖고 있었다.

"애들 말이 일관성 없이 왔다 갔다 해."

그 경찰이 계속 설명했다.

"매번 얘기할 때마다 조금씩 달라. 하지만 지금까지 우리가 들어서 정리한 걸 얘기하자면……."

경찰은 목청을 가다듬었다. 나는 마음의 준비를 단단히 하고 그의 설명을 들었다.

상황은 대충 이랬다. 에스겔과 레나, 아이리스는 오늘 오전에 유치원에 있지 않았다. 엔도리 선생님은 또 몸이 좋지 않았다. 그래서 아이들의 출석을 확인하고 나서 교실 한쪽에 누워 있었다. 그러자 에스겔, 레나, 아이리스는 함께 교실을 빠져나왔다. 이런 일은 지난달에도 자주 일어났다.

세 아이는 곧바로 이 고물 수거장으로 왔다. 그리고 여기서 에스겔의 남동생 파울로를 만났다. 주스 통을 신발 삼아 신고 있던 바로 그

꼬마 말이다. 에스겔은 가족이 운영하는 술집에서 쉑쉑이 몇 병을 몰래 훔쳐서 가지고 왔었다. 그리고 얼마 안 있어 그들은 모두 거나하게 취했다.

아이리스가 비틀비틀 우물 쪽으로 갔다. 그리고 입구에 몸을 의지한 채 우물 속에 대고 "안녕, 거기 아래." 하고 소리쳤다. 다른 아이들은 아이리스가 뭘 하는지 알고 싶어 했다. 아이리스는 여동생 사라가 저 아래에 살고 있다고 말했다. 에스겔과 레나는 그 말을 믿지 않았지만 어린 파울로는 믿었다. 파울로는 사라를 보고 싶다고 말했다.

에스겔은 사슬이 달린 낡은 양동이를 하나 발견했다. 파울로가 그 양동이 안에 들어갔고 에스겔과 레나, 아이리스는 함께 파울로를 우물 밑으로 내리기 시작했다. 그들은 사슬이 바닥에 닿을 만큼 길지가 않다는 걸 알고는 파울로를 다시 끌어올리려고 했다. 하지만 그들의 힘으로는 끌어올릴 수가 없었다. 그들은 도와 달라고 소리쳤다. 그러나 그들의 소리를 듣는 사람은 아무도 없었다.

레나는 겁에 질려서 사슬을 놓아 버렸고, 레나가 줄을 놓자 아이리스와 에스겔이 지탱하기에는 양동이 무게가 너무 무거웠다. 사슬이 스르르 손에서 미끄러졌고, 양동이는 우물 돌바닥에 떨어졌다. 파울로도 우물 밑으로 떨어졌다. 파울로는 쿵 하는 소리와 함께 바닥에 떨어질 때까지 비명을 질렀다. 아이들은 소리쳐 파울로를 불렀지만 아무 대답이 없었다.

아이리스는 모든 게 제 잘못이라고 말하면서 자신이 아래로 내려가서 파울로를 데려오겠다고 했다. 에스겔은 아이리스에게 술에 취해 정신이 없는데 어딜 내려가느냐고, 그랬다간 아이리스도 죽을 거라고 말했다. 에스겔과 레나는 어른들을 부르러 뛰어갔다. 그들이 이웃 어른들을 데리고 돌아왔을 때, 아이리스는 사라지고 없었다.

나는 땅에서 뒹굴고 있는 텅 빈 쉑쉑이 병을 바라보았다. 그리고 우물 쪽으로 뛰어갔다. 우물은 깊고 깊어, 바닥이 보이질 않았다. 거기 떨어져서 살아날 사람은 아무도 없을 것이다. 하지만 나는 아랑곳하지 않고 아래를 내려다보며 아이리스를 소리쳐 불렀다.

"아이리스? 아이리스?"

타파 아줌마가 나를 끌어당겼고, 나는 계속 울부짖으며 소리쳤다. 그런데 그때 마치 꿈결처럼 울먹이는 소리가 내 귀에 들렸다. 그 목소리는 '샨다, 샨다.' 하고 나를 부르고 있었다. 그러나 그 소리는 우물 밑에서 나오는 게 아니었다. 그건 돌 하나 던져서 떨어질 만한 거리에 있는 빈 기름 통 속에서 흘러나왔다. 그 통은 옆으로 누워 있었고, 입구에 쓰레기 봉지들이 쏟아져 나와 있었다. 내가 지켜보는 동안 사람들이 그 봉지들을 옆으로 치웠다. 그리고 한 작은 몸뚱이가 그 은신처에서 구물구물 기어 나왔다.

"아이리스!"

타파 아줌마는 무릎을 꿇고 앉아 아이리스를 안아 올리려고 했다. 하지만 아이리스는 아줌마를 지나 내 품에 와락 안겼다.

"샨다 언니, 미안해. 다신 못되게 굴지 않을게. 제발 날 미워하지 마.

제발. 나, 너무 무서워."

나는 아이리스를 꼭 껴안았다.

"괜찮아, 난 널 사랑해. 이제 괜찮아."

소방차가 고물 수거장으로 들어왔다. 세 명의 소방관이 군중 사이를 헤치고 들어갔다. 그들 중 대장이 우물 밑으로 내려갔다. 다른 두 사람은 그 사람이 어둠 속에서 잘 볼 수 있도록 전등을 비추었다.

그 순간 정적이 감돌았다. 이윽고 한 소방관이 소리쳤다.

"애를 찾았어요. 기적이야. 의식은 없지만, 살아 있어요!"

파울로가 위로 올라오자 사람들이 환호성을 질렀다. 하지만 그건 기적이 아니었다. 파울로가 죽지 않은 데는 다 이유가 있었다. 파울로가 아래로 떨어졌을 때 바닥에 뭔가가 받치고 있었던 것이다. 경찰이 사람들을 뒤로 더 물러서라고 했던 이유도 바로 그 때문이었다. 또한 그것이 바로 소방관들이 그 우물로 돌아와서 줄을 타고 다시 내려간 이유이기도 했다. 이번에는 모두 세 사람이 내려갔다.

그들이 밝은 햇빛 아래로 꺼내 놓은 것은 악몽 그 자체였다. 구부러지고 뒤틀린 그 무엇. 말라빠진 그 무엇. 썩어 가는 옷에 싸인 그 무엇. 처음에 사람들은 그것이 뭔지 알아보지 못했다. 나 또한 그렇다.

하지만 잠시 후, 나는 너덜너덜해진 요나의 줄무늬 스카프를 알아보고야 말았다.

34

요나의 시신은 시립 시체보관소로 옮겨졌다.

아이리스는 괜찮았다. 사슬이 손에서 미끄러졌을 때 난 작은 상처 이외에는 크게 다친 곳이 없었다. 아이리스가 검진을 받은 후에 타파 아줌마와 나는 아이리스를 집으로 데려갔다. 집으로 오는 내내 아줌마는 콧노래를 흥얼거리고, 기적이라며 호들갑을 떨기도 하고, 심지어는 보낭 시에서 그 고물 수거장 둘레에 울타리를 쳐야 한다고 역정을 내며 소리치기도 했다. 겉으로 보기엔 우리 두 사람이 다시 말을 시작한 것 같았다. 나로선 다행스러운 일이었다.

아이리스를 쉭쉭이에서 완전히 깨어나게 하려고 침대에 눕혀 재웠다. 그런 다음 에스더가 아이리스와 솔리를 보는 동안 나는 타파 아줌마를 만나러 갔다. 아줌마는 이미 정원 의자에 앉아서 레모네이드를 한 잔 마시며 흥분을 가라앉히고 있었다.

"저 엄마에게 전화를 해야겠어요."

내가 말했다.

"뭐 하러?"

"엄마에게 요나에 대해 알려 주려고요. 엄마가 장례식을 준비하고 싶어 할 거예요."

타파 아줌마는 레모네이드의 마지막 한 방울까지 빨대로 쭉 빨아 올리고 나서 이렇게 말했다.

"그 작잔 이제 네 엄마랑 상관없어. 그 후레자식이 네 엄마를 버린 거, 잊었니? 으이그, 그 애물단지. 죽기 전에 잘 떨어져 나갔네. 안 그랬다면 너희 집은 빚에 쪼들려 애먹었을 거다."

나는 아줌마와 한판 할 참이었다. 하지만 아줌마는 나와 싸우고 싶지 않은 모양이었다. 그냥 내게 집 안으로 들어가라며 손을 저어 댔다.

"전화, 어디 있는지 알지?"

나는 타파 아줌마에게 고맙다고 인사를 한 뒤, 티로로 전화했다. 그리고 잡화상 주인에게 내 계부의 죽음을 알렸다.

"저희 엄마에게 지금 당장 집으로 전화해 달라고 좀 전해 주시겠어요?"

"이, 그러지."

나는 집을 향해 가면서 타파 아줌마에게 곧 전화가 올 테니까, 그땐 꼭 소리쳐서 나를 불러 달라고 부탁했다.

"저는 밭에서 일하고 있을게요."

나는 새로 채소를 심기 위해 밭을 일구었다. 물도 주고, 잡초도 뽑았다. 어느새 저녁 시간이 되었다. 하지만 아직까지 엄마에게서 전화가 오지 않았다. 이건 말도 안 된다. 요나가 죽었다. 이 소식을 들었다면 엄마는 당장 전화를 걸었을 것이다. 뭐가 잘못되었을까? 그 해답을 찾기도 전에 우리 집 앞에 루스 고모가 남자 친구와 함께 차를 몰고 나타났다. 고모의 남자 친구가 차 안에 앉아서 라디오를 듣고 있는 사이, 고모가 차에서 내려 콩 밭 끄트머리에서 내게 손짓을 보냈다.

　"저, 남동생분 일은 참 안됐어요."

　내가 말했다.

　"요나 말이냐? 그래, 고맙구나. 사실 내가 여기 온 이유도 바로 그 때문이야. 네 엄마 집에 계시니?"

　"엄마는 티로에 있는 친척 집에 가 계세요."

　"아." 루스 고모는 내 눈치를 살피며 말했다. "네 엄만 괜찮겠지?"

　"그럼요, 아주 좋으세요."

　"잘됐구나."

　루스 고모는 잠시 멈추더니, 다시 말을 이었다.

　"네 엄마한테 내가 시신을 찾아왔다고 전해 주렴."

　그 소리에 마음이 한결 가벼워지는 듯했다.

　"고맙습니다."

　어느새 루스 고모의 두 눈에 눈물이 가득 고였다.

　"요나는 마지막에 끔찍한 짓을 저질렀어. 하지만 원래 나쁜 애는 아

326

니었어. 실수를 했던 거지. 네 엄마에게 상처를 입힐 작정은 아니었어. 요나는 네 엄마를 사랑했다."

말싸움하기에 적절한 때가 아닌 것 같았다. 그래서 나는 그냥, "네, 그랬겠죠."라고만 대답했다.

"그때 일은 정말 미안하다. 요나를 버려서 미안하다. 모든 것이 다 미안해."

고모의 남자 친구가 자동차 경적을 울렸다.

"얼른 가 봐야 해. 집에 관을 모시는 날은 내일이야. 그리고 장례식은 그다음 날 여섯 시, 새로 생긴 공동묘지 6구역이다. 나도 이렇게 서두르고 싶지 않았지만 베이트만 씨가 할인을 해 준다기에……."

"괜찮아요. 엄마에게 전할게요."

"난 괜찮지가 않아. 정말 부끄럽고 속상해. 관은 집에 모실 때 잠시 빌려 쓰고, 묻을 때는 마대 자루에 넣어서 묻을 거란다."

루스 고모의 남자 친구가 다시 경적을 빵빵 울려 댔다.

"알았어요."

루스 고모는 차 쪽을 향해 소리를 지르고 나서, 다시 내 쪽을 돌아보며 말했다.

"요나가 우리 동네에서 한 짓이 있기 때문에 다른 사람들은 시신을 시체보관소에 맡기자고 했어. 하지만 난 거절했다. 무슨 일이 있어도 난 내 남동생이 거지들을 한꺼번에 쓸어 넣는 그 구덩이에 던져지는 꼴은 못 봐. 하지만 이렇게 치르는 것도 그보다 훨씬 낫다고는 할 수 없지."

루스 고모는 쓰러질 듯 몸을 비틀거렸다. 나는 고모를 부축했다.

"루스 고모, 제가 관을 살 돈을 구해 볼게요. 어떻게든 해 볼 테니 걱정 마세요."

"아이고, 고맙기도 하지. 복 받을 거다. 복 받을 거야."

고모의 남자 친구가 다시 경적을 울려 댔다.

"너희 엄마께 안부 전해라."

루스 고모는 이 말을 하면서 코르베 차로 뒷걸음질 쳤다.

"네 엄마도 올 수 있었으면 좋겠구나. 그래도 좋은 시절도 있었잖니. 모두들 좋았던 시절만 기억하기를 바란다."

루스 고모가 차에 올라 문도 채 닫기 전에 그 차는 먼지를 일으키며 출발했다.

타파 아줌마는 내가 장례식 절차를 알리러 티로에 전화하도록 해 주었다.

"저예요. 산다 카벨로."

내가 그 잡화점 주인에게 말했다.

"이?"

"저번에 말씀드린 거요, 엄마께 전하셨어요?"

"이, 이."

"엄마가 뭐라세요?"

"나도 몰라. 네 이모한테 전해 줬으니께."

심장이 철렁 내려앉는 것 같았다.

"리즈벳 이모한테요?"

"이, 이."

"저, 이건 또 새로 전할 말인데요. 이번에는 제발 우리 엄마한테 직접 전해 주세요, 네? 엄마에게 루스 고모가 장례식을 맡아서 할 거라고 전해 주세요. 내일 밤에 요나의 관을 집에 모실 거고, 장례식은 바로 다음 날 있을 거예요. 엄마가 아침 버스를 타고 와야 한다고 전해 주세요. 안 그러면 모든 것을 놓치게 될 거라고요. 제 말 알아들으셨어요?"

"이, 이."

"제발 엄마에게 지금 당장 알려 주세요, 네?"

"이, 이."

"약속하시죠?"

"그래, 이, 이."

나는 수화기를 내려놓았다. 타파 아줌마는 탁자 위에 차려 놓은 엠마누엘의 사당을 닦는 척하며 통화 내용을 모두 듣고 있었다.

"너무 큰 기대는 하지 마라."

아줌마가 말했다.

"그게 무슨 말씀이세요?"

"너희 엄만 안 올 거다."

"그걸 어떻게 아세요?"

"그냥 안다."

"그렇다면 아줌마가 틀린 거예요. 엄마는 오실 거예요. 그것도 모르신다니 아줌마가 아는 것은 아무것도 없어요."

다음 날 아침 일찍, 나는 요나의 관을 구하러 자전거를 타고 베이트만 씨 장의사로 갔다. 루스 고모에게 약속은 했지만 내 형편으로 살 만한 관은 없었다. 베이트만 씨가 내 처지를 딱하게 여기고는 짐 상자 같은 소나무 상자를 보여 줬다. 그러면서 그걸 나한테 반값에 주겠다고 했다. 바닥의 나무판이 휘어졌기 때문이라고.

"하지만 시신을 넣으면 별 차이가 없어."

그는 할부로 지불하겠다는 말에 동의하면서 이렇게 덧붙였다.

"가족이 지불 의무를 진다."

집에 돌아가서 나는 아이리스와 솔리를 데리고 큰길로 나가서 티로에서 오는 버스를 기다렸다. 버스는 지나갔지만 엄마는 내리지 않았다. 장례식에 참석하려면 저 버스를 탔어야 했다. 엄마는 요나의 장례식에 참석하지 못할 것이다. 도대체 엄마는 어디 있는 걸까? 왜 오지 않는 것일까? 끔찍한 상상이 떠오른다. 아니, 어쩌면 엄마가 전갈을 받지 못했을지도 모른다. 어쩌면 내가 계속 전화했어야 했는지도 모른다. 그 잡화점 주인이 엄마를 수화기 앞으로 데리고 올 때까지 말이다. 그러니까 항상 그렇듯이, 모든 게 내 잘못인지도 모른다.

타파 아줌마가 마당에 앉아 있었다. 평소 같았으면 명랑한 표정으로 목을 길게 늘이며 이렇게 말했을 것이다.

"거 봐라. 내가 뭐랬니?"

하지만 오늘은 그런 심술궂은 말은 한마디도 하지 않는다. 왜 갑자기 친절하게 구는 걸까? 아줌마의 태도에 기뻐해야겠지만 오히려 속이 매스꺼워졌다.

35

저녁을 먹은 뒤에, 나는 갈아입을 옷 몇 벌을 배낭에 넣었다. 그리고 관을 집에 모셔서 지내는 제사에 참석하려고 떠날 준비를 했다. 내가 떠나 있을 동안 에스더가 동생들을 봐 줄 것이다. 높이 떠 있던 태양이 낮게 내려앉아서 공기가 시원해지고 있었다. 내가 막 재킷을 입고 있는데 타파 아줌마가 춤추는 듯한 걸음걸이로 현관문 앞에 나타났다.

"넌 자전거로 갈 생각이겠지만……." 아줌마가 말했다. "루스 고모네는 밤에 자전거를 타고 가기엔 아주 먼 곳이야."

나는 내 귀를 의심했다. 요나에 대해 그렇게나 무시무시한 말을 퍼부어 놓고, 그의 장례식에 가겠다고? 아줌마는 내 의아한 표정을 보더니 이렇게 말했다.

"장례식은 산 사람을 위한 행사다. 너희 루스 고모는 괜찮은 사람이야. 그리고 네 고모는 장례식에 온 사람들한테 감사 표시도 할 사람이고.”

그곳으로 가는 동안 타파 아줌마는 매장식에 얽힌 여러 가지 이야기를 들려주었다. 어떤 이야기엔 웃음이 났고, 또 어떤 이야기엔 눈물이 났다. 아줌마는 사라의 장례식 이야기도 떠올렸다. 그리고 요나와 그 집 남자들이 메리와 함께 쉑쉑이를 마시러 몰래 빠져나갔을 때, 내가 요나의 누이들을 시켜서 그들을 잡아오게 한 일을 이야기하면서는 크게 웃었다. 내가 따라 웃지 않자, 아줌마는 라디오를 틀어 복음 채널에 맞췄다. 한 전도사의 목소리가 흘러나왔다.

“주님은 우리가 견뎌 내지 못하는 고통은 절대 주지 않으십니다.”

나는 엄마를 떠올렸다. 그리고 에스더도 떠올렸다. 이 전도사가 지금 내 눈앞에 있다면 당장 따귀를 한 대 갈겼을 것이다.

그로부터 20여 분쯤 지나서 우리는 루스 고모 집에 도착했다. 그곳은 우리 동네와 비슷했다. 진흙으로 지은 오두막들, 방 두 개짜리 조립식 주택, 시멘트 벽돌 집들이 뒤죽박죽 섞여 있었다. 아주 저렴하게 장례식을 치르느라 밤을 지새우는 손님들을 위한 천막도 없었다. 그 대신 루스 고모는 남자 형제들을 시켜서 집 오른쪽 면의 지붕을 따라 방수포를 쳐 두었다. 방수포의 한쪽 끝은 변소 지붕에, 다른 한쪽 끝은 헛간 꼭대기에 걸쳐 놓았다. 그리고 시멘트 벽돌로 단단히 눌러 놓았다.

사람들이 하나둘 모여들었지만 아는 사람은 아무도 없었다. 그 사

333

람들은 모두 루스 고모의 친구들이었다. 고모는 사람들 쪽으로 가서 타파 아줌마와 나를 소개했다.

"당신들 기억나? 요 몇 달 전에 요나의 두 어린 애들을 돌봐 줬었잖아. 여기 이 아가씨가 그 애들 큰언니야. 샨다라고 해. 그리고 여기 이분은 그 가족의 친한 친구인 로즈 타파 부인."

타파 아줌마는 그 사람들 사이에서 오랜 지인을 몇 명 발견했다.

"정말 끔찍한 일이에요. 요나가 사고를 당하다니."

타파 아줌마의 친구가 말했다.

"그런 식으로 우물에 빠지다니. 불쌍한 사람. 복도 지지리도 없지."

그것이 그날 밤 내내 내가 들은 소리다. 요나의 죽음이 사고였다는 소리.

'흥, 사고였다고? 저 사람들 모두 눈이 멀었나?'

나는 비명을 지르고 싶었다. 아니, 하하하 크게 웃고 싶었다. 하지만 루스 고모를 생각하면 그럴 수 없었다.

자정 무렵에 타파 아줌마는 집으로 돌아갔다. 떠나며 내게 침낭을 주면서, 장례식에 날 태워다 주기 위해 내일 다시 오마고 약속했다. 아니나 다를까 한밤을 함께 보냈던 손님들은 새벽녘에 한길에서 들려오는 폭격기 같은 타파 아줌마의 트럭 소리에 모두 잠에서 깼다.

묘지로 떠나기 전에 우리는 루스 고모를 통해서 고인에 대한 존경의 마음을 전했다. 그 짐 상자의 뚜껑이 닫혔다. 루스 고모는 뒤틀린 나무판과 옹이 구멍이 보이지 않게 은색 폴리에스테르 천으로 그 나무 상자를 한 번 감쌌다.

묘지에서의 장례식은 아주 간단했다. 사람들이 많이 오진 않았지만, 그렇다고 부끄러울 정도는 아니었다. 나는 메리를 찾았다. 하지만 보이지 않았다. 생각해 보니 한동안 메리를 본 적이 없었다. 관이 땅 밑으로 내려졌다. 이제 다시는 볼 수 없을 사람이 땅속으로 사라지고 있다. 인생이란 참 이상한 것이다.

나는 타파 아줌마의 트럭에 올라타서 루스 고모가 베푸는 장례식 연회에 참석하기 위해 다시 루스 고모 집으로 돌아왔다. 루스 고모는 음식이 모자랄까 봐 내내 걱정을 했었다. 하지만 지난밤에 고모의 남자 형제들이 와서 소다리 한 짝을 놓고 갔다. 그리고 이웃들이 당근 자루와 감자 자루, 빵 등을 숄 밑에 숨겨서 들고 와서는 루스 고모에게 건넸다. 루스 고모는 이웃들에게 온정과 위로를 받았다.

집으로 돌아가는 길, 차 안은 무척이나 조용했다. 타파 아줌마는 분위기를 바꾸기 위해 속도를 최대한으로 높였다. 아줌마는 밝은 분위기를 만들려고 애를 썼지만, 나는 그냥 창밖만 바라보았다. 이따금씩 나는 내 마음을 읽으려는 아줌마의 따가운 시선을 느꼈다.

"무슨 일 있냐?" 마침내 타파 아줌마가 물었다.

"엄마가 있었다면 여기 왔었을 거예요." 내가 말했다. "엄마는 여기 오고 싶어 했을 거예요."

"넌 네가 할 수 있는 일을 한 거야."

타파 아줌마는 손가방을 찾더니 거기서 냅킨에 싼 샌드위치를 꺼냈다. 큼지막한 고깃덩어리를 빵으로 감싼 그 샌드위치는 장례식 연회에서 가지고 온 것이었다.

"그리고 네 엄마가 여기 왔어야 했다든가 또는 여기 오고 싶어 했을 거라든가 하는 생각은 할 필요가 없어."

"엄만 요나를 사랑했어요. 그리고 그 사람은 아이리스와 솔리의 아빠이기도 했고요."

"그랬지." 타파 아줌마는 천천히 고깃덩어리를 씹으며 말했다. "하지만 그는 또, 네 엄마를 부끄럽게 만들고 가슴에 상처를 준 무능한 술주정꾼에 엽색꾼이기도 했지. 사고로 죽었다고 잘못한 게 없어지지는 않아."

"사고라고요?"

나는 콧방귀를 뀌며 말했다.

"그래, '사고'." 타파 아줌마가 말했다. "그럼 그걸 달리 뭐라고 부를 거니?"

"그건 자살, 아니 살인이라고 불러야 옳아요."

타파 아줌마는 차를 도랑에 처넣을 뻔했다. 아줌마는 브레이크를 밟고는 나를 똑바로 바라보았다.

"너, 지금 뭐라고 한 거야?"

"조사나 부검은 하지 않을 거라는 걸 난 알고 있어요." 나는 침착하게 말했다. "하지만 아줌마나 저나 진실을 알고 있어요. 요나는 스스로 우물에 빠졌거나, 아니면 누군가가 우물에 집어 던졌어요. 왜냐하면 그는 에이즈에 걸렸기 때문이에요."

"그런 소리 마라. 만약 요나가 그 몹쓸 병에 걸렸다면, 사람들은 네 엄마 역시 그 병에 걸렸다고 떠들고 다닐 거야."

"벌써 그러고 다닐걸요?"

"그랬지, 아니 그랬을 거야. 한때는. 하지만 내가 굴루바인 댁을 불러오고 난 뒤부터는 그러지 않았어. 그 주술사 때문에 사람들은 이제 네 엄마가 해코지주술에 걸린 거라고 말한다. 그리고 요나의 죽음은 사고라고. 그게 바로 그들이 믿고 싶어 하는 진실이야. 그리고 그것은 네가 믿어야 할 진실이기도 해."

"아뇨, 전 아녜요. 엄마한테는 지금 큰 문제가 생겼어요."

"네가 그걸 어떻게 알아?"

"그러지 않다면 왜 엄마가 전화를 하지 않느냔 말이에요."

"그건……."

"그건 뭐요?"

"단지 그냥."

"말해 주세요."

"싫다."

나는 숨을 깊게 들이쉬고는 트럭 문을 홱 열어젖혔다.

"고맙습니다, 타파 아주머니. 여기서부터는 걸어갈 수 있어요."

"샨다야, 세상에는 네가 이해하지 못하는 게 있는 거야."

"그렇겠죠. 하지만 난 이것은 알아요. 엄마에게는 지금 내가 필요하다는 거요. 집으로 돌아가자마자 짐을 쌀 거예요. 그래서 티로로 갈 거예요."

"어떻게?" 타파 아줌마는 콧방귀를 뀌었다. "버스 탈 돈도 없잖아."

"남의 차를 얻어 탈 거예요."

"너 돌았니? 젊은 여자 애가 혼자서 한길에 나다니겠다고? 강간은 뭐 창녀들이나 당하는 줄 알아?"

나는 길을 따라 걸어갔고, 타파 아줌마는 나를 따라 천천히 차를 몰았다. 아줌마는 차창을 내리고 내게 소리를 질렀다.

"샨다야, 네 엄마가 널 보고 싶어 할 것 같으니?"

나는 앞만 똑바로 보고 걸으면서 말했다.

"왜요? 날 안 보고 싶어 할 이유가 있어요?"

나는 달리기 시작했다. 하지만 아줌마는 마치 끈끈이처럼 계속 내 뒤를 따라왔다.

"어쩌면 네 엄마는 집에 돌아올 생각을 하지 않는지도 몰라. 또 어쩌면 네 엄마의 작별이 영원한 작별을 의미하는지도 모르고."

"거짓말하지 마세요."

"내가 거짓말한다고? 난 네 엄마와 약속했다, 샨다. 난 널 티로로 보낼 수 없어."

"그래요? 그럼 어디 날 못 가게 막아 보세요."

36

앞마당으로 뛰어가는 동안 눈앞이 빙빙 돌면서 현기증이 났다. 타파 아줌마가 급브레이크를 걸어 차를 세운 뒤 나를 뒤쫓아 왔다. 에스더는 솔리와 아이리스와 함께 집 안에 있었다. 그들은 내가 집 안으로 뛰어 들어와 문을 쾅 닫고는 내 등으로 문을 꽉 누르는 모습을 입을 떡 벌린 채 멍하니 지켜보았다. 타파 아줌마가 주먹으로 문을 쾅쾅 두드리며 들어가게 해 달라고 소리쳤다.

나는 내 귀를 막으며 소리를 질렀다. "가 버려요. 가 버려요. 가 버려요. 가 버려!"

솔리가 울음을 터트렸다. 에스더가 솔리를 안아 주었다. 옆에 있던 아이리스는 방으로 뛰어가 이불 속에 들어가 숨었다. 마침내 문틈으로 지친 타파 아줌마가 헐떡거리는 소리가 들렸다. 잠시 후 아줌마가 말했다.

"좋아, 네 뜻대로 해 봐. 가서 네 엄마 가슴을 찢든지 못을 박든지 네 맘대로 해 봐. 그러는 동안 네 가슴도 갈가리 찢어질 거다."

슬레이트 덧문 틈새로 대문 쪽으로 걸어가는 타파 아줌마가 보였다. 아줌마는 잠시 걸음을 멈추고는 소맷자락으로 이마의 땀을 닦았다. 그리고 시야에서 사라졌다.

나는 바닥에 푹 쓰러졌다. 에스더와 솔리가 무릎걸음으로 내 옆으로 다가왔다.

"누나, 속상해하지 마."

솔리가 의연한 표정으로 말했다.

"우린 누나를 사랑해."

나는 솔리를 가슴에 꼭 안고 입맞춤을 했다. 그런 다음 솔리를 침대에 뉘고, 두 동생에게 이야기를 들려줬다. 얼마 되지 않아 그 둘은 서로 바짝 달라붙어서 잠이 들었다. 그렇지 않다면 적어도 그들이 잠들었다고 생각되었다. 동생들이 아직 잠들지 않았을 경우를 대비해서 나는 에스더에게 손짓으로 집 밖으로 나가자고 신호를 보냈다. 우리는 집 뒷마당에 웅크리고 앉았다. 내가 에스더에게 집으로 오는 동안 무슨 일이 있었는지 말해 주었다.

"난 엄마한테 가 봐야 해. 하지만 아이리스와 솔리는 어떻게 해야 할지 모르겠어."

"그 애들은 걱정 마." 에스더가 말했다. "내가 아이들을 돌볼 테니까. 고물 수거장에서 그 일이 있고 나서부터는 아이리스도 밖으로 멀리 가려고 하지 않아. 그리고 나쁜 일이 생기면 그땐 뭐, 타파 아줌마가 계시잖아. 아무리 아줌마가 나한테 화가 나 있다고 해도 애들에게 무슨 일이 생긴다면 그냥 두고 보시진 않아."

나는 고개를 끄덕였다.

"그럼 난 들어가서 짐을 싸야겠어. 좀 있으면 한낮이야. 지나가는 차를 얻어 타려면 짐 꾸러미가 가벼워야만 해."

"차는 얻어 타지 마. 그건 위험해."

에스더가 말했다.

"하지만 뭐 달리 수가 있어야지."

"아니, 수가 있어." 에스더는 내 손을 도닥이더니 말했다.

"잠깐 여기서 기다려."

에스더는 일어나 집 안으로 들어갔다. 한 일 분쯤 뒤에 에스더는 마분지로 만든 낡은 구두 박스를 들고 나왔다. 그 박스는 끈으로 묶여 있었다. 에스더는 내 옆에 앉아서 그 끈을 조심스럽게 풀었다. 마치 세상에서 가장 소중한 물건을 다루듯이 조심스럽게. 사실 그랬다. 그 속에는 세상에서 가장 소중한 물건들이 들어 있었다. 에스더 부모님의 장례식 프로그램 몇 권과 지방 신문에 났던 부고 기사 스크랩이 있었고, 그 아래에 에스더가 모아 둔 돈이 들어 있는 봉투가 두 개 있었다.

"여기 98달러가 있어. 그리고 이 봉투에도 얼마의 돈이 있고." 에스더가 말했다. "외숙모가 내 헛간에 와서 돈을 훔쳐 가곤 했어. 몇 번

그러는 게 내 눈에 띄었지. 한 번은 이러더라. 나를 돌보는 대가로 당연히 자기가 가져가야 할 돈을 가져가는 것뿐이라고. 또 한 번은, 주님께 바칠 돈이라고. 그래야 내가 지옥 불에 떨어지지 않을 거라나? 어쨌든 나는 외숙모가 찾을 만한 곳에 돈을 얼마간 놔두곤 했어. 그리고 그 나머지는 이 상자 안에 숨겨 두었지. 이 돈은 내 동생들을 다시 데려오기 위해 모은 거야. 하지만 이 돈으론 충분치 않아. 충분한 돈을 모으기는 영영 불가능할지도 몰라. 그러니 네가 이 돈을 갖는 게 더 나을 거야."

나는 그 돈을 바라보았다. 티로로 가서 엄마를 데려오기엔 충분하고도 남는 돈이었다. 그런 다음 에스더의 얼굴에 난 흉터 자국을 바라보았다.

"미안해, 에스더." 내가 말했다. "난 이 돈을 받을 수 없어."

에스더는 순간 주춤하더니 말했다.

"왜? 창녀의 돈이라서?"

그 말에 나는 입을 떡 벌린 채 다물 수도, 아무 말도 할 수가 없었다.

"넌 내 목숨을 구해 줬잖아." 에스더가 계속 말을 이었다. "만일 네가 날 여기 머물게 하지 않았다면, 난 죽었을지도 몰라. 난 너에게 감사의 표시를 해야 해. 제발 그렇게 하게 해 줘."

그래서 난 그렇게 했다. 그 돈을 받아 들었다. 그리고 짐 보따리를 꾸려서 티로로 향하는 픽업트럭에 올라탔다. 외갓집에다 내가 간다는 전화는 하지 않았다. 그 누구든 나더러 "오지 마라."라고 하는 소리를 듣고 싶지 않았기 때문이다.

나는 픽업트럭에 올라타서 손을 흔들었다. 그러고는 "걱정 마."라고 소리쳤다. 에스더의 품에 안겨 있는 내 어린 동생, 아이리스와 솔리를 바라보면서. "곧 돌아올게. 엄마랑 함께 꼭 돌아올게."

그 돈을 받은 게 잘못한 일일까? 이 픽업트럭에 올라탄 게 큰 잘못일까? 나는 모르겠다. 그보다 더 나쁜 일이라 해도 상관없다. 그것이 옳은 일인지 그른 일인지 걱정하고 있을 시간이 내겐 없다. 엄마에 대해 걱정하기도 시간이 빠듯할 지경이다.

내가 탄 픽업트럭은 몇 시간 동안이나 시골 들판을 가로질러 갔다. 이따금씩 마을을 지나치기도 했다. 해가 서쪽 지평선 아래로 떨어졌다. 트럭의 전조등을 통해 정글과 버려진 오두막과 코끼리, 몇 군데의 빈터가 모습을 드러냈다. 타파 아줌마가 한 말을 생각했다. 엄마는 집으로 돌아올 작정을 하지 않고 떠났다고. 엄마의 작별 인사는 영원한 작별을 의미하는 것이었다고. 타파 아줌마는 엄마의 가장 가까운 친구다. 그렇다면 엄마가 아줌마에게 그 비밀을 말했을까?

나는 엄마가 에이즈에 걸렸다는 사실을 알고 있었다. 하지만 증세가 어느 정도로 심할지는 생각하지 않으려고 애를 썼다. 그러나 지금 픽업트럭을 타고 덜컹거리며 밤길을 가면서 그 생각이 마치 대낮처럼 선명하게 내 머리에 떠올랐다. 엄마는 단지 아프기만 한 것이 아니다. 엄마는 죽어 가고 있다. 아니, 어쩌면 이미 이 세상을 떠났는지도 모른다.

나는 그 말들을 소리 내어 중얼거렸다. 마치 그 말들이 비밀이기라도 한 것처럼, 나 혼자서 지금껏 간직해 왔던 비밀인 것처럼 속삭였다. 식은땀이 흘러내렸다. 하지만 난 울지는 않았다.

머릿속이 온갖 생각들로 꽉 들어차 있다. 엄마는 티로를 싫어한다. 다시는 그곳에서 살지 않을 거라고 말했다. 그런데 왜 엄마가 거기서 돌아가셨겠는가? 나와 솔리와 아이리스가 있는 집에 계시지 않고? 그 것이 에이즈 때문이었을까? 엄마는 우리가 엄마의 병을 수치스럽게 여길 거라고 생각하셨던 걸까? 에이즈 때문에 우리가 엄마를 더 이상 사랑하지 않을 거라고?

"엄마." 나는 나지막이 속삭였다. "제 말 듣고 있어요? 만약 아직까지 살아 계신다면 제가 분명히 약속하는데 엄마를 절대로 티로에서 돌아가시게 하지 않을 거예요. 내가 엄마를 집으로 모시고 갈 거예요. 엄마를 사랑해요. 우리 모두 사랑해요. 언제나. 무슨 일이 일어나더라도."

어느덧 시계가 밤 열한 시를 가리키고 있다. 내가 탄 픽업버스가 고속도로를 벗어났다. 그리고 곧 마을 입구에 도착할 것이다.

잡화점 앞에 차가 멈추었다. 왼쪽으로 가스 탱크가 보였고, 오른쪽에는 대여섯 명의 남자가 모여 담배를 피우고 술을 마시고 있었다. 알전구 하나가 상점 입구에 매달려 있고, 맥주 광고용 네온 간판이 창문에

서 깜박였다.

몇 분만 있으면 나는 엄마를 만나게 될 것이다. 만일 그렇지 않다면 적어도 엄마에게 무슨 일이 있는지는 알게 될 것이다.

오 주여, 만약 당신이 하늘에 계신다면 부디 저를 도와주세요.

수많은 질문과 비밀로 가득 찬 밤공기가 묵직하게 우리를 누르고 있었다.

분노는 불의와
싸울 때를
위해 아껴두라

말도 안 되는 생각이겠지. 하지만 바보 같은 생각은 아니야. 지금
당장은 거창한 건물 같은 건 필요 없다. 단지 사람들을
만날 수 있는 장소만 있으면 된다. 내겐 우리 집 마당이 있다.

37

　나는 침착해지려고 노력했다. 엄마를 도우려면 냉정을 잃어서는 안될 것 같았기 때문이다.

　나는 픽업트럭 짐칸에서 일어서서 주위를 둘러보았다. 잡화점은 내 기억 속의 모습과 달라진 게 거의 없었다. 치장벽토를 바른 벽이 여기저기 벗겨져서 다시 칠을 해야 하는 것도 예전과 다름없었다. 하지만 형광등과 네온 사인은 못 보던 새것이었다. 가게 뒤에서부터 저 멀리까지 뻗어 나온 조그마한 전구들도 못 보던 것이었고, 집 앞마당과 길가에 불을 때는 아궁이들이 만들어져 있었는데, 그것도 아버지가 살아 있을 적에는 없었다.

　우리 가족은 예전에 일 년에 한 번씩 티로를 찾았었다. 그때도 지금처럼 트럭을 타고 왔었다. 그러면 삼촌들 중 한 분이 덜덜거리는 고물차를 끌고 나와서 우리를 방목장까지 데려가곤 했다. 사촌들이랑 만

나서 노는 것은 퍽이나 즐거운 일이었다. 그리고 릴리 언니를 만나는 것도. 릴리 언니는 아랫동네에 사는 남자 친구와 결혼해서 티로에 눌러 산다.

티로를 방문하는 동안, 우리는 달구지를 타고 엄마네 가족들이 사는 방목장에도 들렀다. 나는 외할아버지와 외할머니를 무서워했다. 그 두 분은 언제나 무뚝뚝한 표정으로 팔짱을 낀 채로 우리를 맞이했다. 엄마는 외갓집에 갈 때면 언제나 나와 오빠들의 옷매무새에 신경을 썼고, 행동거지를 조심하라고 누누이 당부했다. 외갓집에서 우리는 완벽하게 보여야 했다.

오빠들은 그래도 운이 좋은 편이었다. 외삼촌들이랑 함께 사냥하러 나갈 수 있었으니까. 하지만 나는 엄마와 친척 아줌마들과 함께 집에 있어야 했다. 외할머니와 외할아버지는 우리를 아만테 이모의 무덤으로 데려 가곤 했다. 거기서 리즈벳 이모는 절뚝거리면서 차와 비스킷을 날랐다. 딱딱하게 굳은 얼굴로. 나는 아무리 배가 고파도 이모가 준 음식은 먹지 않으려고 했다. 과자 부스러기가 내 입가에 묻거나 옷에 조금만 떨어져도 당장 불호령이 떨어졌기 때문이었다.

아버지와 두 오빠가 세상을 떠난 이래로, 엄마와 내가 티로에 온 것은 딱 한 번뿐이었다. 마지막으로 왔을 때, 아이리스는 아직 아기였고 엄마는 솔리를 임신 중이었다. 아버지네 가족들도 엄마가 평생 혼자 살 것이라고 기대하지는 않았을 것이다. 하지만 엄마가 다른 남자 아이를 낳은 데다가, 배 속에 또 다른 남자의 아이를 가지고 있었으니……. 게다가 아버지를 엄마와 혼인시키느라 그들은 커다란 대가를 치러야 했다. 그래서 엄마의 인생에 찾아든 그 '다른 남자들'은 아버지 쪽 가족이 우리와 인연을 끊는 데 아주 결정적인 이유가 되었다.

외할아버지와 외할머니가 우리를 보고 싶어 한 적은 한 번도 없었다. 엄마는 가끔씩 릴리 언니 편에 외할아버지와 외할머니께 안부 편지를 띄웠다. 그러면 릴리 언니가 그 편지를 대신 읽어 주었고, 또 아주 짤막한 회신을 외할아버지와 외할머니 대신 써서 보냈다. 그나마 외할아버지 가족이 방목장에서 마을로 이사했다는 사실을 우리가 알 수 있게 된 것도 그 짤막한 회신 덕분이었다. 티로에도 마침내 전기가 들어왔고, 저수탑과 진료소가 생겼다는 사실도.

여자 가족들, 그러니까 외할머니와 이모들, 외사촌 언니들이 먼저 마을로 이사했다. 처음에는 주말마다 방목장의 가축들을 고용한 목동들에게 맡긴 채 남자 가족들이 여자 가족들이 있는 마을로 내려왔다. 하지만 남자들은 자기들이 만든 음식을 먹질 못했다. 그래서 결국 남자 가족들도 마을로 옮겼다. 그때부터 남자들은 매일 아침 먼동이 트기 전에 달구지나 자전거를 타고 방목장으로 출근했다. 아직도 그렇게 생활하고 있다. 마을로 거처를 옮긴 다른 방목장 남자들과 함께 매일 동트기 전에 방목장으로 나갔다가 밤늦게 다시 마을로 돌아왔다.

트럭에서 내린 나는 가방을 내려놓고 허리를 죽 폈다. 가게 주인이 한 무리의 술꾼들 틈에 있다가 트럭을 향해 어슬렁어슬렁 걸어왔다.

그리고 보낭에서부터 실려 온 물건 상자들을 내리기 시작했다. 그는 내 기억속의 모습과 조금도 다르지 않았다. 예전보다 키가 작아 보이는 것만 빼고는.

"캄웬도 아저씨?"

그는 가게에서 나오는 흐릿한 불빛에 비친 내 모습을 흘깃 보았다.

"야?"

"저예요, 샨다 카벨로."

"어이구, 세상에!"

캄웬도 씨는 작업바지에다 두 손을 쓱쓱 문질러 닦았다. 그런 다음 우리는 악수를 했다. 그는 술에 취해 있지는 않았지만, 숨을 내쉴 때마다 술 냄새가 풍겨 나왔다.

"아이구마, 처녀 다 됐네. 지난번에 봤을 때는 키가 내 정강이에 오더니만. 그건 그렇고, 네 계부 소식은 참 안됐다."

"네."

"그래, 티로에는 무슨 일로 왔냐? 외할머니 외할아버지 뵈러 왔냐? 아니면 네 언니를 보러 온 게야?"

"사실은 엄마를 보러 왔어요."

캄웬도 씨는 어리둥절한 표정을 지었다.

"우리 엄마 지금 외할아버지 댁에 계세요? 이틀 전에 전화 드렸죠? 제가 엄마한테 말씀 좀 전해 달라고 부탁 드렸잖아요."

캄웬도 씨가 머리를 긁적이는 모양새가 어쩐지 불안한 느낌을 주었다.

"무슨 일 있어요?"

"아무 일도 없어……." 그가 머뭇거리며 말을 이었다. "근데, 네 엄마는 이제 여기 없어."

"네?"

"네 엄만 여기 없어. 떠났어."

38

엄마는 떠났다. 하지만 죽지는 않았다. 이것이 캄웬도 씨가 나를 외할아버지 댁으로 데리고 가는 동안 내내 속으로 중얼거린 말이다.

"네가 전화로 한 말은 모두 전했다."

캄웬도 씨가 손전등으로 웅덩이를 비추며 말했다.

"네가 나한테 이른 대로 네 엄마한테 전하려고 했지. 그런데 네 이모, 리즈벳 말이 네 엄마가 벌써 떠나고 없다는 거야. 방목장에 사는 어느 친구 차를 얻어 타고 떠나 버렸다고 말이야. 그리고 나중에 네 외할머니가 우리 가게에 들러서 네 옆집 사는 그 부인한테 전화를 넣었어. 소식 못 들었냐?"

"아뇨." 내가 대답했다.

"그러고 나서 네 엄마는 안 돌아오셨냐?"

나는 고개를 가로저었다.

"참, 이상스럽네." 캄웬도 씨는 인상을 찌푸렸다. "뭐, 무슨 피치 못할 사정이 있었제."

"네, 저도 그럴 거라 생각해요."

나는 이렇게 말하면서 마음속으로는 타파 아줌마를 저주했다.

"저희 엄마가 여기 왔을 때 엄마를 자주 보셨어요?"

"자주 봤다고는 할 수 없제. 그렇다고 뭐 놀랄 일도 아니지만. 네 엄마가 오죽 바쁘셨겠냐? 그 많은 친척을 만나러 돌아다녀야 했을 테니까. 하지만 네 엄마가 도착하던 날은 한 번 봤다."

"어떻던가요?"

"여행 때문에 무척 고단해 보이시더만. 꽤 먼 길이잖냐. 그런데 그건 왜 묻냐?"

"아뇨, 그냥 궁금해서요."

티로는 아주 광대한 격자 형태로 펼쳐져 있다. 몇 채의 오두막이 옹기종기 모여 있는 마을과 마을 사이가 엄청난 간격으로 떨어져 있다. 우리는 여남은 개의 거리를 가로질렀다. 그리고 또 몇 개의 길을 더 지나서, 그 마을의 끄트머리에 도착했다. 우리 뒤로 불구덩이의 불이 점점 꺼져 가고 있었다. 불구덩이의 벌건 석탄불이 마치 어둠 속을 주시하는 주황색 눈알처럼 보였다.

잡화점 주인이 잠시 걸음을 멈추었다.

"네 외할아버지가 사시는 구역이 저기, 저곳이여."

아저씨는 이렇게 말하며 손전등으로 어둠 속을 가리켰다.

"이 들판을 가로지르면 빨리 갈 수 있제. 이 길이 바로 지름길이여."

내 눈에는 아무것도 보이지 않았다. 손전등의 건전지가 다 되었는지 불빛이 힘을 잃어 가고 있었다.

나는 망설이며 말했다.

"정말이세요?"

"이, 그럼, 그럼. 이리로 가면 금방이제. 덤불을 몇 개만 지나면 돼."

나는 숨을 한 번 깊이 들이쉬고, 아저씨 뒤를 따라 칠흑 같은 어둠 속으로 걸어 들어갔다. 손전등의 불빛이 반딧불처럼 깜박거렸다. 우리는 한동안 아무 말도 하지 않고 걸었다.

마침내 아저씨가 입을 열었다.

"근데 어째 아무도 널 마중 나오지 않았을까?"

"제가 여기 온다는 사실을 아무한테도 알리지 않았어요."

"아."

캄웬도 씨는 잠시 멈추더니 또 이내 이렇게 물었다.

"그럼 아무도 네가 오는 걸 모른단 말이여?"

"네."

또다시 침묵이 흘렀다. 캄웬도 씨가 속으로 무슨 생각을 하고 있을지 몹시 궁금했다. 내 목구멍이 바짝바짝 타들어 갔다.

"다 와 가나요?"

내가 물었다.

"이. 다 와 가."

355

그 들판은 내가 걸음을 내디뎠을 때 상상했던 것보다 훨씬 더 넓었다. 나는 뒤를 돌아다보았다. 길은 사라지고 없었다. 마을도 보이지 않았다. 눈에 보이는 것은 오직 너울거리는 손전등 불에 비친 창백한 수풀 뿐이었다.

"얼마나 더 가야 돼요?"

"숲 하나만 더 지나면 돼."

뒷머리가 쭈뼛쭈뼛 서는 것 같았다. 자꾸 뒤를 돌아보고 싶고 도망가고 싶었지만, 무서워서 그럴 수도 없었다. 저 앞에 무엇이 기다리고 있을지 누가 알겠는가?

"다시 큰길로 돌아가야 하지 않을까요?"

"괜찮아. 내가 길을 훤히 꿰고 있으니께."

"정말이세요?"

"이, 이, 내 손바닥처럼 훤하다니께."

그러면서 그는 작은 소리로 낄낄 웃었다.

이 길로 가는 건 좋은 생각이 아니었다. 집을 떠나기 전에 외할머니께 전화를 했어야 했는데. 그리고 외삼촌한테 경운기라도 몰고 나와서 날 기다리게 했어야 했는데. 그리고 또, 이 잡화점 주인에게 가족들이 내가 오는 것을 알고 있다고 말했어야 했는데. 그리고, 그리고…….

그때 갑자기 손전등이 나갔다. 캄웬도 씨가 내 팔을 덥석 잡았다. 그리고 날 뒤로 확 잡아당겼다. 난 비명을 지르려고 했다. 하지만 그러지 못했다. 그가 손전등을 그의 한쪽 다리에 탁탁 쳤다. 그러자 손전등에

다시 불이 들어왔다.

"조심해. 네 앞에 덤불이 있어."

그가 말했다. 진짜로 두어 걸음 앞에 자칼베리 가시덤불이 떡하니 버티고 있었다.

"온몸에 가시가 박히고 싶지는 않겠제?"

"고마워요, 아저씨."

내가 이렇게 말하자 그가 내 팔을 놔 주었다.

둥근달이 구름을 헤치고 모습을 드러냈다. 바로 눈앞에 하늘을 배경으로 옹기종기 모여 있는 진흙으로 지은 작은 오두막들의 윤곽이 보였다.

"이제 다 왔다." 캄웬도 씨가 말했다. "네 이모, 삼촌, 사촌들은 저 가장자리 쪽에 있는 오두막에 살고 있어. 리즈벳 이모만 빼고. 리즈벳은 네 외할머니, 외할아버지와 저 중앙에 있는 오두막에서 살지."

아저씨는 나를 데리고 그 집 대문 앞에 섰다. 그리고 문을 두드렸다.

"계십니까?"

아저씨가 소리쳤다. 외할아버지 가족들이 한밤중에 찾아온 손님들 때문에 놀라지 않게 하려고 말이다.

"접니다. 샘 캄웬도요. 제가 깜짝 손님을 모셔 왔어요."

집 안에서 누군가 램프를 밝혔다. 불빛이 덧문 틈새로 새어 나왔다.

"손님이라고?"

나이 든 여자의 목소리였다. 그게 누구의 목소리였던지 기억이 가

357

물가물했다.

"할머니? 저예요. 샨다예요."

그 순간 문 뒤에서 당황하는 기색이 느껴졌다.

"리즈벳, 어서 문 열어 줘라."

낮게 구시렁거리는 소리가 들렸고, 곧이어 빗장 벗기는 소리가 들렸다. 문이 열렸고, 리즈벳 이모가 침침한 실내 불빛을 뒤로하고 의심스러운 눈빛으로 밖을 내다보았다.

"여기는 웬일로 왔냐?"

"엄마 보러 왔어요."

"네 엄만 갔어."

"저도 그렇게 말했습죠."

캄웬도 씨의 말이었다.

리즈벳 이모는 캄웬도 씨에게 고개를 까닥이며 말했다.

"안녕하세요, 샘."

"제가 이틀 전에 전화했었어요." 내가 말했다. "캄웬도 아저씨가 그때 이미 엄마가 떠났다고, 이모가 그랬다고 하셨어요. 하지만 엄마는 집으로 오지 않았어요. 어디 가신 거예요?"

외할머니가 실내복을 주섬주섬 주워 입고 발을 질질 끌며 나왔다. 외할머니의 주름지고 거친 피부는 바짝 말라서 쩍쩍 갈라진 진흙 바닥 같았다.

"네 엄마는 헨리타운에 있는 친구 집에 갔다. 그런데 그 친구 차가

358

고장이 났어. 라디에이터가 말썽을 부렸대. 그러니 차를 고치는 대로 집으로 돌아갈 거다. 한 일주일 걸릴 거라더라."

"그 소리는 어디서 들으셨어요? 누가 그러던가요?"

나는 캄웬도 씨를 돌아보며 말했다.

"엄마가 헨리타운에서 전화하셨어요?"

"너 지금 할머니를 거짓말쟁이로 모는 거냐?"

리즈벳 이모가 대뜸 고함을 질러 댔다. 그 소리에 다른 오두막에 사는 외삼촌과 외숙모들이 문을 열고 모습을 드러냈다.

캄웬도 씨가 목청을 가다듬으며 말했다.

"흠, 흠. 저는 이제 가 봐야겠구먼요."

"잘 가게." 외할머니가 쌀쌀맞게 대답했다. "수고를 끼쳐서 미안하구먼. 릴리안에 대해서는 걱정할 필요 없네. 잘 지내니까."

"암만, 그렇겠죠. 텔라 부인."

캄웬도 씨는 모자 창을 약간 들어서 인사를 하고는 돌아서서 들판을 가로질러 천천히 걸어갔다.

외할머니는 외삼촌과 외숙모에게 턱으로 집으로 들어가라는 신호를 보냈다. 그리고 이렇게 말했다.

"아무 일도 아니야. 릴리안의 딸이 왔을 뿐이야. 우리가 알아서 처리하겠다."

"들어와."

리즈벳 이모가 나에게 명령했다. 외할머니가 문에 빗장을 거는 사이, 리즈벳 이모는 내 팔을 그러잡고는 부엌 식탁 쪽으로 끌고 들어갔다. 그리고 나를 걸상 하나에 밀어 앉혔다. 나는 되튀어 일어섰다. 이번에는 주먹을 꽉 쥔 채로. 리즈벳 이모가 지팡이를 쳐들었다.

"거기 무슨 일이냐?"

커튼 뒤에서 나약한 목소리가 흘러나왔다.

"아무것도 아니에요, 아버지." 리즈벳 이모가 소리쳤다. "어서 주무세요."

"잘하는 짓이다. 할아버지를 깨우다니. 관절염 때문에 고통스러워하는 병든 노인을 겨우 겨우 잠드시게 했더니만. 그것도 귀까지 먹은 노인을 깨우다니. 이제 만족하냐?"

외할머니가 목소리를 낮추어 꾸짖었다.

"엄마는 어디 있어요?"

"내가 말했잖느냐. 헨리타운에 갔다고."

"주소를 알려 주세요. 전화번호도요."

"보닝으로 돌아가." 리즈벳 이모가 말했다. "좀 있으면 네 엄마가 돌아갈 테니까."

"이모 말은 못 믿겠어요. 내일 아침 경찰서로 갈 거예요."

"기어이 평지풍파를 일으킬 셈이냐? 하는 짓이 꼭 제 어미를 닮았구면."

외할머니가 말했다.

리즈벳 이모는 식탁 위에 놓여 있던 성경책을 집어서 흔들어 대며 말했다.

"십계명을 기억해라! '네 부모를 공경하라. 그리하면 너의 하나님 여호와가 네게 준 땅에서 네 생명이 길리라.' 하셨어. 네 엄마가 그 꼴이 된 건 다 자업자득이야. 그건 너도 마찬가지일 거고."

그 말에 순간 내 몸이 꽁꽁 얼어붙는 듯했다.

"엄마가 죽었나요?"

"네 엄마는 신과 조상님의 뜻을 거역했어. 그리고 가족의 명예를 더럽히고, 다른 남자를 탐하고, 간통을 저지르고."

"엄마가 돌아가셨나요?"

"병에 걸렸어. 신이 저주를 내리신 거지."

"병은 신의 저주가 아니에요." 내가 말했다. "그건 이모의 내반족과 다르지 않아요. 그럼 이모는 무슨 죄를 지었기에 그 벌을 받은 거죠?"

리즈벳 이모는 지팡이로 내 머리를 내리치며 소리쳤다.

"이 망할 것! 신의 저주가 내릴 거다!"

나는 제때에 휙 몸을 굽혀서 그 지팡이를 피했다.

"이모는 신을 몰라요. 신이 이모의 코를 물어뜯는다 해도 이모는 누가 그런 건지 모를걸요?"

리즈벳 이모는 고래고래 고함을 지르며 또다시 지팡이를 휘둘렀다. 나는 그 지팡이를 피해 식탁 밑으로 들어갔다. 리즈벳 이모는 지팡이로 식탁을 세게 탕탕 내리쳤고, 그 바람에 양철 컵들이 공중으로 날아갔다.

"리즈벳! 그만둬! 그만 하라고!"

외할머니가 소리쳤다.

리즈벳 이모는 지팡이를 든 팔을 천천히 내렸다. 그리고 뒤로 물러섰다. 나는 식탁 밑에서 기어 나왔다. 외할머니는 흔들의자에 푹 쓰러져 앉더니, 내게 맞은편 의자에 앉으라고 손짓을 해 보였다. 나는 시키는 대로 그 의자에 앉았다. 우리는 오랫동안 아무 말 없이 서로를 바라보았다. 기름 램프에서 나오는 매운 연기 때문이었는지 외할머니의 두 눈이 축축이 젖어 있었다. 외할머니의 얼굴에서 엄마의 모습이 보였고, 내 모습도 약간 어려 있었다. 외할머니도 나에게서 똑같은 것을 보고 있을까?

"우리는 네 엄마를 이 집에 둘 수 있을 때까지 끼고 있었다."

외할머니가 말을 시작했다.

"장작더미 뒤에 달개집(본채의 처마 끝에 지붕을 덧달아 이어 내린 집)을 지어서 네 엄마를 거기 있게 했다. 하지만 네 엄마 상태가 점점 나빠졌어. 두 다리가 더 이상 말을 듣지 않았어. 일주일 전부터는 변도 제 힘으로 보지 못하는 상태가 됐어. 우리가 차도 먹이고 바오바브나무 껍질도 달여 먹였지만 소용이 없었어. 그래서 우린 네 엄마를 어딘가 다른 장소에 숨겨야만 했어. 그 몹쓸 병의 악취 때문에 우리 가족의 명예를 더럽히지 않을 다른 먼 곳으로 말이야."

"그 인간은 항상 우리 가족의 수치였는데." 리즈벳 이모가 낮게 중얼거렸다. "죽으면서까지……."

362

조금 전 상황이었다면 나는 리즈 이모의 얼굴을 한 대 갈겨 주었을 것이다. 하지만 지금은 너무나 허탈한 상태라 성을 낼 힘조차 없다.

"엄만 지금 어디 있어요?"

"방목장에." 외할머니가 대답했다. "오래된 오두막에."

나는 의자의 팔걸이를 꽉 쥐면서 "뭐라고요?" 하고 되물었다.

"우린 형편 닿는 데까지 네 엄말 보살피고 있다. 네 엄마한테 매트와 담요도 줬고, 매일 돌아가며 음식과 물을 갖다 주고 있어."

"지금 엄마 곁에 누가 있어요?"

외할머니가 잠시 머뭇거리더니 대답했다.

"아무도 없어."

"아무도 없다고요? 그 덤불 속에 엄마 혼자 있다고요?"

외할머니는 모든 것을 포기했다는 표정으로 말했다.

"우린 네 엄마와 함께 있을 수 없어. 만약 함께 있으면 사람들이 낌새를 채고 수군댈 거야."

"게다가……." 리즈 이모가 말을 가로챘다. "옆에 사람이 있으나 없으나 별 차이가 없어. 네 엄만 지금 정신이 나간 상태야. 움직일 수도 없고, 먹지도 못해. 물도 거의 마시지 못해. 우리를 알아보지도 못한다고."

나는 외할머니를 바라보았다. 외할머니의 뺨에서 눈물이 흘렀다.

"미안하구나, 샨다야." 외할머니가 말했다. "여긴 아주 작은 마을이야. 사람들 눈 때문에 달리 어떻게 할 수가 없었다."

39

동이 트자마자 나는 방목장으로 향했다. 공기가 상쾌했다. 쉴 곳을 찾아 날아다니는 큰 박쥐들이 급강하해서 내 주위를 돌다가 다시 하늘로 날아올랐다.

나는 차를 타고 티로를 떠나 큰 도로로 향했다. 거기서부터 커다란 거인 바오바브나무가 있는 북쪽까지 달렸다. 개코원숭이 가족이 나뭇가지 위에서 나를 향해 캑캑 울어 댔다. 그놈들은 내가 지나치자 잔가지들을 흔들어 댔다. 내가 탄 차는 포장도로를 벗어나 수풀 쪽으로 굽이굽이 이어진 진흙 오솔길 사이로 들어갔다.

방목장의 경계선을 표시하는 울타리는 없었다. 하지만 나는 바위 옆의 땅은 어느 가족의 소유인지, 낮은 언덕과 수풀과 울창한 나무들은 누구네 것인지 잘 알고 있다. 좀 어린 나무들은 내가 지난번 여기 왔을 때부터 자라던 것들인데 그중 몇 그루는 사라지고 없었다. 지금

364

이 상황은 내가 자전거를 타고 보낭 시내를 달릴 때 새로 생긴 가게가 어디며, 저잣거리를 지날 때 어느 노점상이 나오지 않았는지를 알아채는 것과 흡사하다. 방목장의 풍경이 예전과 약간 달라지긴 했지만, 나는 내가 어디에 있는지 그리고 어디로 가고 있는지를 정확하게 알 수 있었다.

몇 마일 지나자, 엄마의 친정 식구들이 옛날에 소유했던 방목장의 동쪽 경계선이 나타났다. 그곳은 세 개의 둥근 돌로 표시가 되어 있다.

도마뱀 한 마리가 유유히 일광욕을 즐기면서 입을 떡 벌린 채, 지나가는 벌레들을 유인하고 있었다. 나는 그 모습을 뒤로 한 채 방목장의 미로 같은 오솔길로 향했다. 도마뱀들이 땅에 드리워진 내 그림자 위를 잽싸게 미끄러져 다녔다.

외할머니가 엄마가 있다고 알려 준 곳은 아만테 이모의 무덤 돌 근처에 있는 버려진 오두막이었다. 아만테 이모가 아이를 낳다가 숨을 거두자, 말룽가 씨 집에서는 이모의 시신과 사산아를 외할아버지 댁으로 돌려보냈다. 그들은 그 일이 '신이 엄마를 저주했기 때문에' 일어났다고 생각했다. 외할아버지와 외할머니는 그 시신들을 외갓집 방목장에다 묻었다. 주술사가 악령이 죽지 않고 계속 괴롭힐 거라고 했다. 그러면서 외할아버지 가족들이 그 구역을 떠나서 다른 방목장을 지어야 한다고 말했다. 안 그러면 악령이 가축들을 모두 죽일 거라면서. 그래서 외갓집 식구들은 방목장을 지금 목동들이 머물고 있는 곳으로 옮겼다.

쉬지 않고 한참을 열심히 걸어서 마침내 엄마가 있는 버려진 오두막 근처에 도착했다. 나는 그 오두막을 기억하고 있다. 오래전에 외할머니가 엄마와 나를 데리고 아만테 이모의 무덤에 왔을 때부터 그 오두막은 거기 있었다. 그때에도 그 오두막의 초가지붕은 푹 꺼져 있었고, 진흙 벽도 무너져 내리고 있었다. 이제 남은 것이라곤 부분적으로 붙어 있는 진흙 덩이와 해골처럼 드러나 있는 모파인 나무 막대기 몇 개뿐이었다. 그 나무 막대기들 중 절반은 붕괴되어 땅바닥에 무너져 있고, 그나마 서 있는 막대기들 옆에는 흰개미들의 흙무덤이 자리 잡고 있어서 언제 무너질지 모르는 상태였다. 한때는 방이었을 공간에는 잡초들이 무성하게 자라 있었다. 나는 그 오두막 앞에서 발을 멈추고 잠시 그대로 서 있었다.

그리고 "엄마?" 하고 불렀다.

아무 소리도 들리지 않았다. 모든 것이 정지해 있었다. 머리 위를 빙빙 맴도는 커다란 검은 지빠귀들의 무리 외에는. 나는 몇 발자국 더 오두막쪽으로 걸어갔다. 숨소리도 죽인 채. 하지만 나는 더 이상 걷고 있을 수가 없었다. 나는 있는 힘을 다해 달렸다.

"엄마! 엄마!"

그 오두막은 장대 두어 개가 흙담벽을 지지하고 있었고, 지붕은 폐물 조각들로 얼기설기 덮여 있었다. 지붕의 그림자가 드리워진 땅바닥에는 물 주전자 하나와 손대지 않은 음식 접시가 하나 놓여 있었고, 그 옆으로 매트가, 그 매트 위에는 더러운 홑이불에 싸여 있는 작은 꾸러미 같은 것이 윙윙거리는 파리 떼들 가운데에 놓여 있었다. 나는 무릎을 꿇고 지붕 아래로 기어 들어갔다. 그리고 그 가냘픈 어깨에 손을 얹었다.

"아만테?"

숨소리처럼 약하디약한 목소리가 흘러나왔다. "너니? 아만테, 너니?"

"아니, 엄마. 나야, 샨다."

내가 속삭였다.

잠시 동안 아무 반응이 없었다. 그러다가 그 작은 꾸러미는 저 혼자 비비 꼬면서 바들바들 떨었다.

"용서해라, 아만테."

"아냐, 엄마. 아만테 이모는 죽었어. 나야, 샨다라고."

엄마는 몸을 부르르 떨었다.

"샨다라고?"

"응, 엄마."

나는 홑이불을 걷어 냈다. 엄마는 얼굴을 내 쪽으로 돌렸다. 엄마의 두 눈에는 당황함과 두려움이 서려 있었다.

"샨다라고?"

"응, 엄마. 내가 왔어."

나는 내 손수건을 꺼내서 물 항아리 바닥에 깔려 있는 물에 손수건을 적셨다. 그리고 엄마의 이마를 닦고, 까칠하게 말라 있는 엄마의 입술을 축여 주었다.

엄마의 눈에 수심이 가득했다.

"산다야, 난 이제 어쩌면 좋으니."

"엄마, 인제 걱정 마. 내가 엄마를 찾았으니까. 걱정할 거 없어. 우린 함께 집으로 갈 거야."

나는 엄마의 손을 꼭 잡았다.

40

　나는 그 방목장에 혼자 가지 않았다. 티로에서 방목장으로 떠나기 전에 진료소에 들러서 내 사정을 설명하고 도움을 청했었다. 그래서 간호사와 조수 한 명이 나와 함께 진료소 밴을 타고 방목장으로 갔다. 밴이 들판의 오솔길을 달리는 동안 내가 길을 안내했고, 마침내 방목장 입구에 도착했다. 그들은 밴을 주차시킨 다음 나를 따라 수풀까지 걸어왔다. 원주민 주거 지역에 도착하자마자 나는 그 오두막으로 향했고, 그동안 그들은 밖에 있는 폐허들을 살폈다. 내가 엄마를 찾았다는 신호를 보내자 그들은 들것을 들고 서둘러 달려왔다.

　간호사가 진료 가방을 열어서 이름 모를 액체와 항생제와 진통제가 가득 담긴 정맥 주사용 비닐 백을 꺼냈다. 그러고는 가느다란 튜브의 한쪽 끝을 그 비닐 백에 밀어 넣고, 주삿바늘이 달린 또 다른 한쪽 끝은 엄마 팔의 혈관에다 꽂았다. 그리고 간호사와 보조원은 아주 조심스럽게 엄마를 들것에 옮겨 뉘었다. 보조원이 들것의 한쪽 끝을 들고, 간호사와 나는 다른 한쪽을 들고, 그렇게 우리는 들것을 진료소 밴으로 운반했다.

몇 분 후, 우리는 진료소에 도착했다. 엄마는 대기실을 통과해서 검사실로 이송되었다. 의사가 엄마를 검진하고 내게 몇 가지 질문을 했다. 나는 엄마의 두통과 한밤에 흘리는 식은땀과 설사에 대해 말했다.

의사는 얼굴을 찌푸리며 말했다.

"에이즈 검사를 해야겠어."

엄마는 정신을 잃은 상태라 검사에 동의를 할 수가 없었다. 그래서 검사를 받을지 말지는 내 결정에 달렸다. 나는 침을 꿀꺽 삼킨 뒤, "그렇게 하세요."라고 말했다. 검사 결과가 어떨지 전혀 예상하지 못하는 상황과 지금 상황은 전혀 다른 것이었다.

"병원에 남는 침대가 없단다."

의사가 엄마의 피를 뽑으며 말했다.

"너희 엄마는 집에서 돌봐야 할 거다."

"우리 집은 보낭이에요. 덜컹거리는 트럭을 타고 그곳까지 가다간 무슨 일을 당할지 몰라요."

의사는 잠시 생각하는 듯하더니 천천히 이렇게 말했다.

"우리 병원에는 밴이 많지 않아. 그래서 나도 왕진을 갈 때는 자전거를 타고 간단다. 하지만 위급한 상황일 때는 내 동생의 밴을 이용하지. 자, 이렇게 하자. 너희 집까지 갔다 오는 데 드는 기름값을 네가 대면, 조수 한 명을 시켜서 너희 모녀를 집까지 밴으로 데려다 주마."

"감사합니다."

나는 옷 아래에 숨겨 둔 에스더의 돈 주머니를 꺼냈다.

"진통제도 좀 살 수 있을까요?"

의사가 고개를 끄덕였다.

"지금 환자가 맞고 있는 주사액 속에 진통제가 들어 있다. 하지만 만약을 위해서 그렇게 하렴."

그러면서 의사는 내게 정맥 주사용 비닐 백을 교체하는 법을 가르쳐 주었다.

"보낭에 있는 병원에다가 너희 집으로 복지부 조사원 한 명을 보내라고 내가 말해 두마."

의사가 말하는 내용으로 보아, 그는 엄마가 오래 살지 못할 거라고 생각하고 있음이 분명했다.

우리가 그 병원을 떠나기 전에 나는 미리 전화를 한 통 해도 되느냐고 물어보았다. 전화를 해야 할 곳이 딱 한 군데 있었다. 전화는 접수구의 책상 위에 놓여 있었다. 나는 내 전화 내용을 다른 사람이 듣지 못하도록 벽을 따라 줄을 서 있는 환자들에게 등을 돌린 채 섰다.

"아, 여보세요?"

수화기 저편에서 누구나 알 수 있는 특유의 목소리가 흘러나왔다.

"타파 아줌마?"

내 목소리를 듣고 깜짝 놀란 타파 아줌마가 어찌나 급히 숨을 몰아

쉬던지 수화기가 아줌마의 목구멍 속으로 빨려 들어가지나 않을까 걱정이 될 정도였다.

"너, 지금 어디서 전화 거는 거냐?"

"티로에 있는 진료소예요. 저, 지금 엄마와 같이 있어요."

"어이구머니나, 세상에!"

"아주머니, 에스더한테 솔리와 아이리스를 깨끗이 씻겨 놓으라고 좀 전해 주세요. 우리가 곧 집에 간다고요."

"너, 네 엄마를 집으로 데려올 생각이냐?"

"네."

"안 돼!"

타파 아줌마가 빽 소리를 질렀다.

"네 외할머니가 오늘 그 잡화점에서 전화를 하셨다. 그리고 모든 사실을 다 말해 주셨어. 만일 티로에서 그 병을 숨기지 못했다면 여기서도 숨길 수 없을 거야."

"그래서요?"

"그래서요라니? 이웃들이 다 알게 될 텐데?"

"전 상관없어요. 엄마가 돌아가실 운명이라면 엄마는 집에서 돌아가시게 할 거예요. 엄마를 사랑하는 가족들 품에서요."

"샨다야, 내 말 좀 들어 봐라."

"아뇨, 아줌마가 제 말을 들으세요." 나는 소리쳤다. "전 거짓말하고, 숨기고, 두려워하는 것에 이젠 질려 버렸어요. 난 에이즈가 부끄럽지 않아요! 그걸 부끄러워하는 게 부끄러울 뿐이에요!"

그러고는 수화기를 탕 하고 내려놓았다. 내가 몸을 돌리자, 벽이 온통 떡 벌어진 입들로 가득했다. 그 방을 가득 메우고 있던 환자들과 환자 가족들이 그 '입에 담을 수 없는 말'을 한 사람이 누군지 보기 위해 일제히 내 쪽으로 고개를 돌리고 있었던 것이다.

나는 뒷짐을 지며 태연하게 말했다.

"왜 그렇게 바라보세요?"

그러자 그들은 마치 불이라도 난 것처럼 황급히 흩어졌다.

집으로 돌아가는 동안 엄마는 팔뚝에 정맥 주사를 꽂은 채로 밴 뒤에 설치된 간이침대에 누워 있었다. 나는 엄마 곁에 앉아서 한 손으로는 엄마의 한 손을 꼭 쥐고, 다른 한 손으로는 엄마 이마에 얹은 습포를 차가운 것으로 계속 갈아 주었다. 엄마는 자신이 어디에 있는지, 내가 누군지, 지금 무슨 일이 벌어지고 있는지 전혀 알아채지 못했다.

엄마는 계속 자리에서 일어나려고 했다. 그리고 이렇게 울부짖었다.

"아만테야, 투엘로와 결혼하지 마라. 불행이 닥칠 거야. 액운이 끼었어. 난 그걸 알아, 아만테."

그런 다음 다시 베개로 푹 쓰러졌다. 엄마의 두 눈은 흰자위를 드러내며 이리저리 굴렀고, 엄마의 입술은 아무 소리도 내지 않은 채 바르르 떨렸다.

엄마가 잠이 든 것처럼 보이자, 나는 내 맘속에 담고 있던 말을 모두 다 털어놓았다. 나는 엄마에게 에스더에 대해서, 에스더가 우리 집에서 살게 된 경위에 대해 말했다. 또한 에스더가 내가 엄마를 찾아 티로로 올 수 있도록 돈을 대 주었다는 이야기와 그 돈이 에스더가 동생들과 함께 살기 위해 모으고 있던 돈이라는 사실을 모두 들려주었다.

"엄마, 난 에스더에게 동생들을 모두 불러와서 우리와 함께 살자고 말하고 싶어."

잠시 동안 엄마는 두 눈을 떴다. 엄마의 눈은 맑아 보였다. 엄마는 고개를 끄덕였다. 엄마가 내 말을 알아듣고 있었을까? 잘 모르겠다. 엄마의 눈이 다시 흐릿해졌고, 정신이 혼미해지면서 다시 헛소리를 시작했다. 엄마는 아버지와 아만테 이모를 부르는가 싶더니 잠이 들었고, 어느새 다시 잠에서 깨어 사라에게 들려주던 자장가를 불렀다.

41

우리가 집에 도착한 때는 늦은 오후였다. 솔리와 아이리스가 에스더와 함께 길가에 서서 우릴 기다리고 있었다.

하지만 기다리는 사람은 그 셋뿐만이 아니었다. 이웃들이 그들의 앞마당과 골목길에 나와 있었다. 그들은 마당을 돌보는 척, 앞마당 아궁이에서 세스와를 끓이는 척, 혹은 울타리에 서서 옆집 사람과 잡담을 나누는 척하고 있었다. 하지만 그들의 눈과 귀는 모두 한 곳에 몰려 있었다. '저 집 꼬맹이들과 저 몸 파는 계집애'가 누구를 기다리고 있는지 궁금해하면서.

밴이 우리 집 대문 앞에 멈춰 서자, 사람들은 슬금슬금 모여들기 시작했다. 그들은 진료소에서 나온 보조원의 손에 끼인 고무장갑을 바라보았다. 그 보조원이 밴의 뒷문을 열고 바퀴 달린 들것에 누워 있는 엄마를 끌어낼 때, 엄마의 팔에 꽂힌 주삿바늘과 가느다란 튜브로 연결된 정맥 주사 비닐 백도 바라보았다.

단 한 명 보이지 않는 이웃은 유일하게 우리가 온다는 사실을 알고 있는 바로 그 이웃이었다. 타파 아줌마. 내 머릿속에 옆집에 사는 에이즈 가족을 맞이하기가 두려워 덧문 뒤에 숨어 있는 타파 아줌마의 모습이 떠올랐다.

솔리와 아이리스가 나를 향해 달려왔다. 나는 동생들을 덥석 안았다.

"엄마가 아주 많이 아파."

"좀 있으면 괜찮아질 거지?"

"그러길 바라야지."

사람들은 서로 손을 잡고, 우리 집으로 들어가는 보조원과 내 뒤를 졸졸 따라왔다. 보조원과 나는 엄마 방으로 들어갔다. 엄마의 침대 위 벽면에는 우리의 아기 적 사진들이 집에서 만든 액자에 담겨 걸려 있다. 나는 그 액자를 들어내고 그 못에다 정맥 주사 비닐 백을 걸었다. 보조원과 나는 엄마를 들것에서 침대로 옮겼다. 그리고 이불을 당겨 덮어 주었다.

아이리스, 솔리, 나는 번갈아 가며 엄마의 이마에 입맞춤을 했다. 엄마는 의식을 잃은 상태였으나, 지금 우리가 엄마에게 한 행동을 알아채고 있는 듯 보였다. 엄마의 입가에 엷은 미소가 얼핏 스쳤고, 잠시 동안 엄마의 눈언저리와 이마에 있는 주름살들이 느슨하게 펴졌다.

"이제 푹 쉬세요, 엄마."

내가 속삭였다.

나는 보조원을 밴까지 배웅했다. 그때까지 이웃 사람들이 꼼짝도 않고 우리 집 앞에 서 있었다는 사실을 나는 애써 모른 척했다. 보조원이 밴에 뛰어올라 시동을 걸었다. 그리고 창문을 통해 내게 고무장갑 한 상자를 건네주었다. 그는 군중들 사이로 천천히 밴을 몰고 나가더니 이내 시야에서 사라졌다.

모든 사람이 나를 바라보고 있었다. 나는 눈을 감고 싶었다. 그래서 이 세상이 내 앞에서 사라지게 만들고 싶었다. 내 머리가 녹아 없어질 때까지 알파벳을 외고 또 외고 싶었다. 하지만 난 그러지 않았다. 나는 안간힘을 다해 얼굴에 미소를 띠었다. 그리고 이렇게 말했다.

"이렇게 나와 주셔서 고마워요."

침묵이 흘렀다.

난 여기 모여 있는 사람들 한 사람 한 사람을 다 알고 있다. 우리 가족이 이사 오던 날부터 알고 지낸 이웃들이다. 그들은 모두 착하고 친절한 사람들이다. 하지만 지금 그들은 마치 내가 이 세상에 존재하지 않는 사람처럼 낯선 표정으로 날 바라보고 있다. 수백만 가지의 끔찍한 생각들이 내 머리에 가득 차 왔다. 지금 이 순간부터 우리는 친구 한 사람 없이 살아가야 하는 것일까? 세상 사람들에게 외면당하고 버림받으면서? 그렇게 소외된 삶을 살다가 외로이 죽어 가게 될까?

그런데 바로 그때, 내 눈앞에서 기적이 일어났다. 울타리 반대쪽에 있는 집의 덧문이 꽝 하고 닫히는 소리가 났다. 사람들의 눈이 모두 그쪽을 향했다. 꽃무늬 양산을 빙빙 돌리며 내 쪽으로 성큼성큼 다가

서는 사람은 다름 아닌 타파 아줌마였다. 아줌마는 둥근 해가 떠오르듯이 환하게 나를 향해 행진해 왔다. 그러고는 내 두 뺨에 입맞춤을 했다.

"집으로 잘 왔다."

아줌마가 말했다. 그러고 나서 아줌마는 모여 있는 사람들을 향해 고개를 끄덕이며 인사를 하고 나서 이렇게 말했다.

"나야 내 절친한 친구 릴리안에게 인사를 하러 왔지만 당신네들은 여기 모여서 뭘 하고 있는 건지 통 모르겠네."

사람들은 깜짝 놀라 어리둥절한 표정이 되었다.

"무슨 일 났어?"

타파 아줌마가 사람들에게 다그쳐 물었다.

여기저기서 웅성거리는 소리가 들렸다.

그러자 타파 아줌마가 한쪽 눈썹을 치켜올리며 말했다.

"당신네들 집안에서 무슨 일이 일어나고 있는지 내 속속들이 알고 있어."

타파 아줌마는 이렇게 말하면서 한 사람씩 지긋이 노려보았다.

"이 가족은 이 동네에서 가장 착한 사람들이야. 누구든 내 말에 동의하지 못하는 사람이 있다면 내 즐거이 그 사람의 비밀을 동네 사람들한테 다 까발리겠어."

몇몇 사람들이 헛기침을 했다. 아낙 한두 명은 그들의 남편을 독살스럽게 쩨려보기도 했다. 젊은 남자들은 고개를 숙이고 발끝으로 흙을 파헤쳤다. 그리고 사방에서 들려오던 목소리가 점점 잦아들더니 마침내 아무 소리도 들리지 않았다.

"다시 돌아온 걸 보니 기쁘네."

넝마주이 닐로 할아범이 말했다.

"우리가 기도할게."

레솔레 씨 부부가 말했다.

눈을 부라리며 타파 아줌마가 지켜보는 가운데, 이웃들은 모두 한 사람씩 다가와서 안부를 전하고 내 손을 잡고 악수를 하기도 했다. 하지만 그들 중 몇몇은 내 곁을 떠나자마자 나와 악수했던 손을 그들의 바지나 치마에 쓱쓱 닦기도 했다. 하지만 그게 무슨 대수랴. 추문의 파수꾼이 이미 공언을 해 버렸으니 저주와 악담의 항아리는 이미 산산조각이 나 버린 것을.

42

타파 아줌마와 내가 집으로 들어가자, 에스더가 얼른 솔리와 아이리스를 데리고 방으로 들어갔다. 나는 현관문을 닫았고, 타파 아줌마는 몸을 바르르 떨기 시작했다. 아줌마는 창문을 통해 사람들이 모두 사라졌는지 확인하려고 밖을 살폈다. 그러더니 한 손으로 가슴을 움켜쥐면서 식탁 의자에 쓰러지듯 앉았다.

"물! 물!"

나는 얼른 타파 아줌마에게 물을 한 잔 따라 줬다. 아줌마는 단숨에 벌컥벌컥 들이켜더니 또 한 잔을 더 마셨다.

"아줌마." 내가 말했다. "아까 밖에서의 일은 고마워요."

타파 아줌마는 아무 일도 아니라는 듯이 손수건을 휘휘 내저었다. 그러고 나서 이렇게 말했다.

"내가 너희 엄마를 좀 봐도 괜찮겠니?"

나는 거의 바닥에 쓰러질 뻔했다. 타파 아줌마가 뭔가를 하기 전에 허락을 구하는 모습을 난생처음 보았기 때문이다.

"들어오세요."

나는 타파 아줌마를 엄마 방으로 안내했다. 우리는 침대 가장자리에 함께 앉았다. 엄마를 바라보는 아줌마의 모습에서 더 이상 노여움은 보이지 않았다. 그 대신 아줌마도 나와 똑같은 걸 느끼고 있는 것 같았다. 바로 두려움과 외로움을.

"샨다야."

마침내 타파 아줌마가 입을 열었다.

"날 용서해라. 네 엄마와 나는 서로를 가장 잘 안다고 생각했다. 우린 그 주술사를 데려오면 너희 엄마가 사라질 구실을, 아무도 모르게 세상을 떠날 수 있는 구실을 만들 수 있을 거라 생각했다. 네 엄마는 그렇게 하면 너한테 수치심을 주지 않고 떠날 수 있을 거라 생각했어. 그리고 난, 난 그냥 내 생각만 했어. 우리가 친구라는 걸 모든 사람이 잘 아니까. 릴리안이 여기서 죽는다면…… 그러면 내가 그 몹쓸 병에 대해 퍼부어 왔던 그 모든 끔찍한 저주와 악담들을 어떻게 주워 담을까 난 두려웠다."

"괜찮아요, 아줌마."

내가 말했다.

그 몇 분 동안 내가 한 말은 "괜찮아요."가 전부였고, 그사이 타파 아줌마는 머리를 무릎 사이에 묻고 흐느껴 울었다. 나는 내 팔로 아줌마의 어깨를 감싸 안았다. 그러자 아줌마는 나를 부둥켜안고는 아기처럼 엉엉 울었다.

"아까 내가 바깥에서 한 행동 때문에 네가 나한테 고맙다고 했지." 아줌마는 흐느끼며 말을 이었다. "하지만 고맙다고 해야 할 사람은 내가 아니야. 내 아들이지. 내 아들 엠마누엘 말이야."

"하지만 엠마누엘은 죽었잖아요." 하고 나는 속으로 말했다.

"네가 병원에서 전화를 걸었을 때……." 타파 아줌마가 말을 이었다. "난 무척 두려웠단다. 나는 집 덧문을 모조리 닫고 벽장 커튼 뒤에 숨어 있었지. 그 밴이 골목으로 들어왔을 때, 나는 덧문 틈사이로 밖을 내다봤단다. 동네 사람들이 모여드는 것을 봤어. 난 다시 숨으려고 들어갔지. 너 혼자 그 사람들을 상대하도록 내버려 둔 채 말이야. 그런데 그때 탁자 위에 차려 둔 엠마누엘의 작은 사당이 내 눈에 들어왔어. 그 아이의 세례 증명서, 장례식 차례표, 아이 적 머리카락을 넣어 둔 봉투들이. 하지만 무엇보다도 내 눈을 확 잡아당긴 것은 그 아이의 사진이었어. 엠마누엘의 두 눈이 나를 부르며 이렇게 말하는 것 같았어. '엄마, 저를 위해서 하실 일이 있어요.'라고. 그래, 그 애 말대로 내가 해야 할 일이 있었지. 난 그게 뭔지 잘 알고 있었어. 그리고 이번에는 그 앨 배신하지 않았어."

"하지만 아줌마는 엠마누엘을 배신한 적이 한 번도 없었잖아요."

"아니, 난 그 앨 배신해 왔어. 그 애가 죽은 이후로 지금까지." 아줌

382

마는 손수건을 비틀면서 말했다. "엠마누엘이 요하네스버그 법대에서 공부할 수 있는 장학금을 탔을 때, 우리 모두는 그 애를 무척이나 자랑스러워했지. 우리 엠마누엘은 여자 애들과 어울려 다니느라 시간을 낭비하는 법이 없었어. 오직 책만 팠지. 그래서 마침내 아들이 노력의 대가를 얻게 되는 순간이었어. 난 그 애와 마지막으로 나눈 대화를 지금도 기억해. 엠마누엘은 그때 여행 비자를 얻기 위해 신체검사를 받으러 가는 길이었는데, 가는 도중에 공중전화로 내게 전화를 걸었지."

"사냥터에서 사고를 당하기 바로 직전이었죠, 그렇죠?"

아줌마는 고개를 내저었다.

"내 아들은 사냥을 가지 않았어. 사고도 없었고. 아들은 제 손으로 자신을 쐈어."

갑자기 눈앞이 캄캄해지는 것 같았다.

"뭐라고요?"

"신체검사 중에 에이즈 검사도 있었어. 그런데 그 결과 양성 반응이 나왔지. 엠마누엘은 그 즉시 친구한테 소총을 빌렸어. 그리고 수풀 속으로 들어가서 그 소총을 제 입에 넣고, 방아쇠를 당긴 거야. 그 앤, 그 사실을 우리한테 어떻게 말해야 할지 몰랐던 거야. 남편과 나한테 말이야. 그 아인 우리가 이해해 주지 않을까 봐 두려웠던 거야. 그 아인 우리가 자기를 더 이상 사랑하지 않을까 봐 두려웠던 거야."

"하지만 그건 말도 안 돼요."

"그래? 과연 그럴까?" 아줌마는 눈물을 닦으며 말했다. "그렇다면 왜, 우리가 거짓말을 해 가면서까지 그 아이의 죽음을 불명예스럽게 만들었지?"

우리는 숨소리도 죽인 채 그렇게 앉아 있었다.

이윽고 내가 입을 뗐다. 그리고 아주 작은 소리로 속삭였다.

"아무한테도 말하지 않을게요."

"다른 사람에게 말한대도 상관없어." 아줌마가 말했다. "네가 네 엄마 곁을 지켜 주는 것을 보니, 우리 엠마누엘에게 그렇게 해 주지 못한 게 너무나 마음이 아프다. 오늘 이웃 사람들과 맞서면서 난 그 어느 때보다도 내 자신이 크고 당당하게 느껴졌다. 내 아들도 그런 나를 지켜보고 있었다면……."

타파 아줌마는 집으로 돌아가기 전에 엄마의 손을 잡고 엄마 귀에다 이렇게 속삭였다.

"릴리안, 당신은 정말로 훌륭한 딸을 두었어. 정말 훌륭한 딸을."

43

이틀 후, 엄마는 혼수상태에 빠졌다.

에스더가 아이리스와 솔리를 돌보는 사이, 타파 아줌마는 이웃들에게 각기 다른 음식을 준비해 오거나 잡일을 도와주도록 지시했다. 나는 그동안 내내 엄마 곁에 있었다. 엄마의 기저귀도 갈고, 누운 방향도 수시로 바꾸어서 욕창이 생기지 않게 했다. 밤에는 엄마 곁에 매트를 깔고 거기서 밤을 지새웠다. 다른 생각을 할 겨를이 없는 것이 참 기뻤다. 만일 그랬다면 난 미쳐 버리고 말았을 것이다.

수요일에 한 손님이 나를 찾아왔다. 셀라라메 선생님이었다. 나는 얼결에 선생님의 품에 와락 안겼다. "셀라라메 선생님, 저 무서워요."

마음의 안정을 찾은 뒤, 나는 에스더에게 엄마를 잠시 맡기고 셀라라메 선생님과 산책을 나갔다. 우리는 동네 골목 어귀에 있는 공원으로 가서 그네에 걸터앉았다.

"학교 일은 죄송해요. 선생님을 실망시켜 드렸어요."

"아니, 아니다."

나는 눈물을 닦았다.

"다시 학교로 돌아갈 수 없을 것 같아요. 이 시기가 지나면 일을 해야 할 테니까요."

"나도 안다." 선생님은 이렇게 말하고 잠시 말을 멈추더니, 이내 말을 이었다. "산다야, 지금은 무엇을 결정하기에 좋은 시기가 아니라는 건 안다. 하지만 이것만은 알려 주고 싶구나. 지금까지 내가 이리저리 알아봤단다. 지금 수많은 선생님이 몸이 아파 일을 못하고 계셔. 그분들을 대신할 자격을 갖춘 사람도 충분치 않고. 너는 내가 가르친 학생 중에 최고의 학생이었다. 그래서 내가 초등학교에 너를 추천했단다. 네가 준비가 되면 그리고 그 일에 관심이 있으면 나한테 말해라. 교장 선생님이 너한테 대리 교사 자리를 내 줄 수 있다고 하셨어."

정말 멋진 소식이 아닐 수 없다. 대리 교사가 된다면 우리 가족이 살아가는 데도 큰 도움이 될 것이다. 그리고 학교에서 아이리스도 계속 지켜볼 수 있을 것이고. 그건 솔리도 마찬가지다. 솔리도 내년에 유치원에 들어가게 될 테니까. 하지만 나는 내 꿈을 떠올려 보았다. 졸업할 수 있기를 얼마나 원했던가? 장학금을 타서 대학에 진학하고, 변호사가 되고, 의사가 되고, 아니면 정식 교사가 되고. 하지만 내 꿈은 이제 끝이 났다. 목이 메어 왔다.

셀라라메 선생님은 내가 우는 이유를 알고 계셨다. 선생님은 내 어깨에 손을 얹으며 말했다.

"산다야, 네 꿈은 네 가슴속에 계속 품고 있어야 해. 내 말 알아듣니? 이 힘든 상황은 지금 잠시뿐이지만 꿈은 멀리 내다보는 거야. 네 인생이 끝날 때까지."

그날 밤, 모두가 잠이 든 후 나는 엄마 옆에 앉아 엄마의 손을 꼭 잡고 셀라라메 선생님이 하신 말씀을 들려줬다. 아주 낮은 목소리로.

"엄마, 그렇게 썩 좋은 자리는 아니에요. 하지만 우리에겐 항상 미래가 있잖아요. 솔리와 아이리스, 나는 다 괜찮을 거예요. 우린 잘 헤쳐 나갈 거예요."

그들은 엄마가 내 말을 알아듣지 못할 거라고 했다. 하지만 내가 새 소식을 전하자, 엄마의 경직된 몸이 좀 부드럽게 풀리는 듯했다. 엄마는 이제 편히 쉴 준비를 하고 있었다.

엄마는 이 세상의 마지막 날을 우리와 함께 지냈다. 아이리스와 솔리는 앞으로 닥쳐올 일을 알고 있었다. 그 둘은 엄마 곁에 앉아서 엄마에게 이야기를 들려주었다. 나는 동생들에게 비록 엄마는 잠을 자고 있지만 엄마의 의식은 동생들이 거기 있다는 것을 알고 있다고 말해 주었다.

이따금씩 둘 중 하나가 울기도 했다. 나는 내가 속으로 얼마나 두려워하는지 동생들한테 보여 주지 않으려고 애를 썼다.

"괜찮아. 다 괜찮아질 거야. 내가 너희들이랑 함께 있잖아."

"하지만, 우린 엄마도 필요해. 엄마와 헤어지고 싶지 않아."

"엄마는 우릴 떠나시지 않을 거야. 절대로. 너희들이 엄마가 보고 싶을 때마다 눈을 감으면 돼. 그러면 엄마가 바로 곁에 계시는 것처럼 느껴질 거야."

나는 스스로도 그 말이 사실이길 바랐다. 하지만 그것이 사실이 아니라 해도, 달리 할 말이 없었다.

지금부터 내가 이 이야기를 들려주면 사람들은 내가 상상으로 지어낸 것이라고 생각할 것이다. 그렇게 생각한대도 어쩔 수 없는 일이지만 분명한 것은 이것은 분명히 내가 겪은 일이라는 점이다.

엄마의 마지막 순간은 한밤중에 찾아왔다. 나는 엄마 곁에 깔아 놓은 내 매트 위에 누워 있었다. 솔리와 아이리스는 다른 방에서 에스더와 함께 있었다. 왠지 모를 느낌에 잠에서 깨어났는데, 엄마가 나를 바라보고 있었다.

나는 팔꿈치를 받친 채 상체를 일으켜 세웠다. 엄마는 지금 혼수 상태인데? 내가 꿈을 꾸고 있는 걸까?

"걱정 마라, 샨다야." 엄마가 말을 했다. "엄마가 너한테 작별 인사를 하려고 돌아온 거야."

"안 돼, 엄마. 아직은 안 돼. 제발 아직은 안 돼."

나는 애원하며 매달렸다.

"넌 잘 해낼 거야." 엄마는 온화한 미소를 머금으며 말했다. "난 너를 믿는다."

그리고 엄마는 스르르 눈을 감았다.

나는 아이리스와 솔리를 찾으러 방을 나갔다. 동생들의 방 문턱에 다다랐을 때, 동생들은 에스더와 함께 창가에 서 있었다.

"얘들, 방금 깼어." 에스더가 낮은 목소리로 말했다.

내가 막 엄마의 죽음을 알리려고 동생들에게 다가가려는데, 아이리스가 소리쳤다.

"산다 언니, 이리 와 봐. 빨리."

아이리스는 손가락으로 창밖에 있는 무언가를 가리키고 있었다.

나는 황급히 그쪽으로 달려갔다. 거기 외바퀴 수레 위에 무언가가 있었다. 그것은 나의 황새였다. 황새는 우리 쪽으로 목을 길게 쑥 뺐다. 아이리스와 솔리가 손을 흔들었다. 그러자 황새는 마치 우리를 축복하듯이 오른 발을 위로 들어 올렸다. 그러더니 등을 활 모양으로 굽혀, 하늘로 날아오르기 시작했다. 그리고 우리 집 마당을 세 바퀴 빙빙 돌고 나서 밤의 어둠 속으로 사라졌다.

나는 내 동생, 아니, 내 아이들을 꼭 껴안았다.

"저 새가 우리 엄마였지. 그렇지?"

솔리가 나지막이 속삭였다.

내 머리에서는 "아니."라고 했지만, 내 가슴은 "그래."라고 대답하고 있었다.

"엄마는 이제 떠난 거야?"

"응, 하늘나라로."

에필로그

엄마가 세상을 떠난 후, 하루하루를 견디며 살아가기가 무척이나
어려웠다. 어떤 날은 너무나 지치고 피곤해서 거의 움직일 수도 없었
고, 또 어떤 날은 엄마를 잃은 슬픔과 고통이 너무 커서 넋을 놓고 있
기도 했다. 하지만 나는 계속 몸을 바쁘게 움직이려고 노력했다. 바로
엄마가 그랬듯이 말이다.

타파 아저씨와 아줌마가 장례식 비용과 함께 모리티를 설치하는 비
용도 대 주셨다.

"이 은혜는 꼭 갚을게요."

내가 말했다.

"아니다." 타파 아줌마가 말했다. "우리가 너희한테 진 빚을 갚은 거
야."

그 지역 사람들이 모두 장례식 연회에 참석했다. 엄마의 장례식은

거기에 모인 사람들이 죽음의 원인에 대해 거짓말을 할 필요가 없는 유일무이한 장례식이었다. 우리는 모두 거리낌 없이 말하고 자유롭게 숨을 쉬었다.

가끔씩 누군가가 내 곁에 와서 이렇게 속삭였다. "우리 집에도 아픈 환자가 있어."라고. 환자의 할아버지가, 혹은 환자의 이모나 삼촌 혹은 사촌이, 또는 가장 친한 친구가 나를 찾아와 이렇게 말했다.

"너는 우리가 비밀을 털어놓고 이야기한 첫 번째 사람이야."

엄마는 티로로 떠나기 전에 유언장을 써 놓으셨다. 유언장 사본 한 장은 타파 아줌마가, 또 다른 한 장은 신부님이 보관하고 있었다. 엄마는 모든 것을, 집이며 채소밭이며 살림살이 전부를 나한테 맡겼다. 그리고 아이리스와 솔리를 맡아 키울 사람으로 나를 지명했다.

나는 에스더에게 영구히 우리 집에서 함께 살자고 했다. 에스더의 동생들도 모두 데리고 와서 함께. 에스더의 남동생 중 하나는 스스로 큰삼촌 댁에서 살겠다고 했지만 다른 남동생과 여동생은 돌아와 우리 집에서 같이 살게 되었다. 한동안 집 안이 북적댔지만, 타파 아저씨가 본채 옆에다가 방을 두 개 새로 지어 주셨다.

우리는 또 닭장과 채소밭도 더 넓혔다. 주말에는 모두 일을 나누어 집안일에 매달렸다. 주중에는 대부분의 집안일을 에스더가 혼자 도맡아 했다. 그사이 나는 초등학교에 가서 대리 교사로 아이들을 가르쳤다.

가장 힘들었던 순간은 내가 솔리와 아이리스를 데리고 비저 간호사를 만나러 병원에 갔던 때였다. 에스더도 동생들을 데리고 나와 함께 갔다.

"오래전에, 저한테 에이즈 검사를 받아 보겠느냐고 물어보셨죠?" 내가 그 간호사에게 말했다. "그때는 마음의 준비가 되지 않았어요. 하지만 지금은 아니에요. 여기 있는 애들이 모두 내 가족이에요. 우리는 모두 진실을 원해요."

검사 결과는 모두 음성 반응으로 나왔다. 에스더만 빼고. 에스더와 나는 서로 부둥켜안고 소리 내어 울었다.

비저 간호사는 에스더를 구호 기관에서 항레트로바이러스 약제를 탈 수 있도록 수령자 명단에 올려놓았다.

"나쁜 소식은 그 수령자가 너무 많아서 네 차례까지는 꽤 오랫동안 기다려야 한다는 거야. 하지만 좋은 소식도 있어. 네 건강 상태가 아주 좋기 때문에 네 몸에서 에이즈 증상이 나타나기 전에 치료를 받을 수 있을 거야. 명심해라. 매년 새로운 치료약이 개발되고 있어. 그러니 절대 희망을 버려선 안 돼."

비저 간호사는 또 타보 웰컴 센터에 있는 상담원과 만날 수 있게 약속 날짜를 잡아 주었다. 에스더는 전혀 겁먹지 않고 그 모든 일을 잘 감당해 냈다. 하지만 그건 연기일 뿐이었다. 약속한 날이 되자 에스더는 겁이 나서 안절부절못했다.

"내가 같이 가 줄까?"

내가 물었다.

"정말이야?" 에스더는 잠시 머뭇거리며 말을 이었다. "사람들이 너도 에이즈에 걸렸다고 생각할 텐데."

"그게 뭐 대수야? 난 사람들이 어떻게 생각하든 더 이상 신경 쓰고 싶지 않아."

에스더는 너무 기쁜 나머지 소리를 빽빽 지르며 내 손을 잡고 덩실덩실 춤을 추며 방 안을 돌았다.

"넌 나의 영원한 친구야!"

사람들이 처음에 타보 웰컴 센터에 갈 때면 으레 뒷문을 통해서 들어간다. 누가 자신을 보는 사람이 있나 없나 어깨 너머로 확인하면서. 하지만 우리는 달랐다.

"이러쿵저러쿵 수군대는 사람들에게 얘깃거리를 던져 주자고."

내가 말했다.

에스더는 밝은 색 치마와 물방울무늬 블라우스를 받쳐 입었다. 그리고 나는 엄마가 타파 아줌마한테서 선물 받은 그 파란색 잉꼬가 그려진 노란색 치마를 입었다. 우리는 10마일이나 떨어진 10구역으로 자전거를 타고 가는 동안 내내 노래를 불렀다. 그리고 당당히 타보 웰컴 센터의 정문으로 행진해 들어갔다.

현관 입구에 큼지막한 흰색 침대 시트가 드리워져 있었다. 그리고 그 침대 시트 옆에 끈이 달린 매직 펜이 매달려 있었다. 여남은 명의 사람들이 그 매직펜으로 침대 시트에다 자신이 하고 싶은 말을 써 놓았다. 내용은 이랬다.

"누구나 바이러스에 감염되거나 전염될 수 있다."

"우리는 과거를 바꿀 수는 없지만 미래는 바꿀 수 있다."

"사랑이 존재하는 한 삶은 존재한다. 삶이 존재하는 한 희망은 존재한다."

"오늘을 살아가라."

우리는 현관 복도로 걸어 들어갔다. 그리고 상담 방을 지나서 넓게 트인 만남의 장소로 들어갔다. 한쪽 구석에 다양한 연령 대의 여성 여러 명이 모여 있었다. 그 사이에 남자도 두어 명 끼어 있었다. 그들은 모두 피아노 바로 옆에 있는 테이블 둘레에 빙 둘러앉아서 차와 비스킷을 들고 있었다. 그들 중 몇 명은 건강하게 보였지만 다른 사람들은 아주 허약해 보였다. 그들은 모두 미소를 지으며 우리를 보고 인사했다.

"두멜랑."

"두멜라."

에스더가 큰 목소리로 그들의 인사에 답했다.

"저, 여기 약속이 있어서 왔습니다."

사람들의 무리 속에서 몸집이 거대한 한 여인이 일어났다. 그리고 에스더를 숨 막힐 정도로 꽉 껴안았다.

"두멜라. 난 이 센터의 상담원인 바나나 카오네라고 해."

그 말을 듣는 순간 내 입이 떡 벌어졌다.

'저 사람이 그 유명한 바나나 카오네? 콘돔을 나눠 주는 에이즈 아줌마로 신문에 소개된 바로 그 사람이!'

나는 속으로 중얼거렸다.

가까이서 보니 그렇게 늙지도 이상하게 보이지도 않았다. 마치 우리 엄마를 보는 것 같았다. 이런 생각을 하고 있는데, 바나나 카오네 여사가 나를 덥석 껴안는 것이 아닌가. 그 순간 타보 웰컴 센터가 마치 내 집처럼 느껴졌다.

그 뒤부터 에스더와 나는 매주 한 번씩 그곳에 갔다. 어떤 주는 한 번 이상 찾아가기도 했다. 그곳에 가서 함께 노래도 부르고 카드 게임도 하고, 이것저것 있는 재료만으로 뚝딱 만들어 낸 따뜻한 저녁을 먹기도 했다. 하지만 센터에서 얻을 수 있는 것 중에 가장 큰 것은 뭐니 뭐니 해도 교우 관계였다. 같은 처지에 놓여 있는 사람들끼리 서로 위안이 되어 주었다.

"난 이제 혼자가 아니야." 에스더가 말했다. "난 새 인생을 얻었어."

엄마가 언젠가 내게 말했다. 분노는 불의와 싸울 때를 위해 아껴 두라고. 나는 그 불의가 무언지 잘 알고 있다. 그것은 에이즈에 대한 무지함, 수치심, 치욕, 침묵, 우리를 커튼 뒤에 숨게 만드는 비밀들이다. 타보 웰컴 센터는 그 커튼을 열어젖히고 우리를 밝은 광명과 신선한 공기 속으로 나오도록 인도한다.

하지만 그 하나밖에 없는 센터는 수 마일이나 떨어져 있다. 그래서 그곳을 방문하는 일이 낯설고 두렵게 느껴지는 것이 그리 놀라운 일은 아니다. 그런 센터들은 곳곳에 세워져야 한다.

잠을 이루지 못한 나는 마당에 나와 앉아서 둥실 떠오른 달을 보며 한 가지 생각을 했다. 그러면서 눈을 감고, 우리 집 앞마당에 센터가 들어서 있는 그림을 떠올렸다. 이름 하여, '릴리안 카벨로의 우정 프로 젝트'.

속으로 웃음이 터져 나왔다. 말도 안 되는 생각이겠지. 하지만 바보 같은 생각은 아니야. 지금 당장은 거창한 건물 같은 건 필요 없다. 단 지 사람들을 만날 수 있는 장소만 있으면 된다. 내겐 우리 집 마당이 있다.

릴리안 카벨로 우정 프로젝트.

언젠가 그 꿈은 이루어질 것이다.

아프리카의 오늘

이 책에 실린 사진은 아프리카에 대한 독자들의 이해를 돕고자
기독교국제구호개발기구인 월드비전*에서 제공하였으며,
사진 속의 인물들은 에이즈와는 상관이 없습니다.
독자들의 이해를 돕기 위해 본문 내용의 일부를
사진과 함께 실었습니다.

* 월드비전: 1950년 한국 전쟁 시 설립된 기독교국제구호개발기구로, 현재 전 세계 100여 개국에서 가난, 질병, 전쟁 등으로 고통 받는 아이들을 위해 긴급구호와 지역개발사업, 옹호사업을 펼치고 있습니다. 2000년부터 는 '에이즈 희망사업(HIV/AIDS HOPE Initiative)'이라는 이름으로 에이즈 예방과 퇴치, 감염자와 그 가족을 위한 지원을 해 오고 있으며, 에이즈에 대한 사람들의 인식 변화를 위한 사업을 펼치고 있습니다.
(월드비전: 02-2078-7000 / www.worldvision.or.kr)

강물이 흐르고, 목초들은 하룻밤 사이에 내 키보다 더 높이 쑥쑥 자랐다. 가축들은 우리가 숨바꼭질하느라 돌보지 않아도 저 혼자 풀을 뜯어 먹었다. 가축들은 언제쯤 울 안으로 돌아가야 하는지, 그리고 어느 방향으로 가야 하는지도 잘 알고 있었다.(본문 28쪽 중에서)

우리 가족의 보금자리는 아버지가 일하셨던 가축 방목장에서 시작되었다. 그곳은 보낭에서 북쪽으로 약 2백 마일 떨어진 티로라는 마을 근처에 있는 드넓은 목초지이다. 나는 진흙으로 지은 단칸방 오두막에서 엄마와 아버지, 언니, 세 오빠와 함께 살았다.(본문 27쪽 중에서)

고향 마을의 학교에는 칠판 하나와 분필이 다 떨어지면 딱딱하게 굳은 하이에나의 흰 똥을 분필 대신 사용하시던 교장 선생님 한 분밖에 없었다. 하지만 이곳 학교에는 도서관, 과학 실습실, 지구본, 백과사전 한 질, 연필깎이까지 갖춰져 있었다.(본문 34쪽 중에서)

엄마와 셀라라메 선생님은 내가 재능이 있는 아이라고 굳게 믿고 있다. 과분할 정도로. 그분들을 실망 시키지 말아야 할 텐데…… 내가 정말로 장학금을 탈 수 있을지도, 그래서 다른 세상을 보게 될지도, 의사나 변호사 혹은 교사가 될지도…… 아, 무지갯빛 꿈, 그리고 희망들.(본문 36쪽 중에서)

학교로 가기 전까지 남는 한 시간 동안 채소밭에서 일을 한다. 내가 학교에서 돌아왔을 때도 엄마가 여전히 누워 있으면, 나는 저수탑에서 물을 길어 와서 저녁을 짓는다. 빨래와 그 밖의 집안일, 그리고 장작 패는 일은 주말에 몰아서 한다.(본문 148쪽 중에서)

솔리는 아이리스와 놀기 위해 오전 내내 아이리스가 유치원에서 돌아오기를 기다린다. 하지만 아이리
스는 집으로 돌아오면 솔리를 놀려 먹는다. 예를 들면 숨바꼭질하자고 해 놓고는 자기가 술래가 되면
솔리를 찾을 생각을 하지 않는다. 결국 솔리는 숨어 있던 곳에서 기다리다 지쳐서……. (본문 149쪽 중
에서)

사람들은 말한다. 산 사람은 살게 마련이라고. 하지만 나를 사랑했던 사람들을 떠나보내는 것은 참으로 가슴 아픈 일이다. 가슴속에 그 사람들에 대한 추억을 간직하고 있다 하더라도 말이다.(본문 154쪽 중에서)

병원 로비는 사람들로 발 디딜 틈이 없었다. 아낙네들은 울부짖는 아기를 안고 흔들었고, 남자들은 누더기 옷을 벗어 들고 온몸에 난 상처를 모두 드러내 놓고 있었다. 노인들은 바닥에 쭈그리고 앉아 있고, 아이들은 빽빽 비명을 지르며 이리저리 뛰어다녔다. (본문 228쪽 중에서)

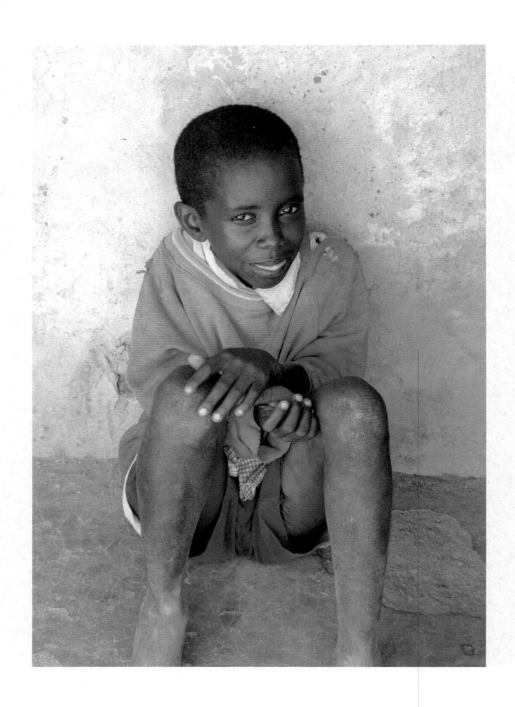

우리는 웃으려고 노력했다. 엄마를 기쁘게 해 주려고. 하지만 억지로 웃는 것은 너무 힘든 일이다. 어떨 때는 숨 쉬는 것조차 힘들 때도 있다.(본문 255쪽 중에서)

옮긴이의 말

《샨다의 비밀》은 남아프리카의 상상의 나라에 사는 열여섯 살 소녀에 관한 이야기입니다. 작가가 만든 이 나라에는 지금 에이즈가 창궐하고, 주인공 샨다는 병마와 죽음이라는 보통 사람에게는 상상조차 힘든 참혹한 현실에 둘러싸여 있습니다.

이 이야기는 샨다와 샨다의 엄마가 한 살 반짜리 사라의 장례식을 치르는 장면으로 시작됩니다. 샨다가 사는 마을에는 그런 장례식이 하루에도 수십 건씩 치러지고, 공동묘지는 문을 연 지 얼마 되지 않아 금세 차 버립니다. 사람들은 언제나 폐렴이나 결핵, 암 같은 병으로 죽었다고 말하지만 진실은 따로 있습니다. 그건 바로 입에 담기조차 두려운 무시무시한 질병, 에이즈입니다. 사람들은 에이즈에 걸리는 것을 가문의 치욕이요, 조상을 욕보이는 씻지 못할 대죄라고 생각합니다. 그래서 에이즈라고 의심되는 사람과는 아예 인연을 끊고 일체 아무런 도움도 주지 않습니다.

이 책의 주인공 샨다가 그런 잘못된 관념과 인식에 용감히 맞서 싸울 수 있었던 것은 가족에 대한 사랑과 힘든 현실 속에서도 언제나 희망을 잃지 않는 낙관적인 삶의 자세, 그리고 엄마의 말 한마디 때문이었습니다. "네 맘속의 분노는 아껴 뒀다가 불의와 싸우는 데 쓰도록 해. 그 나머지 것들은 다 용서하고."

저자는 애닉프레스의 대표와 토론토 보건소의 선임 행정자문과 나눴던 대화에서 이 책의 아이디어를 얻었다고 합니다. 그리고 저자가 보츠와나에서 겪었던 경험과 그곳에 머무르는 동안 간병인으로서 에이즈 말기의 친구들을 돌보았던 경험이 이 책의 뼈와 살이 되었습니다.

이 책은 철저한 조사를 바탕으로 얻은 정보와 비극이나 희망을 과장하거나 소극적으로 다루지 않는 고도로 세련된 작가적 역량이 탄생시킨 근래에 보기 드문 역작 중의 역작입니다. 작가는 세계적으로 정평이 나 있는 극작가답게 사하라 사막 이남의 아프리카의 풍경과 원주민들의 삶을 생동감 있고 감칠맛 나는 인물들의 대사 속에 설득력 있으면서도 유창하게 담아냈습니다. 이 책은 캐나다에서 첫 출간된 이래로 불과 일 년 만에 미국·영국·프랑스·독일·일본·중국·오스트레일리아·뉴질랜드 등 수많은 나라에서 번역·출간되어 전 세계 독자들로부터 감동과 찬사를 받았습니다. 21세기에 우리 인류가 극복해야 하는 바이러스에 대한 올바른 이해와 그 병에 걸린 이웃의 고통에 대한 진정한 염려와 관심을 불러일으키면서 말입니다.

옮긴이 김난령

샨다의 비밀

초판 1쇄 발행 2005년 5월 18일
초판 5쇄 발행 2007년 4월 5일
개정판 1쇄 발행 2016년 7월 25일

글 | 앨런 스트래튼
그림 | 엘로디 도흐낭 드 루빌
옮긴이 | 김난령

발행인 | 양원석　**편집장** | 전혜원
책임편집 | 강유정　**디자인** | RHK 디자인연구소 현애정
마케팅 | 이영인, 양근모, 김민수, 장현기, 박민범, 이주형, 이선미
해외 저작권 | 황지현　**제작** | 문태일

펴낸곳 | (주)알에이치코리아
주소 | 08588 서울시 금천구 가산디지털2로 53, 20층(한라시그마밸리)
문의 | 02-6443-8872(내용), 02-6443-8838(구입), 02-6443-8960(팩스)
등록번호 | 제 2-3726호(2004년 1월 15일 등록)

ISBN 978-89-255-5949-0 43840

알에이치코리아 홈페이지와 블로그, SNS로 들어오시면 자사 도서에 대한 더 많은 정보와 이벤트 혜택을
확인하실 수 있으며, E-book몰에서는 전자북으로도 만나볼 수 있습니다.
주니어RHK 홈페이지 http://jrrhk.com | **E-book몰(RHK북스)** http://ebook.rhk.co.kr
페이스북 https://www.facebook.com/rhk.co.kr | **블로그** http://randomhouse1.blog.me
유튜브 https://www.youtube.com/randomhousekorea